Quart*buch*

Es hat sie kalt erwischt. Jennifer Wilson erzählt selbst die Geschichte dieser unmöglichen Liebe, noch fassungslos über Gefühle, die sie nie zulassen wollte. Sie lebt zurückgezogen, ihr Beruf, die Anonymität des Radios ermöglichen es ihr, den Kontakt zu anderen Menschen fast ausschließlich auf ihre Stimme zu beschränken. Liebe? Undenkbar. Sex ja, aber als eher mechanische und wortkarge Notwendigkeit. Das Geheimnis der Leidenschaft, mit der ihre Eltern ihre Liebe lebten –, gern auch vor den Augen des Kindes – ist ihr unbegreiflich. Ihre scheinbar so festgefügte Welt gerät durch einen neuen Mitbewohner ihrer kleinen Wohngemeinschaft ins Wanken, einen verunsicherten, ängstlichen Mann, der sein Gedächtnis verloren hat, schutzbedürftig ist. »Ich bin hierher gefallen«, gesteht er und bald darauf auch, daß er nicht der erwartete »Martin« ist, sondern: Cyrano de Bergerac. Aber da ist Jennifer längst seinem unzeitgemäßen Charme erlegen und – hat sich verliebt.

»Erlösung, Glück und Liebe – A.L. Kennedy hat es sich zur Gewohnheit gemacht, mit ihren Figuren das Unwahrscheinliche zu erwarten und das Unmögliche zu wollen.«

Hubert Spiegel, FAZ

A. L. Kennedy
Also bin ich froh

Aus dem Englischen
von Ingo Herzke

Verlag Klaus Wagenbach Berlin

Für E. M. Kennedy, M. Price, J. H. Price,
meine Familie und meine Freunde, die mich selten im Stich lassen,
und – wie immer – mit Dank an Bob Kingdom.

Manche Dinge verstehe ich einfach nicht. Ich lasse mich ganz leicht von einem Wort oder einem Blick oder einem unbedeutenden Ereignis verwirren, und dann kann ich nicht umhin zu fragen, warum mein Leben gerade so und nicht anders verlaufen soll. Am Ende stelle ich immer Fragen, auf die ich keine Antworten bekommen kann.

Diese Unzufriedenheit begann im kleinen beim nächtlichen Zubettgehen. Vielleicht nicht alle, aber doch viele Nächte, sehr viele meiner Nächte wurden unbegreiflich.

Sie können sich sicher vorstellen, wie ich da ganz normal eingewickelt im Bett liege, die Augen geschlossen, der Körper zwischen zwei gewohnten, friedlichen Laken, eine Atmosphäre ruhiger und vernünftiger Entspannung. Malen Sie sich die störungsfreie Zeit vor dem Morgengrauen aus, ohne Hunde, ohne Motorenlärm, ohne Stimmen, über meinem Gesicht döst nichts als unbewegte, dunkle, sanfte Luft, unendlich ausgedehnt. Und da liege ich, bereit, ohne Umstände einzuschlafen, gerade in der richtigen Position, den Lohn meines Tagwerks einzufahren. Aber ich schlafe nicht.

Statt dessen vollführe ich seltsame Turnübungen. Ich bin müde und unsportlich und erschöpft bis auf die Knochen, bis aufs Blut, und dennoch verschwende ich die wertvollen Stunden bis zum Tagesanbruch freiwillig mit Aktivitäten, die weder mit Erholung noch mit Schlaf zu tun haben.

Nicht überrascht, aber enttäuscht muß ich feststellen, daß ich wieder Sex habe.

Ich nehme teil, ich bin Teil eines größeren, verrückten Ganzen, das mit Armen und Beinen rudert, sich windet und plumpst, wie es im Licht des Tages höchst lächerlich erschiene. Aber auf eine Art, die ich wiedererkenne, der ich mich nicht entziehen kann, wenn ich das Spiel erst einmal anfange. Also wird das Bett, das ich heute morgen fünf Minuten lang gemacht habe – mit geraden Kanten wie im Krankenhaus, weil es mir irgendwie gefällt und ordentlich aussieht – in wenigen Augenblicken zerwühlt, Laken knüllen sich unter meinem Rückgrat zusammen, Kissen fallen herab, und das Licht geht an.

Mein Kopf summt vor Atemnot, und die bohrende Erschöpfung läßt kleine weiße Lichtblitze hinter meinen Augenlidern explodieren. Und dennoch habe ich Sex. Wie ein hilfloser irischer Tänzer, in einen Sack aus heißer Baumwolle gebunden, wie ein wahnsinniger Verkehrspolizist, der in frischer Tinte Tango tanzt, wie ein Mörderwal, der verzweifelt versucht, einen Brief zu öffnen, kann ich nicht vom Sex lassen.

Dabei sehe ich wirklich keinen Sinn darin.

Sex.

Da lag ich dann also, ausgestreckt nach den nötigen Minuten, fühlte mich ein wenig wild, aber auch nutzlos und klebrig und nervös und viel zu wach, und dabei hatte ich doch nur schlafen wollen, und ich wußte nicht, was soll es bedeuten.

Sex. Ich weiß nicht, was er bedeuten soll. Ich habe mich dem Phänomen nun schon länger nicht mehr genähert, aber meine Verständnislosigkeit muß ich weiterhin im Präsens ausdrücken. Ich kann nicht umhin, mich zu wundern, daß ich mich und vielleicht auch meinen Partner ohne mir ersichtlichen Grund mit deprimierender Regelmäßigkeit bis zur Unzurechnungsfähigkeit ermüde. Wenn ich nach einem dieser Anfälle nach Luft schnappe, sehne ich mich nach einer Badewanne und Aspirin, Insulin, Sauerstoff, ein bis zwei Litern Rosenöl, einem Sandwich, einer gepflegten Tasse Tee, einem kleinen Nickerchen. Und dann bin ich jedesmal völlig verzweifelt, weil ich weiß, daß diese Sehnsucht mich in genau dem Augenblick überfällt, da ich aufstehen und einen weiteren Tag durchstehen muß, an dessen Ende das Versprechen einer weiteren Nacht liegt, die wahrscheinlich das gleiche bereithält.

Nicht, daß ich etwas gegen die Tätigkeit selbst einzuwenden hätte. Ich kann mir zahllose Situationen vorstellen, in denen nichts Besonderes anliegt und sich hervorragende Gelegenheiten für eine schnelle Portion Sex bieten. Beim Warten auf zweifelhafte medizinische Versorgung, zweifelhafte öffentliche Transportmittel oder zweifelhafte Untersuchungsergebnisse zu unredlichem oder ungesetzlichem Verhalten öffentlicher Organe – so viele Gelegenheiten stöhnen geradezu vor Zeit und Raum, die erotisch ungenutzt bleiben. Mit welch schönen Aktivitäten könnten wir uns in diesen Stunden herumschlagen, wenn wir es nur wüßten. Wir bräuchten keinen Kaugummi mehr, keine Wartezimmer-Aquarien, Zigaretten, Kreuzworträtsel, amtlichen Bekanntmachungen, Patiencen oder gar Damespiele. Wo wir doch alle Sex haben könnten.

In vielen Fällen würde mich das einiger Sorgen entheben. Mir wäre die Vorstellung lieber, daß sich der Abgeordnete meines Wahlkreises im Supermarktgang zwischen Tierfutter und Gewürzen in der feuchten Umarmung einer anderen Kundin am Boden wälzt, als daß er einen zerbrechlichen Waffenstillstand gefährdet, Kriminalität von Minderjährigen ausmerzt und an seichten Unterhaltungssendungen im Fernsehen teilnimmt. Und weil Sex mit anderen Menschen heutzutage zweifellos eine Gefahr darstellt, fände ich es eine großartige Idee, wenn wir alle unsere Nächte ganz allein zu Hause verbrächten, ohne dabei die Finger von uns zu lassen.

Ich bin da ganz offen. Wir haben alle die Fähigkeit, Opium für jedes vorstellbare Volk zu werden.

Im Prinzip kann ich also den vielfältigen Nutzen von Sex ehrlich anerkennen. In meinem persönlichen Fall kann ich allerdings bedauerlicherweise nur einen einzigen Nutzen feststellen – wenn ich Sex habe, muß ich nicht gleichzeitig sprechen. Sex ist die einzige wichtige soziale Transaktion in meinem Leben, bei der Konversation geradezu unhöflich wirken würde.

Natürlich sind ein paar Worte ab und zu unvermeidlich. Das weiß ich noch.

DA
JETZT
SPÄTER
und NICHT (DA, JETZT, SPÄTER)
JA und NEIN
BIST und DU
SCHON?
GLÜCKLICH?

Aber das ist kein Sprechen. Und das weiß ich ganz sicher, weil ich wirklich nicht gern spreche. Mir wurde unwohl, wenn ich abends die Tür hinter mir abschloß und wußte, daß noch jemand zu Hause war, der mir etwas bedeuten sollte. Diese Menschen wuschen sich in meinem Bad und saßen in meinem Sessel, sie wünschten sich, daß ich sie Sachen fragte, und versuchten etwas über mich herauszufinden, sie wollten durch meine Augen in mich hineinsehen und mich in sie hineinsehen lassen. Auch wenn das alles ganz normal war und ich ständig davon hörte, konnte ich es einfach nicht als gegeben hinnehmen, konnte es nicht ertragen, diese häusliche Begegnung der dritten Art den Rest meines Lebens jeden Tag zu wiederholen. Also wurde ich Ablenkungsexpertin. Ich entdeckte schnell, wie leicht man intime Nähe durch Intimverkehr vermeiden konnte. Manchmal konnte ich die Betreffenden monatelang im Glauben halten, ich sei wie sie, indem ich einfach genau herausfand, was sie gern hatten.

Natürlich war meine Lage nicht gerade ideal. Monate, dann Jahre vergingen, ohne daß sich an meiner unüberwindlichen Distanziertheit, die ich immer deutlicher diagnostizieren konnte, etwas änderte. Wie Tankdeckel oder Giftflaschen schloß ich mich automatisch, und ich mochte nicht länger so tun, als wäre ich in der Lage, mich zu öffnen. Ich war immer weniger auf der Suche nach Beziehungen, ich nahm mir ein Zimmer in einem grauen, viereckigen Haus, dessen Küche, Bad und Wohnzimmer ich mir mit drei völlig Fremden teilte, für die ich nur in äußerst geringem Maße verantwortlich war. Ich versuchte nicht mehr, normal zu sein, und erfreute mich bald eines ruhigen kleinen Lebens, das genau auf meine und niemandes anderen Bedürfnisse zugeschnitten war. Ich fühlte mich nicht mehr ungenügend. Und wenn ich ins Bett ging, schlief ich.

Früher glaubte ich, mein Mangel an romantischem Enthusiasmus sei auf meine übertrieben praktische Veranlagung zurückzuführen, doch inzwischen weiß ich, daß ich einfach nicht vom emotionalen Überschuß profitieren, den Nutzen von Nähe und Sex fühlen konnte. Mit emotionalem Überschuß kann ich nichts anfangen. Ich bin kein emotionaler Mensch.

Das sollten Sie über mich wissen. Sie sollten meine wichtigste Eigenschaft kennen, die ich meine Ruhe zu nennen pflege. Andere Menschen haben sie auch schon Kälte, fehlende Hingabe, zwanghafte Kontrolle, Fischigkeit genannt. Ich hingegen sage, daß ich ruhig bin, ein ruhiger Mensch, und dabei belasse ich es meistens, aber ich finde, Sie sollten besser Bescheid wissen.

Es sind ein paar Dinge geschehen, die meinen Zustand verändert haben, aber im großen und ganzen ist es immer noch richtig, daß ich ruhig bin. Meistens nimmt man an, diese Ruhe entspringe Selbstkontrolle oder Selbstvertrauen, oder vielleicht einer Art Glauben. Man bewundert mich für die gewaltigen Anstrengungen, die es mich sicher kosten muß, meine Gelassenheit zu bewahren.

Aber ich verrate Ihnen gern, daß meine anscheinende Seelenruhe tatsächlich nur Leere ist – oder, um genau zu sein, eine Pause. Ich bin nicht ruhig, ich bin unspontan. Wenn mir etwas passiert, weiß ich nicht, was ich fühlen soll.

Ich lebe natürlich schon lange genug, um für fast alle Gelegenheiten ein angemessenes Gefühl zu erahnen. Die Menschen um mich herum waren jahrelang wütend und fröhlich, schwärmerisch, elend, mürrisch und was es sonst so gibt. Ich weiß, wie diese Zustände aussehen und kann sie jederzeit zufriedenstellend nachahmen. Doch während andere sofort unwillkürlich kichern oder nach Luft schnappen, muß ich dafür erst nachdenken, mich bemühen, und wenn die Situation nur ein wenig unübersichtlich wird, dauert es länger, bis ich ein Gefühl zusammengekratzt habe, so lange, bis jede Reaktion schon wieder irrelevant geworden ist. Ich habe die Gelegenheit verpaßt.

Das ist jedoch ein kleineres Problem, als man denken könnte – die meisten Menschen sind so sehr mit ihren eigenen Gefühlen beschäftigt, daß sie meinen Mangel daran gar nicht bemerken. Ich selbst habe jedoch intensiver darüber nachgedacht.

Anscheinend haben die meisten Menschen Horden von Gefühlen, die in ihrem Inneren herumwühlen wie ruhelose Maulwürfe. Als kleine Kinder lassen sie diese Gefühlsmaulwürfe beim kleinsten Anlaß heraus. Ohne besonderen Grund können sie einen ganzen Raum bis zur Decke mit wild gewordenen, wühlenden Säugetieren füllen. Ihre Maulwürfe müssen an die Luft und sich bewegen, weil sie eben da sind. Kinder sind freigiebig mit ihren Gefühlen, weil sie es sein können.

Doch dann, so habe ich gelesen, gehen diese unschuldigen Maulwurfbehälter hinaus in die Welt und lernen, ihre Maulwürfe bei sich zu behalten. Man bringt ihnen bei, daß die Haustiere anderer Menschen unfreundlich gesinnt seien und ihre Schützlinge verletzen könnten. Ein Zimmer voller Maulwürfe kann eine Menge Ärger machen, sogar Schmerz bereiten. Die Welt ist voller scharfer Kanten und gefährlicher Ecken, die eine vernünftige Zurückhaltung angeraten erscheinen lassen, zum Schutz sowohl der Maulwürfe als auch ihrer Besitzer.

Das bedeutet, daß erwachsene Menschen sich im Alltag ganz ruhig und gefahrlos verhalten und nur Spuren ihres animalischen Innenlebens ans Licht lassen können. Andererseits braucht es bloß eine makellose frische Schneedecke am Morgen, plötzlich auftretende Verliebtheit oder Entfremdung, einen besonders manipulativen Film, und schon tummeln sich die Maulwürfe auf dem Teppich. Auch wenn wir sie also nicht zu sehen bekommen, nehmen wir doch an, daß jeder Mensch Maulwürfe hat.

Ich bin ja nun ein ruhiger Mensch, wie Sie sich erinnern werden. Ich bin ganz auf der sicheren Seite. Das könnte darauf schließen lassen, daß meine Maulwürfe ständig müde und schläfrig tief im Untergrund leben. Oder daß sie vielleicht früher ganz normal herumtollten, dann aber von einer Art psychologischem Kammerjäger verschreckt und ins Versteck getrieben wurden.

Aber nein.

Ziemlich das erste, was ich an mir bemerkte, als ich noch ganz, ganz klein war – abgesehen von solchen Einzelheiten wie dem Funktionieren meiner Finger und welche Dinge gut schmeckten –, ziemlich das erste, was mir auffiel, war das Fehlen gewisser maulwurfartiger Lebenszeichen. Ich werde Ihnen bald etwas über meine Eltern erzählen, über ihre bisweilen originellen Verhaltensweisen, doch wenn ich damit anfange, werden sie bereits wissen, daß sie keinen Anteil daran hatten, mich so zu machen, wie ich bin. Ich will nicht leugnen, daß es durchaus hilfreich war, keine greifbaren Gefühle für sie zu haben. Ich gebe gern zu, daß ich mich so schlüpfrig wie möglich verhielt, aber Sie müssen wissen, daß ich die meiste Zeit, die ich mit ihnen verbrachte, schauspielerte. Ich deutete jedes Verhalten an, von dem sie erwarten mochten, daß ich es zu unterdrücken versuchen würde. Mit anderen Worten: Ich tat so, als hätte ich etwas zu verbergen.

Während ich das schreibe, sehe ich mit äußerster Klarheit, daß mir nie etwas wirklich Schlimmes passiert ist. Ich kann mich nicht an eine einzige Beschädigung erinnern, die mich zu dem gemacht haben könnte, was ich bin. Ich kann so tief in meinem Inneren graben, wie ich will, es ist tatsächlich nichts da, nicht einmal ein Fiepen. Ohne vernünftigen Grund, ohne jeglichen Grund bin ich einfach leer. Ich habe keine Maulwürfe.

Noch ein paar Dinge über mich. Nur ein bißchen.

Ich heiße Jennifer M. Wilson. Das M. steht für Mercy, ich habe keine Ahnung, wieso.

Jetzt möchte ich Ihnen jemand anderen zeigen. Seine Hände, kantig und schnell, sind gerade auf eine Tischplatte gefallen. Ich sehe seine ordentlichen Nägel und seine soliden Finger, die für die Dauer des nächsten Satzes hochspringen und miteinander ringen. Diese Hände sind Begleitinstrumente der Sprache.

Die Knöchel stoßen in vorübergehendem Stillstand aneinander.

»Bist du daran wahrhaftig interessiert? Denke gründlich nach, bevor du antwortest.«

Meine Stimme antwortet, und ich räuspere mich vorher – eine Angewohnheit von mir, ein Versuch, Zeit zu gewinnen.

»Hhrrrhmf. Ja, ich glaube, ich bin interessiert. Aber wenn du es nicht erzählen willst …«

»Nein. Du wirst also verstehen, daß du dir sicher sein mußt. ›Ich will es wissen.‹ Wenn du es in Wahrheit nicht wissen willst, würde ich dir raten, dich von diesem Schauplatz zurückzuziehen. Deine Freundschaft erachte ich für so wertvoll, daß ich sie in meiner derzeitigen Lage gern dadurch schützen würde, daß ich deine Nachfrage in unhöflicher Weise ignoriere.

Wenn es nach mir ginge, würde ich lieber über dieses Gemüse hier sprechen – das ist ganz bemerkenswertes Gemüse. Und bei Gemüse weiß man immer, woran man ist. Gemüse ist ein hervorragender Trost in schweren Zeiten. Verstehst du?«

Ich brauche kaum zu erwähnen, daß ich nichts verstehe. Gar nichts.

»Martin, ich habe bloß gefragt, wie du hierhergekommen bist. Das war nur Small Talk. Ich habe es nicht metaphysisch gemeint – ganz und gar nicht.«

Er preßt einen Handballen auf seine Nasenwurzel und lächelt eher müde, wie mir scheint. Die Küche um uns macht ihre leisen Geräusche, das Sirren des Ventilators, der Regen auf der Fensterscheibe, das elektrische Klicken – Tip-Tap – der Uhr. Martin scharrt mit den Füßen unterm Tisch und hebt den Kopf.

»Nun gut. Ich werde jetzt zum Schlafen hinaufgehen. Scheue dich nicht, Lärm zu machen, ich träume sehr tief und werde mich nicht stören lassen. Heute abend können wir reden, hm?«

Er deutet eine leichte Verbeugung an und steht auf.

Aufrecht stehend wirkt er etwas kleiner als erwartet, weniger imposant. Ich erinnere mich, wie mir das auffiel. Seine Körpergröße steckte eher im Oberkörper als in den Beinen.

Hätte ich an dieser Stelle ein Foto von Martin gemacht und es Ihnen gezeigt, hätten wir es gemeinsam anschauen und folgendes sehen können:

a) die Ecke eines mißratenen Kuchenbuffets;

b) den Teil eines Türrahmens, im Farbton Magnolie lackiert, weil er eine Tür in einer Wohngemeinschaft umrahmt, und obgleich wir alle den Farbton Magnolie hassen, ist er doch der unaufdringlichste Kompromißton;

c) einen kleinen Mann mit der Ausstrahlung eines poetisch veranlagten Preisboxers oder eines tanzenden Schlachters – wir sehen allerdings nur seine Hände, verblassend olivbraun und zu groß für die Arme, und seinen Kopf, mit eher langem, eher grobem, dünn werdendem, schlaff gelocktem Haar und auffälliger Knochenstruktur ausgestattet. Sein Profil hat einen bemerkenswerten, fast raubtierhaften Fluchtpunkt und schwächt sich dann zu ordentlichen, weichen Lippen und einem seltsam kleinen Kinn ab. Ein Hauch von Stoppeln verdunkelt seine Oberlippe. Weil er seine Mißbilligung mit dem Mund und nicht mit der Stirn ausdrückt, wirkt er manchmal betulich brutal oder brutal betulich – wie eine Mischung aus Rotkäppchens Großmutter und dem Wolf;

d) einen Pullover mit einer Laufmasche im Ärmel, eine Spur eines kragenlosen Hemdes und ein Stück einer Second-Hand-Hose, die sich schließlich über langen, weichen Slippern kräuselt – diese Kollektion bedeckt den übrigen Körper des kleinen Mannes;
e) nichts von mir, außer vielleicht der Eintrübung durch den Dampf meines Tees. Ich habe mich noch nie gern sehen lassen – mein Beruf bringt völlige Unsichtbarkeit mit sich, was mir ungeheuer entgegenkommt. Würden wir das Foto heute machen,

hätte ich sogar die Dampfwolke herausgeschnitten, um keinerlei Spur zu hinterlassen. Aber das wäre heute natürlich nicht die einzige Änderung. Diese Geschichte wird unter anderem die Aufzeichnung verschiedener Schnitte sein.

Sie merken schon, daß wir inzwischen angefangen haben. Wir sind schon mittendrin, wenn auch in einer Art Rückblick.

Nehmen wir einfach an, daß Martin sich nach oben begibt und schlafen legt und daß das Leben im Haus störungsfrei dahingleitet, denn just an diesem Tag sind nur Martin und ich zu Hause. Ich koche etwas, esse und werfe die Reste weg. Ohne erst nachzusehen, weiß ich, daß die zunächst vielversprechend scheinende Lage in vielen Ländern der Welt wieder in Dummheit und sinnlosem Massensterben versunken ist.

An jenem Nachmittag könnte ich mich beispielsweise – um diese Ansicht zu illustrieren – erinnern, daß ein Freund mir vor kurzem von einer Gruppe eingekreister Soldaten erzählt hat, die ihren sie umzingelnden Gegnern in Stellungen um diese oder jene Stadt in diesem oder jenem Krieg eine Tonbandaufnahme vorspielten. Aufgenommen hatten sie die Geräusche, mit denen ein kleines Kind bei lebendigem Leibe zu Hackfleisch verarbeitet wurde. Mein Freund und ich konnten nicht begreifen, wie man auf den Gedanken kommen konnte, ein solches Tonband aufzunehmen, wie es aufgenommen worden war, und wo man auf einem Schlachtfeld die technischen Voraussetzungen dafür hergenommen haben mochte. Nach einer Weile konnten wir beide nur noch lachen, weil uns keine passendere Reaktion zur Verfügung stand.

Ich fülle den Wasserkocher, während die Sonne langsam an einem, wie man mir versichert, unrettbar vergifteten Himmel versinkt, und denke an die entfernten Zerstörungen, die ich anrichte, indem ich mein Wasser elektrisch erhitze.

Nachdem die lautesten Vögel den Abend begrüßt haben – denn auch wenn ich sie selten zu Gesicht bekomme, haben wir anscheinend immer Vögel hier –, werde ich auf einmal sehr ruhig, schaue in ein dämmrig körniges Zimmer, denke an rein gar nichts, aber warte auch ein bißchen. Dann höre ich über mir Bewegungen, ein leises Geräusch von der Treppe, Martin ist auf dem Weg.

»Komm doch rein.«

»Ah. Ich störe dich auch nicht.«

»Komm rein. Möchtest du Licht anmachen?«

»Nein. Kann ich mich setzen, und hast du dir überlegt, was du willst, und möchtest du, daß ich mit dir spreche?«

Er geht überraschend schnell zum Tisch, obwohl dieser Eindruck vielleicht auch mit dem fehlenden Licht und meinem schläfrigen Blick zusammenhängt.

»Oder sind das zu viele Fragen auf einmal? Und das ist natürlich schon wieder eine. Es wäre schön, wenn du eine von ihnen beantworten könntest. Ich fürchte, mein Schlaf war nicht eben heiter, und ich bin mit meinem Witz am Ende. Vielleicht sollte ich meine Kräfte sammeln und dich morgen wiedersehen.«

Genau in diesem Moment wird mir klar, daß ich ihn um seine Stimme beneide. Mit Stimmen kenne ich mich ein wenig aus, und seine ist wohlgeformt: Sie hat einen runden, offenen, dunklen Ton, der mir gefällt – einen beinahe eßbaren Klang.

»Setz dich, Martin. Entspann dich. Ich weiß, ich bin selbst nicht besonders entspannt, aber das liegt an mir. Wenn du über irgendwas reden willst, schieß los. Ich kann zuhören. Ich glaube, viel mehr werde ich nicht tun. Ich bin da keine große Hilfe; wenn es um eine Frau geht, um Beziehungen oder Geld, bin ich eine komplette Niete. Aber damit will ich dich nicht abschrecken. Martin. Martin?«

Er steht immer noch, hat jetzt die Arme weit oben vor der Brust verschränkt, die Hände unter den Achseln vergraben, den Kopf nach vorn gebeugt. Ich höre ihn Geräusche machen, die ich nicht verstehe, und kleine Bewegungen. Der dunkle Schatten seiner Haare zittert.

»Martin?«

Jetzt klingt es, als würde ihm jemand mit einem Knüppel die Luft aus dem Leibe prügeln. Ich habe keine Ahnung, was ich tun soll oder wieso. Martin stolpert zu einem Stuhl, läßt sich darauf fallen und krümmt sich. Als er zu sprechen beginnt, läßt er den Kopf gesenkt, und die Worte fallen in seltsamen Schüben aus ihm heraus.

»Bitte fühle dich nicht ... ich bin so froh, daß du hier bist ... und es tut mir so leid ... ich bin nicht sicher, aber ich habe den

Eindruck, daß dies mir gar nicht ähnlich sieht. Ich bin nicht sicher.«

Ich bin jetzt ganz bei ihm. Er weint, und es hat nichts mit mir zu tun. Sichere Sache. Aber auch wieder nicht, denn etwas Seltsames geschieht. Es fällt mir sehr schwer, es zu beschreiben, auch nachdem ich darüber nachgedacht habe.

Er hebt den Kopf, und die seltsame Sache wird noch schlimmer.

»Eh. Ich glaube, es geht vorbei. Glaube ich. Ich bitte um Entschuldigung.«

Er reibt mit beiden Händen über sein Gesicht – ich nehme an, um es zu trocknen. Als er damit fertig ist, sieht er zu mir auf, bevor er den Zustand seiner Hände und seines Gesichts bemerkt.

»Aha. Macht dir das angst?«

»Wäre möglich.«

»Denn eines kann ich dir sagen, mir jagt es einen gehörigen Schrecken ein.«

Und er lacht, was die seltsame Sache noch seltsamer macht.

An dieser Stelle ein kleiner Hinweis. Wenn Sie das, was ich Ihnen jetzt erzähle, schwer zu glauben finden, betrachten Sie es als Fiktion. Das macht mir nichts aus.

»Das ist eines der Dinge, nach denen ich dich ganz ausdrücklich fragen wollte.«

»Nein, steh nicht auf, bleib wo du bist. Bleib, wo du bist, und ich bleibe hier, das finde ich beruhigender.«

»Ich stelle keine Gefahr dar, das kann ich dir versichern. Ich habe es ausprobiert.«

Die Küche ist inzwischen ziemlich düster, und Martin dürfte eigentlich nur noch schwer zu erkennen sein, doch tatsächlich ist er viel sichtbarer als erwartet. Wenn er länger den Mund öffnet, sieht man ein schwaches Leuchten, das mich wahnsinnig an das Glimmen eines selbstklebenden Briefumschlags erinnert, dessen Klebestreifen man im Dunkeln aufzieht. Ein unnatürliches, elektrisch bläuliches Aufblitzen. Seine Hände und sein Gesicht hingegen brennen einfach.

Genau so sieht es aus. Aber mit einer silbrigen, chemischen Flamme, die Farben annimmt und wieder verliert, wie Quecksilber verläuft und sich dann in Luft auflöst. Wenn er sich bewegt, schrecken die Schatten vor ihm zurück, rollen sich unter den Möbeln ein, verstecken sich vor seinen Händen.

»Tut es weh? Kann ich ...?«

»Nein, man kann nichts dagegen tun. Mit der Zeit verblaßt es. Abgesehen von meinem Mund – der bleibt so, wenn er nachts zu sehen ist. Dir passiert das also nicht.«

»Nein.«

»Und auch sonst niemandem, den du kennst.«

»Nein. So etwas passiert nicht. Das ist eine Sache, die einfach nicht geschieht. Verrat mir, wie du es machst.«

»Wie bitte?«

»Wie du es machst. Ich sehe, daß es mit Flüssigkeit zu tun hat – Tränen, Speichel. Was ist es, ein Pulver?«

»Ach so, ich glaube, das ist ein Mißverständnis.«

»Ich weiß nämlich auch einen guten Trick mit der Reibfläche für Zündhölzer – wenn man sie verbrennt, bleibt eine Art Öl übrig, und das raucht, wenn man es reibt. Habe ich als Kind gelernt – aus dem *Quaker Oats Buch der Zaubertricks.* Nicht so eindrucksvoll wie deine Vorstellung, aber nicht schlecht.«

Martin rieb sich mit den Ärmeln seines Pullovers ab, womit er sein Gesicht teilweise löschte. Auf den Ärmeln blieb ein schwaches, verlöschendes Glimmen zurück.

»Bitte, Jennifer, ich möchte damit nicht allein gelassen werden. Du mußt wissen, daß ich keine Ahnung habe, warum das passiert. Ich weiß nicht, ob ich immer so bin oder ob mich etwas verändert hat. Ich erinnere mich nicht. Das Feuer, das Leuchten, wie du es auch nennen magst – das ist überhaupt nicht wichtig. Und das Wichtigste, was ich dir erzählen muß: Ich kann mich nicht erinnern. Verstehst du? Setz dich bitte. Ich bin ganz sicher, daß es nicht ansteckend ist.«

»Warum bist du so sicher? Wenn du dich nicht erinnern kannst.«

»Bitte.«

»Schon gut, schon gut. Warum nicht.«

»Gott segne dich, danke. Danke.«

Als ich in seine Reichweite komme, greift er nach einer meiner Hände und drückt sie mit einem kleinen orangefarbenen Aufleuchten zwischen seinen.

»Oh, tut mir leid. Ich habe dir nicht weh getan. Dich nur überrascht.«

Eine meiner Handflächen glänzt merkwürdig, doch ich bin offenbar unverletzt.

»Aber mach das nicht noch mal, hmm? Ich glaube, mir reichen die Überraschungen für heute.«

»Ja, ja, das kann ich mir gut vorstellen. Ich möchte die Gelegenheit nutzen, dir meine Anerkennung zu deinem Mut auszusprechen.«

»Schon gut, ich bin von Natur aus gelassen, könnte man sagen. Glaub mir, Angst zu haben wäre mal was Neues.«

»Wie du meinst.«

»Aber ich mache jetzt das Licht an, denn so wie du aussiehst, kann ich mich beim besten Willen nicht konzentrieren – selbst wenn es langsam verlöscht.«

»Ja, wenn es trocknet, ist kein Licht mehr da. Hraouh, nun ja, es ist so – oh, vielen Dank, das ist aber wirklich sehr hell.« Er knetet einen Augenblick seine Brauen. »Unter stärkerer Beleuchtung ist mein Leuchten verschwunden. Siehst du?« Er winkt probehalber mit der Hand. »Wie eine Kerze im Tageslicht. Nicht sehr beeindruckend.«

»Jedenfalls normaler. Möchtest du mir erzählen, was du vergessen hast?«

»Vielleicht willst du es lieber nicht wissen.«

»Am besten, du überrumpelst mich jetzt, wo ich noch verwirrt bin, vielleicht kriegst du keine zweite Gelegenheit. Ich meine, mal ehrlich, was Seltsameres als diese Vorstellung gerade kannst du mir kaum erzählen. Oder wenn doch, dann kannst du mich ja gleich korrigieren. Egal. Sprich weiter.«

Martin schließt die Augen und drückt die Fingerknöchel einer Hand gegen die Lippen. Ich höre seinen Atem. Dann schaut er mich an und zuckt ein Lächeln hervor, das sich schnell zu einer Grimasse verzieht. »Ich bin froh, daß du da bist. Wir sind uns noch nicht begegnet?«

»Ich glaube, daran würde ich mich erinnern.«

»Dann ist das Glück auf meiner Seite, denn ich glaube, ich brauche deine Anwesenheit. Das würde ich eine Ereigniskette nennen – eine Kleinigkeit, die einen Sinn ergibt, wenn das

Leben … ach, den Sinn des Lebens habe ich nie begriffen. Ich bin sicher, das ist tatsächlich die Wahrheit, immer gewesen. Jetzt ist die Wahrheit, daß es mir in jeder Hinsicht egal ist, ob du gelassen, mutig oder gefühllos bist, oder ob du – ich bitte um Entschuldigung – einfach meine Lage nicht zu begreifen vermagst. Ich nehme einfach an, daß du tapfer bist, damit auch ich tapfer sein kann.«

»Hhrrrhmf. Ich bin sicher, daß du auch ganz allein tapfer sein kannst. Bitte, erzähl mir, was du erzählen mußt.«

Und das tut er.

»Wenn ich mit etwas sehr Vertrautem beginnen darf. Hier, ich nehme einen Apfel aus eurer Schüssel (wenn du erlaubst), und jetzt haben wir einen Mann und eine Frau und eine Frucht mit biblischen Dimensionen, und das ist ein guter Anfang. Um dir zu zeigen … was ich wirklich meine … siehst du das? … Ich kann hineinbeißen. Hm? Mmhm. Mn. So. Das kann ich begreifen. Dies ist kein besonders angenehmer Apfel, aber er schmeckt ein bißchen nach Apfel, er hat die Farbe eines Apfels, eine feste, glänzende Schale, und dann Süße und ein sehr vertrautes Fruchtfleisch, obwohl wir uns wohl einig sind, daß der Geschmack höchstens mittelmäßig ist. Ich erinnere mich, was ein Apfel ist. Gut. Ich erinnere mich (wie gesagt) an Gemüse und verschiedene andere Dinge, zum Beispiel den Himmel und das Gras und euren kleinen Garten da draußen. Ich weiß noch, wie man eine Katze rufen sollte, damit sie kommt.«

Er zupft am Kragen seines Hemdes und leckt sich dann die Lippen.

»Und nun mach dir bitte bewußt, daß du diese Dinge sozusagen in umgekehrter Reihenfolge erfährst, daß du meine jüngste und bei weitem geringste Besonderheit schon kennst, also streiche sie aus deinem Bewußtsein, damit ich dich direkt zum Hauptpunkt meiner Entdeckung führen kann, und der ist ganz einfach: Ich kann mich an fast nichts sonst erinnern.«

Seine Hände beginnen die Luft vor ihm zu zerteilen und zu schichten.

»Möchtest du das erste wissen, dessen ich mich entsinnen kann? Das kann ich dir erzählen. Ich schlief, und ich wußte, daß ich schlief, ich fühlte, daß ich schlief und war sicher, daß ich nie erwachen würde. Es war wie Tod ohne Sterben, Jennifer. Um mich war Dunkelheit, kalt und geduldig wie der Mond, ohne Laut und ohne Sinn, und nicht mehr als mein winzig kleiner Gedanke an mich selbst, der darin durch die Ewigkeit trieb. Ich war die Schwärze eines Auges, ein kalter, trockener Blick in die Nacht, und ich sah nur die Abwesenheit Gottes – ein ferner, desinteressierter Schmerz, der schwache Hauch einer Intelligenz am Rand der Zeit.

Schon die Erinnerung daran betäubt mich – hier – in meinen Fingern steckt immer noch ein wenig Blindheit. Wenn ich jetzt oben allein bin, weißt du, dann schlafe ich nicht gern. Ich liege auf dem Bett, und ich habe Angst, daß ich wieder an jenen Ort gelangen werde und nicht wieder zurückkomme. Ich bin wie ein Kind, aber mit größerer Furcht vor der Dunkelheit. Sie beobachtet mich, und sie ist hungrig. Ich glaube, das war nicht immer so.«

Er legt eine Hand auf die Stirn und wischt abwärts. Seine Stimme ist plötzlich leiser.

»Ich fange an zu schwitzen. Der Schweiß leuchtet auch, falls du das wissen wolltest. Alle meine ... flüssigeren Bestandteile scheinen tatsächlich ... aber das ist ja gar nicht wichtig, denn es erklärt nichts. Laß mich überlegen ... wie lange war ich in dieser anderen Welt? Ich habe nicht die geringste Ahnung. Die ganzen Umstände meines dortigen Aufenthaltes ließen es wie eine Ewigkeit erscheinen. Für immer und doch ein Flüchtigkeitsfehler, ein zu winziger Augenblick, als daß warme Aufmerksamkeit ihn je entdecken könnte.

Und abgesehen davon war es so langweilig. Dort war alles (und das war nichts und wieder nichts) ewig. Begreifst du? Unendliche Felder von ewigem Nichts. Öde. Ganz ähnlich muß die Hölle sein, glaube ich. Ich glaube, ich muß in der Hölle gewesen sein, ohne je zu erfahren, wieso.«

Er hält inne, kräuselt die Lippen ohne mir ersichtlichen Grund.

»Doch ganz offensichtlich hat sich meine Lage geändert, denn jetzt bin ich hier und nicht mehr dort.

Ich werde dir also erzählen, wie ich aus dem, nun, mindestens dem Fegefeuer entlassen wurde. Ich fange an, mich warm zu fühlen. Kein Feuer, kein Schwefel, bloß Wärme. In meiner Hand (meiner rechten) erwacht ein kleiner Hitzepunkt, der sich in den Arm ausbreitet und schließlich – hoppla – mein Herz erreicht. Zu dem Zeitpunkt hat mich das nicht im geringsten erfreut. Ich erinnere mich, daß ich eher tot als lebendig sein wollte, und nun kam ich gegen meinen Willen wieder zu Bewußtsein. Du kannst dir vorstellen, daß ich vor allem ungeheuer verärgert war.«

Er beugt sich über den Tisch und späht wie ein sehr großer Vogel oder eine Katze, die in die Leere zwischen unseren Gesichtern schnuppert. Ich sehe eine Art Splittern in seinen Augen, Lichtspalten im Blau und einen mineralischen Glanz. Gar nicht unnatürlich, aber sehr bemerkenswert. Und seine Wimpern sind erstaunlich lang.

»Da treibe ich also, verärgert und verloren, irgendwo im Geist eines Schöpfers mit Amnesie – oder Schlimmerem. Für niemanden eine ideale Lage, für mich besonders schlimm. Ich mag mich schließlich sehr gern, und es ist mir wichtig, was mit mir geschieht. Aber die Veränderungen sind noch nicht vorüber. Ich merke, daß ich mich drehe und aufsteige, Bewegung rauscht in meinen Ohren und durch meine Haare, die wenigen, die noch da sind. Ich hatte eigentlich nie Haarausfall, ich habe einfach zu wenig und zu grobes Haar, zu dünn verteilt. Nichtsdestotrotz spüre ich, daß ich nach oben falle, in eine Art Morgen hinein. (Jedenfalls ist das mein Eindruck.) Licht beginnt aufzuglimmen, und meine Haut kribbelt am ganzen Körper, ich weiß nicht wovon, aber es ist sehr angenehm, und ich habe das Gefühl, nicht mehr ganz so schrecklich einsam zu sein. Das Bemerkenswerte allerdings ist, daß ich gelandet bin. Ich bin zum Stillstand gekommen – baff! –, als hätte ich mir den Kopf an der Decke gestoßen, nur daß die Decke ein Fußboden war.

Ich bin also in einem Haus, in dem ich noch nie gewesen bin und das sich dreht, um sich meiner Lage anzupassen, so daß das Bett unter meinen Körper rutscht, die Wände neben mich und alles an den Ort, an den es gehört. Dann ist es fertig. Angekommen. Nun kann ich meine Augen öffnen und so viele verschiedene Dinge auf einmal sehen, daß es schmerzt. Über mir und unter mir und zu allen Seiten gibt es Dinge zu sehen.

Das fand ich eine ganze Weile sehr eindrucksvoll und überraschend.

Unbestimmt ist mir klar, daß ich irgendwo bin, und nicht mehr nirgendwo. Ich weiß, daß ich zwischen Laken liege, daß mir kalt ist, aber nicht ungemütlich, und daß ich ein Mensch bin und nicht etwa ein Tier oder eine halbe Apfelsine oder jemandes anderen kluger Einfall. Dann kann ich nicht verhindern einzuschlafen, und ich fürchte mich nicht davor, denn alles ist vollkommen – ich will nichts als ausruhen. Ich bin seit Ewigkeiten nicht zur Ruhe gekommen (so lange ich mich erinnern kann), bin also ziemlich müde. Und was dann? Eh? In meinen Gedanken wird es Nacht.«

Mit breitem Grinsen schlägt er die Handflächen zusammen.

»Meinst du, daß ich eine Tasse von deinem Kaffee bekommen könnte, als kleine Unterbrechung? Der Kaffee ist wirklich gut.«

»Du erinnerst dich jetzt also auch an Kaffee?«

»Nein, nicht direkt. Ich glaube, ich habe einmal so etwas Ähnliches getrunken, aber es war irgendwie … pulvriger.«

»Dann ist er eine angenehme Überraschung.«

»So versuche ich die meisten Dinge zu betrachten, ja.«

Ich stehe auf, um Kaffee zu kochen. »Dann spiele ich also Mutter.«

Ich finde nicht, daß Frauen sofort Heißgetränke für Männer zubereiten sollten, wenn das Gespräch darauf kommt, aber zufällig habe ich auch gerade Kaffeedurst. Und ich habe den Kaffee, den Martin kocht, schon trinken müssen. Und außerdem ist es eine nette kleine Übung – wahrscheinlich das Mütterlichste, was mir passieren kann.

»Kümmere dich nicht um mein Geklapper, ich höre dir trotzdem zu.«

»Danke. Ich habe den Eindruck, daß Reden mir immer Spaß gemacht hat. Ich mag das Gefühl.«

»Ach, wie gut.«

»Ja, und das paßt jetzt auch sehr schön zusammen. Weißt du, was das erste war, was ich hörte, als ich sicher gelandet war und auf dem Bett lag? Der erste richtige Klang, als meine Welt noch ganz frisch und erstaunlich war?«

»Nein, weiß ich nicht. Woher soll ich das wissen? Du nimmst eine ganze Menge Zucker, oder?«

»Ich würde das nicht eine Menge nennen. Ich würde sagen, gerade genug.«

»Ich bringe die Packung mit.«

»Aber was habe ich gehört?«

»Tut mir leid, aber das kann ich nicht mal raten. Was hast du gehört?«

»Dich. Ich habe dich gehört.«

»Wie bitte?«

»Dich – du hast über irgendwas geredet. Ich konnte dich durch den Fußboden hören. Du mußt ungefähr da gestanden haben, wo du jetzt bist. Ich habe oben gelegen und gelauscht, und du hast glücklich geklungen und gelacht. Also. Dann wärst du doch praktisch meine Mutter, eh? Die erste Frau, die ich hören konnte.

»Nein. Nein, ich glaube nicht. Das möchte ich noch mal klarkriegen. Deine erste Erinnerung ist, daß du oben in deinem Zimmer liegst und Geräusche von hier unten hörst? Davor ist nichts?«

»Nichts. Habe ich doch erklärt. Ich bin in dieses Haus gefallen. Dies ist alles, was ich kenne.«

Normaler kann ich ihn nicht vorstellen. Ich habe in der Tat überlegt, ob ich einige seltsamere Einzelheiten auslassen sollte, aber das schien unmöglich. Ich versuche schließlich, Ihnen so viel Wahrheit wie möglich zu bieten, und ein Teil der Wahrheit ist auch die Reihenfolge, in der sie sich ereignet. Eine Tatsache löst ein Gefühl aus, eine andere nicht, ganze Schlangen von Maulwürfen purzeln wie Dominosteine in die ganz falsche Richtung, bloß weil ein Zeitraum verzerrt oder ausgelassen wurde. Nichts liegt mir ferner, als Ihre Maulwürfe in die Irre führen zu wollen.

Sie sollten jetzt zum Beispiel erfahren, daß die Küche, die ich beschrieben habe, sich in jenem grauen, viereckigen Haus befand, das ich schon erwähnt habe – und das ich mir mit drei anderen Menschen namens Liz, Arthur und Pete teile. Falls Sie sich schon Gedanken gemacht haben sollten. Als Martin eintraf, stand Petes Zimmer gerade leer, aber wir erwarteten schon den

Zwischenmieter. Es mag erschreckend sein oder auch enttäuschend, daß eine Hauptfigur dieser ganzen Angelegenheit ein Mann war, etwas kleiner als der Durchschnitt, der im Dunkeln – mehr oder weniger – leuchtete, sich nur an einzelne Obst- und Gemüsesorten erinnern konnte und praktischerweise in einem unbewohnten Zimmer zu sich kam. Ich selbst hätte mir diese Konstellation auch nicht ausgesucht, aber ich hatte keine Wahl. Und weil Martin mein Freund war, möchte ich Sie bitten, Geduld mit ihm zu haben. Nicht nur ich hatte keine Wahl. Er konnte sich nicht einmal seinen Namen aussuchen.

»Was willst du damit sagen, du heißt nicht Martin?«

»Ich will sagen, was ich sage. Die einzige, die mich Martin genannt hat, warst du.«

»Jetzt bringst du mich schon wieder durcheinander.«

»Kein Durcheinander. Irgendwann fühlte ich mich sicher genug, das Bett zu verlassen. Meine Umgebung wirkte unbekannt, aber nicht unwahrscheinlich, wenn du verstehst, was ich meine. Ich dachte mir, ich müßte herausfinden, wem die Stimme gehörte. Zunächst ging ich zum Fenster und stellte fest, daß ich mich im ersten Stock eines Hauses befand – es wäre nicht sehr erfreulich gewesen, wenn die Stimme aus dem Untergrund gekommen wäre. Du kannst dir vorstellen, daß ich nicht noch eine weitere Überraschung am selben Morgen erleben wollte. Genug ist genug.

Nun hatte ich allerdings ein Problem. Keine ... als ich landete, war ich nicht mit Kleidung ausgestattet. Ich wollte mich natürlich nicht gleich so unverhüllt präsentieren, und bei einer Durchsuchung des Zimmers förderte ich eine Ansammlung von Kleidungsstücken zutage, die mir passend erschienen. Ich kleidete mich an, so gut es ging, und öffnete die Tür. Zu meiner unendlichen Erleichterung lag dahinter tatsächlich der Rest eines Hauses und eine Treppe. Ich ging hinaus, ein wenig so, als würde ich aufs Meer hinauswandeln, doch alles war gut.

Die nächste Tür, die ich öffnete, war diese hier zur Küche, und du saßest am Küchentisch und lasest laut. Ich bin sicher, du kannst dich deiner Worte entsinnen, wenn du dich anstrengst. Schließlich habe ich von uns beiden das schlechtere Gedächtnis.«

»Du mußt Martin sein.«

»Genau. Du sagtest mir, ich müsse Martin sein.«

»Das war kein Befehl, das war eine Annahme. Wir erwarteten einen Zwischenmieter namens Martin für Petes Zimmer.«

»Das weiß ich inzwischen auch. Aber du kannst dir sicher denken, daß ich an jenem Morgen jeder Art von Vorschlag gegenüber aufgeschlossen war. Sogar einem Namen. Ich hoffte sogar, du mögest mich kennen, von mir gehört haben. Ich hatte außerdem die Vorstellung, dies sei das Haus, in dem die Neuankömmlinge ihren Namen und ihre Anweisungen erhielten, bevor sie in ihr Leben entlassen würden.« Er zog deutlich die Schultern hoch. »Nun, ich wußte es eben nicht. Du kannst nicht abstreiten, daß ein Name immer nützlich ist, auch wenn es nicht der eigene ist.«

»Und du kannst dich nicht inzwischen an deinen richtigen Namen erinnern?«

»Nein. Tut mir leid.«

»Ich dachte nur.«

Ich hasse Geheimnisse. Nein, das ist gelogen, und ich wollte Ihnen doch die Wahrheit erzählen. Neuer Anfang.

Ich hasse es, nicht an einem Geheimnis teilzuhaben. Das trifft es eher. Manchmal wird mir ein scheinbar echtes Geheimnis enthüllt, ich werde eingeweiht, ich darf mich direkt davor hinstellen und so lange hinschauen, wie ich will, aber ich begreife trotzdem nichts. Ich könnte genausogut auf eine mathematische Formel oder eine unbekannte Sprache starren – es hat keinerlei Bedeutung für mich. Was noch schlimmer ist: Ich weiß, daß es für jemand anderen Bedeutung haben muß. Ich bin also zu dumm. Man braucht mir gar nichts zu verheimlichen, es übersteigt einfach mein Begriffsvermögen. Das ist mein blinder Fleck.

Ich weiß nicht, ob ich schon mit diesem wütenden Drang, das Innerste aller Dinge aufzudecken, aufgewachsen bin, oder ob mich das Erwachsenwerden so gemacht hat. Ich war ein Einzelkind, und im Rückblick hatte ich anscheinend den ganzen Tag nichts zu tun, als mich zu sehr zu interessieren. Denn ich litt unter einer seltsamen Enttäuschung. Meine Eltern wichen Fragen weder aus noch schoben sie mir die Sorte wohlgeordneter Fabeln unter, die andere Erwachsene oder Lehrer Kindern – oder sogar einander – vorzusetzen pflegten. Zu Hause wurde nichts verborgen. Ich konnte meinen Vater und meine Mutter alles fragen und bekam eine solide und realistische Antwort. Mein Problem war nur, daß ich selten wußte, was diese Antworten bedeuten sollten. Im Laufe der Jahre mit meinen Eltern war ich immer mehr davon überzeugt, daß ich die Welt um mich herum bestens kannte, daß sie aber leider nie auch nur den geringsten Sinn ergab.

Als ich die Treppe hinaufstieg, nachdem Martin mir erzählt hatte, was er alles nicht über sich wußte, trat ich in eine Stimmung hinein, die ich früher nur mit dem Haus meiner Eltern assoziiert hatte. Ich konnte ihre Möbel riechen, diese besondere trockene, kribbelnde Luft in ihrem Zimmer. Ich durfte in ihr Zimmer. In ihr Schlafzimmer. Sogar wenn sie darin waren, gemeinsam hinter der geschlossenen Tür, durfte ich hinein. Ihr

Zimmer hatte eine weiße Tür, die wie alle anderen im Haus aussah – auf moderne Art flach, mit einem weißen Keramikgriff und ein oder zwei dicken Farbnasen im Lack, wenn man bei richtiger Beleuchtung genau hinsah. Ich sah sehr genau hin, denn in Wirklichkeit unterschied sie sich von allen anderen Türen im Haus, sie sah nur genauso aus. Das wußte ich. Sie war ein großes, unverständliches Geheimnis – ich konnte stundenlang darauf starren, bis mein Gesicht taub wurde oder ich anfangen mußte zu weinen, und dennoch verstand ich es nicht. Kinder sind da manchmal seltsam, sie besitzen eine ganz unangemessene Beharrlichkeit, können nicht erkennen, wann ein Fall hoffnungslos wird.

»Willkommen in unserem großen Ballsaal, meine Damen und Herren. Das Streichquartett spielt, Ihre Plätze werden vom philippinischen Zwerg Ihrer Wahl angewärmt, und denken wird heute abend Martin Wilson für Sie.«

Sie müssen wissen – meine Eltern waren ein hoffnungsloser Fall. Sie hätten ihnen nur hinter der geschlossenen Tür zuhören müssen, dann hätten Sie es schnell gemerkt.

»Was?«

»Der Spezialist für Paranoia, Probleme und Perversitäten, Absolvent der Sigmund-Freud-Hochschule für Charme und Intrigen, Ihre Neuronen fressen ihm aus der Hand – meine Damen und Herren, ich präsentiere Ihnen – raten Sie es?«

»Es würde mir nicht mal was ausmachen, wenn deine Tiraden nicht so eingeübt wären. Weißt du, wo bei diesem kleinen Auftritt das Problem lag? Die Betonung war zu perfekt.«

»Ach je. Mein Fehler. Wir sind heute abend in Detektivlaune.«

»Überanstreng dich nicht. Du bist schon ganz dicht an der Improvisation.«

»Fick dich selbst.«

»Hoppla, schon ist es passiert – mitten in die Wirklichkeit.«

»Ja, ja, ja. Nimm dir einfach, was du holen wolltest, und verpiß dich.«

»Aber ich weiß gar nicht mehr, was ich holen wollte. Steckt es im Kleiderschrank? Oder unterm Bett?«

»Du bist jämmerlich. Jämmerlich.«

»Du solltest es dir gut überlegen, wenn du so etwas sagst. Ich könnte es mir zu Herzen nehmen. Liebling.«

»Verpiß dich.«

»Nein.«

»Verpiß dich.«

Ich verstand ihre Redeweise nicht. Wenn ich mir die Worte heute anschaue, kann ich mir einige der Gefühle erklären, aber es war mir nie so klar, wie ich hoffte. Damals dachte ich beinahe, daß sie miteinander spielten, und als ich älter wurde, dachte ich, daß sie sich stritten, und jetzt denke ich wieder, daß ich vielleicht zu Anfang richtig lag. Meine Eltern benahmen sich immer ganz wie bei einem Spiel, oder wie bei einer Generalprobe für etwas, das ganz wichtig wäre, wenn es dann schließlich ernst würde.

Martin war ein Geheimnis wie meine Eltern, doch anders als sie ein freundliches. Er schien sich selbst tatsächlich ebenso rätselhaft zu sein wie seinen Mitmenschen, und das konnte ich einfach nicht bedrohlich finden. Irgend etwas hinderte mich, an seinem Verhalten zu zweifeln. Ich weiß nicht was, ich bin nicht besonders leichtgläubig: Lügner versuchen ihre Lügen meist durch emotionale Ablenkungen zu fundieren, und mich können sie natürlich nicht ablenken. Ich stand einmal hinter einem Taschenspieler, und die Wirkung war ganz ähnlich – nichts zu sehen als nackte Technik, interessant, aber ganz und gar nicht überzeugend. Martin hatte nichts dergleichen versucht.

Was noch besser war: Er war sozusagen mein eigenes privates Geheimnis. Niemand sonst wußte, was wir wußten – Martin und ich. Liz und Arthur wußten es nicht. In der betreffenden Nacht waren sie nicht mal zu Hause. Freitagabend, wir sind alle freie Menschen, wir haben Arbeit oder zahlreiche Alternativen, da war es nicht wahrscheinlich, jemanden zu Hause anzutreffen. Aber ich war da und Martin auch, und er hatte mit mir gesprochen. Eine eher kindische Befriedigung, aber ich lasse mich gern leicht zufriedenstellen – dann kann man öfter befriedigt sein, und das ist ja wohl nichts Schlechtes.

An jenem Abend machte ich mich wie üblich zum Schlafengehen bereit, nur ein bißchen leiser als sonst. Draußen hatte es aufgehört zu regnen, und das Haus war im Dunkeln zur Ruhe gekommen. Aus Martins Zimmer drang kein Laut. Ich wußte nicht, ob er schlief, gegen den Schlaf kämpfte oder bloß stumm im Dunkeln glomm.

Sie haben sicher schon überlegt, welche Möglichkeiten ich durchspielte, als ich im Bett lag. Mein Bett ist sehr komfortabel, genau das richtige zum ungestörten Nachdenken – es soll meinen Rücken in guter Form halten. Es ist ein Doppelbett, weil ich eine ausladende Schläferin bin. Ich habe beim Kauf nur an mich selbst gedacht – ich konnte mir niemanden außer mir selbst vorstellen, der den Genuß dieser hervorragenden Matratze verdient hätte.

Ich verteilte mein Gewicht auf die fehlerlos konstruierten Federn und stellte mir vor, daß Martins Amnesie durch Unfälle, Chemikalien, Strahlung oder Experimente mit Gasen hervorgerufen worden war. Ich stellte mir vor, wie Martin experimentierte, wie mit ihm experimentiert wurde, wie ihm auf dem Weg zu uns etwas zustieß, ein zufälliges Unglück mit verzögerter Wirkung. Ich stellte mir vor, daß er Angst vor der Dunkelheit und vorm Einschlafen hatte. Ich sah Martin vom Blitz getroffen, vom Blitz fortgerissen, als Illusionisten, als Zirkusdarsteller, als Naturschauspiel. Während ich in Richtung Schlaf sank, stellte ich mir noch ganz andere Dinge vor, an die ich mich jetzt nicht mehr erinnern kann.

Ich wurde nicht schlau aus ihm. Ich weiß nicht, warum mich das nicht beunruhigte. Ich weiß noch, daß ich überlegte, ob ich Angst haben müßte, ganz allein in der Nacht, kurz vorm Einschlafen, während niemand wußte, was sich auf der anderen Seite des Treppenabsatzes befand. So leise ich konnte, stand ich auf und verschloß meine Tür. Nicht weil ich Angst hatte, bloß weil ich es womöglich tun sollte.

»Martin?« Ich hielt den Schlüssel noch in der Hand, als ich durch die Tür hindurch rief, nur zur Sicherheit. »Martin. Martin?«

Es kam keine Antwort, was bedeuten mochte, daß er mich nicht hören konnte oder daß er schlief. Wenn er Grund gehabt hätte, sich schuldig zu fühlen, hätte er mir geantwortet, um mich zu beruhigen, bis sein Plan gereift war, und ich stellte mir vor, wenn er in irgendeiner Weise angespannt gewesen wäre, hätte er wachsam gelauscht. Ich war froh, daß er nicht antwortete. Ich wollte nicht, daß er schuldbewußt oder angespannt war.

Am Morgen kam Arthur früh nach Hause, rollte sein Fahrrad in den Flur und sang. Er weckte mich auf.

»Jesus liebt die Atheisten
Agnostiker und Sophisten
Echter Zweifel soll sich lohnen
Denn –
Jesus liebt die Diskussionen.
Ja, Jesus liebt mich,
Ja, Jesus liebt mich,
Ja, Jesus liebt mich,
das kam heut mit der Post.«

Arthur denkt sich Lieder aus.

Das war in unserem Haushalt ein ganz normaler Tagesbeginn, und auch wenn es unwahrscheinlich scheint, hatte ich mich doch gewaschen, angezogen und zog die Schuhe an, bevor ich wirklich an Martin dachte. Ich kann oft nicht an einigermaßen bedeutsame Dinge denken, bevor mein Tag richtig losgegangen ist. Das heißt, daß ich manchmal auch dazu neige, die Wiederkehr unerfreulicher Erkenntnisse dadurch abzuwehren, daß ich im Bett bleibe. Das heißt aber nicht, daß schlechte Neuigkeiten es nicht doch schaffen, bisweilen zu mir unter die Decke zu schlüpfen.

Martin war allerdings nicht direkt eine schlechte Neuigkeit, eher eine trübe Wolke, die hinter meinen Augen schwebte, bis ich mich nach vorn beugte, um meine Schnürsenkel zu binden, und ihn abschüttelte. Als ich den Treppenabsatz überquerte, um nach unten zu gehen, riskierte ich einen Blick nach links. Martins Tür zog sich zurück und zeigte ihn im Schatten seines Zimmers. Er stand dort barfuß in zerknitterten Jeans und einem müden rotbraunen Pullover, den er in einer engen, staubigen Ecke gefunden haben mußte. Wenn er ihn nicht mitgebracht und es dann vergessen hatte. Es fiel mir schwer zu glauben, daß jemand in seinem Alter unvermittelt und nackt auftauchte.

Während ich mir Gedanken über seine Kleidung machte, neigte Martin den Kopf vor und zur Seite, sah mich einen Augenblick an und richtete sich dann mit einem Lächeln auf. Ein schwaches bläuliches Glimmen war zu sehen, bevor er die Hand vor den Mund hielt und hustete. Seine Tür schwang wieder zu.

Unten in der Küche grub Arthur mit den Händen in der Butter.

»Was machst du da?«

»Schaue nach, ob wir gewonnen haben.«

»Was gewonnen?«

»Ach, irgendwas.«

»Tut mir leid, vielleicht bin ich heute morgen ein bißchen langsam. Was stellst du da mit unserer Butter an?«

»Das ist Margarine.«

Er hatte recht. Ich nenne es Butter, weil ich mir damit Butterbrote schmiere, nicht, weil es keine Margarine wäre.

»Willst du es mir verraten?«

»Ich schaue unter der Margarine nach, weil sie einem auf dem Packungsboden mitteilen, was man gewonnen hat. Ich glaube, Geld. Und ein Teil des Verkaufspreises geht an Waisen im Ausland oder an bedrohte Tierarten.«

»Ist ja eigentlich das gleiche.«

»Mmm.«

»Aber könntest du das nicht mit einem Löffel machen, Art?«

»Klar.«

Er stellte seine Suche gelassen ein.

»Wir haben nichts gewonnen. Ich kann nichts Ungewöhnliches entdecken.«

Mit einem Teelöffel kratzte er sich die Margarine von den Fingern und drückte sie wieder in die Packung, strich dann die Oberfläche einigermaßen glatt.

Wir aßen schweigend gemeinsam Margarinetoast, während das Radio uns mitteilte, daß unsere neue Regierung das Gewebe der Wirklichkeit furchtlos mit drastischen Verlautbarungen korrigierte. Europa kochte in der Ferne über und zog mörderische Grenzen, die neu gestalteten Fundamente verschiedener in die Schlagzeilen geratener Religionen wurden noch einmal umgedeutet, und in der Heimat begingen viele schlechte Menschen Verbrechen, und manche wurden später verhaftet – die Wirklichkeit rächte sich für die Verlautbarungen. Ich wechselte den Sender.

»Nun, in der Dominikanischen Republik nennt man die Riesenfrösche ›Berghühner‹, und sie sind wirklich sehr lecker.«

Bald darauf ging ich zur Arbeit. Ich werde Ihnen später erzählen, womit ich mein Geld verdiene, denn jetzt springen wir zum Dienstagnachmittag, wo etwas Wichtiges passierte. Ich nahm Martin mit nach draußen.

»Ich habe das noch nie gemacht.«

»Aber du mußt doch.«

»Nein.«

»Irgendwann mußt du doch mal rausgegangen sein. Um hierherzukommen –«

»Ich bin hierhergefallen. Tut mir leid, aber so ist es passiert. Ich schleiche mich gewöhnlich nicht nackt an fremde Häuser heran und breche womöglich ihre Schlösser auf (wie bin ich wohl hier hereingekommen – kannst du mir sagen, wie ich hier reingekommen bin?), suche mir einen Schlafplatz und vergesse dann, wie ich es gemacht habe.«

»Du bist noch kaum aus deinem Zimmer rausgekommen. Das ist doch nicht gesund.«

»Die Dinge machen mich ein bißchen nervös.«

»Ein bißchen Sonne. Bloß rauf zum Park und zurück. Ist gleich um die Ecke, wir können uns da ein bißchen hinsetzen, wenn du ausruhen mußt, oder direkt zurückkommen. Ich meine, es fällt den Leuten schon auf, Martin. Unser Zusammenleben ist sehr entspannt, aber die andern bemerken was. Ich soll sogar mit dir darüber reden. Liz und Arthur meinten, ich sollte mit dir reden.«

»Warum? Was ist los?«

»Nichts Schlimmes. Keine Angst, ich habe ihnen nichts über dich erzählt.«

»Danke.«

»Keine Ursache. Von der Wahrheit hätten sie mir sowieso kein Wort geglaubt, und lügen kann ich nicht gut, also habe ich den Mund gehalten. Komm jetzt. Sind die Schuhe bequem?«

»Wie sollen sie bequem sein, wenn es nicht meine sind? Und diese ganzen, diese …«

Seine Hände fuhren verärgert umher, während er auf seine besonders unglücklich aussehenden Turnschuhe starrte.

»Was?«

»Einfädeln und flechten und dergleichen habe ich an meiner Kleidung noch nie gemocht. Ich habe es lieber einfach. Vor allem an den Füßen.«

»Das sind doch bloß Schnürsenkel, um Himmels willen.«

»Hmmn.«

»Du hast doch wohl nicht Schnürsenkel vergessen.«

»Eh, nicht vergessen – bloß verlernt, wie es geht, würde ich sagen.« Er zupfte an seinem ohnehin dünnen Schnauzbart. »Wir müssen jetzt hinausgehen, hm?«

»Das könnte dir guttun.«

Aber natürlich tat es ihm nicht gut, denn ich hatte vergessen, daß andere Menschen dazu neigen, sich von Dingen verwirren oder sogar zu Tode ängstigen zu lassen, die sie nicht verstehen. Als wir in die kleine Straße einbogen, die zum Park führte, blieb Martin stehen. Er lehnte sich mit der Schulter an die Wand, sein Gesicht glänzte grau.

»Wir sind fast da.« Ich war entschlossen, ihn fröhlich zu ermutigen. »Nur noch ein kleines Stück.« Ein Auto fuhr vorbei, und er schreckte zurück, eine Hand zuckte nach oben, um sein Gesicht zu bedecken, dann führte er die Bewegung langsam weiter, als hätte er nur vorgehabt, sich übers Haar zu streichen. Mir kam der Gedanke, daß ich ihn bei der Hand nehmen oder auf die Schulter klopfen müßte, irgendeine spürbare Aufmunterung, doch bevor mir die angemessene Geste einfiel, atmete Martin hörbar ein. Er richtete sich auf und ging vorsichtig weiter, als hätte er Angst, das Gleichgewicht zu verlieren.

Nachdem wir das Tor zum Park durchschritten hatten, schien sein Schritt leichter zu werden, er verließ den Weg und ging auf einen kleinen, von niedrigen Bäumen und einer Mauer umstandenen Platz zu. Dort ließ er sich nach vorn auf den Rasen fallen, als hätte er eine anstrengende Schwimmstrecke hinter sich gebracht und wolle nun das Ufer eine Weile festhalten, damit es nicht wieder verschwindet. Ich störte ihn nicht, sondern wartete, bis er sich auf den Rücken drehte, und sprach ihn dann an.

»Martin?« Er versuchte nicht aufzustehen, hob nur einen Arm und winkte mich mit einer scharfen Kurve der Hand heran, die dann dicht neben seinem Kopf wieder ins Gras fiel. »Martin?«

»Ich muß mich entschuldigen – ich fürchte, ich bin im Augenblick nicht in der Lage, mich von hier wegzubewegen.«

»Das ist schon in Ordnung.«

Ich setzte mich ein Stück entfernt hin, und mein Schatten fiel auf sein Gesicht.

»Danke.«

»Wie bitte?«

»Für den Schatten.«

»Oh, kein Problem. Hhrrrmf.« In der folgenden Stille landete eine Taube und trippelte nach links davon. Martin mußte gesehen haben, wie sie sich aus dem Himmel über ihm herabschraubte und die Flügel zur Landung anwinkelte. Er seufzte, als sie aufsetzte, was ich als Zeichen der Zufriedenheit deutete. »Geht es dir besser?«

»Hauo!«

Ich merkte, daß ich zurückgeschreckt war, während seine Taube und eine halbes Dutzend anderer hochflatterten und hinter den Bäumen verschwanden. Martin hatte seinen anfänglichen Schrei in etwas abebben lassen, das durchaus nach Lachen klang. Als er die Augen öffnete, hörte er auf zu lachen.

»Es wird mir nie bessergehen.«

»Gut, gut.«

»Nein.« Er packte mich an einem Knöchel. »Nein. Das ist nicht gut. Ich weiß nicht, was mit mir geschehen ist. Ich kann nicht aufstehen. Ich kann in diesen Schuhen nicht laufen. Mein Gott, ich muß doch schon einmal gelaufen sein. War ich irgendwo gefangen, daß ich jetzt so … ich habe solche Angst.«

»Martin –«

»Hör mal.«

Ich konnte nichts Besonderes vernehmen.

»Hörst du sie?«

»Ähm …«

»Die Kinder. Sie spielen da drüben. Ich versuche gar nicht erst hinzuschauen, ich werde davon nur schwindlig, aber ich weiß, daß sie da sind. Sie spielen. Nicht einmal kleine Kinder haben Angst davor, aber ich kann hier einfach nicht sein.«

»Das sind schon ziemlich große Kinder.«

»Jennifer, bitte. Hör zu. Du hörst die Dinge zwar, aber du

hörst nicht zu. Ich glaube nicht, daß ich mich von hier wieder wegbewegen kann. Ich halte es nicht aus. Kannst du mir helfen. Wenn du es nicht kannst ... sonst habe ich niemanden. Bitte, konzentriere dich auf meine Lage.«

Er spannte seine Halsmuskeln an, um seinen Kopf fest ins Gras zu pressen. Er rieb die Wange an seinem ausgestreckten Arm. Seine Augen wirkten feucht. Ich bemerkte es nur ungern.

»Ich höre zu, Martin, aber ich weiß nicht, was ich tun soll. Warum setzt du dich nicht aufrecht hin?«

»Ich kann nicht.«

»Ich halte deine Hand.« Seine Finger waren verkrampft. »Ich halte deine Hand zwischen meinen. Entspann dich einfach. Ich werde dich nicht loslassen. So ist es recht.«

»Ich habe das Gefühl, daß ich fallen werde.«

»Das verstehe ich nicht. Erzähl mir was darüber.« Das ist eine meiner positiven Eigenschaften – wenn ich mir einen Geisteszustand nicht vorstellen kann, bitte ich um weitere Informationen. Viele Menschen gründen sämtliche zwischenmenschlichen Beziehungen auf ein reines Ratespiel. »Erzähl mir davon, das wird dich beruhigen.«

»Ach, ich –«

»Atme, atme ein paar Mal ruhig durch. Ich halte dich fest, keine Sorge.« Ich klang überzeugend verläßlich – meine eigenen Gedanken waren völlig überzeugt, daß er nicht plötzlich wie ein heliumgefüllter Jahrmarktsballon davonschweben würde, egal, was er dachte.

»Es ist alles in Ordnung.« Vielleicht ließ die Spannung in seinem Handgelenk ein wenig nach. Meinetwegen.

»Ich glaube dir, wirklich. Mein Geist ist überzeugt, aber der Rest hat schreckliche Angst.«

»Aber denk doch mal nach. Hast du je gesehen, daß ein Mensch physisch einfach so wegweht? Muß man dich normalerweise nachts anpflocken?«

»Ich weiß es nicht!«

»Okay, schlechte Frage. Aber bloß weil du in einer Hinsicht ungewöhnlich bist, mußt du ja nicht voller seltsamer Überraschungen stecken. Also, wie fühlst du dich? Was fehlt dir? Ist dir schlecht?«

»Ich fühle … ich habe den Eindruck … ich würde jeden Moment von der Welt fallen. So klein und so an der Oberfläche. Ich – oh.« Seine Stimme wurde plötzlich fester, beruhigte sich. »Ich erinnere mich an etwas.«

»Das ist doch großartig.«

»Ja.« Beinahe lächelte er.

»An was denn?«

»Eh! Nur eine winzige Kleinigkeit, aber ich bin mir ziemlich sicher, als junger Mann ging ich einmal zwischen einer hohen Mauer und irgendwelchen Feldern entlang. Dunkle, ebenmäßige Reihen von Pflanzen waren dort angebaut. An einem sandfarbenen Sommerabend, unter einem vollen, tief hängenden Mond. Unter meinen Füßen lag eine weiche Straße, und meine Stiefel wirbelten beim Gehen die Hitze des Tages aus dem Staub. Ich ging nach Hause. Ich weiß nicht, wo ich war, aber ich bin ziemlich sicher, daß ich nach Hause ging, ich hielt nur kurz an, weil ich sehr müde war, durstig … als ich meinen Hut abnahm, kühlte mich der Schweiß. Ich schaute nach oben.« Plötzlich zog sich seine Hand in meiner zusammen. Seine Augen waren geschlossen, doch sein Gesicht bewegte sich, als träume er. »Das war es. Der Mond verdunkelte sich. Ich stand da und beobachtete, wie ein Schatten über den Mond zog, so leicht und leise, als wäre es meine Hand.

Oh, das war natürlich ein beeindruckendes Naturschauspiel, aber vor allem spürte ich, um einen so gewaltigen Schatten zu werfen, mußte etwas schrecklich Großes und Schweigendes hinter mir liegen. Die Logik sagt mir, daß es sich um meinen eigenen Planeten handeln muß – das begreife ich –, aber jetzt bekomme ich einen Eindruck von der Größe dieses Planeten. Ich balanciere auf einer gewaltigen Fläche, und doch hat sie ein Ende, ist nur eine Oberfläche. Beim Zuschauen sehe ich den Nachweis ihrer Form und Bewegung, die den Mond völlig verdunkelt und dann wieder ins Licht läßt. Intellektuell konnte ich die Prinzipien der Mondfinsternis problemlos akzeptieren, aber sie mit meinem Herzen zu erkennen, aus eigener Erfahrung, fand ich eher mystisch als wissenschaftlich, eher erschreckend als beruhigend. Ich glaube nicht, daß der Mensch die Wirklichkeit seiner Erdkugel so persönlich spüren sollte. Das spürte ich damals, und das spüre ich jetzt. Ich will nicht fallen.«

»Das ist wunderbar, Martin.« Sein Kopf bewegte sich leicht, als er versuchte, mich anzusehen.

»Du erinnerst dich. Das muß doch gut sein. Du hast bloß gerade eine Panikattacke. So was kommt vor. Ist nichts Reales.«

»Aber ich spüre es.«

»Deshalb ist es noch nicht real. Ich bin auch hier, und ich fühle es nicht. Wenn du dich hinsetzen willst, bin ich bei dir, und dann sehen wir weiter. Das ist doch alles sehr gut. Ich glaube, bald weißt du wieder, wer du bist. Das war sicher ein kleiner Schock eben, und es tut mir leid, daß ich dir den verpaßt habe, aber auf lange Sicht ist es sicher gut.«

Komisch, was ich in meinem Leben so alles gesagt habe. Heute wäre ich wahrscheinlich weniger überzeugt von meinen Zukunftsprognosen.

Im Park tat ich mein Bestes, Martin zu ermutigen, und langsam bekam ich ihn vom Boden hoch und aus dem Park hinaus. Der Weg nach Hause kostete uns eine halbe Stunde, inklusive des ungeschickten linkshändigen Gestochers nach dem Schlüsselloch. Meine Rechte hielt Martin um seine Hüfte geklammert.

Nachdem er sicher im Flur angekommen war, schoß er die Treppe hinauf zu seinem Zimmer und rief ein Dankeschön über die Schulter, das ich fast gleichzeitig mit dem Zuschließen seiner Tür hörte.

Ich ging in die Küche. Bevor ich das Licht anmachte, sah ich Martins letztes schwaches Leuchten an meinen Händen und tief im Gewebe meines Hemdes. Das war gar nicht so unangenehm. An solche Vorkommnisse kann ich bisweilen denken und sie als Erinnerungen an etwas Gutes betrachten.

»Hast du ihn gefragt?«

Das fragte Liz, als sie mir in die Küche folgte und freundschaftlich auf die Schulter klopfte, um dann einen Teelöffel zu nehmen und zum Kühlschrank zu gehen. Sie haben sie noch nicht kennengelernt, aber deswegen ist sie kein schlechter Mensch, bloß schwer zu erwischen. Ich frage mich oft, wieso ich sie überhaupt kenne. Wir leben zwar schon seit langer Zeit im selben Haus, aber sie hat Abwesenheit zu ihrer hervorstechendsten Eigenschaft gemacht. Das läßt sie oft wechselhaft erscheinen –

zwischen ihren Auftritten verliert sie Gewicht oder nimmt zu, wird braun, legt sich Ohrringe zu. Kurz gesagt, man redet eher über Liz als mit ihr, weil sie nie da ist. Aber das haben Sie sicher selbst schon bemerkt.

»Hast du nicht, oder?«

»Was? Ach, ihn wegen der Miete gefragt?«

»Mhm. Und wegen der Nebenkosten und daß er mit dem Boiler vorsichtig sein muß und daß er Anrufe notieren soll und den ganzen Kram.«

»Ja, was die Hausregeln angeht, scheint er irgendwie durchs Netz gefallen zu sein. Aber ich bin sicher, na ja, wahrscheinlich hat Pete ihm alles erklärt.«

Liz machte den Kühlschrank zu und begann einen Joghurtbecher auszuweiden.

»Im Bad ist er ziemlich unordentlich. Nicht bloß unordentlich – ekelhaft.«

»Nein. Er *war* unordentlich, aber Arthur hat ihm den Kopf gewaschen. Es war eher Verwirrung als Unordentlichkeit. Jetzt ist er sehr achtsam. Ich meine, er scheint auch ein ganz ordentlicher Mensch zu sein.«

»Okay. Aber er muß wegen der Nebenkosten Bescheid kriegen – es soll ja nicht so enden wie bei diesem Kumpel von Arthur.«

»Nein. Das war ein bißchen viel.«

»Ein bißchen viel ist gut. Wenn ich den noch mal zu Gesicht kriege, mache ich ihn einen Kopf kürzer. Der Typ war ein Vampir. Ich habe die ganze Zeit erwartet, daß Arthur ihm seine Nieren zum Verkaufen aushändigt.«

»Bloß eine Niere. Die andere braucht er noch.«

»Hey, wir reden von Arthur. Es hätte ihm sogar noch leid getan, daß er keine drei anbieten kann. Aber du wirst doch mit Martin reden, oder? Ich kenne ihn überhaupt nicht, und Arthur macht er nervös. Ich dachte, ihr hättet darüber gesprochen, als ihr beide draußen wart.«

Gute Beobachterin, Liz, immer heiß darauf, unser Kommen und Gehen zu verfolgen. Natürlich nur, wenn sie da ist. Vielleicht ist sie so oft weg, um sich davon zu erholen.

»Ich wollte ihn ja fragen, aber dann ist ihm schlecht geworden. Na ja, nicht direkt schlecht – er hat ein bißchen Platzangst gekriegt.«

»Stimmt irgendwas nicht mit ihm?«

»Nein, glaube ich nicht – er ist bloß ein bißchen sensibel.«

»Du meinst schwul.«

»Sensibel. Heutzutage dürfen auch Hetero-Männer sensibel sein, habe ich in einer Illustrierten gelesen. Nicht daß ich Genaueres über Martin wüßte. Es ist nicht gerade offensichtlich, und es geht mich nichts an.«

»Sensibel.«

»Sensibel. Aber keine Angst, das ist nicht ansteckend.«

»Wenn du damit sagen willst, daß ich unsensibel bin, fick dich selbst. Ich bin verliebt, da bin ich selbstverständlich sensibel.«

»Adolf Hitler war auch verliebt. Denk an Eva Braun.«

»Und die ganzen Schäferhunde. Genau. Und außerdem hat er Aquarelle gemalt. Sehr sensibel.«

»Es ist nur so, daß wir deine verliebte Seite so selten zu sehen kriegen – weil du so oft weg bist.«

»In nächster Zeit werdet ihr mich mehr als sonst zu sehen kriegen, bis Frank sich ein bißchen beruhigt hat. Er will nicht begreifen, daß verliebt sein nicht dasselbe ist wie ein Nest bauen.«

»Männer, hm?«

»Hmm.«

Und im ganzen Verlauf dieser Unterhaltung wußte ich, was auch Sie wissen –

Martin ist nicht Martin

Irgendwo muß es einen echten Martin geben

Je mehr Zeit vergeht, desto näher kommt der wahre Martin

Soweit ich weiß, hat unser Martin kein Geld

Ohne Geld sehe ich keine Möglichkeit für ihn, hierzubleiben.

Unser Martin ist oben und womöglich einsam oder verstört oder krank oder irgend etwas anderes, was ich mir noch nicht vorstellen kann.

Ich würde Ihnen gern erzählen, daß ich nach oben ging, um nachzusehen, wie es ihm geht, einfach an seine Tür klopfte, um ihm deutlich zu machen, daß er nicht allein ist, aber ich tat nichts dergleichen, weil ich nicht wußte, wie. Ich fand keine angemessene Handlung oder Sprache. Der Rest des Tages verging, ohne daß Martin sich sehen ließ oder ich an ihn dachte. Ich glaube, ich sah mir mit Liz ein Video an und ging früh ins Bett, weiter nichts. Ich blieb eine Weile in der Nähe seiner Zimmertür stehen, als ich ins Bett ging, dann ging ich weiter. Ich bin keine gute Gastgeberin, auch jetzt noch nicht.

Damit verbinde ich ein bestimmtes Gefühl - Schuld. Schuld ist natürlich in den keltischen Ländern eigentlich kein Gefühl, sondern ein Lebensstil - eine Art überschwenglich schmerzhaftes gesellschaftliches Betäubungsmittel. Schuld fließt überall um uns herum wie ein schwebender psychischer Äther und ist auch ohne besonderen Grund jederzeit verfügbar, aber manchmal spüre ich tatsächlich Schuld, weil ich schuldig geworden bin. Ich bin schuldig, weil ich gerne besser zu Martin gewesen wäre, und heute würde ich mich anders verhalten, wenn ich die Gelegenheit hätte. Doch die Zeit raubt uns letztlich jede Gelegenheit.

Meine Arbeit. Ich sagte ja, daß ich Ihnen davon erzählen würde, also los. Ich verdiene mein Geld mit Reden. Ich schauspielere nicht, ich bewege mich nicht, ich singe nicht, ich rede nur. Aussprache ist mein Beruf.

Wirklich. Irgendwer muß es ja machen. Radiogebete und -gedichte, britische Stimmen für amerikanische Gesichter, neutrale Stimmen für kriminelle Gesichter – terroristisch digitalisiert –, fröhliche Aufforderungen, etwas zu kaufen, ganz egal was, und natürlich ruhig vorgetragene Berichte des täglichen Chaos, ganz egal wo. Ich habe mich in allen Sparten der Stimmausübung ein wenig versucht, denn etwas anderes kann ich nicht. Ich habe keinerlei Fähigkeiten oder Talente, versuche also, in einem sehr eng begrenzten Feld unbeschränkt flexibel zu sein. Ich tue, was jeder kann, nur besser.

Lange habe ich geglaubt, daß die meisten anderen Berufe anders sind. In der Schule wurde mir beigebracht, daß es Handwerk und Ausbildung und Lehrjahre gibt, in denen ein junger Mensch mit Glück lernen kann, wie man Dinge macht oder sich ausdenkt oder beides. Da ich nie wußte, was ich denken oder machen wollte, landete ich beim Sprechen. Ich war eine Versagerin.

Inzwischen finde ich Machen oder Denken nicht mehr bewundernswert. Die Menschen nehmen an Fortbildungen und Modulen und Wahlkursen teil, oder sie lassen es, und in jedem Fall versuchen sie unbeschränkt flexibel zu sein. Genau wie ich. Versager.

Manchmal habe ich das Gefühl, meine Generation ist eines Morgens in vollem Galopp über den Rand einer riesigen metaphorischen Klippe namens Arbeitslosigkeit getrieben worden. Einige von uns wurden sofort von Engeln oder Hubschraubern oder von praktischen Sicherheitsnetzen gerettet und einem sinnvollen und nützlichen Leben zugeführt. Manche polterten weiter hinab, krallten sich fest, um den ganz tiefen Sturz zu vermeiden. Und ganz unten, knapp über der Rentabilitäts- und Katastrophengrenze hängen Menschen wie ich, in komischen, aber einigermaßen bequemen Nischen, und schauen auf das ungeheure Elend weiter unten.

Ich würde gern sagen, daß ich mit dem Leben, das ich führen kann, Glück gehabt habe, aber dieses Glück ist so offensichtlich purer Zufall, daß es mich bisweilen sehr nervös macht, mir Schuldgefühle verursacht oder Angst vor dem bevorstehenden Schicksalsschlag. Wird man es mir wegnehmen, werde ich für mein unverdient glückliches Los bezahlen müssen? Fragen dieser Art möchte ich dauernd stellen. Bei vielen Gelegenheiten, aber besonders am Arbeitsplatz. Als ich Martin kennenlernte, war mein Hauptarbeitgeber ein lokaler Radiosender, und jedesmal, wenn ich dort eintraf, war ich von schrecklichen Vorahnungen erfüllt – letztendlich müßten sie mich doch enttarnen und rausschmeißen, ganz sicher. Je länger ich Erfolg hatte, desto näher rückte mein Versagen, so legte ich es mir zurecht.

Das klingt alles ziemlich trübe, dabei wollte ich doch eigentlich sagen, daß ich meine Arbeit in jeder Hinsicht genieße. Ganz ehrlich. Sie schmeckt gut. Ich setze etwas Unsichtbares in die Luft, einfach so, ich gebe ihm eine greifbare Form, und irgendwo bekommt irgendwer, irgendein Fremder, ein Wort und das Gefühl in diesem Wort – beides gleichzeitig und meinetwegen. So etwas kann ich tun.

Als Martin das herausbekam – vor allem das Senden mit dem Radio –, war er schwer beeindruckt. Er begriff nicht genau, wie beschränkt meine Stellung im Sender war, und war daher sofort begeistert von den Möglichkeiten.

»Eh, das ist ja wunderbar!«

Ich muß Ihnen sagen, daß dieses Gespräch eine Weile nach unserem Spaziergang in den Park stattfand. In der Zwischenzeit hatte sich einiges verändert – vor allem hatte Martin begonnen, sich zu erinnern, wer er war. Seinen richtigen Namen und so. Er wurde gesprächiger, größer.

»Das tust du? Die ganze Zeit? Das ist deine Arbeit?«

Ich nickte und schluckte vorsichtig etwas Früchtetee mit Honig. Meine Rachenmandeln waren zu Aprikosengröße geschwollen und hatten in etwa die Wirkung der Daumen eines Würgers. Meine Augen schienen schon den ganzen Morgen hervorzustehen, und bei jedem Zwinkern spürte ich empfindliche

Spannung. Aber es würde gehen, so lange ich kein Wort sagte, bis ich mußte, bis ich bei der Arbeit war. Ich würde es hinbekommen, meine Routine ausspielen – eine Sprecherin weiß mit ihrer Stimme umzugehen.

Ich wußte jedoch nicht, daß sich in meiner Kehle keine Erkältung oder Grippe eingenistet hatte, sondern ein Abszeß. Ich riß mich zusammen, erwartete, daß die Entzündung wieder abklingen werde, wurde aber stündlich fiebriger und angespannter. Ich bin ohnehin nie gerne krank, aber zu jener Zeit hatte ich außerdem das Gefühl, unbedingt weiterarbeiten zu müssen. Jobs für Sprecher waren eher dünn gesät, und die Arbeit, die ich hatte, wollte ich auch behalten.

Nachts wußte ich nicht mehr, wo ich war, und am Tag schien die Wirklichkeit wie immer, bloß einen halben Zentimeter verschoben. All meine Erinnerungen an die Zeit sind leicht verwischt und ungeordnet. Und deswegen erzähle ich Ihnen diese Begebenheit zuerst, auch wenn Sie vielleicht viel lieber erfahren würden, wer Martin denn nun war. Ich will Sie nicht auf die Folter spannen – ich würde Ihnen zu gern sofort erzählen, wer er ist –, aber anscheinend kann ich mich nur auf dieses eine nachmittägliche Gespräch konzentrieren. Vielleicht erinnere ich mich so deutlich, weil ich da zum ersten Mal bemerkte, daß Martin mehr er selbst wurde. Er lächelte, und seine Schulterblätter lagen flacher im Rücken.

»Wunderbar! Du kannst unmittelbar zu einer ganzen Stadt und der darum liegenden Provinz sprechen. Egal, was du ihnen mitteilen willst, sie werden es erfahren, sie hören es, als ob du ihre Gedanken aussprächest. Das ist bemerkenswerte Machtposition.«

Ich schüttelte den Kopf, was er entweder als falsche Bescheidenheit interpretierte oder einfach ignorierte. In einer halben Stunde durfte ich wieder mein lösliches Schmerzmittel nehmen, ohne meiner Leber irreparablen Schaden zuzufügen. Bis dahin ließ der Druck in meiner Kehle meinen Geduldsfaden selbstmörderisch kurz werden.

»Ach, das ist wirklich eine wunderbare Sache. Dein Einfluß hat keine Grenzen, und deine Worte hinterlassen keine Spuren; keine Kosten oder Verzögerungen, und keine Möglichkeit der

Zensur, denn niemand kann ein Wort in der Luft zensieren. Und du selbst bist völlig unsichtbar. Großartig.«

Ich winkte mit einer Hand ab.

»Ich habe mich zum Beispiel geraume Zeit mit dem Wahnsinn beschäftigt. Der Verrückte ist schon eine ganze Weile mein Steckenpferd. Du kannst beinahe alle meine Bekannten fragen, und sie werden dir bezeugen, wie nah ich jeder Form der Geisteskrankheit gestanden habe.

Nun stell dir meine Freude vor, als ich entdeckte, daß euer Staat, eure öffentlichen Würdenträger meine bescheidene Begeisterung für den Irrsinn nicht nur teilen, sondern mich gar noch übertreffen.«

Er begann, auf und ab zu schreiten, hielt kurz an, um mich anzugrinsen, schob die Hände entspannt in die Hosentaschen.

»Ist dir klar, daß ich das sagen könnte, und – PHIOU – schon schwirrt es ohne einen Tropfen Tinte überall hin.

Eh! Ich kann mich also wirklich glücklich schätzen, in solch genialen Zeiten zu leben. Just als eure Welt, eure Existenz öde, gewöhnlich und bemitleidenswert geworden ist, hat eure Regierung – welche selbst zu wählen ihr die wunderbare Möglichkeit habt – sich entschlossen, die Türen der Irrenhäuser zu öffnen und die Insassen auf die Straßen zu lassen. Plötzlich ist jeder Aspekt unseres Lebens von Interesse und einer Debatte würdig. Wächst der Baum nach oben, oder weicht der Erdboden zurück? Wer kann das schon sagen? Wenn ich des Nachts meine Augen nach oben richte, sehe ich die Sterne, oder die Augen von Dämonen oder von Cherubim, oder Gottes silberne Knöpfe, oder Pferdezähne? Wenn die Welt von Verrückten (Männern wie Frauen) bevölkert ist, kann selbst die unscheinbarste Sache der göttlichen Vorsehung entfliehen und in ein Meer jesuitischer Debattierkunst eintauchen.

Ich kann meiner Zukunft nur mit Freude entgegensehen, denn jeder Tag wird ganz neu und unvorhersehbar sein. Woher soll ich wissen, welche der Menschen, die mir begegnen, die Irren und welche ihre Wärter sind? Welche die Irren ohne Wärter? Welche die Irren, die *selbst* Wärter sind? Wird mir der nächstbeste Fremde an die Kehle gehen, mir die Hand schütteln oder mir meine Seele abkaufen wollen? Ich bin in dieser Gesellschaft der Wahnsinnigen gestrandet, jeden Moment könnte man mich zu ermorden oder zu heiraten versuchen, und niemand würde auch nur den Unterschied bemerken. Wie außerordentlich interessant.

Und wenn das Land nun plötzlich von Furcht und Aberglauben erfüllt wäre? Das wäre sicher billige und angenehme Unterhaltung für alle Müßiggänger. Und wenn einige befreite Seelen beschlössen, am Straßenrand Kinder zu verzehren oder jeden fünfzehnten Schädel einzuschlagen, der ihnen begegnet? Wir haben reichlich Menschen übrig und kaum Brot und Arbeit genug, sie zu versorgen. Der einzig andere Ausweg, Aufstände und Tumulte zu verhindern, wäre die Einberufung der Männer zum Kriege – ein bewundernswert wahnsinniges, aber auch äußerst kostspieliges Unterfangen.

Wer kann in diesem Babel der Meinungen sicher sein, daß Kindsmord und andere noble Arten des Schlachtens nicht die tugendhaftesten Unternehmungen sind? Ich sehe voraus, daß wir sie einst als hervorragende Maßnahmen begrüßen werden, schwache und unschuldige Seelen vor den Unbilden und Versuchungen zu bewahren, denen sie sonst im Leben fraglos erliegen müßten.

Doch wie kann unsere Regierung überleben, wenn die Vorherrschaft der Schwachsinnigen endgültig erreicht ist? Laßt mich dies sagen, geneigte Zuhörer: Endlich wird sie unter uns wandeln, ohne Angst, sich erkennen zu geben. Diese Männer und Frauen, die bezahlt werden, eure Gesundheit zu verbessern, indem sie euch die Ärzte wegnehmen, eure Schüler auszubilden, indem sie ihnen die Bücher wegnehmen, euch Obdach zu geben, indem sie euch die Häuser wegnehmen, eure Seelen zu bewahren, indem sie euren Glauben zerstören, die Wahrheit zu achten, indem sie sie in kleinliche Dummheit hüllen; die Schuldlose einkerkern, Schuldige freilassen, die Armen mit Hunger füttern, Altersschwäche, Furcht und Verwirrung auf den Straßen herrschen lassen, weil das euer aller Wohl dienen soll. Wir sind verrückt, weil wir sie ertragen, und sie selbst sind ohne jeden Zweifel wahre Leuchtfeuer des Wahnsinns, allesamt.

Doch gepriesen sollen sie sein, denn sie wenden Böses vom Lande ab. Eure Sprache stellt sich mit Freuden auf den Kopf, und ich kann mich beim besten Willen nicht erinnern, was das kleine und einzigartige Wort *Böse* bedeuten mag. Immer öfter frage ich mich, wie es je ein so schimpfliches Wort geben konnte, die ruhmreichen Taten der Menschheit zu beschreiben. Sollte es das Böse in dieser Welt geben, würden doch sicher die Guten dagegen aufstehen, könnten seine Gegenwart und Macht über ihr Leben nicht ertragen, würden es benennen, verdammen und austreiben. Und da überall in eurem Lande nichts als Frieden und Einigkeit herrscht, ein riesiges, zustimmendes Schweigen inmitten all des Wütens der Welt, bin ich endlich überzeugt, daß es das Böse nicht gibt. Es gibt nur das Ungewohnte, und daran kann ich mich immer gewöhnen. Und schließlich wird in meinen Gedanken alles gedeihlich und gut, weil mir keine andere Definition zur Verfügung steht.«

Er hielt inne, die Hände halb nach oben gedreht, den Kopf nach hinten geneigt. Als ich nickte, zuckte er leicht und stellte sich ganz normal und völlig reglos hin.

»Ich hätte mir meine Worte natürlich vorher zurechtgelegt. Ich würde gern das Feuer der Unmittelbarkeit mit einem geschmeidigen Redefluß verbinden.«

Ich nickte und lächelte.

»Ich habe dich gekränkt. Das war nicht meine Absicht. Es tut mir leid. Ich bin anscheinend noch nie mit irgendwem zufrieden gewesen, der mich zu regieren beschlossen hat. Vielleicht liege ich gerade in diesem Punkt sogar im Streit mit Gott.« Er zupfte an seiner Stirnlocke und wandte sich zur Tür.

»Nein.«

»Ich kann sofort gehen, das ist kein Problem.«

»Nein. Bloß. Kann nicht sprechen. Meine Kehle. Heb's mir für später auf.« Mein Katarrh machte mich auch etwas taub, stopfte die Resonanzräume im Gesicht aus. Selbst wenn ich die Worte um den Schmerz herumlenkte, hörte ich mich furchtbar an – dünn, flach, die langen Vokale gebrochen.

»Ah, ich muß mich entschuldigen.« Er preßte mit besorgtem Flattern die Hände aneinander. »Manchmal werde ich einfach zu ...«

Ich nickte.

»Ja, ja, das hast du inzwischen bemerkt. Wirst du denn heute, ähm, vortragen können?« Ich erhob flehend die Hände. »Ich hoffe es ebenso. Deine Tätigkeit bietet solche Möglichkeiten, da habe ich mich einen Moment gehen lassen.« Er kniete sich neben meinen Stuhl und legte einen Finger an die Lippen. »Nickst du, wenn ich dir ein Geheimnis anvertrauen darf? Bitte nur nicken, ich will dir keine weiteren Unannehmlichkeiten bereiten.

Danke.

Niemand weiß etwas davon. Niemand, der am Leben ist. Ich erinnere mich, wie ich mit einem Freund im Gras lag – wir waren schwimmen gewesen und ließen uns von der Sonne trocknen. Körperlich hätte ich gar nicht entspannter sein können, aber unter meinem Herzen war es kalt, ich hatte das Gefühl, in mir sei nur leerer Raum und nicht der Stoff, aus dem der Mensch gemacht ist. Ich wandte mich zu meinem Freund und hörte mich fragen, wenn du dir das vorstellen kannst: ›Glaubst du, daß ich berühmt sein werde? Wirklich gefeiert? Wenn ich tot bin?‹

Er lachte nur und sagte – ich weiß nicht genau –, daß ich schon ungeheuer weit auf dem Weg zum ewigen Leben gekommen sei oder etwas Ähnliches. Er lachte, weil ich ihm dieselbe Frage schon als kleiner Junge gestellt hatte. Ich glaube, ich habe sie oft gestellt.

Und so sehr hat er mich mißverstanden – dieser Mann, der schon ewig mein Freund war, der mir sehr nahe stand. Er dachte, ich strebe nach Ruhm, nach einem gesicherten Einkommen, vielleicht nach Einfluß, wo diese Dinge doch bloß Schaum waren, Luxus, und mich zu keiner Zeit interessierten. Das schwöre ich.

Ich mußte berühmt sein, um zu leben, um bloß den Raum zu füllen, den jeder normale Mensch von allein beanspruchen würde. Ich mußte für mehr gehalten werden, als ich war, denn ich hatte Angst, zu verschwinden.

Es ist so leicht, nicht zu sein. Ich habe gesehen, wie ein vollständiger Mensch aufhört zu sein, viele, viele Male. Der Körper bewegt sich an einen Ort und fällt dann weg, er geht nicht weiter, und dann ist von diesem Menschen nichts mehr da. Dieser ganze Vorgang kann nur einen Augenblick dauern. Ich drehe mich um, um mir die Augen zu wischen, ich wende mich zurück, und du bist weg. Ich strecke meine Hand so aus und drücke zu, und du bist weg. Dein Atem schwindet aus eigenem Willen, du hast nicht einmal mehr die Kraft, ihn herauszupressen. Wenn ich will, kann ich mir vorstellen, daß die Dunkelheit ein wenig dunkler wird, wenn jener Abend kommt, aber das ist nur meine Vorstellung, kein Stück mehr.

Dennoch bin ich hier, obwohl ich sicher bin, keinen natürlichen Platz auf diesem Planeten zu haben. In deiner Welt oder in meiner. Ich fühle mich ständig heikel, und nur das Gewicht deiner Aufmerksamkeit sichert und rechtfertigt mich. Ich kann nicht einfach nur sein, ich muß auch tun und beim Tun gesehen und gehört und erkannt werden, dann kann ich leben.

Mein Freund hatte so etwas nie gefühlt. Wir schienen zwar oft wie Brüder zu sein, aber in diesem Punkt ließ er mich ganz allein. Wenn du all das zusammennimmst, kannst du dann begreifen, warum deine Beschäftigung mich so sehr anspricht?«

Ich nickte, und Martin lächelte, ein sanftes Glitzern des Glücks, das er schnell wieder erstickte. Seine Konzentration schien einen Moment abzuschweifen, dann sah er wieder scharf und griff nach einem Kugelschreiber, der ihn schon den ganzen Tag fasziniert hatte. Er drehte ihn in den Händen wie einen Schatz oder ein Messer.

Was mir zu erwähnen gestattet, daß er auch meine Hand einmal genauso gehalten hat.

Das nächste, an was ich mich erinnere, ist die Berührung, der Respekt, den er meiner Hand zuteil werden läßt. Am Tag, als er versuchte, mir seinen Namen zu sagen.

Hinterm Haus liegt ein schäbiges Rasenviereck, von einer eigenartigen Blumenauswahl eingerahmt. Arthur, Liz, Peter und ich haben jeder die Verfügungsgewalt über eines der begrenzenden Beete. Wir hatten gehofft, das würde zu einem gesunden Wettstreit um die schönste Bepflanzung oder zumindest zu einem schuldbewußten Mindeststandard an gärtnerischer Sorgfalt führen. Weit gefehlt.

Martin und ich gingen hinaus zu den beiden Küchenstühlen, die er in unseren zerknirschten Rasen gepflanzt hatte. Er wollte mir etwas Persönliches mitteilen, und obwohl mir heiß und stikkig war und ich mich müde fühlte, fand ich, ein wenig Sonne könnte mir gut tun. Zwischen der Gartenmauer, dem Haus und zwei dürren Hecken schien Martin sich auch draußen sicher genug zu fühlen. Wir saßen also still nebeneinander, während hinter uns aus Liz' Fenster das Programm von *Radio Four* tröpfelte und aus Richtung Wohnzimmer der Fernsehkommentar eines Golfturniers mit Arthurs Zusatzbemerkungen grummelte. Volles Haus.

»Also, ich weiß es jetzt.«

»Hmff. Wie bitte, Martin?« Er beschirmte sein Gesicht mit einer Hand und schaute angestrengt in den Himmel, als würde er etwas erwarten.

»Martin?«

»Nein. Nicht Martin. Aber ich weiß jetzt, wer statt dessen.«

»Bist du sicher?«

»Wie kann ich da nicht sicher sein? Ein Mensch weiß entweder, wer er ist, oder nicht – gewöhnlich Ersteres. Dazwischen gibt es nichts. Obwohl ich sagen muß, daß zuerst der mir liebste Teil meines Namens wiederkehrte und dann erst der Rest. Ja, das könnte man dazwischen nennen. Ja ...«

»Und?«

»Und jetzt weiß ich es. Wer ich bin.«

»Ja?«

»Ja.« Er ließ den Arm sinken und schloß die Augen, ließ das Licht auf sein Gesicht fallen, als sei es Wasser, machte aber keine Anstalten, mehr zu sagen.

»Nun, hhraff, Martin, schön, daß du deiner selbst wieder sicher bist, aber wenn du es mir sagen würdest, wüßte ich auch Bescheid. Nicht wahr?«

»Du weißt es wirklich nicht? Hast du noch nicht vermutet, wer ich sein könnte? Vielleicht irgend etwas, was dir zuerst nicht eingefallen ist? Ich hatte mal einen gewissen ... vor langer Zeit. Nichts? Mein Gesicht?«

»Ich bin sicher, wenn wir uns schon mal begegnet wären, wüßte ich es.«

»Und von anderswo erkennst du mich nicht wieder?«

»Hör zu, das reicht jetzt. Ich bin heute nicht die Frischeste, kannst du mir nicht einfach sagen, wer du bist, und dann machen wir weiter, ich muß dir nämlich auch noch einiges über die Hausregeln erzählen, und wenn du ein Freund von Peter bist –«

»Nein. Peter habe ich nie kennengelernt. Ich habe niemanden

kennengelernt. Ich bin … findest du, Alexander würde zu mir passen?«

»Eh?«

Er stand auf, und ich sah zu, wie er über den Rasen schritt und sich umwandte, seine Hände, seine Gestalt, die Form seines Kopfes.

»Martin, das kann man sich nicht aussuchen, es geht nicht darum, was zu dir paßt. Sag es mir einfach, so schlimm kann es doch nicht sein.«

»O nein, es ist nicht schlimm, es ist sehr schön. Ich weiß gar nicht, warum ich mich nicht früher entsinnen konnte. Ich glaube nur, ich glaube … Vielleicht verstehst du es nicht.« Seltsam schnell war er neben meinem Stuhl und nahm meine Hand, als wäre sie eine Waffe oder ein Preis. Ich zuckte leicht zusammen.

»Mach dir keine Sorgen, ich bin niemand Wichtiges. Offenbar. Niemand, den man fürchten muß. Das kann ich jetzt eindeutig sagen. Jedenfalls, was dich angeht.«

»Ich fürchte mich nicht. Mir geht es gut. Danke.«

»Das ist schön, denn das alles ist mir erst heute morgen wieder eingefallen, und ich freue mich so.« Er drückte meine Finger zwischen seinen. »Jetzt wirst du mich also kennen. Jemand auf dieser Welt wird mich kennen.« Dann ließ er meine Hand fallen, stellte sich ordentlich vor mich hin. Arme an die Seiten gelegt, Gewicht auf den Zehen. Er schaute mich an, als wollte er zu sprechen anheben, aber schien dann vorher etwas am Horizont zu erblicken. Er hob das Gesicht mit einem Ausdruck zarter Überraschung und fiel direkt nach hinten, wie ein stürzendes Denkmal – ein aufschlagendes Stück Ladung, ein Bein leicht angewinkelt.

Als nächstes sehe ich Martins Gesicht, sein schlafendes Gesicht, schwer in einen flachen Kissenhügel gebettet. Der kleine Anstieg seines Kinns und die Weichheit hinter seinem Kiefer. Ich weiß, so wird er da liegen, momentan ruhend, während ich warten und mich ganz auf Arthurs Stimme konzentrieren muß.

»Er hat Narben. Wirklich grauenhafte Narben.«

»Narben?«

»Mm hm. Aber keine frischen, sie sehen alt aus. Eine von der Schulter herab, als hätte jemand versucht, ihn einfach durchzuhacken, und dann noch eine auf der Brust, das ist – ich weiß auch nicht. Ich kann mir nicht vorstellen, was eine solche Narbe hinterlassen könnte. Außer vielleicht eine Art Schrotflinte. Er muß mal verdammt harte Zeiten erlebt haben. Kein Wunder, daß er … so ist.«

Als Martin zusammenbrach, war ich in Panik geraten und hatte um Hilfe geschrien. Arthur war äußerst kompetent, überprüfte Atmung und Kreislauf und all das Zeug und war ganz sicher, daß nicht viel passiert war. Ich hatte Arthur bisher nie als den Typ Sanitäter eingeschätzt, aber Martin schaffte es einfach, bei jedem unvorhersehbare Eigenschaften hervorzulocken.

Mit seinem eigenen Namen war er natürlich zurückhaltender gewesen. Aber selbst der steht schon vor der Tür, die Ereignisse reihen sich aneinander, das Zeitgefüge ordnet sich, und bald schon werden Sie ihn beinahe so kennen wie ich. Vergeben Sie mir die Verzögerung. Ich müßte Ihnen eigentlich ganz ohne Probleme mitteilen können, wer er war. Ich weiß nicht, warum es mich so nervös macht, Ihnen sein Geheimnis mitzuteilen. Vielleicht bin ich jetzt ein bißchen eifersüchtig in bezug auf ihn, weil wir eine enge persönliche Beziehung hatten.

Aber ich kann Ihnen guten Gewissens mitteilen, daß Arthur und ich Martin nach oben trugen, nachdem er im Garten umgefallen war, daß ich dann hinausging, damit Arthur ihn – von Mann zu Mann – ins Bett bringen konnte. Liz hatte gerade telefoniert und nur das Ende der Aufregung mitbekommen. Also überbrachte uns Pfleger Arthur die Neuigkeiten von Martins Narben.

»Aber wie geht es ihm? Ist er wieder zu sich gekommen?«

»Ja klar. Er war bloß ein bißchen benommen. Ich werde nachher noch mal raufgehen und nach ihm sehen, aber ich glaube, er wird erst mal nur schlafen. Er wirkte völlig erschöpft. Was hat er denn angestellt?«

»Woher soll ich das wissen?«

Liz kam aus der Küche herein geschlendert.

»Möchte jemand eine stärkende Tasse Tee oder was man in solchen Krisenfällen zu sich nimmt?«

»Danke, ja.«

»Mmm. Oder nur heißes Wasser. Kratzen im Hals.«

Liz lehnte sich an den Türrahmen. »Ich weiß nicht. Wir kriegen immer solche Gestalten. Wie lange ist er jetzt da – fast vierzehn Tage –, und entweder lungert er geheimnisvoll herum oder fällt ins Koma. Ich habe Jen gesagt, sie soll mit ihm reden.«

»Wollte ich gerade, aber dann ist er umgekippt. Und wieso bin ich plötzlich für ihn verantwortlich? Ich kenne ihn auch nicht besser als ihr.« Das strengte meine Stimme so sehr an, daß mir die Tränen kamen.

»Er ist Soldat.«

»Was?«

Arthur nickte weise. »Hat er mir erzählt. Ich habe ihm aus seinen Sachen geholfen, und er hat gemerkt, daß ich seine Narben entdeckt hatte. Er war eine Zeitlang in der Armee.«

»In irgendeiner bestimmten Armee?«

»Er hat bloß in der Armee gesagt. Ach ja, und er wollte sich bei dir entschuldigen, wenn er dich erschreckt haben sollte.«

»Mmm.«

»Ist doch nett von ihm, oder?«

»Was soll das heißen?«

»Nichts.«

Liz drückte sich aus der Schußlinie. »Ich mache mal den Tee.«

»Ich wollte gar nichts andeuten. Nur, daß es vielleicht ganz gut ist, daß er dich für eine Freundin hält. Er scheint ein echt einsamer Kerl zu sein. Er hat offenbar einen grauenhaften Geschmack, aber wenn man richtig verzweifelt ist und niemanden zum Reden hat …«

»Mein Gott, manchmal finde ich es richtig toll, mit euch zusammen zu wohnen, das ist so gut für mein Selbstwertgefühl. O Scheiße, jetzt verliere ich meine Stimme, ich kann echt nicht mehr sprechen. Scheiße.«

»Aber in Wirklichkeit gefällt es dir hier doch ganz gut.«

»Das macht mir ja solche Sorgen.«

Und all das beschäftigte uns den größten Teil eines Sommersonntags, ließ uns durchs Haus schleichen, weil wir den Schläfer oben nicht stören wollten, während das Blau einer langen Dämmerung sich allmählich in Nacht verwandelte. Es war beinahe ganz dunkel geworden, als ich hinaufging, um nach Martin zu sehen, ob er irgend etwas brauche, um Hallo zu sagen. Ich hatte das Gefühl, ich müsse wissen, wie es ihm ging, bevor ich zur Arbeit ging.

»Ja, komm bitte herein.«

Das Zimmer war so, wie Peter es verlassen hatte, fast leer. Die Schreibtischlampe warf Schatten in die Ecken, und ein trauriges Echo hallte darin wieder. Martins Anwesenheit war nur an einem ordentlichen Stapel Kleidung auf dem einzigen Stuhl zu erkennen, und die Sachen gehörten ebenfalls Peter. Martin saß aufrecht im Bett, in eines von Arthurs Pyjama-Oberteilen gehüllt. Nahe am Ohr hob sich ein kleiner Schnitt in heftigem Rot von seiner fast durchsichtigen Haut ab. Beim Rasieren war er immer ungeschickt.

»Vergib mir, daß ich dich in dieser Lage empfange, es ist peinlich. Vielleicht möchtest du dich gern setzen. Meine Kleider könntest du auf diese Truhe dort legen.«

Seine Stimme schien in den Abmessungen des Raumes verlorenzugehen, von der schlechten Akustik verschluckt.

»Nun werde ich also mit dir reden, nach meinem theatralischen Auftritt heute nachmittag. Für den ich mich in aller Form entschuldige.«

»Schon in Ordnung.«

Ich habe ganz bestimmt so etwas wie »Schon in Ordnung« gesagt. Ich wollte besänftigen, den Patienten beruhigen, und deshalb sagte ich bestimmt beruhigende Dinge, aber ich konnte mich nicht konzentrieren, nicht auf ihn. Sein Aussehen lenkte mich ab.

Wissen Sie, ich bin nicht gern allein mit einem Menschen im Schlafzimmer, der im Bett liegt. Ich möchte nicht in der Nähe eines solchen Anblicks sein, weil ich dann ganz sicher meine Mutter oder meinen Vater sehe, oder von all denen, die nach ihnen kamen, ganz besonders Steven. Sie liegen alle da, alle Menschen, die mir je nahe gekommen sind, mit den Händen auf der Bettdecke, und schauen durch die Tiefe der Jahre zu mir herauf, durch die Tiefe meines Lebens.

Ich spürte, wie ich Martin zuhörte, während ich im Geiste Steven vor mir sah, der alles tat, was ich verlangte. Ich glaube, es kann kaum Schrecklicheres geben, als daß jemand jeden Tag alles tut, was man verlangt. Das kann einem zu Kopf steigen.

»Bitte.«

»Bitte was? Warum stehst du da, was willst du?«

»Bitte.«

»Nein, Steven.«

»Bitte.«

»Du weißt, was das bedeutet. Wenn ich es tun würde. Du weißt es. Das kannst du nicht wirklich wollen.«

»Doch. Sieh doch. Ich will es.«

»Steh auf.«

»Nein.«

»Na gut. Sehr schön, sehr schön. Dann bleib unten. Aber ganz unten, ich will dein Gesicht nicht sehen.«

»Jennifer?«

»Was denn noch?«

»Danke.«

Steve war von tadelloser Höflichkeit – immer ein Bitte oder Danke auf den Lippen –, und so etwas passierte zu oft und dann gleich wieder. Ich wurde müde. Unmöglich müde. Müde früh am Morgen, spät am Abend, an langen Tagen, in kurzen Nächten. Kein sehr passendes Gefühl, ich weiß, aber das einzige, das ich einigermaßen verläßlich aufbringen konnte.

Er weckte mich meist vor Morgengrauen, indem er sich an mich klammerte.

»Ich muß gehen.«

»Was?«

»Ich muß jetzt gehen.«

»Wie spät ist es?«

»Keine Ahnung. Drei oder vier Uhr. Ich muß gehen, verstehst du das nicht?«

»Nein, ich … vier Uhr morgens? Könntest du nicht etwas später gehen, es ist noch sehr früh. Mußt du irgendwo hin?«

»Ich muß gehen. Egal wann. Ich muß gehen und nie wiederkommen.«

»Warte wenigstens, bis ich wach bin, ich weiß gar nicht, wovon du redest. Warum? Ich meine, was du sagen willst. Sag mir, warum du gehen willst. Und mach das Licht an.«

»Warum? Du weißt doch warum. Du hast mir selbst erzählt, warum. Ich habe nicht … Ich kann nichts mehr für dich tun.«

»Jetzt mach verdammt noch mal das Licht an. Was soll das heißen, du kannst nichts mehr für mich tun? O Gott, ist das hell. Jetzt erzählst du Sachen, die ich nie gesagt habe, und das mitten in der Nacht, und ich bin kaum wach, und das ist auch richtig so, denn ich brauche Schlaf. Du weißt, wie ungern ich auf Schlaf verzichte.«

»Wieder etwas, womit ich dich verärgere. Nun, ich werde dich nicht mehr stören. Laß mich jetzt einfach gehen, meine Sachen kann ich später holen.«

»Okay, ganz ruhig … erzähl mir, was wirklich los ist. Ich höre zu. Wenn es das ist, was du wolltest, bitte schön. Du hast meine vollständige Aufmerksamkeit. Erzähl es mir.«

»Du weißt, ich würde alles für dich tun.«

»Das weiß ich. Das weiß ich immer. Du sagst es immer. Das wüßte ich auch noch morgen früh. Jetzt ist es zu spät, bitte, sei vernünftig.«

»Was soll ich noch tun? Was willst du?«

»Nichts weiter.«

»Das habe ich mir gedacht. Also leb wohl.«

»Moment mal, warte. Im Augenblick will ich nichts weiter. Du mußt nicht ständig etwas für mich tun. Manchmal müssen wir uns doch auch einfach ausruhen. Manchmal können wir doch entspannen.«

»Liebst du mich?«

»Ja, ganz bestimmt.«

»Wirklich?«

»Ja, ganz ohne Zweifel. So würde ich es ausdrücken. Legst du dich jetzt bitte wieder schlafen.«

»Ich liebe dich.«

»Das weiß ich doch, du hast es mir gesagt. Ich weiß es.«

Und tatsächlich, ich wußte es. Das war sogar alles, woran ich denken konnte, als ich im Bett lag und darauf wartete, daß sich jener andere Körper neben meinen legte, das Neigen, das Seufzen, dann das Zurechtrücken. Ich konnte mich denken hören, »Ja, Steven liebt mich. Steven liebt mich, und das weiß ich.« Ich starrte in das Nichts, das bei Tageslicht mein Zimmer war, und ich wußte, daß er wahrscheinlich nie wirklich gehen würde. Wenn er mich so sehr liebte, war es fast sicher, daß er nie und nimmer einfach weggehen und mich in Ruhe lassen würde.

Na, was haben Sie denn gedacht? Daß ich auf Sex verzichtet habe, weil ich es plötzlich für eine gute Idee hielt? Daß ich eines Morgens aufwachte und rief, »Hmm, ich glaube, ich werde von nun an in Ewigkeit zölibatär leben, um mal zu sehen, wie es so ist«?

Nein, das haben Sie nicht gedacht. Sie wußten es einfach nicht, weil ich es Ihnen nicht erzählt habe. Ich sollte mir nicht an Ihrer Stelle Gedanken machen.

»Jennifer, ist dir nicht wohl? Bist du abgelenkt? Ich kann mir nicht vorstellen, daß ich dich langweile, ich bin eigentlich kein langweiliger Mensch. Geht es dir gut?«

Mit einer Hand massierte Martin die etwas schlaffe Haut unterm Kinn. Mit den Augen grinste er. Ich versuchte, das Bett um ihn herum zu ignorieren und mich zu konzentrieren.

»Tut mir leid, ich war in Gedanken woanders. Das war unhöflich. Ich wollte wirklich wissen, ob es dir gutgeht.«

»Ich weiß, und mich interessiert es ebenso. Wir können also beide erleichtert zur Kenntnis nehmen, daß sich mein Zusammenbruch sehr leicht erklären läßt. Wenn ein Mensch nicht schläft, wird er irgendwann (mindestens) in die Schlafposition gezwungen. Ich hatte Angst vor der Bewußtlosigkeit. Sie hätte mich wieder verschwinden lassen können. Verzeih mir.«

»Das ist gar nicht nötig.«

»Auch das weiß ich. Ich bitte nur um Vergebung, wenn ich eigentlich nichts verbrochen habe. So können wir die Vergebung beide genießen, ohne Schaden genommen zu haben. Aber nun muß ich wirklich mit dir reden.«

Sein Tonfall ließ dicht unter meinem Herzen Nervosität kalt aufspritzen, aber ich dachte nicht weiter darüber nach. Ich sah nur die Gelegenheit, vorher rasch selbst noch ein paar wichtige Bemerkungen loszuwerden.

»Sprich. Ich höre zu. Aber bevor du etwas sagst, solltest du ein paar Dinge erfahren, die ich dir schon länger mitteilen wollte – alles, was Liz und Arthur mir zu sagen aufgetragen haben. Martin, dein Mietanteil muß bezahlt werden, ebenso die Nebenkosten, und vielleicht taucht auch der richtige Martin auf. Ich weiß gar nicht, wieso er noch nicht da ist. Und es wird auch höchste Zeit, daß Peter sich mal meldet, und was, wenn er dabei den Mann erwähnt, der du nicht bist? Ich meine, tut mir leid, aber die Sache ist echt kompliziert. Und wo du jetzt anfängst, dich an Dinge zu erinnern, da gibt es –«

Martin saß mit geschlossenen Augen und nach vorn geneigtem Kopf sehr verschlossen und still da, abgesehen von den Tränen. Ich beobachtete ihn, und er weinte ohne jedes Geräusch, abgesehen vom Stottern seines Atems. Er weinte, und langsam und lautlos zog sich das Glimmen seiner Tränen über sein Gesicht.

Wenn ich etwas Falsches zur falschen Zeit gesagt hatte, konnte ich es jetzt nicht mehr rückgängig machen. Wenn meine Worte unsensibel gewesen waren, dann eben, weil ich nicht sensibel war. Ich wollte ihm nichts Böses. Auf einmal wollte ich ihm sagen, daß ich ihm nichts Böses wollte.

Langsam lehnte er den Kopf zurück ins Kissen, öffnete das weiche Dunkel seines Mundes und ließ nichts hinausdringen. Ich hätte vielleicht verstanden, wenn er geschrien oder etwas gesagt oder geseufzt hätte, aber er hielt nur still, eine Art unzugängliche Skulptur des Schmerzes. Langsam begann die bewegte

Luft ihn zu beleuchten, ein dunkler Glanz, der seiner Kehle entsprang, und mir wurde wieder jäh deutlich, daß ich keine Ahnung hatte, wo er herkam, wer oder was er war. Ich wartete, bis mir klar würde, was ich tun könnte, und beneidete ihn ein wenig um seine Leidenschaft, die mich an etwas erinnerte, was ich nicht richtig greifen konnte. Wir schwiegen beide gemeinsam eine Weile.

»Martin, Martin? Kann ich dir helfen?« Er öffnete die Augen. »Es ist im Moment ein bißchen schwierig – scheint es –, aber das muß nicht so bleiben, meine ich. Irgendwas. Irgendwas werden wir unternehmen.« Er hustete. »Bist du krank?«

»Nein. Ich glaube nicht. Ich wünschte, ich wäre krank.«

»Ich weiß nicht, was du meinst, da mußt du mir auf die Sprünge helfen.«

»Ich muß verschiedene Entscheidungen treffen. Ich muß mich wirklich für das hier entschuldigen.« Er schwenkte die Hände über seinen Körper, als sei er ein Problem geworden, das man verscheuchen könne. »Vielleicht bin ich zu müde, um denken zu können.«

»Versuch es doch einfach.«

»Ich habe es versucht!«

Sogar beim Schreien signalisierten seine Hände eine Entschuldigung, hoben sich in resignierter Kapitulation.

»Es tut mir leid. Ich fühle mich zu allein, und wenn ich allein bin, habe ich Angst und werde sehr ungeduldig. Ich habe wirklich zu denken versucht, glaub mir. Und ich habe verschiedene Möglichkeiten zur Auswahl. Entweder bin ich verrückt oder in anderer Weise sehr krank und verstört, oder ich bin tot.«

»Tot? Meinst du wegen der Verwundungen?«

»Verwundungen?«

»Die ... die Narben. Tut mir leid, Arthur hat davon erzählt ...«

»Narben? Ah ... nein, nein, daran erinnere ich mich. Wie das passiert ist.« Er lächelte beinahe. »Zumindest glaube ich, daß ich mich erinnere – verstehst du?« Er schlug sich an die Stirn. »Wenn ich mich erinnern kann, und meine Erinnerung nicht trügt, dann wurde ich in kriegerischen Auseinandersetzungen verletzt (zwei kleine bewaffnete Meinungsverschiedenheiten), und ich möchte keinesfalls, daß mir das noch einmal passiert, aber damals bin ich nicht gestorben, das hat mich nicht umgebracht. Mein Problem ist die Zeit, ich meine Zeit an sich ... die Zeit muß gesprungen sein ... wo bin ich die ganze Zeit gewesen? Wo bin ich gewesen?«

Er schien wieder kurz vor einem Gefühlsausbruch zu stehen, sein Mund bewegte sich unsicher, aber dann schluckte er und rieb sich mit beiden Händen die Wangen. Drehte sich rasch, blickte in eine Zimmerecke und dann zu mir. »Weißt du, daß ich hundert Jahre werden wollte? Das schien mir eine sehr ordentliche, leicht zu merkende Zahl. Ich sehe doch nicht aus wie hundert, oder?«

»Nein.«

»Wie alt dann?«

»Ich weiß nicht, im Alter schätzen bin ich schlecht. Vielleicht vierzig.«

»Nicht mal. In Wirklichkeit. Sag mir ein paar Dinge, damit ich sehe, ob ich verrückt bin. Ich fange ganz am Anfang an und frage dich, wo ich bin. Dies ist doch die Erde, oder? Dieser Planet?«

»Ja.«

»Eine Kugel, die sich einmal jeden Tag, der vierundzwanzig Stunden dauert, um seine Achse dreht, und jedes Jahr einmal um die Sonne wandert.«

»Ja.«

»Allgemeinwissen? Faktum?«

»Ja.«

»Ah, gut.« Er schien ein wenig enttäuscht, daß diese Information keine Überraschung hervorrief. »Keinerlei Widerspruch. Befinden wir uns in Europa?«

»Das ist Ansichtssache, aber geographisch gesehen schon.«

»Und wie viele Jahre sind seit Christi Geburt vergangen?« Er wich meinem Blick aus.

»Eintausendneunhundertunddreiundneunzig.«

»Eintausendneunhundertunddreiundneunzig. Und das ist welcher Kalender?«

»Kalender?«

»Welcher Kalender? Hat man ihn geändert?«

»Nein, seit ... ich weiß nicht wie lange nicht mehr. Hunderte von Jahren. Ich weiß nicht mehr, er ist nach irgendeinem Papst benannt.«

»Natürlich. Unverheiratete Frauen, Gefangene und Päpste sind immer besonders an Zeitrechnung interessiert. Aber nach wem? Julius? Gregor? Welcher?«

»Ja, der kommt mir bekannt vor. Aber ehrlich gesagt, weiß ich es nicht, wir benutzen diesen Kalender schon seit ewigen Zeiten.«

»Dann bin ich der einsamste Mensch auf der Welt.«

Das wäre der perfekte Schluß für diesen Abschnitt, weil es geschrieben so endgültig wirkt. Aber wir haben nicht an dieser Stelle aufgehört, wir haben weitergemacht, zwei nichtfiktionale Menschen, die in der Leere eines kleinen Zimmers reden. Wenn ich könnte, würde ich seine Stimme aufschreiben, damit Sie sie so fühlen können wie ich, dunkel und einfach. Und auch gut, sehr angenehm zu hören – abgesehen von der Kälte der Verwirrung, die darunter lag. Seine Stimme kam von einem Ort, den ich nicht berühren konnte.

»Jetzt habe ich niemanden mehr.«

»Sag das nicht.«

»Glaub mir, ich würde es lieber nicht sagen, aber ausgesprochen klingt es viel weniger schrecklich als in meinem Kopf. Mit diesen Gedanken möchte ich nicht allein sein. Ich bin aus meiner Zeit oder aus meinem Geist gefallen, die Wahl scheint ganz einfach, aber ich kann sie nicht treffen. Sag mir, hast du deine Kindheit genossen?«

»Ach, ich ... teilweise.«

»Ja. Ich kann andere Menschen mit – mit teilweise glücklicher Kindheit immer erkennen. Ich habe meine Kindheit auch teilweise genossen. Weißt du, was ich heute morgen gedacht habe? Nein, natürlich weißt du das nicht, ich bitte dich ja nur, mir dabei Gesellschaft zu leisten, ich frage nicht wirklich.«

»Ich weiß. Ich bin bei dir.«

»Ich bin froh. Darüber bin ich froh.« Er warf mir einen raschen Blick zu, um seine Ernsthaftigkeit zu unterstreichen. »Ich habe also heute morgen der Sonne zugesehen, wie sie über die Dielen gewandert ist. Ich habe zugesehen, wie sich die Morgenröte geöffnet und das Licht sich bewegt hat. Und ich habe mich an Sonnenlicht in einem Pflaumenbaum erinnert, das sich in kleinen runden gelben Pflaumen fing und sie wie Flüssigkeit leuchten ließ.

Dann bin ich draußen im Gold der Sonne, ich laufe einen Weg, der vom Wasser wegführt. Der Weg ist mit großen, heißen Steinen gepflastert, und er führt an einer hölzernen Tür mit einem riesigen Schloß und Augen vorbei. Mmm, ganz sicher, ich sehe eine Tür mit Augen. Jemand hat sie hoch oben ins Holz geschnitten, traurig herabhängende schwarze Augen. Wäre ich groß genug, könnte ich hindurchschauen, in den schwarzen Raum dahinter, aber ich kann es nicht, ich kann nur zu ihnen hinaufschauen, wie sie auf mich herabsehen. Ich hatte immer Angst vor den Augen in der Tür. Sie waren das einzig Schlechte an dem ganzen Ort. Wenn ich vorbeirannte, trat ich immer – buff – dagegen, weil ich mutig sein wollte. Ich war immer ein sehr mutiger Junge. So mutig, wie man sein kann, wenn man gewohnt ist, nur manchmal glücklich zu sein und oft große Angst zu haben. Hattest du in deiner Vergangenheit auch so gute Momente?«

»Das nehme ich an.«

»Nein, du mußt es wissen.«

»Na gut, ja, hatte ich.«

»Aber bist du auch sicher, daß sie wirklich passiert sind? Bist du sicher?«

»Ich denke schon.«

»Siehst du, ich will nicht sicher sein. Ich hätte meine Vergangenheit lieber verloren. Ich wünschte, sie wäre nicht mehr da. Darf ich dir eine ungewöhnliche Frage stellen?«

»Warum nicht, es war sowieso schon ein seltsamer Tag.«

»Glaubst du an Häresie?«

»Ob ich daran glaube? Ernsthaft?«

»Ja.«

»Ich bin nicht einmal sicher, was das ist. Um ehrlich zu sein, weiß ich es nicht.«

»Daß man sich gegen Gott wendet. Daß es einem Menschen möglich ist, Gott zu beleidigen. Ketzerei.«

»Du warst nicht zufällig mal Priester, oder?«

»Ha! Nein, nein, ich war … etwas ganz anderes. Ich glaube, man könnte sagen, daß ich meine Schwierigkeiten mit dem Glauben hatte. Bei den meisten Dingen fand ich es immer schwierig zu glauben. Meine eigene Existenz erscheint mir beispielsweise im Moment äußerst unwahrscheinlich. Aber ich habe immer geglaubt, daß ich mit Gott sei, nicht allein oder gegen ... nicht gegen. Wie kann ein Mensch sich gegen Gott wenden. Ich bin ein so kleines Ding im Universum, daß ich mir gar nicht vorstellen kann, eine merkliche Störung zu verursachen. Das wäre doch, als würde eine Mücke einen Berg beleidigen: lächerlich.«

»Ganz bestimmt.«

»Damit du es wenigstens ein bißchen verstehst, kann ich dir erzählen, daß ich ein Zeitlang Soldat war. Ja? Arthur hat es dir erzählt, das habe ich mir gedacht. Nun, am Rande der Schlacht, in dieser dichten, schweren Zeit des Wartens, wenn man auf kleine Zeichen achtet, die einem verraten sollen, was passieren wird, und wenn dieser oder jener Gürtel so und so geschnürt werden muß, in der richtigen Reihenfolge, zusammen mit den anderen Reihenfolgen und Gewohnheiten und Worten, die beim letzten Mal dafür gesorgt haben, daß du nicht gestorben bist. Ein sehr geheimer Ort, an dem man sich da mit anderen Männern befindet, wenn ihre Leben zu Augenblicken zusammenbrennen. Sie alle sind ganz hier und jetzt und Liebe und Ruhe. An diesem Ort pflegte ich zu beten. Oder vielmehr pflegte ein Freund von mir zu beten, und ich hörte zu.

Ich glaubte ihm rückhaltlos. Er sagte mir:

›Wir geloben dem Königreich Gottes unsere Treue. Wir sind Soldaten im Regiment des Königreichs Gottes, und unser Leben gehört diesem Regiment und keinem anderen. Wir dürfen Gottes Reich nie die Treue brechen oder es verraten, denn die einzige Buße für diesen Verrat ist der Tod, der Tod unserer Seelen. Unsere Seelen sind Soldaten im Regiment Gottes. Wir sind Gottes und gehören zu ihm, und Gott muß uns sicher bewahren, denn wir sind wahrhaftig.‹

Ich spüre noch, wie ich im Gras knie und meine Hände die Hände anderer Männer halten, und wie wir alle diese Worte festhalten. Ein saurer Wind stieg aus einer anderen Welt auf und blies in unsere Gesichter, und wir zitterten, küßten und umarmten uns, gingen davon und waren bereit, andere Menschen zu töten.

Manchmal sprach ich das Gebet selbst im Kopf vor mich hin, oder ich verfaßte Gedichte. Mitten im dichten roten Herz einer Belagerung ist ein Gedicht das Beste, um einem Licht, eine angenehme Entrückung, Freiheit zu schenken. Aber jetzt weiß ich nichts mehr über Freiheit, vor allem nicht über die Freiheit vom Tod, die ich doch eigentlich pflegen wollte. Damals bin ich nicht gestorben. Ich glaubte, es wäre gut, daß ich nicht gestorben bin. Jetzt aber –«

Er ließ die Lider sinken, atmete aus, »es tut mir leid, ich habe schreckliche Schmerzen im Kopf.«

Worauf ich wußte, was ich tun sollte. Wenn jemand Kopfschmerzen hat, weiß ich, was zu tun ist. Man geht zu den Menschen hin und legt die Hand um ihr Genick und spürt die Wärme des Blutes unter ihrer Haut und stützt sie. Man sagt ihnen, sie sollen die Augen schließen. Man sagt ihnen, sie sollen nicht sprechen. Man hält sie. Man drückt nur mit den Fingerspitzen auf Stirn und Schläfen. Man sieht, wie ihr Gesichtsausdruck klar und leer wird. Ich habe das schon bei vielen Leuten gemacht, meine Mutter hat es mir beigebracht. Es geht leicht und ohne emotionale Beteiligung, bedeutet gar nichts.

»Danke.«

»Sssch.«

»Warum, glaubst du, bin ich hier?«

»Sssch. Ich weiß es nicht. Aber du mußt schlafen. Ich habe dich zu lange reden lassen. Wir werden das alles morgen klären. Nein, sag nichts.«

Er schluckte und lächelte und sagte langsam, »Ich würde nur noch gern sagen, daß ich glaube, daß Gott mich immer noch bewahrt, weil ich wahrhaftig gewesen bin. Ich war Savinien de Cyrano de Bergerac, und ich bin wahrhaftig gewesen.«

Da haben Sie es also. Ich war die erste, der er es erzählt hat, und jetzt habe ich es Ihnen erzählt. Savinien de Cyrano de Bergerac. Seltsamer Name. Ein großer Name – buchstäblich groß, egal auf welchem Blatt, und durch Bekanntheit und populären Gebrauch noch vergrößert. Ich muß sagen, daß ich nicht genau wußte, wieso er ihn benutzte. Ich begriff nicht ganz. Ich hatte vor, ihn zu fragen, ob er das wiederholen könne, aber er schlief schon ein, war mir schon entglitten. Ich rieb meine Kehle und schluckte, schaute in sein schlafendes Gesicht, das schwer in den flachen Hügel der Kissen eingesunken war. Ich nahm meine Hände von ihm, von den Umrissen seiner Stirn, von dem gewohnten Muster, das seine besonderen Knochen formten, und ich achtete darauf, ihn nicht zu wecken.

Als ich die Tür hinter mir schloß und ihn allein ließ, spürte ich, wie meine Brust sich seltsam zusammenzog. Auch als ich mich zur Arbeit bereitmachte, die letzte meiner löslichen Tabletten einnahm, saß die ungewohnte Verspannung immer noch unter meinem Schal. Ich putzte mir die Nase. Es half nicht.

Bei der Arbeit war es ruhig, wie immer. Ich saß in einem schallgedämpften Raum mit zwei doppelten Türen an einem filzbespannten Tisch. Die Türen an meinem Arbeitsplatz sind schwer und lösen sich leise und weich vom Rahmen, man kann einfach nicht hindurchrauschen oder hasten. Nichts stört das Herz des Senders, jedenfalls nichts, was man hören kann.

Alle dreißig Minuten mußte ich einem dicken schwarzen Schwanenhals von Mikrofon von Verkehrsstörungen, verstümmelten Kindern, dem zerstörten Frieden in Europa und dem Wetter erzählen. Ich spürte die warmen und offenen Silben an meinen Zähnen, ich leckte und drückte und atmete sie, ich gab ihnen Abschiedsküsse. Es war beinahe rührend, sogar mit heftigen Halsschmerzen.

Aber in den Zwischenzeiten? Ich nippte an warmem Zitronensaft mit Honig aus meiner Thermoskanne und dachte an die Nacht, die meine Stimme trug. Theoretisch ging ich überallhin mit ihr, durch Wände und unter Gebäude, in alle kleinen Ecken meiner Stadt und einiger weiterer. Natürlich hörten tatsächlich nur wenige Menschen zu – die anderen Spätschichtarbeiter, Gestalten, die im Taxi beobachtend durch die Nacht gondelten, professionelle Verführerinnen und Verführer, Polizisten, einsame Schlaflose.

Beim Sprechen dachte ich besonders an die Schlaflosen. Ich erzählte ihnen, und nur ihnen, ob es regnete oder ob jemand Besonderes gestorben war, und ich fragte mich wieder einmal, wie viele Hunderte oder Tausende von ihnen zur Entspannung den Kompromiß der Selbstbefriedigung gewählt und dabei zufällig meine Stimme gehört hatten. Schön, daß ich ihnen helfen konnte.

Eine einfühlsame und irgendwie weibliche Frau hatte mich einmal wissen lassen, wie sie gelernt hatte, sich selbst als einfühlsame und irgendwie weibliche Frau anzunehmen, indem sie ihren eigenen Körper entdeckte. Ich nahm an, sie verstand darunter, ihrem Körper Spaß zu bereiten, und nicht, eines Morgens schreiend aufzuwachen, weil die unentdeckten Weiten ihrer, sagen wir, Oberschenkelinnenseite sie erschreckten.

Ich glaube, sie wollte mich auf freundlich missionierende Weise animieren, meine ganz, ganz eigene Art von Spaß zu erforschen und zu entdecken. Und das würde mich schließlich auch zu einer einfühlsamen und irgendwie weiblichen Frau machen. Oder auch nicht.

Ich hoffte, schon sehr einfühlsam zu wirken, als ich für ihr Interesse an meinem Wohl dankte und dabei sehr viel lächelte. Ich nickte. Ich lächelte. Ich erzählte ihr nicht, daß mein Körper und ich schon ganz gut wußten, wie man eine Menge Spaß haben kann. Wir empfanden das aber nicht als befreiend oder reine Freude. Wir wollten nicht gern die einzigen sein, die genau wußten, was in physischer Hinsicht wozu führte. Wir waren sogar ein bißchen traurig, weil wir nicht ganz sicher waren, wieso das so war – ob wir beiden die einzigen waren, denen wir jeweils vertrauten, oder die einzigen, die schamlos genug waren, richtig zur Sache zur kommen –, jedenfalls machten wir einander einsam. Zwischen uns herrschte keine Romantik. Wir schickten uns keine Blumen, wir telefonierten nicht miteinander, wir zeigten uns gegenseitig überdeutlich, daß wir nur beieinander waren, weil es keine Alternative gab. Sobald jemand Besseres des Weges käme, würden wir uns davonmachen – ohne Tränen, ohne Abschiedsessen, nicht mal ein Brief. Wir steigerten unser Selbstbewußtsein gegenseitig kein bißchen.

Es ist schon erstaunlich, woran man so denken kann, während der Mund von etwas ganz anderem redet. Dieses Phänomen hat mich voll und ganz überzeugt, daß Konversation nichts weiter als Zungenfertigkeit ist. Doch an den Worten selbst zweifle ich nicht, an der endlosen, unbeachteten Tatsache der Wörter. In jener Nacht hockte ich vor meinem Mikrofon, und drüben in der Technikerkabine ließ meine Stimme Meßnadeln ausschlagen, türmte die Leuchtdioden der Aussteuerungsanzeigen auf und ließ sie wieder einschmelzen. Der einzige Ort auf der ganzen weiten Welt, wo sich alles im Takt meines Atems bewegt. Ab und zu habe ich gern so viel Macht. Nur um zu sehen, wie es sich anfühlt.

Und diese Macht ist natürlich relativ – ich habe keinen Einfluß darauf, was ich sage oder auch nur, wie ich es sage. Die ersten Morgenstunden verbrachte ich in einem anderen schalldichten Raum, in dem die Luft wie in einem Flugzeug war und den ich in genau vorgeschriebener Sekundenlänge mit Worten über eine private Krankenversicherung füllte. Ein nicht sehr erfreulicher Job. Ich war sehr müde und schon fast heiser, zwischenzeitlich fast ertaubt durch das Elend in meiner Nase und meinem Rachen, versuchte aber dennoch, meiner Stimme den einfühlsamen und irgendwie weiblichen Frauenton zu geben, der verlangt worden war.

»Leicht, aber warm. Du möchtest uns gute Nachrichten überbringen.«

»Gute Nachrichten: Für eine bescheidene Abgabe können Sie sich den Seelenfrieden kaufen, den Ihnen der Sozialstaat ohnehin garantieren würde, wenn unsere nationalen Prioritäten nicht total im Arsch wären.«

»Schone deine Stimme. Aber der Ton war schon ganz gut. Von den Worten mal abgesehen.«

»Aber zahlen wir dafür nicht unsere Steuern? Oder liege ich da jetzt völlig falsch? Das ist noch nicht mal hinterhältig, es ist einfach ein Geschäft mit der Angst. Schutzgelderpressung.«

»Könnten wir es nicht einfach hinter uns bringen?«

»Natürlich, natürlich. Das Prinzip verstehe ich ja – niemand weiß etwas zu schätzen, wofür er nicht bezahlen muß. Wenn das Leben uns unaufgefordert frei Haus geliefert wird, werden wir nie begreifen, was es wert ist, es ist also sehr vernünftig, daß wir für seine gesunde Fortführung bezahlen sollen. Wir hätten schon längst bezahlen sollen – erstaunlich, daß wir so lange damit durchgekommen sind.«

»Wir müssen auch noch das Schmerzmittel machen.«

»Gab's eine Gratisprobe dazu?«

»Auf mein Zeichen, leicht und warm.«

»Okay, Steve.«

Ja, Steve. Derselbe Steve – derselbe Steven – den ich einmal besser kannte als jetzt. Eine Zeitlang arbeitete er im Sender, und manchmal mit mir. Gott hat einen komischen Humor. Auf gewisse Weise habe ich ihm sogar zu diesem Job verholfen. (Steven, nicht Gott.) Er hatte sich gar nicht fürs Radio interessiert, bis wir uns kennenlernten, und dann war er plötzlich ganz versessen. Ich habe ihn auch ermutigt. (Ebenfalls Steven, nicht Gott.) Es war ungefähr ein Jahr her, daß wir uns getrennt hatten, als er eines Morgens im Studio saß, sich anscheinend ganz wie zu Hause fühlte und bereit zum Aufnehmen war. (Wieder Steven, nicht Gott. Von Gott hatte ich mich schon lange, lange vorher getrennt.)

All das dachte ich, während ich die Augen schloß und mit leichter, aber warmer Stimme die niedrigen Kosten guter Gesundheit und seelischen Wohlbefindens empfahl. Schon für eine geringe Zusatzgebühr konnten meine Zuhörer ihre Zähne und ihr Augenlicht versichern und noch dazu ganz eigene Kinder bekommen, welche direkt zum Verbraucher geliefert würden.

Die Schmerztabletten waren noch beruhigender und außerdem sexy. Es schwang so etwas wie »Ja, heute nacht, Liebling, ich habe Kopfschmerzen« mit. Was Steven natürlich in jeder Beziehung recht gewesen wäre. Ich konnte für die lauschende Öffentlichkeit so erotisch hauchen wie ich wollte, Steven würde ich nicht damit auf Touren bringen, sondern mit dem Gedanken an mögliche Schmerzen.

Jeder, wie er mag, keine Frage, und nichts hält die böse sexuelle Langeweile besser fern als ein bißchen Phantasie, ein kleines rituelles Element. Schon bevor ich ihn kennenlernte, war Steven an Schmerz interessiert, doch ich gebe gern zu, daß ich sein Interesse noch förderte. Ich bin als Partner überhaupt sehr fördernd. Schmerz zu spüren machte ihn glücklich, also dachte ich mir ein Spiel aus, bei dem er Schmerzen leiden konnte. Wir spielten Käpt'n Bligh auf der Bounty. »Nun denn, Sir, Sie dürfen die Tochter des Kanoniers küssen.« Im Dunkel aneinandergekettet, spielten wir Allmächtiger Käpt'n Bligh und Dummer Matrose und hatten einen Riesenspaß. Zuerst war alles wunderbar – salzig, schlagkräftig, heftig. Ich hatte gegen meine Rolle nichts einzuwenden, und Steve, mein unbeholfener, mit Freuden ungeschickter Seemann, war mehr als glücklich, und wenn er glücklich war, mein Gott, dann war ich natürlich auch glücklich.

Nein. Ich war auch so glücklich. Steven hatte Spaß, er bekam, was er wollte, und noch mehr, aber ich war auch so glücklich. Er hatte mich in Regionen geführt, die ich nicht kannte, zum Ausgleich für weniger befriedigende Bereiche unserer Beziehung.

Was ich mit ihm anstellte, hätte ich schließlich nie allein tun können. Nur Politiker können allein irgendwo sitzen und anderen Menschen Schmerzen zufügen.

Natürlich sind diese Dinge nicht so beherrschbar, wie es zuerst den Anschein hat. Unsere Lage war irgendwann ganz und gar nicht mehr ideal. Unsere Rollen hatten sich verselbständigt, waren sich viel näher gekommen, als wir es ohne sie geschafft hätten. Ich befürchtete, wir könnten uns bleibende Schäden zufügen, also landeten wir am Ende beim ultimativen Klischee – wo der Masochist zitternd und der Gnade des Sadisten völlig ausgeliefert seine Strafe erwartet.

»Schlag mich. Na los, schlag mich.«

»Nein.«

Die Ironie der Situation entging mir also nicht, als ich etwas von Paracetamol und augenblicklicher Erleichterung schnurrte, aber ein Job ist ein Job ist ein Job und muß gemacht werden.

»Danke erst mal, Jennifer. Die letzte Aufnahme war gut. Lucy ruft dich an, wenn wir wieder was für dich haben.«

Wir verhielten uns strikt professionell, keine unfreiwillige Körpersprache, keine zufällig sich treffenden Blicke. Ich merkte erst, wie müde ich war, als ich zur Bushaltestelle hinausging. Mein Rückgrat fühlte sich gestaucht und empfindlich an, und mir wurde wieder einmal klar, wie anstrengend es ist, überzeugend Gleichgültigkeit zu spielen.

Und dann hätte ich einfach nach Hause und direkt ins Bett gehen sollen. Das wäre vernünftig gewesen. Sicher hatte ich einen verstörenderen Tag als gewöhnlich hinter mir, aber das hätte bei einem ruhigen Menschen wie mir keinerlei Wirkung zeigen müssen. Ich hätte nichts Außergewöhnliches, für mich Untypisches tun müssen, aber ich tat es.

Ich versuche zu erklären, daß ich nicht begreife, was als nächstes geschah. Aber warum sollte ich auch? Mein Leben ist mir immer ziemlich unbegreiflich geblieben, warum hätte sich das gerade an jenem Morgen bessern und nicht verschlimmern sollen? Ich verstand meinen Vater und meine Mutter nicht. Ich verstand mein Land nicht, weder seine Vergangenheit noch seine Gegenwart oder Zukunft, seine Regierungsform, den Sinn seiner Nationalhymne oder Flagge. Als Kind verstand ich die anderen Kinder nicht, und die Erwachsenen waren genauso schlimm. Dann war ich selbst erwachsen, und nichts hatte sich geändert. Ich verstand weder Steven noch sonst jemanden meiner engeren Bekanntschaft, mich selbst natürlich eingeschlossen. Ich habe mich eigentlich nie verstanden.

Aber das ist ja kein Grund, sich aufzuregen, oder? Meine erschreckende Verständnislosigkeit wird durch eine herrliche Angstfreiheit ausgeglichen, und deshalb gehe ich fast so kompetent durchs Leben wie anscheinend normalere Menschen. Am blaßblauen Anbruch jenes Tages bewegte ich mich also völlig vorhersehbar vom Bahnhof zur Bushaltestelle, zum Anfang unserer Straße, zu unserem Haus und hinein.

Mir fiel ein, daß ich leise sein mußte, weil alle zu Hause waren und schliefen, und zog die Tür leise hinter mir zu, um das experimentelle Zwitschern und die röchelnden Motoren abzuschirmen, die in unserer Stadt das Morgengrauen begleiten. Das Schloß rastete ein, ich zog die Schuhe aus und knarrte vorsichtig die Treppe hinauf. Das Ende eines harten Tages für meine Wenigkeit, kränklich, fiebrig und schwindelig, wie ich bin, sollte ich wirklich geradewegs ins Bett gehen, aber nein: Ich gehe in Martins Zimmer.

Er ist da, schläft nicht mehr ganz, ist aber auch noch nicht ganz wach. Er sitzt im Bett und starrt in das schwache zinngraue Licht, das durch die Vorhänge dringt. Ich schaue ihn an, während er wie ein Welpe mit feuchten Augen gähnt und dann mit der flachen Hand neben sich aufs Bett klopft. Eine Geste, die ich seit Jahren nicht mehr gesehen habe, doch ich weiß genau, was sie bedeuten soll, und schon gehe ich auf ihn zu.

»Ist es Morgen, Jennifer?«

Ich bin bereit, beuge mich zu ihm, denn ich weiß, er wird flüstern. Flüstern ist jetzt das einzig Richtige, denn wir tauschen bei Anbruch des Tages Geheimnisse aus.

»Ja, es ist Morgen.«

»Gut. Guten Morgen, Jennifer.«

»Guten Morgen. Wer du auch sein magst. Es ist sehr früh. Du solltest schlafen.«

»Sicher. Aber ich glaube, du möchtest mir etwas sagen.«

»Ja, tatsächlich. Möchte ich gern.«

»Möchtest du gern?«

Die Worte blieben mir aus irgendeinem Grund in der Brust stecken, sie schafften es nicht bis hinauf zum Mund. Nervös zu werden war lächerlich, folglich fühlte ich mich lächerlich. Wahrscheinlich.

»Hrm, ich möchte gern, daß du dir keine Sorgen machst.«

Er legte einen Augenblick den gekrümmten Zeigefinger an die Lippen. »Keine Sorgen. Ich möchte mir auch gern keine Sorgen machen, aber damit kann man sich wenigstens die Zeit vertreiben, wenn man sonst völlig machtlos ist.«

»Ich weiß, es hört sich nicht gerade sehr mitfühlend oder hilfreich an. Aber ich möchte einfach gern, daß du dir keine Sorgen machst. Und ich werde etwas unternehmen, um dir dabei zu helfen. Ich werde mich um, na ja, einige der Probleme kümmern.«

»Das brauchst du nicht.«

»Ich weiß.«

»Ich habe dich nicht darum gebeten, mir zu helfen.«

»Ich weiß.«

»Was eine hervorragende Methode ist, ungebetene Unterstützung zu bekommen, aber das ist nicht der Grund, warum ich nicht gefragt habe.«

»Das ist schon in Ordnung. Mir macht es ohnehin nichts aus. Ich glaube, jetzt muß ich schlafen gehen.«

»Das glaube ich auch. Wir werden also beide einschlafen und uns gegenseitig keine Sorgen machen, denn wir schlafen ja, was kann uns da schon Böses geschehen.«

Ich fand es erstaunlich schwer, mich über die winzigen weißen Punkte zu ärgern, welche die Müdigkeit in großem Stil hinter meinen Augen abfeuerte – wie sie es gerne tut. Ich nickte und wollte gerade gehen, als Martin meine Hand nahm und an seine Lippen hob. »Vielen Dank für deine Aufmerksamkeit.«

Draußen im Dunkel des Flurs leuchtete der Abdruck seiner Lippen ganz schwach an meinen Fingern und verschwand allmählich, als ich in meinem Zimmer saß und meine Bluse aufknöpfte.

Und an dieser Stelle verlassen wir mich eine Weile. In unserer Abwesenheit wird nicht allzuviel passieren. Ich werde ruhen und kränker werden und dann wieder viel gesünder. Ich werde schlafen und mich nicht zu schlucken trauen und wieder schlafen und Besuch von einem Arzt erhalten, der mir ebenfalls wie im Schlaf erscheint. Man wird mir sagen – ich glaube, der Arzt, aber vielleicht auch Arthur –, daß ich weder sterben noch die nächste Woche zur Arbeit gehen muß, weil ich ein Attest bekommen habe. Was noch wichtiger ist: Ich habe einen offiziell anerkannten Abszeß im Rachen, was bedeutet, daß ich mehrmals täglich Tabletten schlucken muß. Das werde ich tun und davon geheilt werden. Ich werde auf klare und wunderbar nachvollziehbare Weise vom Kranksein zum Nicht-mehr-Kranksein voranschreiten. Einen ganzen Tag lang werde ich glücklich sein, bloß weil ich gesund bin. Aber weil ich nicht nur gesund, sondern auch nur ein Mensch bin, werde ich vergessen, wie gut das ist, das Leben wird an Frische verlieren und wieder viel normaler werden.

Dieses Kapitel wird zu anderen Zeiten und an anderen Orten voranschreiten, und wenn ich mich wieder danach fühle, werde ich mein Zimmer verlassen und unten herumlaufen. Ich werde entdecken, daß die Küche auch ohne mich überlebt hat – vielleicht ist sie sogar sauberer als üblich –, und leicht enttäuscht sein, daß ich im Haushalt so entbehrlich bin. Ich werde fast eine Woche im Haus verbringen, während Liz ohne besonderen Grund in Cornwall ist, Arthur seinen seltsamen Schichtdienst in der Bäckerei ableistet und Martin nicht Martin ist. Martin, der nicht Martin ist, geht nicht aus, er bleibt und spricht mit mir. Seit ich krank geworden bin, hat er mit kaum jemandem ein Wort gewechselt, und jetzt scheint er das nachholen zu wollen, die verlorenen Jahre, eine ganze verlorene Lebenszeit an Unterhaltungen. Er redet seine Welt herbei, und ich höre ihm zu, denn ich habe nicht viel anderes zu tun. Ich riskiere ein paar Ausflüge zur Tankstelle, um Milch und Chipstüten zu kaufen, und ich höre Martin zu, der nicht Martin ist, und ich schweige mit Martin, der nicht Martin ist, und ich bin fast ständig in Gesellschaft eines anderen Menschen als meiner selbst. Das ist gar nicht so schlimm, ich weiß, aber in meinem Leben äußerst ungewöhnlich.

Das viele Reden und die Medikamente branden durch meinen Kopf, aber zunächst muß ich noch Fieber bekommen. Ich habe mir einen Keil aus Kissen untergeschoben, denn wenn ich flach auf dem Rücken liege, habe ich das Gefühl, ertrinken und erstikken zu müssen, und das Fieber steigt höher heran, zerrt und rüttelt an meinem Gehirn. Es wartet, bis ich schläfrig werde, um dann vollends einzudringen. Es gibt mir den deutlichen Gedanken ein, daß ich aus wichtigen Gründen, die mir im Moment entfallen sind, nicht im Bett sitze. Oder daß ich aus wichtigen Gründen, die mir im Moment entfallen sind, zwar im Bett sitze, aber ohne die vertraute Umgebung meines Zimmers. Ich müßte diese ganzen Gründe wiederfinden. Oder manchmal habe ich das Gefühl, daß mich jemand ansieht, und das Gefühl des Blicks ist grün wie mein Kopfschmerz, nur länger.

Um ehrlich zu sein, habe ich keine ausgewachsenen Halluzinationen, aber meine Träume wüten und kriechen die ganze Nacht und bis in den Tag hinein. Sie sind nicht aufzuhalten, und ihre überladene Prozession ruft eine Atmosphäre wach, die mir vor langer Zeit vertraut war. Sie fährt durch mich hindurch, und nach heißen Schweißausbrüchen zittere ich frierend.

Erinnern Sie sich an die kleine Geste, die Martin vor einer Weile gemacht hat? Er hat mit der Hand auf sein Bett geklopft, nur leicht die Handfläche zwei, drei Mal auf die Bettdecke fallen lassen. Etwas sehr Ähnliches ist ziemlich oft passiert, als ich viel jünger war. Dreißig Jahre jünger, sogar ein bißchen mehr. Die Erinnerung brachte mich ins Grübeln und weckte die alte Atmosphäre.

Diesen nächsten Abschnitt brauchen Sie nicht zu lesen oder überhaupt zu beachten. Er wird Ihnen nicht weiterhelfen beim Verständnis des Buches oder der Geschichte, die darin zu erzählen versucht wird. Hier schreibe ich etwas auf, das nur für mich bestimmt ist, einen Winkel in all diesem Geschriebenen, der nur mir gehört, keine vertrauliche Mitteilung, die ich Ihnen präsentiere, kein Teil meiner Planung. Was ich hier sage, möchte ich wirklich gern loswerden.

Ich möchte einen Teil meiner Vergangenheit in die Vergangenheit versetzen und so festmachen, daß er dort bleibt. Ich werde es aus mir herauslassen und aufzeichnen, weil ich es möchte. Dann werde ich mir die Sache ansehen und begreifen, und dann werde ich sie ablegen. Sie ist schwer und begleitet mich schon viel zu lange, und nun bin ich müde, deshalb werde ich sie ablegen.

Hier.

Ich bin hinter der weißen Tür, der weißen Tür meiner Eltern, der mit dem Keramikgriff, und die Tür ist geschlossen. Wir sind alle zusammen im Zimmer, mein Vater, meine Mutter und ich. Ich schaue zu.

Klopf, klopf, die Hand auf der Matratze. Komm näher, stell dich hierher, setz dich, komm so dicht heran, daß du unseren Geruch einatmest.

Ihr Geruch war verrückt, nach Eiweiß und Küste, und mir wurde schlecht davon. Ich roch ihn auch, wenn er gar nicht da war.

Ich habe vergessen, wie wir anfingen, so zu sein, wie wir waren. Vielleicht wußte ich es auch nie, vielleicht waren die Pläne schon fertig, bevor ich sie erkennen konnte, vielleicht bewegte ich mich in ihnen und merkte es nicht, bis das Zimmer sich auftat und ich hereingeholt wurde.

Sie war die zweite Frau meines Vaters. Ganz sicher meine Mutter, die einzige, die ich hatte, aber seine zweite Frau. Ich weiß nicht, ob das wichtig war, ob das eine Rolle spielte oder nicht. Ich glaube, er liebte sie. Ich glaube, ich auch.

Natürlich war mir irgendwann klar, daß etwas nicht stimmte. Ich beschloß, daß niemand je mit zu mir nach Hause kommen durfte. Ich war inzwischen eingeschult worden – wie es sich für ein Kind gehört –, und es war gang und gäbe, daß Schulfreunde einander zu Hause besuchten – zuerst wurde man eingeladen, dann erwiderte man die Einladung oder umgekehrt. Ich wußte genau, daß ich Freundschaften vermeiden sollte, daß niemand zu uns kommen und uns sehen, uns entdecken dürfte, bevor mir völlig klar war, wieso. Es ist nicht besonders schwer, Freundschaften zu schließen, es war eher ziemlich anstrengend, nicht eine einzige zuzulassen. Später war ich für meine Bemühungen dankbar – sie hatten mir jede Menge Ruhe und Frieden verschafft. Ich glaube, Ruhe und Frieden habe ich schon immer gern gehabt.

Weihnachten war das erste Mal, da bin ich fast sicher, denn das Ganze wurde präsentiert wie ein zusätzliches Geschenk, das für den ersten Feiertag aufgehoben worden war.

Sie riefen mich, brachten mich zum Lachen und ließen mich die Treppe hinaufstürmen. Als ich zu laufen aufhörte, war ich außer Atem, das Blut pochte in meinen Ohren, und Angst kroch über meinen ganzen Körper. Nicht bloß das Schwanken in der Magengrube – das war mir schon öfter passiert, denn Kinder haben dauernd Angst, sie wissen nicht genug, um ohne Angst zu sein –, diese Angst kribbelte an meinem Gesicht hinunter, kroch von hinten meine Beine hinauf. Eine Art Schrecken, der sich auf mir bewegte.

Natürlich begriff ich zuerst nichts, ein paar Jahre lang nicht. Ihre Haltungen, ihre Farben und vor allem ihre Geräusche, die Geräusche meiner Mutter, jagten mir Angst ein. Ich dachte, sie hätte Schmerzen.

Manchmal hatte auch er Schmerzen. Ich schaute nur zu. Ich wußte, wenn sie mich ansahen, konnten sie nicht sehen, wie es in mir drin aussah, wenn ich es ihnen nicht zeigte. Sie versuchten zu sehen, was ich dachte, aber ich ließ sie nicht, und wenn sie erst einmal richtig loslegten, interessierten sie sich ohnehin nicht mehr für mich. Ich wurde allein gelassen.

Außerhalb ihres Zimmers war ich normalerweise sicher, es sei denn, sie sahen mich so komisch an oder stellten mir Fragen. Aber manchmal waren sie einfach zu gierig aufeinander, und dann stieß ich woanders auf sie. Und so machten sie mir mein Heim unsicher. Die zusammengebissenen Zähne, die feuchten Gesichter, die fragenden Augen – überall lauerten sie.

Ich kann nur annehmen, daß sie meine Anwesenheit brauchten oder wünschten, aber damals wußte ich das nicht. Sie taten, was sie taten, und sie hatten ihre eigenen, mir verschlossenen Gründe dafür, und am Ende wartete ich jedesmal, hoffte, daß sie nicht wieder zu sich kämen, sich nicht wieder bewegten. Ich wollte nur Stille, keine Stimme, die sagte »Geh jetzt, geh weg.« Keine Stimme.

Vielleicht habe ich ein kleines Stück von mir dort gelassen. Wenn ich in die Vergangenheit greifen und es erhaschen könnte, mich selbst befreien, würde ich es tun. Ich würde mir sagen, daß jetzt alles in Ordnung sei, weil sie beide seit langem weg sind. Ich bin in Sicherheit. Nichts kann mich noch an jene Tage und Stunden binden außer meinen Gedanken, und meine Gedanken sind meine Freunde. Ich bin mir der beste Freund, den ich auf der ganzen weiten Welt finden kann. Ich passe auf mich auf, und ich achte darauf, was meine Schuld sein könnte und was nicht. Natürlich tut mir meine Vergangenheit leid. Da habe ich mich selbst enttäuscht, war nicht auf der Höhe, aber ich mache mir deshalb keine großen Vorwürfe. Sehr wahrscheinlich war es nicht meine Schuld.

Wahrscheinlich war niemand schuld, so etwas gehört einfach zum Familienleben – es ist längst nicht das Schlimmste, was mir zu Ohren gekommen ist. Allerdings ist es mir zugestoßen und deshalb offensichtlich das Schlimmste, was ich wirklich kenne. Aber die Nachwirkungen sind minimal. Wenn mir eine sehr vertraute Geste oder eine unglückselige Reihung von Worten begegnet, durchzuckt mich ein Erkennen. Und sollten wir uns je eine Wohnung teilen, würde ich Ihre Privatsphäre weiß Gott so gründlich respektieren, wie es nur menschenmöglich ist, aber seien Sie bitte beim Sex nicht so laut, daß ich Sie hören kann. Das mag ich nicht. Dann fange ich an, die Musik aufzudrehen und die Türen zu schlagen und alles zu tun, was romantischer Stimmung abträglich ist. Weshalb Liz ihr Liebesleben größtenteils nach außerhalb verlegt hat und sich sogar, wenn sie hier ist, durch ausgedehnten nächtlichen Telefonmißbrauch von uns entfernt. Arthur hingegen ist beim Thema Sex von entspannter Ruhe. Sonst ist er zwar sehr körperlich und riecht nach Sportsalbe, aber was Sex angeht, ist er wirklich still. Manchmal glaube ich, daß er lieber ißt oder Gewichte hebt als fickt, und ich persönlich kann an dieser Entscheidung nichts Seltsames finden. Aber das wundert Sie sicher nicht.

Wo wir schon von unserem Haushalt reden, können wir auch ganz dorthin zurückkehren. Ende des Einschubs, wir sind jetzt an dem Punkt, wo es mir viel besser geht und ich zweimal am Tag bade, um den Geruch der Krankheit von meiner Haut zu spülen. Meine Stimme ist unversehrt zurückgekehrt, vielleicht sogar kräftiger als vorher, und wenn Martin rund um die Uhr geredet hat, muß ich doch zugeben, daß ich ihm kaum nachstand.

Wir schritten kreisend den Garten ab, ereiferten uns über die

Mauern und den Erdboden, über die fünfzehn überhängenden Löwenmäuler. Wir hatten mehr als genug Zeit, sie zu zählen. Wir bemerkten, daß die Blätter der Bäume im allgemeinen von komplementärer Farbe zum Himmel waren. Auf den Fluren unseres Hauses, in der Küche und auf jeder Treppenstufe konnten wir plötzlich von einem ganz neuen Satz überwältigt werden und waren froh, daß jemand da war, der ihn hören konnte. Wir mußten nicht einmal beieinander sein – wir konnten uns von überall her zurufen. Wir ließen das Haus erschallen.

Das dehnte unseren Small talk zwar aus, änderte ihn jedoch qualitativ nicht. Er blieb oberflächlich. Wir erleichterten unsere Seelen nicht, erforschten und erklommen keine neuen Ebenen der Kommunikation. Wir berührten uns nicht. Das wäre mir aufgefallen. Wir berührten uns nicht. Dennoch geschah etwas.

Ich glaube, es dauerte drei Tage, vielleicht vier, und dann war Freitag, der letzte Tag, bevor ich wieder zur Arbeit ging. Freitagmorgen.

»Jesus liebt die Eskimos
Engländer und Navajos
Die Pigmente sind egal
Jesus liebt uns allemal.«

»Gehst du gerade?«

Arthur mahlt sich durch zwei Scheiben verbrannten Toast, während er sich die Schuhe zubindet. Er geht zur Spüle, wischt sich die Krümel vom Pullover und wäscht sich die Hände.

»Nein, ich komme gerade. Drei Stunden Pause, dann geht's zurück an den Backofen. Ich glaube, lange mache ich das nicht mehr mit. Sonst kann ich bald bloß noch mit Brötchen reden. Und mit Mary von der Ladentheke. Wie sie die Kasse immer klingeln läßt, da kriegt man Halluzinationen.«

»Mindestens.«

»Sie trägt nichts als dunkelblau, und dazu die kleine Schürze und das Namensschildchen. Wie eine Back-Schwester. Ich träume schon davon, überall auf ihr mehlige Abdrücke meiner Hände zu hinterlassen. Dabei kann ich sie nicht mal leiden. Wir reden nicht miteinander. Außer ›Gibt es noch Brötchen, Arthur?‹ Und das sagt sie nicht mal nett.«

»Ich habe dich sowieso nie als Bäcker gesehen.«

»Na, ich bin jedenfalls verrückt wie ein Bäcker.«

»Es heißt verrückt wie ein Hutmacher.«

»Nein, verrückt wie ein Bäcker. Muß ich doch sein. Egal, bald ist Schluß. Ein paar Leute haben nach Wandbildern für ihre Kinderzimmer gefragt. Vielleicht versuche ich's noch mal damit – mal sehen, ob ich diesmal genug Aufträge zusammenkriege. Ich dachte an zwei Velociraptoren, die einer Ninja Turtle die Eingeweide rausreißen. Oder Bambi, die einen durchgeknallten Androiden verprügelt.«

»Für Kinder, ja?«

»Mm, du hast recht. Bambi vögelt mit Klopfer, und Barbie verprügelt Ken.«

»Klingt toll.«

»Vielleicht sollte ich doch wieder Taxi fahren.«

Normalerweise bin ich gern mit Arthur zusammen – es ist angenehm, ihn um sich zu haben, er reibt sich nicht an einem. Aber heute morgen möchte ich, daß er geht. Ich möchte, daß er mich allein läßt, oder vielmehr uns allein läßt – mich und Martin de Bergerac.

»Ach, und meine Mutter hat erzählt, sie habe eine Botschaft aus dem Jenseits für mich bekommen – von Tante Bet.«

»Aha?«

»Ja. Sie sagte, sie habe ein ganz sicheres Gefühl, daß ich kurz davor sei, abergläubisch zu werden.«

»Mm. Und ich habe gehört, daß ›leichtgläubig‹ diese Woche aus dem Wörterbuch gestrichen werden soll.«

»Ehrlich? Ist ja irre.«

»So ist's recht. Und jetzt geh zur Arbeit.«

»Okay. Schön übrigens, daß es dir besser geht.«

»Danke.«

»Wie geht's Martin?«

»Gut.«

»Er hat Geld für die Miete hingelegt, habe ich gesehen.«

»Ja.«

»Stiller Typ.«

»Ja.«

»Aber sind wir ja alle irgendwie. Heute werde ich ein Ungeheuer aus Brötchenteig erschaffen. Den vollkommenen Mann.«

»Selbsttreibend, meinst du?«

»Sssch. Die Süße der Melasse, das Hirn einer Rosine und die Stärke der Kartoffel. Sie behaupten, ich sei verrückt. Verrückt, verstehst du? Bis später.«

Er geht, und mir wird klar, was passiert ist. Aus irgendeinem Grund ist Sicherheit eingekehrt. Ich konnte den Gedanken buchstäblich spüren, wie er herabfiel und mir den Nacken herunterrieselte, ganz dicht am Rückgrat, was bei mir immer ein Hinweis auf wichtige Gedanken ist. Ich verstehe. Egal, wie ich ihn nenne, ich gewöhne mich an Martin. Ich beginne, das Zusammensein mit ihm als eigenständige Tätigkeit zu begreifen, für die ich keine andere Gesellschaft benötige. Deutlicher würde ich es gar nicht ausdrücken, besondere Gefühle spielen keine Rolle, aber ich habe ihn zweifellos gern in unserem Haus. So gern, daß ich seine Miete bezahle. In bar.

(Ich wußte, das war bloß eine kurzfristige Lösung eines langfristigen Problems, aber es schien mir trotzdem der klügste Schritt.)

Und immer noch ist Freitag, und eine schwere Wochenendminute hängt sich an die vorherige und zieht sich unter einem trüben Himmel über den Vormittag. Wahrscheinlich wird es Regen geben.

»Guten Morgen, Jennifer.«

Ich kann in Martins Gesicht lesen, daß der Wind sich gedreht hat. Heute werden wir nicht über Nichtigkeiten reden, heute werden wir miteinander sprechen, und das wird Zeit brauchen.

»Du siehst sehr ernst aus. Alles in Ordnung?«

Er zuckt abwinkend mit dem Handgelenk, eine Geste, die ich auch an mir selbst schon beobachte. »Es mangelt mir nicht an Gesundheit, doch ich würde mich freuen – ich zögere, dich noch einmal um Hilfe zu bitten, denn du hast mir schon so viel geholfen. Du hast alle meine Entschuldigungen gehört, mehr habe ich nicht zu bieten. Mein Dank ist kaum angemessen, und doch bitte ich dich schon wieder um etwas.«

»Mehr als nein sagen kann ich nicht.«

»Du kannst nein sagen.«

»Ja genau, das tue ich andauernd. Was möchtest du?«

»Hör mir zu.«

»Das ist nicht schwer.«

»Könnte es werden.«

»Dann sag mir, wer du bist. Wer du wirklich bist.«

»Savinien de Cyrano, und das ist die Wahrheit. Das verspreche ich. Ich schwöre bei allem, was ich nicht mehr besitze, daß meinen Name mein einziger Besitz ist. Ich bin weder verrückt noch irre ich mich. Lügner sagen immer unmögliche Dinge, aber nicht jeder, der unmögliche Dinge sagt, muß ein Lügner sein. Ich möchte behaupten, daß diese Regel auch gilt, wenn man ein unmögliches Ding *ist*.«

»Na gut. Ich werde meinen Unglauben vorübergehend aussetzen.«

»Ah, das ist gut. Du kannst dich gut ausdrücken. Das klingt hübsch. Dein Original?«

»Ja, sicher, habe ich mir gerade eben ausgedacht. Das Aussetzen des Unglaubens. Das ist wirklich gut.«

Ich weiß, daß er weiß, daß ich lüge.

»Ehrlich?«

Er weiß, daß ich weiß, daß er weiß, daß ich lüge.

»Mm hm.«

Ich weiß, daß er weiß, daß ich weiß, daß er es weiß. Solche Lügen sind gut, sie werden zu Wahrheiten, die nur die Beteiligten begreifen, und haben nichts mit Täuschung zu tun.

»Du hast noch nicht ja oder nein gesagt.«

»Ich weiß. Erzähl mir, was du erzählen willst, ich höre zu.«

»Zuerst ein kleiner Gefallen.«

»Was für ein Gefallen?«

»Ganz klein, eine Winzigkeit. Du mußt erst ja sagen, dann erzähle ich es dir.«

»So funktioniert das bei mir eigentlich nicht.«

»Aber für mich machst du eine Ausnahme.«

»Du bist eine Ausnahme, da brauche ich gar keine zu machen. In Ordnung.«

»Hn?«

»Ja.«

»Eh! Wunderbar. Könntest du dann bitte meinen Namen sagen. Nicht dieses Martin, das bin ich nicht. Sag meinen Namen. Nur den Vornamen. Sa-vi-nien. Er klingt, als würdest du etwas essen, das zuerst gut schmeckt und dann immer noch besser, und ganz zum Schluß am besten, Sa-vi-nien. Du schaust mir in die Augen und sagst ihn. Bitte.«

Und das war eigenartig schwer, vielleicht das Anschauen, ich merke, daß er nicht mich anschaut. Er starrt jemanden an, den seit vielen Lebenszeiten niemand mehr angeschaut hat, versucht, in die Vergangenheit zu greifen. Nichtsdestotrotz hat er mich gebeten, seinen Namen zu sagen, also versuche ich es.

»Savinien.«

Er zieht ein oder zwei Augenblicke Luft durch die Schneidezähne und versucht etwas wie ein Lächeln. Er nickt, schaut hoch und dann zur Seite, zupft an den grauen Haaren seiner Schläfen und drückt sie mit dem Daumen glatt.

»War das gut?«

»Ja, das war sehr gut. Das war ein Punkt. Weißt du, was ein Punkt ist?«

»Womöglich nicht.«

»Nun, es ist ein sehr kompliziertes, aber auch sehr einfaches Wort.« Jetzt macht er sich bereit, wirklich zu sprechen – gleich wird er zu erläutern beginnen. Ich stelle fest, daß ich die Zeichen lesen kann, daß ich mich tatsächlich darauf freue, mich zurückzulehnen und ihm zuzuschauen, wie er sich den Kopf über einen Gedanken zerbricht, den er auseinanderzunehmen beschlossen hat. Er lehnt sich gegen den Tisch, schlägt die Beine am Knöchel übereinander, legt den Kopf schief. Dann hält er inne und zwinkert. »Ich könnte dir was über Punkte erzählen, wenn du es hören willst.«

»Ich hätte nichts dagegen.«

»Du kannst gut zuhören.«

»Mir fällt bloß oft nichts zu sagen ein.«

»Ich glaube, das ist nicht wahr.«

»Das ist mir egal. Sag mir, was du mir sagen willst.«

Er beugt sich vor und läßt die Zunge zwischen den Lippen zucken. »Ich bin ein bißchen wie ein Theater ohne Eintritt. Eine Privatvorstellung.«

»Nett von dir, daß ich nichts bezahlen soll.«

»Sehr schön.« Er atmete ein und bewegte den Kopf dabei, ein guter Atemzug, langsam und hungrig. »Der Punkt. Wenn ein

Punkt gesetzt wird, spürst du es wie nichts sonst, und jede Erklärung kommt nicht mehr auf den Punkt – sie verfehlt ihn. Und das ist ein erster Eindruck dessen, was ein wirklicher Punkt sein kann.«

»Mm hm.«

Er geht davon. »Schwacher Anfang, es wird besser.« Dreht sich um. »Der Punkt ist jener einzelne Augenblick, in dem du einen anderen Menschen wirklich berührst. Du erreichst ihn mit einem Wort, mit einem Gedanken, einer Geste, einem Ausfall von der dritten Position, der zur vierten weiterschreitet und durch die Deckung hindurchgeht, das Ziel trifft. Und innerhalb des Punktes, der ein sehr kurzes Ereignis ist (kaum lang genug, dein Herz schlagen zu spüren), sind zwei Menschen eins. Der Sprecher und der Zuhörer, der Autor und der Leser, der Blutende und der, der ihn bluten läßt, sie sind dasselbe. Wir sind dasselbe. Du, wenn du meinen Namen sagst – das – das ist ein Punkt.«

»Ich glaube nicht, daß mir das gefallen würde.«

»Was würde dir nicht gefallen?«

Ich spüre ein nervöses Husten aufsteigen, aber ich schlucke es hinunter. »Punkte. Sie klingen so unangenehm.«

»Sie sind lebendig. Bist du nicht gern lebendig? Ach nein, ich vergaß, du bist ja meist unbeteiligt.« Seine Hände flattern ein wenig, die Finger finden einander, er schaut. »Lebendig ist nicht sehr attraktiv, höchstens in irgendeinem Winkel von Jennifer. Vom Leben berührt werden.«

»Na ja ... nein, eigentlich nicht. Wenn ich hier sein muß, dann muß ich eben hier sein, verstehst du? Ich muß nicht auch noch berührt werden. Erzähl mir von diesem Cyrano.« Wenn überhaupt, dann war das ein Punkt. Er schien fast krankhaft wankelmütig und schwang jetzt heftig in Richtung weicher, abgedämpfter Intensität.

»Dieser Cyrano bin ich. Kennst du einen anderen?«

»Wenn du er bist, dann erzähl mir von dir.« Und jetzt setzt er sich mit verschränkten Armen hin und schaut an die Decke. Sein Gesichtsausdruck wirkt, als würde seine Stimme ohne seine Zustimmung ertönen. Er hört zu, wartet auf seine Worte, um zu sehen, was sie sagen. »Ich wurde in Paris geboren, und ich war der zweitgeborene Sohn, weshalb ich nicht den Namen meines

Vaters bekam. Dieses Vergnügen hatte mein Bruder Abel. Und dazu natürlich das Glück, daß ich nicht Kain hieß. Unser Haus war im Marais, in der Nähe der Rue des Verreries. Sehr schmale, hohe Straßen, wie Pfade in einem sehr schmutzigen Wald. Im Hof hatten wir unsere eigene schmale Sonnensäule, die sich langsam neigte und in Nacht und Fackeln verwandelte. Unsere eigene Sonne, die auf uns herniederblickte wie ein Auge durch ein Teleskop.

Ich kann nicht sagen, daß ich besonders erfreut war, dort zu sein, ich mochte die Stadt nie, die verschiedenen Gerüche im Sommer, das ständige Starren der Straßen. Aber damals war ich sehr jung und mir dessen nicht richtig bewußt. Ich wußte zum Beispiel nicht, wie nahe ich den Ketzern und Hexen war. Wie die Dinge sich verändern, eh? Jedes Verbrechen unter der Sonne wurde im Hof der Wunder (ein schrecklicher Ort, und wirklich schrecklich nah bei meinem Zuhause) entweder verübt oder geplant; Mörder, Diebe, Bettler, Hexenmeister, Verschwörer, alle waren sie da, und dazu wahrscheinlich auch ein paar böse Geister. Ein oder zwei Dämonen. Mein Geist muß natürlich von ihren Gedanken gefärbt worden sein, da ich so jung und formbar und ihnen so nah war, ihren Zweifeln und ihren dunklen Gebeten. Gleichzeitig machen die Autoritäten in Les Halles (ebenfalls ganz dicht bei meinem Geburtshaus) wen sie wollen zu Fleischspießen. Missetäter werden zur Belehrung des neugierigen Pöbels gestreckt und gestaucht und zur Ader gelassen und gegeißelt und in Würfel geschnitten. Die Luft, die ich bis zu meinem dritten Geburtstag einatme, bevor ich also wie eine langweilige Ehefrau aufs Land gebracht werde, damit mein Vater den Menschen entfliehen und seinen Hunden nah sein kann, die Luft ist geschwängert von der Asche und dem Rauch gegrillter Hexenkünstler. Ich habe so viel Blasphemie und Ketzerei und eigenständige Gedanken eingeatmet, daß meine und ihre Atome sich natürlich miteinander verbanden wie Holz und Feuer. Ich wurde alchemisiert.

Da kann es niemanden überraschen, daß ich zu einem Mann mit, ähm, gefährlichen Leidenschaften wurde. Es fiel mir schwer, mein Leben gut zu leben, es schien mir nicht ganz zu passen. Ich schien aus seiner rechten Form herauszuwachsen. Und heute denke ich, es war einfach zu eng geschnitten. Wären mir bloß fünf oder zehn weitere Jahre vergönnt gewesen, hätte ich mich tatsächlich an die Welt gewöhnen und etwas erreichen können. Ich muß auch zugeben, daß ich mit größerer Sorgfalt und Dankbarkeit hätte leben können, doch damals meinte ich, mit Sorgfalt könnte ich mir keinen Namen machen. Sorgfalt brachte keinen Punkt.«

Er hält inne, scheint nachzudenken und sich dann in Gedanken zu verlieren.

Ich vermute – zu Unrecht –, daß er vielleicht auf eine Bemerkung meinerseits wartet. »Vielleicht warst du gar nicht so schlimm.«

»Schlimm. Ich muß eine regelrechte Katastrophe gewesen sein – ER hat mich zurückkehren lassen.«

»Ich kenne den Namen Cyrano de Bergerac. Wenn du der wirklich bist.«

»Der bin ich.«

»Dann habe ich deinen Namen schon gehört.«

Für einen Mann von seiner Statur bewegt er sich äußerst behende, und er steht auf und packt mich zu fest an den Schultern. Ich zucke zusammen.

»Wieso?«

Er springt zurück, seine Hände entschuldigen sich.

»Tut mir leid. Aber wieso hast du von mir gehört?«

»In einem Theaterstück. Du bist eine Figur aus einem Stück.«

»Sehe ich aus wie ein Theaterstück?«

»Du siehst nicht aus wie Cyrano de Bergerac. Er ist immer –«

Und dann sehe ich Martin an, als er gerade den Kopf dreht. Es hängt nur davon ab, was man mit »wie Cyrano de Bergerac« meint, wie man glaubt, daß er sein müsse, und wie lange man hinschaut.

»Er hat immer –«

»Was, bitte?«

»Er ist immer ein Schauspieler. Er ist jedesmal verschieden. Ich meine, ich weiß auch nicht. Ich dachte bloß, der Name kommt mir bekannt vor, deshalb. Vielleicht hat man ihn geklaut, es ist schließlich ein schöner Name, vielleicht hat man ihn für ein Stück benutzt. Vielleicht hast du ihn irgendwo gelesen und das dann wieder vergessen, wenn du alles andere auch vergessen hast.«

»Nein!«

Diesmal entschuldigt er sich nicht, obwohl ich zurückzucke. »Denk nicht mal dran … Du kannst ja wohl nicht richtig zugehört haben, wenn du glaubst, daß ich nicht … Glaubst du, ich würde mich freiwillig so deplacieren? Nachdem ich mich mein ganzes Leben in dieser Welt so heimisch wie auf dem Mond gefühlt habe, würde ich mich wieder so zum Außenseiter machen?« Er kehrt zu seinem Stuhl zurück, seine Schritte nun etwas zögernd. »Jennifer. Bitte. Bitte, mach mich nicht zu einem Niemand. Du kennst mich, du weißt, wer ich bin.«

»Aber dieser de Bergerac ist doch Franzose.« Ich rede weiter, obwohl ich in seinen Augen sehe, daß er von mir Mitgefühl und Schweigen erwartet. Doch ich kann beides nicht aufbringen.

»Aber natürlich.«

»Du sagst, du seist in Paris geboren.«

»Ja.«

»Deine Eltern waren Franzosen.«

»Ja, selbstverständlich. Wir waren alle Franzosen, meine Familie war immer französisch. Jetzt sind wir alle französisch und tot, sogar mein böser kleiner Neffe Pierre, alle tot.« Seine Stimme bricht, er sollte sie nicht weiter zwingen, er würde es hören und selbst zusammenbrechen. »Zweifellos sollten wir alle in Frankreich begraben sein, wenn ich nicht wieder auf Erden wandelte und mit der Tradition bräche. Ich bin Franzose.«

»Warum sprichst du dann nicht Französisch?«

»Spreche ich doch.«

Dafür habe ich eine Reaktion vorbereitet. »Also gut, ich koche uns einen Tee. Alles in Ordnung?« Bei ihm nicht. »Alles in Ordnung?«

»Ja, ja.«

»Sag einfach, wenn etwas nicht stimmt, aber jetzt mache ich erst mal Tee. Sag, wenn es dir nicht gutgeht, ich werde mir keine Sorgen machen.« Klopfe ihm auf die Schulter. »Ich bin hier, ich setze Wasser auf, und dann schauen wir, was los ist.«

Ich spiele auf Zeit, wie Sie sehen. Ich werde der Situation nicht gerecht, aber ich gehe es praktisch an.

Ungefähr zu dem Zeitpunkt begannen meine Hände zu zittern. Nicht bloß gelegentliches nervöses Zucken, sondern ein unverkennbares, anhaltendes Beben, ein Reiben an der Luft. Ich bemerkte es gar nicht richtig, weil ich mit den Gedanken woanders war. Inzwischen glaube ich, daß die vorherrschenden Umstände meines Lebens mich verstörten und daß mein Körper mir das mitzuteilen versuchte. Manche Leute kriegen Ausschlag oder Ohnmachtsanfälle. Ich zitterte.

»Atome. Die einzige Erklärung. Atome.« Martin, oder Savinien, rührte ernst seinen Tee um, ich glaube, ich kenne niemanden, der so gern Tee mochte wie er, er behandelte Tee fast ehrerbietig.

»Ach so, klar. Atome.« Seine Sachlichkeit war beinahe ärgerlich.

»Meine und die deines Landes, deiner Sprache, deiner Luft, deines Selbst. Wir haben uns vermischt. Ich bin jetzt ein klein wenig mehr als ich selbst. Das ist der einzige Grund, warum ich mich nie mit Übersetzen mühen muß. Ich bin vermehrt worden. Das ist logisch.«

»Aha.«

»Du hörst mich reden, aber du hörst nicht zu, hm?«

»Ganz genau, kein Stück höre ich zu. Atome. Du willst mir erzählen, daß die Atome dir erlauben, in einer Sprache zu sprechen, die du nicht verstehst. Du willst mir erzählen, daß du nicht nur – wieviel war es? – 375 Jahre alt, sondern auch tot bist und im Dunkeln leuchtest, aber die Atome erklären alles! Für wie blöd soll ich eigentlich verkauft werden? Erklär mir das mal!« Ich war nicht wütend, ich verteidigte mich nur. Weil ich ihm glaubte.

Niemand sollte unmögliche Dinge glauben, denn das erzeugt Hoffnung. Ach ja, das klingt sehr zynisch, und Hoffnung an sich ist bewundernswert oder beflügelnd. Ich weiß. Aber Hoffnung führt zu nichts. Während Martin/Savinien redete, wußte ich genau, daß Freiwillige in schmutzigen blauen Overalls Tausende von Leichen aus eingestürzten indischen Gebäuden gruben, und daß diese Leichen zweifellos einmal alle möglichen kleinen Erwartungen gehegt hatten, Hoffnungen, die sie vielleicht am Laufen hielten, obwohl sie nie Geld hatten und ihre Gesundheit angegriffen war und ihre schäbigen Häuser so schlecht gebaut, daß sie zerbrechen und einstürzen und sie umbringen würden, genau wie ähnlich schäbige Häuser eine Generation zuvor. Vielleicht hatten die Bauherren gehofft, die Erde würde diesmal anders beben. Alle Beteiligten hatten sicher irgendwann einmal den Fährnissen des Lebens ins Gesicht gelächelt und das Beste gehofft. Sogar die Männer und Frauen, die jetzt in den Trümmern gruben, mußten gehofft haben. Ich glaube mich sogar zu erinnern, daß ich das in einer meiner Sendungen gesagt habe.

Genau wie ich einmal gehofft hatte. All die Jahre mit meinen Eltern ließen mich verzweifeln, aber ich hatte doch immer Hoffnung. Auch andere Phasen meines Lebens hatten die gleiche Wirkung: erzeugten gleichzeitig Schmerz und Hoffnung. Den Schmerz und die Depressionen fand ich unangenehm, aber ich muß Ihnen sagen, was sie unerträglich machte, war die Hoffnung. Diese Spannung zwischen meiner tatsächlichen Lage und meiner Hoffnung auf Besserung – nicht auf das Beste, nur auf Besserung – zeigt irgendwann die Wirkung jeder Spannung: Risse und Tränen, eine Art von Verlust. Hoffnung ist ein Tyrann, Hoffnung gibt sich nur mit Veränderung zufrieden.

Und wenn die erhoffte Zukunft endlich auftaucht, möchte ich lieber gar nicht mehr sehen, was sie bringt, denn die Hoffnung hat sie schon beraubt, hat sie bis zum Hals mit Hypotheken belastet. Hoffnung ruiniert die Zukunft, erfüllt sie mit schlecht ausbalancierten Enttäuschungen, die alle jederzeit herabstürzen können. Und das heißt, ich will keine Hoffnung, ich will Frieden. Nichts Unmögliches, keinen Glauben.

Aber ich glaubte ihm.

»Warum bist du wütend?« Er hatte einen Arm oben über der Brust angewinkelt, die Hand, die um den Nacken geschlungen war, schob seinen Kopf nach vorn. Er sah mich wachsam schräg von unten an. »Du bist doch sonst so ruhig und gelassen … obwohl ich weiß, daß Frauen von Natur aus wechselhafter sind als Männer.«

»Schwachsinn.«

»Der liegt wohl nicht in der Frauen Natur, wenn ich recht verstehe.«

»Es liegt jedenfalls nicht in meiner Natur, mir die Schuld in die Schuhe schieben zu lassen, bloß weil ich eine Frau und gerade zur Hand bin. Das hier ist nicht meine Schuld, und schon gar nicht, weil ich eine Frau bin. Es ist deine Schuld, weil du unmöglich bist. Deine Schuld, weil du *du* bist.«

»Ich weiß.« Er drehte sich auf dem Stuhl leicht zur Seite und nahm einen Schluck Tee. »Ich weiß.«

»Tut mir leid. Ich schätze, für dich ist es auch nicht so einfach. Ich meine, für dich muß es doch noch schlimmer sein als für mich.«

»Ich zu sein?«

»Ja, du zu sein.«

»Ich bin also ich?« Er schaute zum Fenster und rieb mit dem Finger an der Nasenwurzel entlang. »Wie bitte?«

»Was heißt wie bitte? Ich habe nichts gesagt.«

»Ach, weil ich dich gefragt habe, ob du letztlich damit sagen willst, daß ich tatsächlich ich selbst bin. Ich dachte, du würdest vielleicht darauf antworten wollen.«

»Ja. Ist gut. Bist du. Was du sagst.«

»Noch einmal: Wie bitte?«

»Du hast es doch gehört.«

»Ja. Ja, habe ich. Danke.«

Ich gab also einfach die Hoffnung auf, daß er ein normaler Mensch sein könne. Ich glaube, das habe ich ihm sogar so gesagt.

»Das ist ein Kompliment?«

»So dicht dran wie möglich.«

Ich lasse Martin in meinem Herzen zu Savinien werden, während die Zeit ihn glücklich werden läßt. Das Jahr wiegt sich vom Sommer in den Herbst, hin und her zwischen bleicher Sonne und ausdruckslosem Regen, und bald werden sich die Bäume färben und die Nächte zusammenrücken und kleine Dinge sterben. Doch er wird glücklich sein.

Auf dem Parkplatz hinterm Bahnhof in der Nähe unseres Hauses finden zwei kleine Mädchen eine verletzte Taube. Ihr fehlt fast der ganze Schwanz – das sind zwar nur Federn, aber sie kann nicht fliegen. Mehrere Tage lang sehe ich die Taube auf dem Weg zum Zug. Sie wird adoptiert, die Männer und Frauen aus den umliegenden Häusern füttern sie mit Brot.

Dann ist sie nicht mehr da, und ich weiß nicht, wen ich fragen soll, wo sie hin ist. Aber die Wohnblocks am Bahnhof gefallen mir jetzt besser. Dort leben Menschen, die ohne Grund freundlich zu verletzten Tieren sind.

Erste und letzte Gelegenheiten für dies und das verstreichen unbemerkt, und in der Welt passiert das Leben. Ich erzähle den Leuten durch ihre Radios alles darüber. Die Taube oder die Menschen, die ihr geholfen haben, erwähne ich allerdings nicht, denn über so etwas zu sprechen, ist nicht meine Aufgabe. Von Menschen, von Individuen sollte man allgemein schweigen, sie könnten sonst wichtiger scheinen als die großen Lügen, die ich nacherzählen muß. Ich bin froh, daß dieser Aspekt meiner Arbeit es nicht schafft, mich unglücklich zu machen, und wenn ich nach Hause komme, ist Martin/Savinien da und schafft es sehr gut, glücklich zu sein.

Ich würde sogar sagen, es war erschreckend, wie sehr das Glück ihn im Griff hatte, wie offen er war, ganz ungeschützt dem Schmerz ausgeliefert. Ich zeige ihn Ihnen, wie er glücklich ist, später an einem sonnigen Ort, der sicherlich um einiges attraktiver war als die Merkland Street in Glasgow, wo die verkrüppelte Taube lebte.

Paris. Eine Erinnerung an Paris, denn am Ende mußte ich natürlich dorthin. Sie werden noch erfahren, warum. Ich bin auf der Ile Saint-Louis, einer kleinen, wie ein gedrungenes Ruderboot geformten Insel, die mit einer einbogigen Brücke an einer größeren Insel festgemacht ist. Im Unterschied zu einem echten Ruderboot bewegt sie sich nicht – statt dessen gleitet die Seine beiderseits an ihr entlang und trägt beweglichere Fahrzeuge davon, bis sie zum Meer wird.

Wir kamen her, weil Savinien sich erinnerte, wie alles hier neu war, weil er die Gebäude am Wasser anstarren und sich vorstellen konnte, wie sie beim Bau aussahen, rohe Steine. Er ertappte sich dabei, wie er Freunde besuchen wollte, die nicht zu Hause sein konnten, und ich wartete auf ihn, während er den kleinen Garten am Kopf der Insel durchschritt, sich sammelte, den Himmel ansah, mit den Schuhen die zahllosen Hieroglyphen zertrat, die Spatzenfüße im bleichen, sonnigen Staub hinterlassen hatten.

Den ganzen Nachmittag umkreisten wir immer wieder langsam die Insel, kreuzten von der Sonne in den Schatten. Die Bewegung schien Martin/Savinien zu entspannen, und es waren nur wenige Autos da, die ihm Sorgen machen konnten. Auf einer Runde bemerkten wir ein liegendes Pärchen. Sie lagen im Schatten eines kleinen, tiefer liegenden Hofes, neben einer Treppe aus dem 17. Jahrhundert, und waren vollauf damit beschäftigt, das Pariser Liebespaar zu geben. Sie hatten nicht direkt Sex, waren aber tief ineinander versunken, wanden sich stumm und ignorierten elegant die umherstreifenden Touristen, die sie fotografierten und weiterzogen. Da wir keine Kameras hatten, schauten wir nur.

»Da hast du's. Das typische Paris. Wie es sein soll.«

Savinien schloß die Augen. »Wir sind jetzt wie die Hunde. In den Häusern ist es immer noch dasselbe, aber jetzt sind die Menschen wie Hunde, sie fallen auf der Straße übereinander her. Laß uns gehen, sie wollen, daß wir zuschauen, und diese Art Unterhaltung habe ich nie gemocht – jemanden auf der Straße anzustarren oder angestarrt zu werden.«

»Ich mag es auch nicht so besonders.«

»Nein, hier entlang.« Wir verließen den Bürgersteig und traten auf eine Rampe für Boote, schräg abfallende buttergelbe Steine, die langsam im braunblauen Fluß verschwanden. Die Sonne sprang uns von den heißen Steinplatten und der honigfarbenen Uferbefestigung an.

»Du glaubst, ich bin schockiert.«

»Nein.«

»Ich versichere dir, mich kann nichts entrüsten. Keine Handlung. Die Umgebung war vielleicht überraschend, sonst nichts. Eh, dabei habe ich immer gesagt, wenn die Männer schon jeden Tag ihre Schwerter zur Hand haben (so gefährlich, diese Klingen, so dicht zusammengepfercht in einer Stadt, die schon mit Freudenhäusern, Spielstätten und Straßen vollgestopft ist), warum sollten sie dann nicht auch ihre friedlicheren Waffen zur Schau stellen. Darin sehe ich keinen Anstoß, nur Vergnügen. Offenbar haben sich meine Landsleute meinen Rat zu Herzen genommen, ihre Degen und Dolche sind verschwunden, und recht bald, nehme ich an, werden sie ihre weniger gefährlichen Statthalter enthüllen.«

»Interessanter Gedanke.«

»Jedenfalls kürzt man so jegliche Umschweife ab.«

»Ja, sehr subtil.«

»Diese schrecklichen Ausbrüche mittelmäßiger Verskunst und weichgekochter Hirne, die unsterbliche Liebe beweisen sollten, konnte ich nie ertragen. Wahrscheinlich ganz vernünftige Männer und Frauen tauschen kranke kleine Couplets aus, alles ganz hübsch, welkende Blüten und modriger Zierat, wenn sie doch eigentlich nur wie die Hunde übereinander herfallen wollen. Diese totgeborenen Irrungen, die sie unbedingt hegen und pflegen und durch die Straßen schleifen wollen, um sich einander in die Arme zu werfen – so macht man keinen Punkt.«

»Nicht jeder ist ein Dichter.«

»Das weiß ich! Warum dann so tun? Warum tun sie nicht, was sie tun wollen, so gut sie können, und lassen diejenigen unter uns, die dazu fähig sind, in der Öffentlichkeit zum Punkt kommen.«

»Habe ich's mir doch gedacht, in Wirklichkeit bist du Nordeuropas größter Liebhaber, und du hast bloß vergessen, es mir zu sagen. Dabei weißt du doch, wie gern ich Experten kennenlerne. Ts, ts, ts.«

Ich lehnte mich an die dicke Seitenmauer der Bootsrampe, spürte die Hitze darin durch meine Bluse lecken, während sich Savinien zu mir wandte und sein Fuß auf etwas feuchtem Sand zur Seite rutschte. Er hob eine Hand, um die Sonne abzuschirmen.

»Liebhaber? Das hat nichts mit Lieben zu tun, mit irgendeiner Art von Liebe, hier geht es um einen Punkt!«

»Schon wieder ein Punkt.«

»Es ist ein Zweikampf der Herzen, ein zarter, anspruchsvoller Ausdruck der Virtuosität im Umgang mit dem Punkt. Damals war Liebe eine echte Krankheit. Zumindest ein Fieber, das Phantome, Fastenkuren, üble Launen und weiße Haare hervorbrachte. Mein Haar wurde bloß dünner, mehr konnte ich nicht tun.«

»Meinst du das ernst?«

»Ernst? Das war eine Berufung. Manche Menschen waren ihr ganzes Leben verliebt. Außerdem ist ein Punkt immer eine ernste Sache, das solltest du inzwischen wissen. Ich werde es dir zeigen. Eine Prüfung der Liebe. Ein Punkt.«

»Sssch. Wir bekommen noch mehr Publikum als die beiden an der Treppe.«

»Jawohl!« Und plötzlich wirkte er irgendwie größer. Er tat etwas, das ihn höher als seine wirkliche Körpergröße aufragen ließ, balancierte auf den Zehenspitzen, die Arme erhoben, als wolle er ein Orchester dirigieren oder einfach einen Purzelbaum schlagen. »Jetzt! Schau gut hin, du wirst so etwas noch nie gesehen haben. Seit 375 Jahren wird Paris so etwas nicht gesehen haben. Liebst du mich?«

»Was?«

»Liebst du mich?«

»Darauf kann ich nicht antworten.«

»Wenn du mich wirklich liebtest, wirklich und wahrhaftig ...«, er drehte sich um und ging auf das Ende der Rampe zu.

»Was tust du?«

»Ich prüfe die Liebe. Ich werde weitergehen, und das wird ein Liebesbeweis sein.« Das Wasser umspülte seine Schuhe, bedeckte sie schließlich. Er drehte sich zu mir um. Das Licht, das auf dem Wasser glitzerte und spielte, ließ ihn beinah zu einer Silhouette vor einer unregelmäßig weißen Leinwand werden. Er legte die Hände auf den Kopf. »Wenn du mir wahrhaftig treu wärst, könnte ich auf diesem Wasser wandeln. Wenn du mich liebtest. Ich werde auf deine Liebe vertrauen«, ein schlurfender Schritt zurück, »und das wird mir Auftrieb geben. Ich glaube an dich.«

»Tu das nicht.«

Inzwischen war er knöcheltief hineingewatet, dann stieg das Wasser langsam bis zu seinen Knien. »Ich kann nicht stehenbleiben. Wenn ich stehenbleibe, entehre ich deine Liebe, dann zeige ich, daß mir der Glaube fehlt.«

»Das macht doch nichts. Du machst dich lächerlich.«

»Sag mir, daß du mich liebst, und meine Leidenschaft wird deiner antworten. Das Feuer meiner Gefühle wird die Seine zu

Wolken verdampfen, und gemeinsam werden wir im Flußbett spazieren. Huoh!« Seine Arme schwangen, als würde er stürzen.

»Vorsichtig!«

Er lächelte und faltete unterm Kinn die Hände. »Dann habe ich also bewiesen, daß du dich sorgst? Ein ganz klein wenig sorgst, daß ich stolpern und zu Tode stürzen könnte? Denn ich kann wohl gut schwimmen, doch die Strömung hier ist stark und trügerisch. Wie bald, glaubst du, werden diese Steinplatten enden, wann wird nur noch Wasser da sein? Noch ein Schritt? Bis zu den Knien?«

Er machte eine Bewegung, als wolle er einen weiteren Schritt tun.

»Nein! Laß das.«

Den Kopf schräg gelegt, das Profil plötzlich konzentriert, beinah listig. »Laß was.«

»Laß was auch immer du tun willst.«

Er sprang nach vorn, die Bootsrampe hinauf, rutschte jetzt tatsächlich aus, ruderte mit den Armen, um das Gleichgewicht zu halten, und lachte. »Eh, siehst du? Ein Duell des Willens, des wahren Herzens, und im Nu hat man einen Punkt.«

»Das hättest du nicht unbedingt mit mir ausprobieren müssen. Und schau dich mal an.« Seine Hose klebte dunkel an den Schienbeinen, vollgesogen mit Flußwasser, und seine Schuhe blubberten leise. Er setzte seine geduldigste Miene auf.

»Wir sind hier in Frankreich, in diesem Land funktioniert die Sonne normal. Man kann im Freien naß werden, ohne daran zu sterben. Man wird einfach wieder trocken.«

»Mach das nicht noch einmal.«

»Es war eine Prüfung. Heute war ein so schöner Tag für mich, da wollte ich mich lebendig fühlen.«

Ich klopfte ihm auf die Schulter. »Ich weiß. Aber mach es nicht wieder, okay? Sonst könnte ich mir Sorgen machen.«

»Ich wollte lebendig sein.«

Als wir wieder zum Bürgersteig und den schlanken Bäumen hinaufstiegen, starrte uns eine alte Frau in einem bedruckten Kleid an. Dann lächelte sie und wedelte mit der Hand, sog mit einem Zucken des Kopfes die Luft ein.

Savinien kräuselte die Lippen und nickte. »Je sçay, je sçay.«

Öffentliche Diskussionen über die Liebe habe ich nie leiden können. Ich kann sinnlose Dinge im allgemeinen nicht leiden, und warum sollte man viel Zeit damit verschwenden, immer wieder über etwas zu jammern, was niemand definieren kann. Das hat absolut keinen Zweck, trifft nicht den Punkt. Da gibt es keinen gemeinsamen Punkt. Nicht einmal einen französischen.

Das ist doch mal ein sinnvolle Ergänzung des Vokabulars – verbessern Sie Ihren Wortschatz mit dem Französischen Punkt. Ich habe früher versucht, ihn den Leuten zu erklären, aber jetzt ist es mir egal. Wie Sie sich denken können, kommt man einfach nicht zum Punkt.

Aber ich könnte Ihnen meine persönliche Definition von Liebe anbieten. Oder Ihnen zumindest sagen, woran mich das Wort denken läßt. Nicht an Rosen, Glocken, Herzen, nicht einmal gebrochene. Ich muß an ein schmales, rundes Lederetui denken, das am Grunde meines Kleiderschranks zwischen den Schuhen lag, als ich das letzte Mal nachschaute. Und in dem Etui?

Klickklickklick, ab ins Glück. Genau ins lederne Futteral passend, ein Ring auf dem anderen, eine schön gewichtige Metapher für alles Mögliche, aber für mich bedeuten sie nichts als Liebe.

Schon mal ausprobiert? Handschellen? So unausrottbar, das Klischee, daß sie automatisch immer mehr sind als nur sie selbst, aufgeladen mit schlüpfriger Autorität, unerwarteter Strenge. Die drei kräftigen Kettenglieder zwischen den Ringen geben einem weniger Freiheit, als man erwartet, und die Armreife sitzen wirklich fest, eng, womöglich gar schmerzhaft. Wenn man ihn ließe, würde der einrastende Arm der Schelle ganz durchschwingen, wenn nicht das Handgelenk oder etwas anderes, was man hineinsteckt, ihn aufhielte.

Handschellen sind nicht zart, sie sind Metall, das auf die Haut drückt. Sie können nicht nachgeben, vielleicht mögen sie ein bißchen Gegenwehr sogar, weil sie dann einschneiden können. In jedem Verschluß ist ein kleiner Stift, den man umlegen kann, damit die Handschelle sich nicht zu eng schließt und die Haut einklemmt, die Adern abdrückt, am Knochen scheuert oder ähnlich unschöne Dinge. Neben dem Stift steht das Wort STOP.

Klickklickklick. STOP.

Denn stoppen muß man sich. Obwohl sie so klein und unterhaltsam sind, so leicht erhältlich, nicht einmal der Erwerb ist peinlich, eher ein Scherz, sollte man sich dennoch zurückhalten und sie gar nicht erst kaufen. Wenn man so ist wie ich. Sie sind eine Tür, die man öffnet, um zu weit zu gehen.

Für uns – für Steven und mich – wurde Käpt'n Bligh durch sie viel unangenehmer. Und, meine Güte, Bligh war ohnehin schon immer schwerer zu bändigen. Meine Vorstellung traf auf schmerzliche Weise – für Steven – nicht mehr den Punkt. Ich war, wie man so sagt, völlig schmerzfrei. Wir hätten beide einwenden können, daß Bligh – aus historischer Sicht – mit Sicherheit nie eine Dame war. Ich war allerdings auch nie eine.

»Sehr wohl, Sir, sehr wohl. Die Tochter des Kanoniers wartet schon, Ihr werdet sehen, und Ihr sollt darauf gebunden werden.«

Wir waren eher körperlich als historisch genau. Steven quiekte, als ich die Handschellen mit jenem geübtem Schwung zuschnappen ließ, den man in Krimis immer sieht und der ein bißchen Übung erfordert, die sich aber unbedingt lohnt, glauben Sie mir.

»Das ist ... tut mir leid ... das ist zu eng so.«

»Was sagt Ihr da?«

»Ma'am, es ist sehr eng, Ma'am.«

»Wollt Ihr meine Entscheidungen in Frage stellen, Sir?«

»Nein, Ma'am.«

»Gut. Das würde Euch auch schlecht bekommen. Nicht wahr?«

Natürlich war das längst nicht alles, was wir anstellten, aber für mich was dies der Zweck des Ganzen, mein Trost und Ausgleich für das gewöhnliche, landläufige Vorspiel. Die alltäglichen Akte unter langweiligen Laken waren wohl ganz ordentlich, nehme ich an, aber irgendwie konnten sie mich nie beeindrucken. Der gute Käpt'n wartete immer ungeduldig auf seinen Auftritt.

Denn wohin führte dieses penetrierende Herumrollen letztlich? Das wissen Sie so gut wie ich. Abgestufte Variationen des immer gleichen Themas:

Möse + Schwanz =
Schwanz + Möse =
Möse + Mund =

Mund + Schwanz =
Schwanz + Mund =
Mund + Mund =
Mund + Brust =
Brust + Hand =
Hand + Schwanz =
Hand + Möse =
Möse + Schwanz + Arsch + Daumen + Mund + Zehen + Hände + Knie + Hoppsalaverdammt =
Möse + Schwanz =
Der ganze andere Kram = Der ganze andere Kram mit Ficken und Wichsen.

Sie wissen schon. Dieser Kram.

Dauernd schreiben irgendwelche Leute darüber, und mir bringt es nie etwas. Bei Steven konnte ich neben oder über oder unter oder vor oder hinter ihm liegen oder sitzen oder stehen und denken: »Ihr sollt Eure Fehler noch bereuen, Sir. Ich werde Euch lehren.« Hervorragende Motivation – hat nie versagt.

Also, Klickklickklick. STOP.

Aber wir stoppen nicht. Los geht's.

Das Beste war, ihn auf den Küchentisch zu fesseln. Dazu brauchten wir natürlich ein leeres Haus. Nicht einmal mit eher konventionellen Störungen habe ich meine Mitbewohner gerne behelligt, da ich ja weiß, wie sensibel ich selbst auf solche Aufdringlichkeit reagiere. Empfindlichkeit macht rücksichtsvoll.

Und unser Verhalten war schließlich überdurchschnittlich verstörend. Ein breiter, kräftig geschwungener Gürtel zischt auf unendlich faszinierende Weise. Er knallt zwar nicht so in der Luft wie eine Peitsche, aber auf dem Rücken, den Hinterbacken, Beinen, Bauch. »Wo wollen wir uns noch hinwenden, Sir? Wollt Ihr Eurem Käpt'n heute nacht Vertrauen schenken? Wollt Ihr?« So geht das Spiel. Wo immer es dem Käpt'n und mir passend erschien, ließen wir es bemerkenswert knallen. Be-mer-kens-wert.

Hätten wir nachgedacht, hätten wir das Unausweichliche vermeiden können. Ich wußte schließlich schon seit einigen Jahren um meine emotionalen Defizite. In einer Situation, die ich selbst so interessant, so befreiend fand, konnte ich mich nur schwer auf den Schmerz eines anderen Menschen konzentrieren. Ich vergaß seine Anwesenheit völlig und lief Gefahr, ihn ernsthaft zu verletzen.

»Nehmt das in den Mund, Sir, und beißt darauf. Ich werde hier kein Geschrei dulden. Keinesfalls.«

Ich sah das Zittern seiner Muskeln, die violetten und scharlachroten Blutergüsse, den Glanz der Angst auf seiner Haut. Manchmal schwang ich den Gürtel nur oder streichelte seinen Rücken, und er zuckte zusammen. Wenn ich nur heftig ausatmete, zuckte er. Ich konnte ihn durch bloßes Atmen zusammenzukken lassen. Schön.

Na, und natürlich kam er auch. Weil er ein braver, tapferer Matrose war und seine Schritte zu unserem Tanz beitrug. Und er kam, weil ich nicht zuließ, daß er nicht kam – das wollte auch bedacht sein, die Macht, Befriedigung zu verschaffen. Holt den Käpt'n an Bord, an der Pumpe wird niemand mehr gebraucht.

Nicht, daß ich selbst völlig taub geblieben wäre. Auch ich zeigte die eine oder andere Reaktion, trotz meiner Ruhe und Gelassenheit. Ich bin schließlich auch aus Fleisch und Blut, ich war berührt. Wenn ich ehrlich sein will, muß ich zugeben, daß ich letzten Endes genoß, was wir taten. Ich genoß es so sehr, daß ich ohne ihn nicht an das dachte, was wir taten. Die Bilder, die ich mir vor Augen rufen konnte – und ich hatte ja den besten Blickwinkel –, waren zu stark, sie entglitten mir, entwickelten Eigenleben, sie zeigten mir, wohin sie als nächstes führen könnten. Es war viel klüger, das Ganze zu vergessen, bis wir uns das nächste Mal sahen, bis der Käpt'n wieder das Kommando übernahm und mich meiner Verantwortung entband. Ich empfand den Käpt'n immer als große Erleichterung.

Und als wäre das alles noch keine ausreichende zwischenmenschliche Katastrophe, bedenken Sie bitte, daß ich den nackten menschlichen Körper an sich nicht besonders faszinierend finde. Ich sehe ihn nicht besonders gern an. Er ist schlampig zusammengefügt und hat insgesamt zuviel nackte Haut, wenn man ihn mit den Formen anderer Tiere vergleicht. Ich muß es wissen, ich mußte schon als Kind dem männlichen wie dem weiblichen Modell bei allerhand Verrenkungen zusehen. Ich weiß es.

Wenn man einen Menschen schlägt, sieht man natürlich irgendwann nicht mehr den Menschen an, sondern das, was man aus ihm gemacht hat. Doch ihn anzusehen, bevor man an und in diesem Körper genug verändert hat, das könnte ein Problem sein. Dieses Problem läßt sich wunderbar und ein für alle Mal mit den Handschellen lösen – Liebe, wie ich sie begreife. Schnallen Sie den Menschen ordentlich fest, dann brauchen Sie ihn nur ansehen, wenn Sie wollen: Sie wissen auch so, wo Sie hinschlagen müssen.

Jetzt schäme ich mich der Handschellen, sie kommen mir vor wie ein schlimmer alter Freund aus einem anderen Leben, ich werde sie nicht wieder benutzen. Wenn ich nach Schuhen suche, bemerke ich das Futteral mit halbem Auge. Ich schiebe es weiter ins Dunkel und lasse es in Ruhe. Das Leder ist schon leicht stokkig.

Wissen Sie was, jetzt, wo ich darüber nachgedacht habe, scheint es mir richtig, das Futteral mitsamt den Handschellen wegzuwerfen. Das mache ich. Ich wickele sie in eine Plastiktüte und schmeiße sie weg – mache einen Spaziergang und stecke sie in einen Mülleimer oder werfe sie auf eine Müllkippe, so daß ich nicht mehr drankomme und niemand feststellen kann, daß sie mir gehören. Das mache ich gleich.

Alles klar, alles erledigt. Meine eingewickelte Schlechtigkeit ruht nun auf einer Müllkippe, neben einem halben Dutzend heimlicher leerer Flaschen, den Ergebnissen eines Einrichtungs-Upgrade und ein paar toten Matratzen. Wahrscheinlich auch ein paar weggeworfenen Spritzen. Kein Teil dieser Stadt ist mehr völlig frei von gebrauchten Spritzen, unserer öffentlichen Krankheit.

Außerdem ist es ziemlich kalt draußen. Hier drinnen bin ich viel besser dran; alle Heizkörper an, vernichte ich still und leise unsere Atmosphäre durch verschwenderischen Energieverbrauch.

Nichts gibt einem so das Gefühl, etwas geschafft zu haben, wie eine anständige symbolische Handlung. Eine Spende für die Kriegsgräberfürsorge ist fast so gut, wie den Tod eines Soldaten zu verhindern; bei einer Diskussionsrunde im Radio anzurufen, ist netter, als sich tatsächlich demokratisch zu engagieren; und wenn man seine Handschellen wegwirft, fühlt man sich beinahe frei. Jedenfalls mit einer Vergangenheit wie meiner. So wie ich keine greifbaren Andenken an meine Eltern habe, gibt es nun auch keinen handfesten Beweis mehr für Stevens Rolle als Teil meines Lebens. Und was noch wichtiger ist, unser gemeinsamer Freund Käpt'n Bligh ist an Land ausgesetzt worden – diese Vorstellung konnte ich wirklich nicht mehr abliefern. Alles weg, jetzt geht's mir besser.

Und ich habe viel mehr Raum, über den toten Franzosen nachzudenken, der unseren Haushalt bereichert. Langsam begannen wir uns an den Menschen zu gewöhnen, den alle immer noch Martin nannten. Es wurde alltäglich, ihn im Wohnzimmer anzutreffen, wo er mit Messer und Gabel einen Apfel aß, oder ihn den Garten umkreisen zu sehen, wobei er mit hoher Stimme unbekannte Melodien summte. Er paßte sich bemerkenswert gut an, ging ganz ruhig mit mir aus, wurde mit dem Straßenverkehr fertig, mit Flugzeugen über unseren Köpfen, Anzeigetafeln und Fahrrädern und zeigte lediglich hungrige Neugier. Bald schon wagte er sich allein hinaus und kam mit langen Fragelisten zurück, manchmal auch mit Gegenständen, die er unterwegs gefunden hatte. Ich kaufte ihm ein kleines Notizbuch, das er in der Tasche von Petes abgelegtem ostdeutschen Armeeparka überall mit hinnahm, dazu einen ungeheuren Vorrat Plastikkugelschreiber. Ich glaube, seine Begeisterung für Wegwerfstifte nahm nie ab.

Und oft bat er mich, mit ihm in den Park um die Ecke zu gehen, wo er sich einmal so gefürchtet hatte, und ich ging mit.

»Danke.«

»Schon in Ordnung. Ich gehe ganz gern mal spazieren.«

Wir saßen auf einer der dort stehenden feuerfesten roten Metallbänke, hielten die Hände unter die Achselhöhlen und schauten dem Autorinnsal zu, das die Crow Road hinuntertröpfelte. Der starke, bittere Geruch toten Laubes umgab uns, ab und zu hörten wir frühherbstliche Feuerwerkskörper detonieren.

»Na, ist uns kalt?«

»Mm hm.«

Konversation gehörte eigentlich nicht zum Programm.

»Das erinnert mich …«

»Ja?«

»Vielleicht möchtest du das nicht hören.«

»Das weiß ich nicht, bevor du es mir erzählst.«

»Da kann ich nicht widersprechen. Kann ich nicht.« Er rieb mit dem Daumenballen an den Schneidezähnen und sah seiner bleichen Atemwolke nach, die sacht dahintrieb, bis sie ihre Form verlor.

»Nun?«

»Nun, es erinnert mich an einen Tag so kalt wie diesen, noch kälter, und ich bin auf dem Feld, oder auf einem Feld in der Nähe von Saint Germain. Es war morgens, ich hatte gerade die Sonne aufgehen sehen, und die Luft war erfüllt vom Ende des Jahres, wie jetzt, und es herrschte eine Dunkelheit, welche die Sonne nicht vertreiben konnte. Frost lag wie Glas auf der Wiese und auf den grauen Blättern, die dort lagen wie heute hier. Wir konnten nirgendwo hintreten, ohne etwas irreparabel zu zermalmen. Du mußt wissen, ich hasse Winter, und auf ihn zu warten wie auf den schlafenden Tod.

Es war auch ganz passend, an den Tod zu denken, denn meine Freunde und ich warteten darauf, einen jungen Mann zu töten. Er und seine Freunde hatten natürlich die umgekehrte Absicht, wie es in solchen Angelegenheiten nun einmal geht. Doch ich wollte diesen edlen Herrn nicht töten. Er war noch ein Junge, ein hellblonder Junge mit weicher, glatter Stirn, wunderschönen Augen und einem solch verzweifelten Todeswunsch. Er glaubte, er sei dabei, sich Ehre zu verschaffen, und ich konnte ihn dafür lieben, denn er war so sehr wie ich, als ich gerade Kadett geworden war und die ganze Stadt hätte ermorden mögen, um meine Existenz zu beweisen. Ich war so klein, und Paris war so unermeßlich, daß mir nichts einfiel, als es in Blut zu tränken. Wußtest du, daß unter Heinrich viertausend ähnliche Edelmänner ihr Leben für eine Ehre ließen, die sie immer besessen hatten? Die Ehre, die weder von feiner Garderobe noch einem guten Pferd, einer vollen Börse oder einem Schwert abhängt? Wußtest du das? Natürlich wußtest du es, diese Dinge ändern sich nie, nicht im Kern.

An dem Morgen, über den wir sprechen, war ich schon ein furchtbar alter Duellant – ich war wie eine Musketenkugel, die durch die Morgenluft schwimmt, bis ich ihn tödlich getroffen hatte, und meine wie seine Ehre blieben davon unberührt, und ich glaube immer fester, unser Schöpfer blinzelte hinter der Sonne hervor und fand uns lächerlicher, als man mit Worten ausdrücke kann. ›Ha, ihr wollt nicht lernen, meine Küken. Ich brauchte eure Kreuzzüge nicht, und ebensowenig brauche ich dies. Eure Seelen gehören mir schon, ihr müßt sie mir nicht immer wieder vor die Füße werfen. Das könnte ich unhöflich finden.‹ Doch das wußte nur ich, der Junge nicht, und für Liebe war kein Platz, sonst hätte er mich getötet.

Denn er war mir im Angesicht der Welt entgegengetreten, um mir ›die Gelegenheit zu geben, meinen Mut zu beweisen‹. Meine Gesundheit stand seit Monaten nicht mehr zum Besten. Ich hatte mich daran gewöhnt, auf der Gasse täglich, von morgens bis abends, mit unverbindlichen und formellen, höflichen und lächerlichen Duellforderungen eingedeckt zu werden, und auf einmal mußte ich mich auch noch mit zitternden Gliedern herumschlagen, der Schwäche eines alten Mannes, mit einem ständigen Feind in meiner Brust. Ich hatte mich elendig vor der Welt versteckt, um das, was mir vom Leben übrig war, zu retten, und um der Welt den Anblick meiner schlurfenden Gestalt und ein Gesicht von der Farbe alten Fisches zu ersparen. Ich sah aus, als hätte ich … eine bestimmte Krankheit.

Glücklicherweise hatte ich mich schon etwas erholt, als dieser Junge, ich will ihn Guy nennen, mich umgarnte, mich bedrängte, mich verfolgte. Tag für Tag warf er mir und meinen Freunden Beleidigungen an den Kopf, und wenn ich meiner selbst auch nicht achte, so muß ich doch handeln, wenn die bedroht werden, die mir etwas bedeuten. Keine Wahl.

Armer Guy, er wollte bloß ewig leben. Wie der Junge … es gab einen Jungen, der den wahnsinnigsten der Wahnsinnigen herausforderte, den Chevalier d'Andrieux. ›Chevalier, Ihr werdet der zehnte Mann sein, den ich töte‹, sagt er. Der Chevalier lächelt und nickt auf seine verrückte Art. ›Und Ihr mein zweiundsiebzigster.‹ Der Chevalier entledigt sich seines Gegners ohne Schwierigkeiten, und von dem Jungen wird nichts unsterblich als seine Dummheit. Ich habe seinen Namen nicht vergessen, ich habe ihn nie gekannt.

Diese lächerlichen, aufschneidenden Reden verursachten mir bald Übelkeit. Jedermann benutzte die anderen, um zu beweisen, daß Gottes Gnade nur ihm allein gelte. ›Errette mich, Herr, da ich nun mein Leben riskiere, um das eines anderen zu beenden, ohne dich vorher zu fragen, ob das klug (oder nicht wahrscheinlich gar eine Sünde) ist; zeige mir, daß du mich mehr liebst als ihn.‹ Arroganz. Wir waren solche Kinder.

An jenem Morgen bat ich meinen Gott um Vergebung. Nur ganz kurz, in solchen Momenten sollte man nicht zu lange an den Himmel denken, das schwächt den Willen. Guy streckte die Arme, wärmte seine Glieder wie ein dummes Kälbchen in der Sonne, ließ mich sein Selbstbewußtsein sehen, und ich wußte, ich würde ihn töten müssen, weil ich ihn anders nicht aufhalten könnte, er war zu wagemutig und wollte mein Herz so sehr.

Er kämpfte einen seltsamen, wenig effektiven Stil. Er sprang hoch und nach vorn, versuchte wie ein leicht auszurechnender Vogel meine Verteidigung zu überwinden und ermüdete sich. Das kalte Gras unter unseren Füßen wurde schmierig, er wurde schwächer und immer unvorsichtiger, denn er verzichtete bald ganz auf seine Technik, kämpfte mit dem Körper und nicht mit dem Geist. Seinen Geist konnte ich die ganze Zeit klar erkennen, aber sein Körper, nun ja, der hätte mich doch überraschen können. Sein Ende war wenig glorreich. Er rutschte einfach aus, und ich konnte gar nicht anders als ihm in die Kehle stechen, ein Dorn durch den Hals. Ich sah ihn auf einer Wiese ertrinken, die Hände im Gras auf der Suche nach passenden Ausdrücken, in seinen wunderschönen Augen spiegelte sich eine Farbe, besser als die des Himmels. Einer seiner Freunde drückte sie zu und wollte mich beiseite schieben, doch er hielt inne, als er bemerkte, daß ich auch ihn würde töten müssen, wenn er mich anrührte.

Jemand reichte mir einen Flasche geklärten Weines, und ich trank damals gar keinen Wein mehr, aber ich nahm sie dennoch und ging davon, starrte die eingefrorene Windmühle an. Ich nahm einen Mundvoll, doch gleichzeitig sank die Dunkelheit in der Luft durch meinen Geist, so daß ich nicht mehr schlucken konnte. Ich mußte ausspucken. Eine Brise kam auf und strich über den Flaschenhals, der beinahe aufseufzte, und in diesem Moment, als ich bereits viel mehr Männer umgebracht hatte als der Chevalier d'Andrieux in seinem ganzen furchtbaren Leben, wußte ich, daß ich nie wieder jemanden umbringen würde. Außer vielleicht mich selbst.

Ich wohnte damals in der Rue Saint-Jacques, und dorthin ging ich, um mich zu waschen. Dann ging ich fast bis zum Fluß und in die Kirche Saint Julien des Pauvres zur Beichte. Ich war nicht gut im Beichten und merkte, daß ich nicht viel Sinnvolles zu sagen hatte. Danach frühstückte ich, mein Leben ging weiter, und Guys nicht. Verstehst du das, ist das klar?«

Ich hustete und sagte, daß es klar sei, aber trotzdem nicht immer leicht zu verstehen.

Er fragte oft, ob er sich klar ausdrücke, ob »es« klar sei – was auch immer »es« sein mochte. Ich gewöhnte mich daran, daß Savinien überprüfte, ob er seinen Punkt klargemacht hatte. Ich gewöhnte mich daran, wie er stehend die Hände zusammenschlug, wie er morgens mit einem Ausruf die Fortdauer seiner Existenz registrierte. Ich stellte fest, daß er sich in depressiven Phasen im Bad einschloß und auf der Toilette saß. Eines Nachts, als wir beide barfuß waren, stellte ich versehentlich meine bloßen Füße auf die warmen Abdrücke, die seine vor der Schüssel hinterlassen hatten. Ich habe normalerweise kalte Füße. Wenn ich heute an diese Wochen denke, weiß ich, daß ich in dieser Zeit den Unterschied vergessen habe zwischen dem Zusammensein mit einem anderen Menschen und mit einem weiteren Teil meiner selbst.

Wenn ich spät nach Hause kam, traf ich Arthur, der sich im Fernsehen über den neusten Stand eines bedeutenden Schachspiels informierte. Ein Engländer und ein Russe spielten endlos gegeneinander, und je länger die Partien dauerten, desto mehr sprach der Engländer, als sei Englisch nicht mehr seine Muttersprache, er stockte und suchte nach Worten, entwickelte einen Akzent, einen härteren Blick. Der Russe wurde weicher, gewöhnte sich wirkungslose kleine Gesten an, lächelte verschämt. Sie saßen und dachten gegeneinander an, der Engländer verlor, der Russe gewann, ihre Identitäten dehnten sich forschend, tauschten sich aus. Schach habe ich eigentlich nie leiden können – meine Eltern haben es gespielt –, aber ich konnte nicht umhin, mich für diese Männer zu interessieren. Ich begriff, wohin sie sich gemeinsam bewegten, denn auch ich bewegte mich dorthin.

Es geschah natürlich nichts Greifbares zwischen Savinien und mir. Was sollte schon zwischen einem von Beruf ruhigen und einem längst toten Menschen passieren? Aber ich wußte, daß ich meine Hände so bewegte wie er, und ich wußte, daß er eine meiner Arten zu lachen übernommen hatte, und ich wußte, daß es mir nichts ausmachte. Nichts hielt uns davon ab, zusammenzusein, also ließen wir uns nicht abhalten.

Ich fing sogar an, mich richtig zu entspannen. Ich werde Ihnen davon erzählen.

Zwischen Ruhe und Entspannung gibt es einen Unterschied. Das wissen Sie sicher. Das eine ist bloß still, das andere ist ohne Argwohn, und gerade im häuslichen Umgang hatte ich mich über die Jahre an Argwohn gewöhnt. Ich hatte gelernt, immer argwöhnisch zu sein, und Sie haben recht, irgendwann sollte ein Kind aus dem Schatten seiner Eltern krabbeln und ein paar eigenständige Entscheidungen treffen, was das Kind selbst und die Welt ihm gegenüber angeht, aber so etwas braucht Zeit, wirklich. Besonders, wenn einem schon so früh im Leben beigebracht wird, sich eher in die eine Richtung als die andere zu entwickeln. Wenn ich mich entspanne, wird mir unwohl. Es sei denn, es geschieht ganz sacht, langsam wie ein fallendes Blatt. Wie mit Savinien.

»Martin?«

»Nein. Wir sind allein. Entschuldige, wen wolltest du sprechen?«

»Also gut. Savinien. Ich möchte nur nicht, daß es zur Gewohnheit wird und ich es dann erklären muß. Den anderen.«

Er drückt meine Hand zwischen seinen Händen. »Manchmal muß ich vielleicht zu genau sein. Ich bin ja schließlich sicher, daß wir beide wissen, wer ich bin. Was wolltest du?«

»Warum setzt du nicht deine Kapuze auf. Es wird kalt. Du willst doch nicht jedesmal trübe Augen kriegen, wenn du nach draußen gehst.«

»Meine Kapuze? Vom ...«

»Vom Parka.«

»Mm. Vom Parka.« Er brachte ein ganz und gar unehrliches Lächeln zustande.

»Oder du besorgst dir einen Hut. Ich glaube, Pete hatte einen Hut, aber den hat er wahrscheinlich mitgenommen. Wo er hin ist, wird es kalt sein.«

»Ein Hut, das wäre etwas. Damit ich zumindest nicht mehr ganz so wie ein hungerleidender Landarbeiter aussehe.« Seine Hand wehrte mit einer präzisen kleinen Geste ab. »Auch wenn meine Kleidung mich so gut wie nicht interessiert, im Gegensatz zu den meisten deiner Landsleute. (Glaub mir bitte, ich fühle mich in dieser Ausstattung ganz zu Hause.) Aber da hast du wirklich recht. Mit dem Hut hast du wirklich recht. Gibt es einen – vielleicht ein bißchen ausladender als die derzeitige Mode?«

Alles sehr langweilig und alltäglich, aber machen Sie sich mal klar, was hier geschieht – gleich am Anfang, bevor er anfängt, höflich seinen Parka zu verabscheuen. Sehen Sie es? In meinem dritten Absatz wörtlicher Rede? Ich weiß, daß die Kälte seine Nebenhöhlen angreifen und seine Augen unscharf werden lassen wird. Ich weiß es, ohne ihn zu fragen. Jede Luftdruckveränderung läßt meine Nebenhöhlen in nervösem Rumbarhythmus verstopfen und ausdünsten. Ich mußte gar nicht überprüfen, ob es uns da ähnlich ging, ich war mir einfach sicher. Ohne nachzudenken, nahm ich an, daß Savinien und ich in diesem Punkt übereinstimmten.

Nun haben Sie also eine Vorstellung – ich bestand zu jener Zeit vor allem aus Ruhe, Entspannung und Annahmen. Ich weiß nicht, wie es bei Ihnen ist, aber wenn ich in diesem Zustand längere Zeit ungehindert herumlaufe, muß ich gar nicht erst fragen, ob eine Katastrophe wahrscheinlich ist – sie steht sicher schon kurz bevor. Wenn ich nur den Kopf hebe, kann ich ihren Schatten schon auf dem Gesicht spüren.

Diese spezielle Lektion habe ich eines Abends im Schnee gelernt. Große Schneeflocken fielen langsam, ich war jung und wohnte noch bei meinen Eltern. Wie ich schon erklärte, könnte man das häusliche Leben mit Mummy und Daddy als theatralisch beschreiben. Aus heutiger Sicht kommt es mir vor wie bei *Life With the Lyons*, wenn diese Anspielung nicht zu altmodisch ist. Wenn ich mit beiden Elternteilen allein war, versuchte ich mir mögliche Fluchtwege einzuprägen. Und das ging auch ganz gut – Ma und Pa waren sehr vorhersehbar, wenn man sie genau beobachtete. Wenn Ärger bevorstand, fingen sie um den Mund herum an zu glänzen, oder in ihren Augen begann etwas schlüpfrig zu zucken. Und wenn ich auf ihre Stimmen achtete – ich entwickelte ein gutes Ohr dafür –, konnte ich oft Veränderungen in der Stimmlage entdecken, das Einschleichen tieferer Töne, gedehnter Konsonanten. Zeit zu verschwinden.

Doch draußen in der Welt benahmen wir uns alle sehr anständig. Ich nahm an, die ungeschriebene Regel besagte, daß der wie auch immer geartete Wahnsinn, unter dem wir litten, das Haus nicht mit uns verlassen durfte – man durfte ihn nicht zeigen. Nahm ich an.

Dann kam der Abend mit dem Schnee. Wir hatten Familie gespielt, den ganzen Tag draußen, einen Überraschungsausflug nach Glasgow gemacht. Mein Kopf schwirrte von kalter Luft, der schmuddeligen Farbe der Häuser und riesigen, dröhnenden Straßen. Die Stadt schien gespannt auf die Dunkelheit zu warten, auf die geschäftigen Zeiträume zwischen den Tageslichtern. Jetzt, da ich hier lebe, kann ich ganz zufrieden auf die friedlichen Frostschleier in meiner leeren, ziellosen Straße hinabsehen, dabei ist es noch die gleiche Stadt, die ich an mir saugen fühlte, die mein Gehirn mit der kalten, hellen Drohung völliger Gleichgültigkeit ins Schleudern brachte. Natürlich hatte ich mit meinem ersten Eindruck recht, und natürlich habe ich auch jetzt recht. Man kann eine Stadt nicht falsch einschätzen – sie kann alles sein, was man will oder nicht will, und schneller und heftiger, als man denkt.

Ich ging zwischen Mutter und Vater, hielt sogar ihre Hände, um sicherzugehen, daß die bösen Straßen mich nicht wegschnappten, wagte einen Blick zum Himmel und merkte zu meinem Erstaunen, daß er aschgrün war. Der Schnee segelte immer noch herab, war zunächst schwarz, dann weiß und verlor sich schließlich auf matschigen Bürgersteigen. Das also hatte die Stadt anstelle der Nacht zu bieten. Jetzt mußten wir zum Auto zurückgehen und nach Hause fahren. Ich nahm an, das wäre gut. Sicher.

Das Auto war ein großes, tapferes Lasttier. Die Heizung funktionierte selten, und ein oder zwei Mal hatte der Motor Feuer gefangen, aber es war trotzdem mein Freund und hatte eine Rückbank aus braunem Leder, wo ich allein sein konnte. Ich war immer noch klein genug, mich quer hinzusetzen und die Füße hochzulegen, wenn niemand hinschaute und ich die Schuhe auszog, um Schmutz zu vermeiden. Der Motor überdröhnte die Stimmen meiner Eltern, und langsam wühlten wir uns an Geschäften und beleuchteten Häusern vorbei. Ich schlief ein.

Bis mich ein Schrei in meinem Traum aufweckte. Wir rutschten und mühten uns einen schmalen Pfad aus zermalmtem Eis entlang. Auf den Fahrbahnen tanzte verrückter Schnee, ein brodelnder Nebel gleich hinter der Windschutzscheibe, der sich in den zuckenden Scheibenwischern verfing und jedes farbige Licht wild reflektierte und verlängerte. Und es gab eine Menge Lichter. Rote Schlußleuchten, nackte weiße Scheinwerfer, die schwankten und hüpften, und auf beiden Seiten helle Tableaus von pulsierendem Orange und Blutrot und Blau, am Ende von Schleuderspuren, zuckend beleuchtetes aufgepralltes Metall. An einer Stelle sah ich ein kleines Feuer unter einer schwarzen Rauchsäule blinken, an einer anderen ein ganz dunkles Auto, offenbar unbeschädigt, aber quer auf den Standstreifen gerutscht und schon unter einer makellosen Schneedecke begraben. Mitten in einer Kurve aus Fahrzeugen und Menschen saß aufrecht eine Frau, ihr Mantel und der Schnee unter der Dunkelheit ihres Blutes verborgen.

»Jetzt?«

»Ja, jetzt.«

»Wie schnell willst du es?«

»Wie schnell willst du fahren?«

Vater redete auf Mutter ein. Sie hielt das Steuer fest umklammert, glich das Schleudern und Durchdrehen der Reifen aus und brach ab und zu in seltsam kurzes Lachen aus. Dann lachte auch Vater.

Wir beschleunigten in die Tunnelröhre aus Weiß und Scheinwerferlicht und gefleckt aufragender Dunkelheit hinein. Die Stimmen meiner Eltern tauchten nur ab und zu aus der Menge unterschiedlicher Geräusche auf, aber ich wußte, daß sie etwas vorhatten. Wir waren nicht schnell genug nach Hause gekommen, was auch geschehen sollte, mußte hier geschehen, in der unschuldigen Welt außerhalb unseres Hauses.

Ich bat sie aufzuhören – das Eingeständnis eines Gefühls, einer Niederlage, das ich sofort bereute –, aber ich glaube, sie hörten mich gar nicht. Sie schienen meine Anwesenheit vergessen zu haben, und ich fragte mich, womit sie meiner Meinung nach aufhören sollten. Aufhören zu fahren, zu schnell zu fahren, so zusammenzusein, aufhören zu sein. Das Auto schwankte und rutschte, als Vater mit Mutters Brüsten fertig war. Ich sah seinen Schatten unter ihre angespannten Arme rutschen, während er ihren Rock hochschob und seinen Kopf auf ihre Schenkel sinken ließ. Sie sagte etwas, und ich schloß die Augen, um nicht aus den Fenstern sehen zu müssen.

Vielleicht hatten sie vor, sich an jenem Abend umzubringen. Ich wäre die unglückliche Augenzeugin geworden, ein zufälliges Opfer. Doch statt dessen trieben sie mich von hilflosem Schrekken in völlige Stille und die dumpfe Annahme, daß ich sterben würde. Am Ende der Fahrt war mir klargeworden, daß ich immer recht behalten würde mit meiner Annahme, daß ich sterben würde, daß jede andere Möglichkeit immer zweifelhafter und enttäuschender wäre.

Also hatte ich eigentlich Glück. Ich hätte auch mit nichts anderem als günstig erworbenen Weihnachtsgeschenken zurückkehren können – statt dessen hatte ich die Keimzelle einer ganzen Philosophie entdeckt. Und das war erhebender, als es scheinen mag – wenn ich sterben würde, müßten sie es natürlich auch. Sie waren älter, sie würden also zuerst abtreten. Darauf freute ich mich.

»Paß ein bißchen auf.«

Savinien sorgte sich, weil seine Vergangenheit so blutig gewesen war. Er glaubte, das könne mich verstören.

»Ich passe doch auf.«

»Ich war nicht, wie ich gern gewesen wäre. Ich war ein guter Schriftsteller, ein guter Theaterautor, ein guter Freund. Das glaube ich allerdings. Doch am besten konnte ich töten. Damit habe ich mich selbst erschaffen.«

»Hrrf. So war eben damals dein Leben. Damals war alles anders.« Ich begriff, warum man töten, warum Schmerz zufügen wollte, den er nie direkt erwähnte, weil er eine pragmatischere, unsentimentale Einstellung zum Tod hatte. »Ich meine, deine Vergangenheit ist vorüber. Sie belastet mich nicht. Sie muß auch dich nicht belasten.«

»Ich habe mich selbst gemacht. Ich habe trainiert und geübt und wieder trainiert, denn ich war ein Novize, der sich dem frühen Abberufen von Seelen widmete. Ich nahm Tanzstunden, um meine Schrittfolgen zu verbessern, ich parierte und voltierte, avancierte und schlug gegen die Zeit an, als sei sie ein Gegner im Duell, und ich ließ eine ganze Stadt darauf schauen, was mein Gesicht verhieß. Ich erwarb einen nicht sehr angenehmen Ruf.«

»Aber wenn du jetzt eines hast, dann ist das die Gelegenheit zum Neubeginn. Niemand muß wissen, was du getan hast oder warum. Paß auf, ich muß los. Ich muß in einer Stunde im Studio sein, und vorher muß ich noch essen und duschen und unsere Miete bezahlen.«

»Und unsere Miete bezahlen.« Ich sagte es, ohne nachzudenken, einem Mann direkt ins Gesicht, der mir oft gesagt hatte, wie sehr er aufgezwungene Abhängigkeiten verabscheute.

Savinien ließ die Luft über meine vier dummen Wörter zusammenschlagen, bevor er antwortete.

»Ah ja. Sicher. Dann auf Wiedersehen. Auf Wiedersehen.«

Er nickte, stand auf und bewegte sich von der Bank weg, blieb stehen, den Kopf leicht nach vorn und nach rechts geneigt. »Auf Wiedersehen, Jennifer.«

»Hm, bis später.« Ich ging in Richtung Parktor, das Gras gab feucht unter der dünnen Frostschicht nach. Ohne mir ersichtlichen Grund schaute ich noch einmal den Hügel hinauf und sah ihn immer noch dort stehen. Er trat mit einem Fuß nach etwas im Laub. Das Laub ging ihm bis über die Knöchel.

Als ich zur Arbeit ging, war ich ruhig, ich war entspannt, ich nahm an, daß ich am nächsten Morgen zurückkehren und alles wie bisher weitergehen würde.

Falsch. Falsch. Falsch.

Für Jennifer, meine verehrte Freundin,

wo ich nun schon rettungslos tief in Deiner Schuld stehe, muß ich doch noch eine letzte Bitte an Dich richten, nämlich, mir genug von Deiner Sprache zu leihen, um meinem Dank Worte zu geben. Sei gewarnt, dies ist keine kleine Bitte, da mein Dank unendlich ist.

Sei Dir sicher, im Herzen bin ich ein Dieb, denn dort werde ich alles gute Wirken deiner Bekanntschaft bewahren. Deine Geduld und Dein Willkommen stellten nicht nur meine Gesundheit, sondern auch mich selbst wieder her. Die zahllosen Wohltaten von Dir und Deiner Hausgemeinschaft machen mich zum besiegten guerrier, denn mir fehlen alle Mittel, Dir etwas zurückzuzahlen; so bleibt mir nur, die Wurzel weiterer Verpflichtungen zu entfernen, nämlich diesen Mann,

immer Dein Diener

DC DB.

Der Brief lag auf dem Küchentisch, ordentlich und raffiniert gefaltet, mein Name darauf in klarer Handschrift mit hohen Buchstaben, das J von Jennifer mit blumigen Schnörkeln verlängert. Die Zeilen im Inneren waren sauber und regelmäßig, eher klein geschrieben, jedes t schwungvoll mit einem langen Querstrich versehen, der manchmal bis über den Rand hinausging. Das Ganze erweckte den Eindruck höflicher Schärfe. Oder scharfer Höflichkeit.

Ich schaute auf das Papier und die Buchstaben und die schwarze Kugelschreibertinte und hoffte, das werde mich daran hindern, das Gesagte im Zusammenhang wahrzunehmen. Der Inhalt war unmöglich, kam einfach zu abrupt. Er schien zu besagen, daß er gegangen war. Martin war gegangen. Savinien war gegangen. Er war gegangen.

Plötzliche Ereignisse wirken oft unmöglich. Als gäbe es in der Natur nichts, was plötzlich, willkürlich, ohne erkennbare Gerechtigkeit geschieht. Doch trotz meiner Gedanken oder vielmehr meiner Fassungslosigkeit war er gegangen. Ich sah in seinem Zimmer nach – er hatte alle Kugelschreiber mitgenommen.

Gedankenlos rannte ich hinaus und in den Park, als könne die Rückkehr dorthin den Fluß der Zeit umleiten. Vielleicht könnte ich diesen Mechanismus irgendwie überlisten und einfach da weitermachen, wo ich Savinien auf dem Rasen stehengelassen hatte.

Ich war nur einen Tag zu spät, noch nicht einmal. Schwarzledrige Blätter rutschten am Hang unter meinen Füßen weg, und ich war nur einen Tag zu spät. Wenn ich besser darauf geachtet hätte, wie es ihm ging, hätte ich die Vorzeichen seines Aufbruchs erkannt und ihn abwenden können.

Die kalte Luft schmerzte in meiner Kehle, während mein Atem um mich dampfte und ich mich langsam im Kreis drehte. Ich sah nichts als einen leeren Park, vor Kälte erstarrt. Ich ging los und drehte mich um und ging weiter, und ich war einen Tag zu spät, und er war weg, und ich lehnte mich an einen der Bäume und ging dann weiter und blieb stehen und wartete, und dann ging ich nach Hause.

Den ganzen Tag lang öffnete und schloß sich mein Denken nur um die eine Vorstellung, daß ich wieder allein war. Das bedeutete, daß ich mich einige Tage lang nur sehr schwer konzentrieren konnte und nicht mehr gern schlief. Abend und Morgen, die weichen Enden des Tages und der Nacht, machten mich empfindlich. Das Bewußtsein ließ die Deckung sinken, und der Schmerz grub sich hinein, der kleine schwarze Maulwurf. An manchen Tagen hatte ich das Gefühl, nur noch aus Höhlen zu bestehen.

Das Leben – immer gut für die eine oder andere aufwühlende Erfahrung, was? Ich glaube, es meint es gar nicht böse, es ist einfach so groß, daß es ab und zu mal brutal wirken muß. Und an dieser Stelle hat es mir beigebracht, was geschieht, wenn ich mit jemandem unzertrennlich geworden bin. Oder wenn die Persönlichkeitsstrukturen Verbindungen anregen, die ich besser nicht eingehen sollte. Wenn ich jemanden kennenlerne, den ich nicht erst akzeptieren muß, weil er gleich zu Hause ist. So ein Mensch ist keine Veränderung, sondern eine Erweiterung, wie der Geschmack eines Kusses, wo ein Mund einen anderen findet und sich an etwas drückt, was nicht neu, sondern warm und bekannt und viel mehr als vorher ist.

Ich lernte, wie es ist, allein zu sein. Es war mehr von mir da, was allein sein konnte. Es tat weh.

Keine Sorge. Er kommt zurück.

Obwohl ich das natürlich damals nicht wußte.

»Jennifer?«

»Mm?«

»Was ist los?«

Arthur hatte seine besorgteste Miene aufgesetzt. Ich war nicht sicher, wie lange er mich schon ansah, weil ich mit den Gedanken woanders gewesen war.

»Los?«

»Oder nicht los. Was fehlt dir? Wenn du darüber reden willst. Ich meine, wir sind ja bloß Mitbewohner, wir müssen uns nicht gleich wie eine Familie benehmen.«

»Du und Liz, ihr werdet für mich nie wie eine Familie sein, das kannst du mir glauben.« Er zuckte ein wenig, und mir ging auf, daß er beleidigt sein könnte. »Ich will damit sagen, dafür seid ihr viel zu sympathisch. Ich mag euch.« Ich hatte noch nie darüber nachgedacht, aber es war nicht gelogen. Liz war so selten da, daß sie kaum Ärger machen konnte, und Arthur war ein netter Mann – so ein netter und immer noch recht junger Mann, der wahrscheinlich schon gründlich die Nase voll davon hatte, nett und verläßlich und hilfsbereit genannt zu werden, jemand, mit dem man reden konnte, wenn es einem schlechtging, aber sonst meistens nicht, weil man ihn gar nicht bemerkte.

»Möchtest du reden?«

Da haben wir's: Er sagte das wie ein guter Arzt – interessiert und ehrlich, aber auch im Bewußtsein, daß er es schon tausend Mal gesagt hat. Vielleicht klingt er sogar ein bißchen zu bemüht, weil er sich nach so vielen Wiederholungen für nicht mehr überzeugend hält. Seine Sätze hängen ein wenig.

»Du mußt nicht, aber ich bin da. Kann gut zuhören. Hat meine Mutter immer gesagt. Ich wünschte, ich hätte ihr nicht zugehört.«

»Du bist sehr in Ordnung, Art. Ehrlich. Hhhrrmm. Tut mir leid, Frosch im Hals. Hhuhaff. Ja, es ist wirklich nett, daß du da bist.«

Das hat ihn ehrlich überrascht – und ich hatte gedacht, er wüßte, wie hilfreich er sein kann, aber schließlich wissen die meisten Leute ihre eigenen Fähigkeiten nicht zu schätzen. Mir geht es jedenfalls so.

»Die Sache ist die, das ist genau das Problem – es gibt nichts zu erzählen. Natürlich steht es mir gerade bis hier, keine Frage, aber das Leben geht weiter, und das wird wieder anders. So funktioniert das doch.«

»Mm hm. Wo ist er jetzt?«

Ich wollte erst fragen, wen er meinte, aber das hatte keinen Zweck, also fing ich gleich mit der Lüge an. »Jetzt gerade liegt er wahrscheinlich schön eingepackt im Bett, wird umsorgt wie eine seltene Orchidee und auch noch dafür bezahlt.«

»Sag mir, wie er das angestellt hat, dann lege ich mich zu ihm. Natürlich in ein anderes Bett.«

»Irgend so ein medizinisches Labor.« Ich hatte im Kino was darüber gesehen und es mir zum späteren Gebrauch gemerkt. »Du gehst da rein, und dann geben sie dir neue Medikamente. Experimente. Auf dem Photo sah es aus wie ein großer Supermarkt – irgendwo außerhalb in einem Forschungspark –, du kriegst Kost und Logis und fünfzehn Pfund die Woche. Ich glaube, er hat fünfzehn gesagt.« Es ist nie gut, wenn Lügengeschichten zu perfekt klingen – die Wahrheit klingt nie so rund. »Irgendwas in der Art.«

»Bleibt er länger da?«

»Weiß ich nicht. Vielleicht will er danach auch noch woanders hin. Er hat sich ein bißchen vage ausgedrückt. Du weißt ja, wie er ist.«

»Ja.«

»Ich sollte mich übrigens für ihn bei dir bedanken für all deine Hilfe.«

»Ach. Ich habe doch gar nichts getan. Ich habe ihm mal altbackene Plunderstücke mitgebracht. Das fand er ganz großartig.«

»Ich wußte gar nicht, daß ihr Plunderstücke backt.«

»Doch, doch, wir backen alles – so lange es flach ist. Das ist die Geschäftspolitik. Ich sehe es als Herausforderung. Plunder sind flach. Ich habe ihm mal einen Rasierer geliehen, fällt mir jetzt ein. Den hat er nicht zufällig irgendwo liegen lassen …«

»Nein, glaube ich nicht. Vielleicht in Petes Zimmer. Schau mal nach.«

Hatte ich schon.

»Habe ich schon.«

»Ach so, tut mir leid.«

»Ach, war sowieso ein altes Ding. Hör mal ...« Arthur ging zum Fenster und blinzelte in den sterbenden Garten hinaus. Es regnete. Ein feuchter, bitterer Winter blies ins Land. Im November würden wir frühen Schnee bekommen, zum ersten Mal seit Jahren. Er würde uns überraschen. Die trödelnde Vegetation würde über Nacht schwarz frieren, und ich würde darüber nachdenken, wie es Savinien erginge, ob er ein sicheres und trockenes Plätzchen hatte. Das war nicht in Erfahrung zu bringen. Ich hatte das Gefühl, ich hätte ihn besser vorbereiten, ihm erzählen sollen, daß unser Klima hinterhältig ist und gnadenlos.

Und es lag nicht nur an meiner Grundstimmung, daß ich gleich an das Schlimmste dachte: Dieser Winter war wirklich für niemanden ein Zuckerschlecken.

Während Arthur an den Vorhängen herumfummelte, wurde mir klar, daß er kurz davor sein mußte, etwas Schwieriges zu sagen, und ich konnte das entweder zulassen oder das Thema wechseln, vielleicht sogar aus dem Zimmer gehen.

»Hör mal, Jennifer ... wer war er?«

Mir hatte die Kraft für eine Entscheidung gefehlt, und jetzt war es zu spät zu gehen.

»Wer ...«

»Martin. Wer war er? Kanntest du ihn?«

»Ob ich ihn kannte. Nein. Nein, ich kannte ihn nicht. Damals nicht, und jetzt gibt es keinen Grund mehr, ihn zu kennen. Ich habe ihn nicht gekannt. Du hörst dich an, als wäre es meine Schuld.« Es gab auch keinen Grund, wütend zu werden, aber ich wurde es trotzdem. Der arme Arthur, ich hatte ihn richtig erschreckt. »Okay, gut, ich weiß, daß er nicht Martin war, das war unser gemeinsamer Fehler, aber wer er sonst war ... ich weiß nicht, er hat gesagt, er wisse es nicht. Na ja, er hat gesagt ... ich weiß nichts über ihn, Arthur. Er dürfte nicht ... ich weiß nicht, wo er hin ist. Oder warum. Es ist alles so durcheinander.«

»Oh.«

»Woher hast du es gewußt? Oder vielmehr seit wann? Du hast gar nichts gesagt.«

»Peter hat aus London einen Brief geschickt, kurz vor seiner Abreise – daß Martin das Zimmer doch nicht nehmen könne und wir jemand anderen finden sollten.«

Komisch, bis dahin hatte ich Arthur gar nicht für fähig gehalten, Geheimnisse zu haben. Er sah mir vorsichtig in die Augen und dann wieder weg.

»Haben wir ja auch, oder? Wir haben einen anderen Martin gefunden. Ich mochte ihn, er war wirklich, na ja, man konnte ihn gut um sich haben.«

Er hielt inne, bevor es sich zu sehr wie eine Abschiedsrede anhörte, und setzte sich neben mich. »Wahrscheinlich wird er … na, man kann nie wissen. Sollen wir das Zimmer freihalten, könnten wir doch ein bißchen, jedenfalls … jedenfalls.«

»Jedenfalls bin ich jetzt nicht in der Stimmung, ernsthaft darüber nachzudenken, Arthur. Oder über irgendwas anderes. Bei mir ist im Moment gar nichts klar. Tut mir leid. Ich war ein bißchen unvernünftig, oder? Bei der Sache?«

»Auch nicht mehr als ich.«

»Aber es fühlte sich richtig an.«

»Ja, stimmt. Wenn du in der richtigen Stimmung bist, reden wir mit Liz. Erzählen ihr irgendwas. Jetzt müssen wir, glaube ich, nichts unternehmen. Das bleibt zwischen uns, hm? Macht weniger Ärger.«

Er lächelte und schaffte es, eine Art Trost in seinen Blick zu legen.

Ich beugte mich zu ihm hinüber, »Laß mich mal deinen Schädel fühlen.« Arthurs Bürstenschnitt ist gerade noch lang genug, ihn nicht wie einen Nazi oder irgendwie bedrohlich aussehen zu lassen, und ich habe den Eindruck, daß auch völlig Fremde des öfteren auf ihn zu treten und ihm über den Kopf reiben, weil es Glück bringt. Und wir, die wir ihn kennen, erst recht. Sein Haarwuchs ist dicht und weich wie ein Teddybärenfell.

»Ach, warum nicht.« Er senkte den Kopf, und ich wühlte in seinen warmen, kurzen Haaren.

»Danke.«

»Wenn ich sonst noch irgendwie zu Diensten sein kann.«

»Du bist ein Idiot, weißt du das?«

»Aber glücklich dabei. Aber das reicht jetzt – sonst kriege ich noch eine Glatze.«

»Glatze, aber glücklich.«

»Nein, bloß Glatze.«

Selbst mit einem Teddybären kann man es zu weit treiben.

Wenn ich die darauffolgenden Winterwochen und -monate von heute aus betrachte, erscheinen sie mir nur wie die Zeit, die ich auf Saviniens Wiederkehr warten mußte, aber damals war ich fast sicher, daß ich ihn nie wiedersehen würde, und versuchte also, mit meiner neuen Lage fertig zu werden. Der Schmerz wurde jeden Morgen frisch frei Haus geliefert. Und ich tat, was die meisten Leute tun, wenn ihr Leben plötzlich einen Bewohner verliert und sie etwas verloren durch ihre leeren Tage stolpern. Ich arbeitete.

Wenn ich mich nicht im Sender vergrub, unterlegte ich in kleinen Studios überall in der Stadt Mitteilungen mit meiner Stimme, half der hörenden Welt, die unchristliche Verschwendung zu Christi Geburtstag zu steigern. Regen brodelte in den Straßen, Lampen wurden entzündet und wieder gelöscht, und ich tauschte zart beige gehaltene Inneneinrichtungen gegen solche in beruhigendem Violett oder italienisch verwaschenem Blau.

Literweise hastig getrunkener Filterkaffee, der den ganzen Tag auf ekligen kleinen Wärmeplatten verbracht hatte, gab mir einen Grund für die Schlaflosigkeit, und so blieb ich wach, in Gedanken nur damit beschäftigt, den richtigen Ton zu treffen, die verlangte Sekunde zu kürzen oder zu strecken, die notwendige Musikalität zu erzeugen oder vorzutäuschen. Mein Atem war klar, rund und völlig unsichtbar. Ich stand oder saß ganz aufmerksam in schalltoten Telefonzellen und gab allen, die danach verlangten, viel mehr, als sie je bezahlen konnten, an offensichtlicher Freude, ansteckender Heiterkeit oder wasserdichter Verläßlichkeit. Ich kann Ihnen versichern, ich hastete die Oktaven hinauf und hinunter wie eine Ratte ein schmieriges Kanalrohr, ich variierte meinen Akzent minütlich um kleine Nuancen, bis er origineller klang als erlaubt. Wenn Sie eine alles überlagernde Obsession suchen, ist die Vervollkommnung der Stimme keine schlechte Wahl. Das hält Sie auf Trab.

Und meine Stimme hielt durch. Niemand hatte Grund zur Klage, nicht einmal ich selbst. Jedenfalls nicht wegen technischer Mängel; was mich nervös machte, war die Stille.

Natürlich liegt es im Interesse aller Beteiligten, jedes Geräusch von außen von den Studios fernzuhalten. Oft verspürte ich ungeheure Erleichterung, wenn alle Türen geschlossen waren und selbst die leisen Stimmen – das Beerdigungsmurmeln, das sich alle, die mit Schall arbeiten, oftmals angewöhnen –, wenn selbst diese verstummten. Aber dann war ich allein mit bis auf die Knochen entleerter Luft, in ein Schallvakuum eingeschlossen, plötzlich gezwungen, mit mir selbst zu murmeln und zu tuscheln und zu summen, alles mögliche, um die Lücke zu füllen, und ich wußte, daß die Zeit verging, weil ich sie vergehen hörte.

Bei der Aufnahme drang jedes Wort nur mit sich selbst beladen heraus, eine mutige kleine Ansammlung von Zisch- und Reibelauten und Plosiven – Lippen und Zähne und Zungenspitzen. Wenn ich arbeite, höre ich sehr genau hin, innen und außen, und ich hörte nichts als Einsamkeit, die sich unter jeder Wortfolge kräuselte, ein einziger großer Mangel an Geräuschen eines anderen Lebewesens. Ich starrte durch den farbigen Schleier meines Spiegelbildes in der Kabinenscheibe, und ich fühlte mich wie ein Astronaut, der über den Rand des Unendlichen schaut. Wenn ich die Augen schloß, entrollte sich in mir das Nirgendwo, ein dichter, stummer Bogen.

Doch irgendwo in diesem Bogen, im Dunkel meiner Phantasie, war natürlich Savinien de Cyrano de Bergerac, und manchmal glaubte ich ihn sicher und manchmal in Gefahr, und manchmal dachte ich gar nicht an ihn, aber er war dennoch da, wie eine Veränderung der Lichtqualität. Er wollte einfach nicht verschwinden. Das ließ mich vermuten, daß mein Problem sich nicht allein durch übermäßige Arbeit lösen würde. Die Arbeit verursachte eher neue Probleme.

»Gehst du schon wieder?«

»Ja, Art.«

Er legte mir die Hand auf die Schulter, halb im Spaß: »Komm nach Hause, deine Freunde vermissen dich – der alte Jagdhund heult dir die ganze Nacht nach. Stimmt's nicht, Liz?«

»Mm. Man kommt sich schon vor wie in einem Hotel. Ja, okay, ich weiß, ich benutze die Wohnung auch oft genug als Hotel –«

»Aber es wäre dir lieber, wenn du die einzige wärst. Tut mir leid, um diese Jahreszeit ist immer viel zu tun.«

»Mußt ja nicht gleich schnippisch werden.«

»Sie ist nicht schnippisch, sie ist bloß übermüdet.«

»Nein, sie ist schnippisch.«

»Redet nicht über mich, als ob ich nicht da wäre.«

»Warum nicht, das sind wir inzwischen gewohnt.«

Ich brauchte eine andere Option. Also verbrachte ich noch mehr Zeit im Sender, hing in der erbsengrünen Cafeteria herum und las liegengebliebene Zeitungen. Ich war mir schon bewußt, daß die beste Ablenkung neben Arbeit normalerweise Sex ist. Ich war mir bewußt, daß sich das in anderen Lebenslagen bereits erwiesen hatte. Die Möglichkeit wollte bedacht werden.

»Du mußt dir ganz neue Angewohnheiten zugelegt haben.«

Steven.

Steven – haargenau lebensgroß und wie aufs Stichwort. Ich könnte schwören, manche Leute haben eine Art Radar, sie tauchen nur dann auf, wenn man drauf und dran ist, etwas zu tun, was man bereuen wird, und zwar wahrscheinlich mit ihnen.

»Was meinst du damit?«

»Mit dem vielen Geld, das du im Moment verdienen mußt, könntest du dir ein paar Extravaganzen leisten. Allerdings arbeitest du so viel, da hast du wahrscheinlich gar keine Zeit für so etwas?«

»Das ist ja wohl allein meine Sache, oder?«

»Aber ja, ganz allein deine Sache. Ganz allein.«

30 : 40, neue Bälle bitte. Ich blieb an meinem Tisch sitzen und er stolzierte zu seinem, alles war gut.

Das heißt, nein, eigentlich nicht – das Unglück war geschehen, nichts war gut. Ob Sie es glauben oder nicht, das war das erste Mal seit dem endgültigen Abbruch dessen, was man vielleicht im weitesten Sinne als Beziehung hätte bezeichnen können, daß wir über etwas anderes als Arbeit gesprochen hatten. Das waren unsere ersten kleinen Anspielungen ohne professionelle Anstandsdamen, und sie hatten uns kurze Einblicke erlaubt, eine gewisse

Bereitschaft im Gesicht des anderen, eine nicht ganz verborgene Neigung, weitere Versuche zu unternehmen. Die ersten Züge waren gemacht, jetzt war es zu spät.

Wir hätten beide, jeder für sich, ohne großen Gesichtsverlust beschließen können, nichts weiter zu unternehmen, aber das war eher unwahrscheinlich. Oder vielmehr eine Möglichkeit, die ich nicht in Betracht ziehen wollte. Ich wollte mich ernsthaft ablenken lassen, und ehrlich gesagt hatte Steve einen hübschen Hintern. Ich sah ihn mit seinem ekligen Polizeiwachenbecher voll ekligem Kaffee davongehen und konnte nicht umhin, seinen hübschen Hintern wahrzunehmen. Er schien eher noch fester zu sein als zu Zeiten unserer näheren Bekanntschaft. Der Eindruck seines abziehenden Hinterteils ließ mich an die Muskelstränge denken, die sich über den Hüftknochen entlangzogen und am erfreulichsten aussahen, wenn er wie gewünscht leicht angespannt und nackt auf einem harten Stuhl saß.

Ein paar Tage später perfektionierte ich gerade ein schmerzhaft gut gesprochenes Bulletin, in dem ein prominenter Parlamentarier ganz ruhig erklärte, daß weitreichendes gesellschaftliches Elend unvermeidlich sei, da seine Partei eine besonders enge gefühlsmäßige Bindung zu ständigen Senkungen der Einkommenssteuer habe. Die öffentlichen Ausgaben würden schließlich vollständig zwischen ihren ständig enger zusammengekniffenen Arschbacken steckenbleiben, aber sie konnten es einfach nicht ertragen, sich dabei zu echauffieren.

Ich hätte zu gern hinzugefügt, daß eine umfassende Entzugstherapie die Probleme vielleicht vernünftiger lösen könne als Willfährigkeit gegenüber den finanziell Abgepolsterten. Es ist doch unmöglich, daß das gesamte Wahlvolk sich in alle Ewigkeit damit begnügt, zu nicken, zu lächeln und sich zurückzuziehen. Ich sagte jedoch nichts und machte mir nur ungezogene Gedanken – manchmal ist es erleichternd, sie hier niederzuschreiben; sie mögen zwar zu nichts nütze sein, aber so kommen sie wenigstens mal raus und sehen was von der Welt.

Steve sah meinem Vortrag aus der Technikerkabine zu. Er lächelte, und seine Augen schrien: »Ich wußte doch, daß du es nicht ohne mich aushalten könntest – wir haben eine *Ganz Besondere Beziehung*, du und ich. Na los, gib es zu, du bist weniger Mensch, wenn ich nicht bei dir bin. Hol dir den Hauptpreis, und verliere das Spiel.«

Ich holte mir den Hauptpreis.

Schon während wir unser Treffen vereinbarten, war mir allerdings klar, daß es ein Riesenfehler war, aber auch ein Riesenfehler würde mich immerhin ablenken. Vielleicht sogar besser als etwas Schönes.

Und diese Wahrheit hätte ich Steve zu gerne mitgeteilt – »Ach übrigens, ich hoffe ja, daß du der Funken bist, der mein Luftschiff in Brand setzt – mein unwiderrufliches Ticket für die *Titanic* – der Floh auf meiner Pestratte – der offene Kanaldeckel, in den ich mich sozusagen fallen lassen kann. Ist nicht böse gemeint.« Aber es wäre eher kontraproduktiv gewesen, ihm das Lächeln schon so früh aus dem Gesicht zu wischen.

Am Ende mußte ich noch drei Stunden Zeit totschlagen, bevor ich zu einer Wohnung gehen konnte, die er nach unserer Trennung erworben hatte. Er mußte sie mit niemandem teilen. Der glückliche Steve. Der sexuell aktive Steve. Drei Stunden schienen gerade lang genug, sich den ganzen Plan wieder aus dem Kopf zu schlagen. Ohne ersichtlichen Grund beschloß ich, mir die hundertachtzig langen Minuten mit Spazierengehen zu vertreiben.

Es war eine frostige Nacht, der Himmel hoch und streng, die Bürgersteige gefährlich glänzend. Ich stieg zu den breiten, fußgängerfreundlichen Straßen im Herzen der Stadt hinauf und fand die Bänke. Bis dahin hatte ich nicht gewußt, daß ich nach ihnen suchte. Nach ihm suchte, nach Savinien.

Die Stadt, die ich mir zur Heimat erkoren habe, bringt wie viele andere Städte Straßenmenschen hervor. Sie waren schon immer da – sie haben eine andere Farbe als andere Menschen, eine andere Gestalt, Gesichter, die nicht wie die anderen aussehen. Desinteressierte Fußgänger haben ihnen schon immer gelegentliche Blicke zugeworfen und waren tief im Innersten überzeugt, daß Straßenmenschen nie jung gewesen, zur Schule gegangen sein, in Häusern gewohnt, sich verliebt haben konnten. Daß sie bloß eine experimentelle Ausdrucksform des Elends waren: eher eine Art schiefer Poesie als Teil der Menschheit.

Meine Stadt hat wie viele andere Städte auch begonnen, dieses peinliche Hobby viel ernster zu nehmen. Inzwischen haben wir Straßenmenschen, die unbestreitbar jung sind, auf sehr verletzliche Weise verrückt, sauber, traurig, nüchtern, demonstrativ menschlich und manchmal sogar redselig. Man kann sie unmöglich ignorieren, und an manchen Tagen hat man den Eindruck, daß sie sich unvermeidlich von selbst vermehren müssen, eine ganz eigene, abgeschlossene Straßenwelt. Sehr wahrscheinlich wird diese Welt ihren Schöpfern gegenüber wütend und undankbar sein.

Das öffentliche Hobby war in jener Nacht gut sichtbar, und ich ging an Eingängen vorbei, in denen sich Decken türmten und wärmende Folie glitzerte, die privaten Augenblicke unruhigen Schlafes. Gestalten warteten an Straßenecken, suchten Schutz vor böigen Regenstößen. Besser gesagt, sie standen, denn auf was konnten sie schon warten, wenn nicht aufeinander. Auf den Bänken saßen Männer, die rauchten, tranken, schliefen und ein vergessenes, möbliertes Leben darstellten.

Ohne die Stadt und ihre Möglichkeiten zu kennen, mußte Savinien unvermeidlich auf der Straße landen. Es sei denn, es war ihm schon vorher etwas zugestoßen. Ich ging langsamer und schaute auf Hände, Schulterlinien, die Zartheit eines gebeugten Nackens, irgendetwas, was ich wiedererkennen könnte. Wenn er vielleicht hustete – sein Husten würde ich erkennen.

So verbrachte ich fast die gesamten drei Stunden. Ich kam lässige zehn Minuten zu spät bei Steve an, und er öffnete in bewundernswert gleichgültigem Tempo.

»Du siehst aus, als wäre dir kalt.«

»Ist mir auch.«

»Kaffee?«

»Nein. Wegen Kaffee bin ich nicht hier. Was hast du noch?« Ich dachte mir, forsche Direktheit sei angesagt. Für die sanfte Tour war es ein bißchen spät. Steve begriff wie üblich ziemlich langsam. Es sei denn, meine Betonung war mißverständlich, aber das glaube ich nicht, ich glaube, sie war ganz richtig.

»Sonst habe ich noch Tee oder Whisky.«

Wir kamen also nicht gleich zur Hauptvorstellung, aber Whisky war vielleicht auch gar keine schlechte Idee. Vielleicht sogar die beste.

»Na gut. Dann einen Whisky. Wo willst du ihn trinken?«

»Hier.« Der kleine Scheißer wollte mich im Flur stehenlassen. Ich hatte wohl einen Moment nicht aufgepaßt, und schon trugen wir einen Demütigungswettbewerb aus. Da konnte ich nur verlieren – es ist nie leicht, einen Masochisten zu demütigen, und man weiß nie, wann man es geschafft hat.

»Dann bring mir die Flasche. Wenn du schon Laufbursche spielen willst.« Das klang bloß noch lächerlich, viel zu sehr nach Joan Crawford, und dafür fehlt mir die Statur. Aber egal, ich dachte mir, die bevorstehenden Ereignisse könnten direkt erträglich werden, wenn ich mich betrank.

O Gott, ich hätte nicht hingehen sollen. Warum habe ich das gemacht?

Es war kein richtiger Whisky, den er mir brachte, bloß Canadian Club, aber er half mir beim Niederwerfen meiner letzten Verteidigungslinien. Seltsam, wie vorsichtig mein Hirn werden kann, wenn es um völlige Dummheiten geht – da hat wohl jemand in meinem Hinterkopf keinerlei Sinn für Humor.

Ich nahm einen großen Schluck und schlüpfte unter seinem Arm entlang wahllos durch die erstbeste Tür, wie sich herausstellte, ins Badezimmer. Steve folgte mir mit seinem schönsten hungrigen Hundeblick. Braver Junge.

Den Rest können Sie sich selbst ausmalen.

Horizontalsex + Badezimmerteppich = Abschürfungen + geprellte Rückenwirbel

ts, ts, ts

Nicht gerade die befriedigendste Gleichung, die mir je untergekommen ist. Oder unter die ich gekommen bin. Und betrunken genug war ich auch nicht. Ich hatte jedoch den seltsamen, leicht euphorischen festen Entschluß gefaßt, betrunken genug zu *werden*, mir angemessen vergnügliches Vergnügen zu bereiten und das Bett, das er offenbar für späteren reinlichen Schlaf verborgen hielt, gründlich zu verwüsten. Wir hatten uns beide mit einer geradezu barocken Anzahl von Kondomen ausgerüstet, was ich als beinahe rührenden Ausdruck gleichzeitiger Großspurigkeit und Paranoia auffaßte. Vielleicht waren wir einander doch nicht so unähnlich. Aber zurück zum Geschäftlichen.

»Bett.«

»Mm.« Er war mit sabbernden Lefzen wie ein Jagdhund unterm Waschbecken zusammengesunken.

»Wo ist dein Bett?«

Das reichte, um den wölfischen Funken in seinen Augen zu wecken, und ich setzte mich auf, um meine Mitgliedschaft im Canadian Club zu erneuern.

Mir ist aufgefallen, daß kurze, einsilbige Worte mit einem »e« in der Mitte die Libido fast immer anregen.

Bett
Fett
Fest
Netz
Kess
Jetzt
Sogar, Herr im Himmel, Jet.

Und natürlich, natürlich, natürlich, das ultimative – Sex. Sehen Sie? Funktionieren eigentlich alle.

Manchmal hatte ich schon überlegt, ob das ein unwillkürlicher Reflex sei und jede Buchstabenkombination den Zweck erfülle. Wenn ich also im richtigen Moment liebevoll/atemlos/verführerisch »Ness« oder »Wet«, »Zetz« oder »Meps« sagte, würde das auch wirken?

Steve ließ das Licht im Schlafzimmer aus, vielleicht wollte er jeden Kommentar zu seinem Ordnungssinn vermeiden. Als wir uns durch die Tür drängten, registrierte ich den muffigen Duft von Sportunterwäsche. Doch das Bett fühlte sich ganz präsentabel an, als wir zu Runde zwei darauf hernieder sanken.

Der Whisky und die Dunkelheit gaben mir das Gefühl, meine Hände seien auf doppelte Größe angewachsen, sie schienen herumzuwedeln wie narkotisierte Flossen. Während ich mich an das Gefühl gewöhnte, rangen Steve und ich tapfer miteinander, lösten unsere Kleidung, wo es ging, und ich mußte plötzlich an mein allererstes Mal denken. An meine Entjungferung. Als ich da unter Steves drängender Brust lag und mehr oder weniger rhythmisch atmete, sah ich mich im Dunkel eines anderen undeutlichen, schmuddeligen Zimmers.

Meine Lage war ganz ähnlich gewesen, auch wenn es sich

um einen anderen Partner handelte, auf dessen Schulter und Rücken ich bereits einige Minuten während des Aktes geweint hatte. Das geschah stumm, so daß die Tränen erst nach dem großen Ereignis bemerkt wurden. Daraufhin vollführte mein zartfühlendes Gegenüber das bekannte Leinwandmanöver: Er küßte meine Tränen fort und ließ dazwischen zufriedenes, hormonell gesättigtes Grunzen hören. Mir wurde klar, daß er den Grund meines Weinens darin sah, mit seiner Leistung eine erschütternde, das Bewußtsein erweiternde Erfahrung herbeigeführt zu haben, die jeden (verbotenen) Traum eines jungen Mädchens bei weitem übertreffen mußte.

Was mich nur heftigere Zähren vergießen ließ, denn ich kannte die Wahrheit. Daß ich nur aus verwirrter Dankbarkeit geweint hatte, weil Es überhaupt passiert war. Mit irgendwem. Daß ich geweint hatte, weil Es so unbeteiligt und verdammt kurz gewesen war. Daß ich geweint hatte, weil ich mit meinen ersten Tränen sein Ego nun zu der irrigen Annahme verführt hatte, Es sei ganz wunderbar gewesen, die ich nicht richtigstellen würde – er verstand mich nicht, und da fingen unserer Differenzen erst an.

Inzwischen näherte sich auch Steven dem Liefertermin für die nächste in Gummi verpackte Samenspende, und ich gab mein Bestes, mich mental einzustimmen, richtig dabeizusein. Ich umfaßte das Fleisch seines süßen Arsches und stellte mir schlechte Gedichte und gute Gedichte vor, Nachrichtensprecher, Rugbyspieler, Zeitschriftenartikel, tote Schauspieler, lebende Schauspieler, alte Schauspieler, dicke Schauspieler, junge Schauspieler, große, temperamentvolle, musikalische, häßliche Schauspieler in Schwarzweiß und Technicolor. Ich ging sämtliche bekannten Schauspielergewerkschaften durch und anschließend auch noch die Musikergewerkschaft, schließlich landete ich sogar bei einem Jungen, auf den ich mal hätte stehen können, wenn er doch nur in der Nachbarschaft gewohnt hätte.

Aber es half natürlich nichts. Meine Vorstellungskraft reichte nicht, um auch nur einen kleinen Erdhügel zu bewegen. Ich glaube, es lag am Canadian Club – eine sehr unromantische Sorte Ethylalkohol.

Also Augen zu und durch, atmen und zucken und atmen und seufzen, vortäuschen, bis du tatsächlich kommst, obwohl es soweit natürlich nie kommt. Das ist selbstverständlich Betrug, aber ein fairer Betrug, denn die Betrügerin verliert am meisten. Ich trank mein kanadisches Whiskysurrogat aus, und Steve schlug vor, was ich mit der Flasche machen könnte.

Danke. Danke, nein.

In diesem Augenblick wurde mir klar, daß es so eigentlich nicht weitergehen konnte. Der Alkohol lockerte langsam meine Glieder, öffnete die eher verklemmten Schubladen meines Hirns und machte mich für Erlebnisse bereit, die mir hier offensichtlich nicht geboten wurden. Das meine ich nicht als Kritik an Steven, ich denke, er tat, was man eben tun konnte. Das Problem lag bei mir.

Ich rollte auf den Rücken und spürte, wie es sich im Kopf warnend zu drehen begann. Wenn ich nicht bald etwas unternahm, würde ich einfach einschlafen. Ohne nachzudenken, schlenkerte ich mit dem Arm und schlug Steve versehentlich, ich glaube auf den Oberschenkel. Er schnaubte leise wie ein Hund, und ich schlug ihn noch einmal. Wieder klang er wie ein fröhlicher Köter, der dankbar seine Strafe entgegennimmt. Ich schlug wieder zu.

»Bitte sprechen zu dürfen.«

Er wußte wirklich nicht, was er tat.

»Bitte sprechen zu dürfen, Ma'am.« Er wollte tatsächlich unseren alten Freund Bligh wieder ans Tageslicht zerren. Tatsächlich, ganz ehrlich. Er wollte den Käpt'n sehen. Du meine Güte.

Ich hatte seit Monaten nicht mehr an Bligh gedacht. Als ich mit Steven Schluß machte, machte Bligh mit mir Schluß. Ich hatte ganz und gar nicht erwartet, daß er uns an jenem Abend einen Besuch abstatten würde. Ich war sicher, daß wir beide noch wußten, wie ungemütlich er in seinem späteren Stadium geworden war, aber jetzt wollte Steven ihn doch wirklich wieder an Bord holen.

Natürlich konnte ich der nautischen Begeisterung nicht allzu lange widerstehen. Und mein Alter ego schien, einmal gerufen, ebenso versessen auf einen erneuten Auftritt. Außerordentlich versessen.

»Was denn, wollt Ihr den Käpt'n sprechen?« Die Stimme des bösen alten Seemanns tauchte aus dem Dunkel auf wie ein Funke, der die Lunte entzündet. In meiner Phantasie roch Bligh unter dem Salz immer ein bißchen nach Schwefel.

»Ja, Ma'am.«

»Seid Ihr sicher?« Doch auch wenn er sicher war, wenn er tatsächlich nach Mißhandlung verlangte, so machte es keinen Unterschied, denn man kann in einer solchen Situation unmöglich seine Einwilligung geben. Ich hatte schon einmal eine befreundete Anwältin genau danach gefragt – aus rein akademischem Interesse natürlich –, und sie hatte für Klarheit gesorgt. Selbst zwischen einvernehmlichen Partnern in ihren eigenen vier Wänden ist solche Behandlung kriminell, eine Straftat, in die man nicht einwilligen konnte, ein Verbrechen. Das wußte ich. Ich wußte also, daß ich vorhatte, ein Verbrechen zu begehen.

»Also gut. Bereitet den Tisch des Käpt'n.«

»Im Wohnzimmer, Ma'am.«

»Dann macht Euch bereit, ich werde Euch am vereinbarten Ort erwarten. Und zeigt Euch präsentabel, sonst werdet Ihr zur Rechenschaft gezogen. Verstanden?«

»Jawohl, Ma'am.«

Doch er verstand nicht, und ich genausowenig. Wir konnten die Wirkung der kanadischen Spirituose nicht voraussehen, meiner monatelangen Gewaltabstinenz, meines jahrelang unterdrückten starken Wunsches, das zu tun, was nur Bligh tun konnte. Oder anders ausgedrückt: Niemand konnte ahnen, daß ich so ungeahnte Dinge tun würde, wenn man mich ans Ruder ließ.

Sein Wohnzimmer war klein, jungenhaft ungepflegt, und ein Couchtisch streckte sich über die gesamte Länge des Sofas. Genau richtig. Doch ich ließ die Vorbereitungen einen Moment hinter mir, ging zum Fenster, teilte den Vorhang und schritt hindurch.

Als ich klein war, habe ich das sehr gern getan: mich in den dichten, kalten Raum zwischen Fenster und Vorhang gestellt und ohne Licht anzumachen aus dem Fenster geschaut.

Stevens Wohnung war im dritten Stock, ein klein wenig näher am Himmel, der inzwischen die Farbe milchigen Tees angenommen hatte. Faule Schneeflocken wanderten vor meinen Augen in die Tiefe, trieben im Wind dahin und fielen weiter. Ich dachte nicht an Savinien und daß er da draußen war. Statt dessen fühlte ich mich seltsam friedlich, trieb sanft auf Vorfreude und Erregung zu.

Ich beschloß, die Vorhänge wieder zuzuziehen und das Licht zu löschen – ich fand immer, daß die Grenzen des Möglichen sich im Dunkeln weiter dehnen, besonders, was schlechtes Betragen angeht.

Und wenn ich jetzt daran zurückdenke, bin ich sicher, daß Steven glücklich war, als er hereinkam. Natürlich versuchte er, wie ein reuiger Marinesoldat aufzutreten, wir spielten beide unsere sehr vertrauten Rollen, aber seine persönliche Zufriedenheit schimmerte deutlich durch – es war ja schließlich keine Shakespeare-Aufführung, bloß ein S/M-Spiel. (Ich denke ja oft, die Buchstaben sollten für Schmierig und Merkwürdig stehen, aber das ist bloß meine Meinung, und mir steht es weiß Gott nicht zu, Urteile zu fällen.)

Wir schienen zwei alte Freunde wiederzuentdecken, wie greise Komiker, die ein letztes Mal ihre alte Nummer aufleben lassen. Natürlich hatte Steven nie eine ganz bestimmte Rolle eingenommen, wie zum Beispiel den Meuterer Fletcher Christian, aber das war auch ganz richtig so, uns war behaglicher, wenn wir mit einfachen Mitteln arbeiteten. Christian als Blighs Gegenpol zu etablieren, hätte die Gewichte verschoben, die Beziehung ausgeglichener gestaltet, womöglich gar aufmüpfig. Wir waren beide ganz glücklich mit unseren Rollen – Steve als machtloser Matrose und ich als wahnsinniger Ahab, der finstere Herr über seinen Körper, von der Seele ganz zu schweigen. Etwas in uns hatte darauf gewartet, daß wir aufeinandertrafen und dies füreinander sein konnten. Und dies einander antun konnten.

Steve unterdrückte ein Kichern, was mich sofort verärgerte. Ich wollte eine echte Darbietung, volle Konzentration. Keine Späßchen mehr.

»Zieht Euch aus, ganz aus.« Er zögerte einen Augenblick, zupfte an seiner Unterhose, und mir wurde klar, daß er nicht genau wußte, wo ich mich im dunklen Zimmer befand. Ich war im Vorteil, und den wollte ich nutzen.

»Runter damit. Und dann ab auf den Tisch. Danke.«

Während ich ihn auf den Tisch fesselte, als würde er ihn ganz fest umarmen, merkte ich, daß er im Moment ein besonders munterer Matrose war. Es war nicht besonders kühl im Zimmer, aber seine Haut, seine beinahe fiebrig erhitzte Haut zitterte aufgeregt. Er legte sich hin, ganz der brave, gehorsame Seemann, so daß ich ihn fast bis zur Unbeweglichkeit fixieren konnte. Meine Flossenhände kamen inzwischen ganz gut zurecht, meine Augen jedoch hatten begonnen, riesige blutrote Flecken auf die Dunkelheit zu projizieren – was ich zunächst ziemlich verstörend fand.

Ich band ihn nicht fest, um seine Blutzirkulation zu stoppen, sondern um sicherzugehen, daß es besonders unangenehm für ihn würde, wenn er sich wand und drehte. Schon in unbewegter Ruhe würde er ständig daran erinnert werden, wie verletzlich und ungeschützt er dalag. Die engen, glänzenden Handschellen wären jetzt nützlich gewesen, aber ich kam auch ohne sie zurecht.

Das Zittern seiner Beine machte das Fesseln etwas schwieriger, vor allem, da der Tisch nur gut kniehoch war. Zum Glück hatte er eine großzügige Auswahl von Krawatten bereitgestellt, die mir die Arbeit erleichterten.

»Und nun werdet Ihr warten, Sir. Ihr werdet warten, bis es mir gefällt zu beginnen.«

Ich stellte mich also mit dem anderen Gegenstand, den er mir ausgehändigt hatte, wieder ans Fenster. Ich hörte Steve heftig Luft holen, und seine Kiefer zitterten leicht bei jedem Ausatmen.

Wir kamen zu dem Punkt einen oder zwei Augenblicke vor meinem ersten Streich. Streich, Stoß, Schwung – wundervoll zweideutige, anspielungsreiche Worte: Da hatte sich schon vor mir jemand niederträchtige Gedanken gemacht. Ich kniete nieder und beugte meinen Mund bis knapp über seine Wange. Sein Gesicht war abgewandt, und ich roch sein Shampoo, seine Hitze und Männlichkeit, eine Spur sauren Schweißes. Und ich war ihm so nah. Es war nicht nötig, ihn zu berühren, denn ich spürte seine Knochen auch so, den Puls seines Herzens und die bleichen Windungen seines Gehirns. Ich leckte seinen Nacken und hörte als Antwort den ganzen Tisch knarren. Also küßte ich sein Ohr und flüsterte.

»Jetzt ist die Zeit gekommen. Die Zeit ist gekommen, da ich Euch berühren werde. Ihr sollt die Tochter des Kanoniers küssen und es nie vergessen. Und dies werdet Ihr brauchen.«

Ich knebelte ihn mit dem größeren Teil einer eher wolligen Krawatte, band diese mit einer weiteren fest, und dann ging ich zu weit. Denn wo hätte ich sonst hingehen sollen?

Ich erinnere mich genug, daß ich wünschte, ich könnte mich an nichts erinnern. Die Blumenmuster explodierten weiterhin hinter meinen Augen, besonders, wenn ich sie geschlossen hielt, und ich begann jede purpurrote Detonation herbeizusehnen. Irgendwann hatte Steve angefangen, unablässig ein gedankenloses Geräusch auszustoßen, das ich noch nie gehört hatte und nicht mehr hören wollte. Außerdem war das Geräusch meiner Tätigkeit zu hören.

Auf eine gewisse unscheinbare Weise habe ich tatsächlich nie damit aufgehört. Es geht weiter. Ich spüre die Bewegungen immer noch in mir. Ich weiß, daß meine Arme im Takt mit meinem schmerzenden Atem weiter schwangen, und ich entdeckte dieses Gefühl unterhalb meines Herzens und entlang der Wirbelsäule, daß ich eine Grenze fand und sie überschritt und eine Grenze fand und sie überschritt und mich an diese Grenze klammerte und sie verwarf. Doch dann fing ich mich. Als hätte ich geträumt und mich selbst unsanft geweckt, indem ich meine Hand packte und festhielt.

Ich schwitzte. Mir war übel. Ein gewaltiges Schweigen wankte unter mir, und ich merkte, daß ich Angst hatte, das Licht anzumachen. Der Schock der Helligkeit ließ uns beide aufschreien, als ich es dennoch tat.

Er blutete eigentlich nicht, jedenfalls nicht ernsthaft. Ich hörte meine Stimme, die ihm das mehrmals bestätigte. Ich sah hauptsächlich rostfarbene Schwellungen, subkutane Blutergüsse. Und wissen Sie, was mir am meisten Übelkeit verursacht? Beinahe hätte ich geschrieben, »Übelkeit bei dem, was geschah«, wo ich doch eigentlich meine, *was ich tat*.

Ich möchte an dieser Stelle ganz ehrlich die volle Verantwortung übernehmen.

Das Übelste also, was ich tat, war, seinen Knebel zuletzt zu lösen. Ich wollte nicht hören, was er zu sagen versuchen, was für Geräusche er machen würde.

Seltsamerweise verhielten wir uns beide, als sei ein geisteskranker Unbekannter in die Wohnung eingebrochen und habe die Tat begangen, während wir anderweitig beschäftigt waren, was ja auch gar nicht so weit von der Wahrheit entfernt war. Ich legte ihm eine Decke auf den Boden, hob seinen Kopf und flößte ihm gesüßten Tee und flüssiges Schmerzmittel ein, stellte die Zentralheizung so hoch wie möglich, ließ eine Badewanne einlaufen, in die ich ein paar Tropfen Desinfektionsmittel gab, was eine schrecklich dumme Idee war, und ich erinnere mich nur äußerst ungern daran, was ich miterleben mußte, als er sich ins Wasser gleiten ließ, wie seine Hände meine umkrampften, an seinen Mund, sein Wimmern, an alles.

Außerdem sagte ich im Verlaufe der Nacht ungefähr eintausend Mal das Wort Entschuldige. Am Ende konnten weder er noch ich es mehr hören.

Ich habe nur gesagt, daß ich ruhig bin. Ich habe nie auch nur angedeutet, ich sei nett. Es gibt keinen Grund anzunehmen, daß ich besser oder schlechter bin als andere Menschen, bloß weil ich Ihnen dies schreibe. Besser oder schlechter als Sie.

Wenn ich tatsächlich Sie wäre, würde ich mir bei diesem *Ein-Buch-Schreiben* schon meine Gedanken machen, was ich wohl für ein Mensch bin – daß ich so viel Zeit damit zubringe, anstatt mir eine andere, gesündere Beschäftigung zu suchen, womöglich gar an der frischen Luft. Irgendetwas stimmt da nicht, wenn man solche Sachen macht. Ich sollte mal zu leben anfangen.

Aber wenigstens bin ich ehrlich. Das habe ich Ihnen versprochen, und ich halte mein Wort. Auch wenn ich dabei wirke wie diese Leute, denen der Rinderwahnsinn aus den Augen leuchtet, die manchmal aus dem Nichts auftauchen und ganz ruhig beginnen, Sie und Ihre Familie und Ihre tiefsten Überzeugungen und Glaubenssätze und noch ungeborene Verwandte zu beleidigen und dann sagen: »Aber wenigstens bin ich ehrlich.«

Aber kommen wir zur Sache.

Mögen Sie mich noch? Mochten Sie mich je? Müssen Sie? Womöglich nicht.

Vielleicht sollte ich es einfach so erklären: Wir sind gemeinsam schon so weit gekommen, daß ich dachte, es wird Zeit, daß Sie von meiner kriminellen Vergangenheit erfahren. Jetzt können Sie verstehen, warum ich es so seltsam fand, daß Savinien über Gewalt, Töten, sogar über Krieg mit soviel Zuneigung und Wehmut sprach. Obwohl er zwei- oder dreimal soviel Menschen ums Leben gebracht hatte wie Charlie Manson, dachte er daran mit einer Zärtlichkeit, die ich in mir nicht entdecken konnte. Allerdings war er auch von einem Schmerz umgeben, den ich nicht fühlen wollte. Zärtlichkeit ist gefährlich, eine sanfte Verheerung, die nie dort auftritt, wo man sie erwartet.

Und alles bisher Gesagte soll vor allem noch einmal daran erinnern, daß nichts mich selbstverständlicher überkommt als Schuld. Frei von Gefühlen ja. Frei von Schuld niemals. Ich bin überzeugt, in Schottland sind sogar Psychopathen von Schuldgefühlen durchdrungen, das liegt bei uns in der Luft.

Wieder mal Zeit für eine Beichte. Los geht's.

Steve meldete sich krank und sagte, er sei von einem Betrunkenen verprügelt worden, während ich im Hintergrund zusammenzuckte, weil ich ja wußte, daß es tatsächlich so gewesen war. Ich pendelte zwischen meinen verschiedenen Arbeitsplätzen und seiner Wohnung hin und her, teils aus Verantwortungsgefühl, teils aus der erbärmlichen Furcht, er könne jemand anderen um Hilfe bitten und die ganze traurige Geschichte könnte ans Tageslicht kommen. Wenn ich es mir überlege, glaube ich fast, die Aktivitäten des guten Käpt'n Bligh waren ihm ebenso peinlich wie mir. Aber vielleicht hatte ich ihn auch nur in die Ecke geprügelt. Wenn ich es mal so ausdrücken darf.

Wir erwähnten die Nacht mit keinem Wort – am Morgen nach den Ereignissen wusch ich alle seine Krawatten und bügelte sie dann besonders gründlich, als könnte die Beseitigung der Knoten und Falten auch die emotionale Last erleichtern, ganz zu schweigen von meinem grauenhaften Kater. Steven war zu dem Zeitpunkt natürlich noch nichts weiter als ein lebendes Beweisstück.

Ich putzte also die Wohnung und räumte auf und hielt mich so fern von ihm wie nur irgend möglich. Er entdeckte eine klammheimliche Freude darin, mich um Hilfe zu rufen, wenn er aufs Klo mußte, seine Lage im Bett ändern, aufstehen wollte. Jeder schmerzhafte kleine Atemzug, jede Grimasse war völlig gerechtfertigt auf mich gezielt, und sie trafen alle. Ich war sehr dankbar, daß er einen großen Teil der Zeit einfach nur zu schlafen versuchte.

Nach einer gewissen Zeit, in meiner Erinnerung sind es vier Tage, öffnete er mir die Tür und sagte: »Nein danke. Ich komme schon zurecht. Ich glaube nicht … Ich glaube, du kommst besser nicht mehr. Nie mehr.«

Das brachte er nervös und hastig hervor, während seine Augen an mir vorbei ins Weite zuckten. Ich hob die Hand, um mein Haar zurückzustreichen, und er zuckte zusammen. Und das sagte mir deutlicher als seine Worte, daß ich meine Einkaufstüte voller Schuldgefühle auf seiner Schwelle stehenlassen und die

Treppe wieder hinuntergehen sollte. Ich überlegte, mich noch einmal zu entschuldigen, entschied mich aber dagegen.

Nun war ich wieder ungefähr da, wo ich angefangen hatte, und konnte mich an nichts halten als an zuviel Arbeit und meinen Status als emotionaler Krüppel. Und an eine weitere Erinnerung, eine scharfe schwarze Kante im Gedächtnis, an der ich mich nachts schneiden konnte.

Wollen Sie es sehen? Wenn nicht, schließen Sie jetzt die Augen.

Ich bin wieder in Stevens Wohnzimmer, dicht eingepackt ins schwitzende Dunkel, mein Hirn wach wie eine Zündschnur, einen Gürtel um die rechte Faust geschnallt. Seinen eigenen Gürtel. Und jetzt spiele ich nicht mehr, ich bin nur noch ich. Ich stehe still, mehr als bloß aufgewärmt, wirklich in meinem Element, und ich schaue auf Steve hinunter, wie er auf dem Tisch liegt. Vielleicht kommt er gerade, er ist jedenfalls kurz davor oder danach. Er atmet heiser, er bewegt sich so gut er kann in seinem eigenen privaten Rhythmus und gibt leise Geräusche einer Behaglichkeit von sich, die ich nicht begreife. Er ist allein in seiner Lust, und anscheinend kann ich nichts tun als ihn noch weiter von mir zu stoßen. Ich fühle mich ganz allein.

Ich weiß, ich sollte ihm sagen, wie wütend mich das macht, denn das würde meine Wut freisetzen, und sie könnte keinen Schaden mehr anrichten. Ich überlege mir auch ernsthaft, ihn anzusprechen, während mein Mund sich mit Speichel füllt, und ich schlucke und schlucke und stelle fest, daß ich angefangen habe zu weinen, so daß ich mir mit der freien Hand die Augen reiben muß. Ich merke, wie ungewöhnlich es ist, daß ich so weine und daß ich so ungeheuer wütend bin. Ich finde es ganz angenehm, daß ich auf einmal so viel fühle.

Ich wickele den Gürtel von meiner Hand, wische den Schweiß meiner Handfläche am Bauch ab und nehme das Leder wieder fest in die Hand, diesmal mit herabhängender Schnalle. Ich möchte nur noch wütend sein, und das bin ich auch.

Denn Träume werden wahr, wenn man es will.

Aber dies ist nicht mehr mein Traum, und ich versichere Ihnen, ich habe ihn schwer bereut, sobald er zu mir kam. Ich weiß, daß ich es nicht so sehr bereuen kann, wie Steve es bereut haben muß, aber ich versuche es.

Für diejenigen, die nicht hingesehen haben: Sie können die Augen jetzt wieder öffnen.

Ich tauchte wieder in meiner Arbeit unter, im Kopf nur schmerzhafte Dinge, die ich zu gern vergessen wollte. Ich schwankte auf einem Meer von Kaffee und Achterbahn fahrendem Blutzucker durch den Dezember, mein Körper spielte wieder einmal den lebenserhaltenden Apparat für eine Stimme. Ich war gar nicht undankbar, schließlich zahlte meine Stimme die Gefälligkeiten zurück, wenn wir nicht gerade zusammen in irgendwelchen Warteräumen herumlungerten und uns mit Schokolade und vollgekritzelten Boulevardblattresten über Wasser hielten.

Ich hatte schon sehr lange keine Zeitungen mehr gelesen, und es war ein ziemlicher Schock. Zuerst versuchte ich, die Bilder zu den Nachrichten, die ich verlesen mußte, von mir fernzuhalten. Es war schlimm genug, vom Vergasen ganzer Ortschaften, vom öffentlichen Zerhacken von Kindern, von kosmischen und häuslichen Katastrophen zu erzählen – aber ich wollte dabei nicht die Gesichter der Betroffenen vor mir sehen. Doch hier waren all die Bilder, die ich zu vermeiden gesucht hatte, und noch ein paar mehr. Ein Spielzeugkoffer aus Plastik, ein bunter Kostümhut, das kluge Leuchten zweier Augen konnte so ein Foto im Nu unerträglich machen. Ich konnte weder hinsehen noch wegsehen.

Zum Glück zeigten die meisten Fotos tapfer trauernde Angehörige, die Gesundheits- und Schönheitstips gaben, oder küssende und stolpernde, sich übergebende oder winkende, lächelnde oder kopulierende Berühmtheiten, Berühmtheiten von Geburt, von Beruf oder aus reinem Mutwillen. Die halfen mir beim Durchhalten, bis nach einer Weile auch die beunruhigendsten Bilder an der von mir erwarteten Gefühllosigkeit abprallten. Ich konnte jede Schlagzeile

GEHEIMES SEXLEBEN IN DER WANNE DES NEKROPHILEN VOYEURS – EXKLUSIVE BILDER

ohne den kleinsten Schauder zur Hand nehmen. Ich war abgestumpft.

So konnte ich auch die Feinheiten der angebotenen Kommentare würdigen. Offenbar hatte sich ein erstaunliches Phänomen in meinem Land manifestiert. Die Öffentlichkeit im allgemeinen und die Kriminellen im besonderen waren nicht mehr in der Lage, zwischen Fakt und Fiktion zu unterscheiden. Keine Untat, so grauenhaft sie auch sein mochte, die man nicht zu einem erschreckend leicht erhältlichen Roman, Film, Lied oder Comic zurückverfolgen konnte. Das las sich natürlich viel spannender als die üblichen Verlautbarungen zu Arbeits- und Hoffnungslosigkeit, konnte man doch saftige Details aus Hollywoodproduktionen und Pin-up-Bilder von Filmstars darin unterbringen anstatt der üblichen Horde wenig attraktiver Perverser und Mörder.

Der nächste Schritt lag auf der Hand. Zur Lösung all unserer sozialen Probleme auf einen Streich brauchten die weisen Lenker unserer Gesellschaft nichts weiter als eine strikte öffentliche Diät aus Beatrix Potter, Walt Disney und Richard Clayderman. Die Riege unserer nationalen Schmuddelblätter leistete ihren Beitrag, indem sie vor den womöglich Unbefriedigten verführerische Körperteile und sexuelle Fabelgeschichten ausbreitete, aber auch die Wirkung von Klatsch und Titten ist begrenzt. Man hätte erwarten können, daß die Kirchenoberen oder anerkannte Akademiker ihre Stimme zur Orientierung der Öffentlichkeit erhoben hätten. Doch ihre Gedanken müssen wohl durch die ständige Beschäftigung mit den inzestuösen, kannibalischen und mörderischen sogenannten Klassikern wie Homer oder Shakespeare unheilbar getrübt worden sein, ganz zu schweigen vom inzestuösen, unzüchtigen und unfaßbar blutigen Inhalt der Bibel (alte oder neue Übersetzung, ich weiß nicht, welche schlimmer ist).

Ich fragte mich sogar eines Morgens – als ich mich gerade durch zwei gräßliche kleine Morde und ein Liebesnest in Putney quälte –, ob meine eigenen sexuellen Unregelmäßigkeiten wohl auf den frühkindlichen Konsum von abgenudelten Schwarzweißfilmen mit Charles Laughton als Käpt'n zurückzuführen seien. Und dann entschied ich, daß das jawohl kompletter Schwachsinn war und der übermäßige Konsum von Zeitungen meinen Geisteszustand offensichtlich negativ beeinflußte.

Immerhin informierten sie mich umfassend über die bevorstehenden Feiertage. Liz wollte Weihnachten mit ihrem mysteriösen neuen Mann wegfahren, was meine Vermutung, ein so hochgradig geheimgehaltener Partner müsse verheiratet sein, fast völlig entkräftete. Arthur fuhr wie üblich nach Hause zu seiner Mutter. Das bedeutete, ich würde in unserem kalten, quadratischen Haus am Ende der Straße ganz allein sein. Da meine Eltern tot sind, konnte ich nicht zu ihnen nach Hause, und ich konnte keine anderen Verwandten oder Bekannten auftreiben, mit denen ich auch nur im Traum meine Zeit verbringen wollte, noch dazu die verfressenste und sentimentalste des Jahres. Im Grunde freute ich mich auf ein paar ruhige Tage ohne Gesellschaft, denn auch ich hatte vom Sender einen winzigen Weihnachtsurlaub bekommen.

Also verabschiedete ich mich von Liz.

»Wiedersehen.«

»Muß los.«

»Na dann, zisch ab.«

»Ja Mensch, laß es dir gutgehen.«

»Du auch. Tu nichts, was ich tun würde.« Nicht, daß Liz so etwas überhaupt in Betracht zöge. Ein langes Wochenende mit schlechtem Fernsehprogramm und Matratzensport in einem gemütlichen Hotel, das war eher ihr Ding, und ich wünschte ihr alles Gute.

Und ich verabschiedete mich von Art.

»Na dann tschüs.«

»Und du bist auch nicht einsam? Ganz allein hier?«

»Nein, nein. Ich komme schon klar.«

»Na sicher. Ähm, was das Zimmer angeht, Petes Zimmer.«

»Die Miete habe ich bezahlt.«

»Ich weiß, aber –«

»Darüber können wir reden, wenn du zurückkommst, wenn ihr beide zurück seid. Hhhfffr. Mal sehen, was so passiert, hm?«

»Ja, wahrscheinlich, wer weiß, vielleicht ergibt sich ja was.«

»Um diese Jahreszeit? Will ich gar nicht dran denken. Womöglich was mit Rentieren. Na los, du verpaßt noch deinen Bus.«

Er drückte mir einen seiner berühmten ungeschickten Küsse aufs Ohr – diesmal rutschte er noch halb auf die Wange – und schlurfte mit seinem Rucksack und zwei schwellenden Mülltüten davon, die mit erstaunlich preiswerten tibetanischen Gebetskissen gefüllt waren, die seine Mutter, wie er glaubte, würde gebrauchen können.

Und dann schloß ich die Eingangstür und versuchte, die erste Welle Weihnachtserinnerungen abzuwehren. Aus unerfindlichen Gründen hatten Arthurs stolpernde Schritte auf dem vereisten Weg vorm Haus eine brennende Reminiszenz an ein vergangenes Weihnachtsfest geweckt. Meine erste öffentliche Verkündung der Weltnachrichten. Nicht gerade die neusten Nachrichten, aber sie klangen immer noch gut. Ich bin überzeugt, daß ich sie ohne nachzusehen noch wortgetreu hier niederschreiben könnte.

»Es waren aber Hirten in derselben Gegend auf dem Felde, die hüteten des Nachts ihre Herde.«

Oder jedenfalls sehr ähnlich. Weiter kam ich nicht, denn schon übernahm eine andere sehr hohe und wackelige Stimme und stolperte durch den nächsten Vers, und schon war die Lesung vorüber, und ich mußte zu meinem Platz zurückschleichen und in traditioneller Manier ein Weihnachtslied herausschreien. Mein Bruchteil des Ruhms war viel schneller vorüber als die Warholschen fünfzehn Minuten.

Als mein Vater mich nach Hause fuhr, warf er einen Blick auf meinen kurzen Körper, der zwischen dem Gurt und der breiten ledernen Fläche des Beifahrersitzes herumrutschte.

»Was ist los?«

Ich war ohne besonderen Grund von der ganzen Sache leicht enttäuscht. Vielleicht hatte ich eine bessere Publikumsreaktion erwartet, ein paar lobende Kritiken.

»Ich weiß nicht.«

»Weißt du doch.«

»Na ja … jetzt, wo es vorbei ist, würde ich es zu gerne noch mal machen.«

Er gestattete sich ein wissendes Auflachen.

»O ja. Das fand ich auch immer. Keine Vorstellung war je vollkommen genug. Das Gefühl kenne ich. O ja. Ich weiß genau, wie du dich fühlst.«

Das war eine sehr vernünftige und menschliche Bemerkung – wenn ich sie mir jetzt ins Gedächtnis rufe –, ich denke, bei solchen Gelegenheiten fühlen wir alle mehr oder weniger das gleiche. Zuerst sind wir zu nervös, und dann stecken wir mittendrin, unser Mund funktioniert ohne unser Zutun wie eine weiche rosafarbene Wortpresse, und dann ist es vorbei, wo ist es hin? Aber damals, an jenem Tag spürte ich, wie das Wissen meines Vaters, wie seine Aufmerksamkeit sich meinem geheimsten Inneren näherte. Ich war fest entschlossen, ihn nie wieder merken zu lassen, wie ich mich fühlte. Ich wollte lieber verschwinden, als ihn das merken zu lassen. Also verschwand ich.

Ich glaube, es war so eine Art guter Vorsatz – natürlich ein bißchen früh fürs neue Jahr.

Jetzt werde ich schummeln.

Wir sind schon auf der Schwelle des neuen Jahres, schauen hinaus auf den Januar, der sich ins Blickfeld schiebt, die vergehende Zeit läßt uns fast schwindeln. Aber noch hat der Dezember sich tief eingegraben, läßt seinen eigentümlichen Glitzerschmuck über die Bürgersteige schliddern, friert den Boden stocksteif. Der erste harte Winter seit Jahren, wir haben ganz vergessen, wie man mit richtiger Kälte umgeht. Beim Warten in der weihnachtlich langen Postamtsschlange packt mich eine ältere Dame am Arm.

»Ist das nicht schrecklich? Ach, furchtbar, das sag ich Ihnen.«

»Es ist Dezember.«

Sie holt tief Luft und schweigt kurz, setzt ein grimmiges kleines Lächeln auf. »Na, mehr können wir wohl nicht erwarten. Nein wirklich, es wäre falsch, auf mehr zu hoffen. Ja, ja, Dezember.«

»Aber der Frühling wird bestimmt wieder schön, eh?«

»Ach ja. Der wird wunderschön.«

Wurde er auch.

Sie schritt von dannen, finster versöhnt mit dem windigen Vormittag, der sie durch die Tür wehte und an ihrem Hut zerrte.

Ich schloß die Augen und dachte an den Frühling – mache ich manchmal, spricht nichts dagegen, tut niemandem weh.

Und jetzt schummele ich, weil ich das neue Jahr schon hier beginnen lasse. Während ich noch mindestens vierzehn Tage zu früh über den Hügel und dann hinunter zu unserem Haus laufe, erzähle ich Ihnen, daß etwas Altes aufzuhören und etwas Neues anzufangen schien, daß ich einen Zeitenwechsel durchschritt. Und zwar just am Tag der Postamtsschlange.

Auch wenn ich es zu dem Zeitpunkt noch nicht wissen konnte, kann ich Ihnen jetzt sagen, daß auch Savinien am Rand meiner Stadt unterwegs war, daß er sich im dichten Nebel der Dämmerung zu verlieren suchte. Wir waren beide unterwegs, manchmal ein paar Blocks voneinander entfernt, manchmal auf derselben Straße, nur Stunden oder halbe Stunden auseinander. Hätten wir begriffen, wie nah wir einander waren, hätten wir zurückgehen, stehenbleiben, uns begegnen können. Statt dessen fühlten wir uns einsam.

Nach zwei Monaten der Gewöhnung bemerkte ich gar nicht mehr, daß ich nie bloß spazierenging. Ich ging suchen. Ich ertappte mich dabei, wie ich den Verkäufern der Straßenzeitungen sinnlose Fragen stellte, in Gesichtern forschte, meine Lokalnachrichten im Radio prüfte, in den Lokalzeitungen Nachrichten suchte, die ich nicht finden wollte. Ich fand heraus, welche Telefonnummern man anrufen konnte, um ein rätselhaftes Verschwinden zu melden. Man kann sich an die Heilsarmee wenden oder eine Vermißtenanzeige aufgeben, wenn man genug Informationen zu bieten hat. Ich hatte kein Foto, keine Geschichte, keine Beziehung. Ich erfuhr, daß die Suche selbst mit solchen Informationen nicht leicht wäre. Ich erfuhr, wie viele Menschen vermißt wurden, es schien eine beliebte Lösung zu sein, eine der wenigen Möglichkeiten für einen Neuanfang.

Der Nebel war an jenem Abend unangenehm kalt, fast erstikkend, und machte jede Suche fast unmöglich. Wenn ich atmete, bekam ich nicht ganz soviel Luft, wie ich brauchte, und in meinem Mund breitete sich der Geschmack sauren Metalls aus, und dennoch war es ein seltsam entspannendes Gefühl. Ich hatte einfach nur zum Zeitvertreib spazierengehen, meine Gedanken beruhigen wollen. Ich war der allgemeinen Ansicht gefolgt, daß selbst heutzutage Zufußgehen an sich schon beruhigt, aber ich war kurz davor, mich zu verlaufen, und ich begann, mich krank zu fühlen. Die Lichter der Häuser verdichteten die allgegenwärtige Wolke nur, Geräusche wurden verzerrt und verschoben, über allem, was sich noch bewegte, wand sich graue Klaustrophobie.

Ich entschied mich für den kürzesten Heimweg und konzentrierte mich ganz auf die gewählte Route, um der Panik keinen Raum zu geben. Die Temperatur sank rasant. Ich bewegte mich weiter voran. Ich schaute hoch. Ich blieb stehen. Ich bemerkte, daß ich unter einem Phänomen stand.

Vielleicht kennen Sie das schon, ich kannte es nicht. Ich hatte noch nie gesehen, wie Nebel in der Luft gefriert. Plötzlich war ich von funkelnder, mineralischer Dunkelheit umgeben, aus der in langen, hellen Schwaden Eispulver herabregnete. Um jede

Straßenlampe hing wie ein Schwarm kleiner Fische eine Art Heiligenschein, der wie Glimmer oder graue Seide glänzte.

In weniger als einer Minute konnte ich wieder frei atmen, und Asphalt, Beton, Autodächer, die gesamte horizontale Welt war mit einem feinen grauen Pelz gefrorener Feuchtigkeit überzogen. Der nach Hause führende Bürgersteig war fremdartig und wunderbar, wie der erste schneebedeckte Weg, den ich je gesehen hatte. Ich merkte, daß ich auf Zehenspitzen ging, als würde ich auf einem Walrücken balancieren.

Das Wetter kann mich sehr leicht zufriedenstellen.

Aber eigentlich nur wie ein unerwarteter Straßenmusiker oder sonst ein kostenloses Freiluftspektakel. Normalerweise denke ich bei Klimaveränderungen nicht gleich an Lebensveränderungen. Dieses Mal schon. Vielleicht war ich müde, vielleicht war es Wunschdenken, ich weiß es nicht – ich kam jedenfalls nach Hause, aus einer Nacht, die sich still und leise sauber filterte, und ich war vollkommen überzeugt, daß dies auch mein neuer Anfang sein konnte. Von jetzt an würde das Jahr ein Neues sein, ich mußte es nur ein wenig anstoßen. Irgendwo, noch außer Reichweite, wartete die Zukunft, und ich mußte nur die Kombination herausfinden, die alles zusammenfügte, klick klick klick, ein wohlmeinendes Zahlenschloß.

So was in der Art jedenfalls. Selbst im sanft sich wiegenden, angenehm leeren Haus herrschte eine leicht aufgeladene Atmosphäre. Es wartete auf etwas und wollte mir nicht sagen, worauf. Ich hatte das Gefühl, im riesigen Tintenfleck eines Rorschach-Tests herumzulaufen, und versuchte ihn zu begreifen.

DIESE FORM ZEIGT IHNEN DIE GESTALT IHRER ZUKUNFT. WIE WIRD SIE AUSSEHEN? BITTE ÜBERLEGEN SIE INS NACHFOLGENDE KÄSTCHEN.

Statt dessen ging ich ins Bett und träumte das, was man inzwischen wohl erwarten konnte, denn wenn man jemanden vermißt, dann träumt man wirklich von ihm. Die Phase des »Alle Menschen, die ich sehe, tragen dein Gesicht« hatte ich ausgelassen, doch im Schlaf hatten mich kleine Schnappschüsse und Ausschnitte eines Menschen heimgesucht, den ich sehr gerne sehen wollte. In dieser Nacht tauchte er in voller Größe auf.

Es gab keine aufreibende Suche in sich windenden Labyrinthen à la Escher, ich sah mich auch nicht selbst, wie ich ihn mit zerlaufenden Telefonen anzurufen versuchte oder ihm durch undurchsichtiges Glas hilflos Zeichen gab, nichts von alledem. Das ganze Freudsche Melodrama fiel aus: Ich legte mich einfach aufs Kissen, rückte mich zurecht und wurde langsam warm, und dann glitt ich in etwas sehr Einfaches hinein.

Savinien war da. Zurück. Bei mir. Ich war glücklich. Wir waren glücklich.

Wir waren zusammen in einem kleinen, leeren Zimmer, und wir konnten ganz einfach aufeinander zu treten und die Arme umeinander legen. Wir trugen beide lange schwarze Mäntel, die unsere Bewegungen hemmten und dämpften, aber machten den Schritt, wir durchschritten die Distanz zwischen uns, bis sie ganz verschwunden war.

Wir schlossen uns in die Arme.

Nein.

Wir umarmten uns. Wir umarmten uns richtig.

Wie das in Träumen so geht, wußte ich, daß wir beide das kleine Knistern der Spannung spürten, das Zittern der Muskeln, die uns aneinanderzogen. Wir drückten einander die Luft ab, ließen den Hunger durch unsere Arme laufen und schlossen die Augen, um uns ganz aufs Festhalten zu konzentrieren.

Doch am deutlichsten wurde mir, wie erleichtert wir waren. Wir waren erleichterter, als ich es mir bisher vorzustellen vermochte.

Bemitleidenswert, oder?

Im Traum kann man alles tun, an mehreren Orten gleichzeitig Amok laufen, ohne Gewissensbisse den schamlosesten Sex haben. Und was kriege ich? Warme Umarmungen und Mäntel. Aber vielleicht lag das auch daran, daß ich im richtigen Leben ein bißchen zu viel Amok lief. Das Unterbewußtsein ist vor allem auf Ausgleich bedacht. Soweit ich weiß. Manchmal spricht es mit mir, manchmal nicht.

Das heißt nicht, daß ich mich nicht trotz meiner bemäntelten und platonischen Traumbilder beim Aufwachen besser fühlte. Aber dann überkam mich das deutliche Gefühl, ganz allein zu sein. Das ist nämlich das Problem mit blitzsauberen, aber gefühlsmäßig engagierten Träumen: Am nächsten Morgen hat man immer einen schrecklichen Kater. Mit gesichtslosem Sex oder mit Gewalt komme ich fast immer besser klar, oder am besten ganz ohne Träume.

Ich machte das Beste aus meiner Lage und beschäftigte mich behutsam mit Frühstück und Mittagessen. Die Zeit dazwischen nutzte ich zum Aufräumen.

Ich stand am Fenster und sah hinaus, als die Straße düster wurde und ihre Lampen angingen.

Danach konnte ich mich nicht mehr fürs Essen interessieren. Eine Weile betrachtete ich eine Unregelmäßigkeit im Teppichboden, bis ich sie nicht mehr erkennen konnte und eine Lampe anknipsen mußte.

Das Telefon klingelte nicht, und kein Brief kam, was für Heiligabend kaum ungewöhnlich war, aber mir trotzdem das Gefühl gab, der Tag sei nie richtig angebrochen. Ich verkürzte den Abend, indem ich zu Bett ging.

Am nächsten Morgen kam Peter nach Hause.

»Ich meine, das arme Schwein, eigentlich nimmt man ja Anhalter mit, damit sie einem eine nette Geschichte erzählen, aber so was hatte er bestimmt nicht erwartet. Mit mir hatte er nicht gerechnet.«

Peter lachte und wirkte gleichzeitig viel älter und viel jünger. Man könnte sagen, daß er in sein Gesicht hineingewachsen war. Außerdem hatte er sich einen rehbraunen Schnurrbart zugelegt, einen echten, weichen und sehr europäisch anmutenden Schnurrbart.

»Du glaubst gar nicht, was du für ein Glück hast. Ich habe die ganze Strecke von Newcastle bis zur Ausfahrt Great Western Road geredet. Er hat schon das meiste abbekommen, das hier ist bloß noch der Rest. Im ganzen Land reden zu viele Leute zuviel über Rumänien. Tut mir leid. Ich langweile dich bestimmt furchtbar.«

»Nein.«

Drei geschlagene Stunden hatte er seit seiner Ankunft geredet, unterbrochen nur vom Kaffeekochen und einem sehr langen Bad. Ich spielte mit dem Gedanken, ihm ein Messer in die Kehle zu rammen, denn es war immer noch besser, als die ganze Zeit auf den Teppich zu starren, und obwohl ich Pete immer ganz gern gemocht hatte und seine Arbeit weiß Gott respektierte. Aber ich merkte, daß ich ihn vor allem gemocht hatte, weil er so still war.

»Ich nehme an, du hast dich gerade auf ein paar ruhige Tage allein gefreut.«

Das war keine Absicht, sondern passierte einfach so. Ich dachte daran, wie ruhig er eigentlich war, und er fing an, von ruhigen Tagen zu reden. Ich lächelte, und er ließ die Augen auf meinem Gesicht ruhen, ohne es zu sehen. Ich weiß nicht, ob er überhaupt etwas sah.

»Früher habe ich die Gegend genau deswegen gemocht. Wegen der Ruhe. Ein Stück weg von der Straße, bloß ab und zu mal das eine oder andere komische Kind. Irgendwie sind hier alle ein bißchen komisch, oder? Um ehrlich zu sein, ich hatte irgendwie vergessen, daß du Weihnachten hierbleibst. Eigentlich hatte ich vergessen, daß Weihnachten ist. Erster Feiertag, meine ich – daß jetzt Weihnachten ist, wußte ich schon. Ich habe auf der Fahrt sämtliche europäischen Weihnachtsdekorationen gesehen, aber ich muß irgendwo einen Tag verloren haben. Verstehst du?«

Peters Schlüssel hatte im Schloß geklappert, als ich gerade nach einem Sandwich und einer Tasse Suppe abwusch. Ich hatte die Suppe eher wegen der Arbeit gekocht, die sie machte, als wegen meines Appetits, und danach hatte ich mich darauf gefreut, aus dem Fenster zu starren. Ich hatte bereits aus den meisten Dekkenecken mit einem Staubwedel die Spinnweben entfernt und die schwarze Schicht von den Fußleisten geschrubbt. Wie aufregend.

Und ich hatte nicht gewollt, daß er es war. Verstehen Sie? Ich hatte ganz und gar nicht gewollt, daß jemand überraschend ins Haus kommt und sich als Peter herausstellt. Ich wollte den Kopf drehen und aus der Hand legen, womit ich gerade beschäftigt war, in den Flur treten und jemand anderen sehen. Nicht Peter, verdammt. Ich hatte gedacht, wie es sehr vernünftige Menschen manchmal tun, daß ich bekommen würde, was ich erwartete, wen ich erwartete. Ich mußte es nur fest genug erwarten.

Statt dessen bekam ich Peter, einen sehr guten Menschen, Gott segne ihn, der gerade von seinem bewundernswerten humanitären Einsatz in Rumänien zurückgekehrt war und einen freundlichen Empfang und beste Behandlung verdiente. Nur daß ich wollte, daß er sich verpißt. Ich wollte, daß er sich verpißte und mich in meinem großen Haus allein ließ, damit ich auf etwas warten konnte, dessen ich mir ganz und gar nicht sicher war. Doch, ich war sicher, ich war absolut und zweifellos sicher, was und wen ich zu sehen hoffte.

Mein Bemühen, Peter höflich zu begegnen, reduzierte meinen Beitrag zur Unterhaltung auf abwesendes Grunzen. Ich hatte mal eine Beziehung, wo das auch sehr schnell passierte, aber das lag daran, daß ich den betreffenden Mann überhaupt nicht leiden konnte. Ich glaube, es hat zwei Monate gehalten. Mir kam es vor wie ein ganzes Leben.

»In Bukarest waren wir auch eine ganze Zeit. Du kannst dir nicht vorstellen ... es heißt, daß es früher mal eine Modehauptstadt war. Paris, New York, Rom, Bukarest. Ich habe mir manchmal Models und Fotografen auf den Straßen vorgestellt, beim

Foto-Shooting. Das Verrückte ist: Ich *konnte* es mir vorstellen. Da sieht alles aus wie eine Fotokulisse.

Es ist Wahnsinn. Manchmal, wenn man nichts hören konnte – Stimmen und Geräusche und so –, wenn man versucht hat, das nicht zu hören, konnte man ein paar Schritte laufen und bloß Gebäude sehen, die ganz in Ordnung schienen, und denken, daß man einfach irgendwo sei. Früher mal war es auch einfach irgendwo. Die Leute haben einfach da gelebt, als wäre es irgendwo. Sie müssen einkaufen gegangen sein, mit ihren Kindern gespielt, über Models, Kommunismus, was weiß ich geredet haben. Vielleicht war es mal wie hier. Die Leute sind gar nicht so viel anders. Das Wetter ist genauso beschissen.«

Ich nickte, weil Nicken weniger anstrengte als Grunzen.

»Ich meine, natürlich ist es anders. Daß du zum Beispiel von Geldwechslern belästigt wirst. In Bukarest sind sie echt am schlimmsten. Echte Macho-Arschlöcher, versuchen dir diese fetten Rollen Geldscheine unterzuschieben, weiß der Teufel, was da drinsteckt. Und natürlich tun sie dir auch leid. Ist echt traurig – die versuchen sich wie Gangster aufzuspielen, während um sie herum das ganze Land den Bach runtergeht und das niemanden einen Scheißdreck kümmert. Interessiert doch keinen, ob sie wer weiß wieviel Dollar Profit dabei machen – es kommt niemand und hindert sie dran, keine Armee, keine Hilfsorganisation, überhaupt keine Organisation.

Überall das gleiche, oder? Habe ich mir jedenfalls gedacht. Wir stehen alle irgendwo rum, machen unsern Kram und denken, das ist wirklich bedeutsam, dabei ist es allen, die … na … *Einfluß* haben, so was von egal. Andererseits könnte auch die jeden Moment ein Heckenschütze erwischen, dann wären sie auch ganz schnell ganz schön bedeutungslos. Und uns wäre es egal. Ach Scheiße, ich weiß auch nicht. Ich denke zu schnell oder so, aber ich kann nicht damit aufhören. Ich glaube, ich habe zu lange nicht gedacht oder so.«

»Ja.«

»Nicht, daß es so schlimm wäre. Niemand hat auf uns geschossen oder dergleichen. Es sind bloß alle möglichen Menschen gestorben. Ich konnte gar nicht fassen, wie leicht es ist zu sterben. Manchmal waren Leute auf der Durchreise, oder man hörte Geschichten, diese eine Frau kam irgendwo aus Bosnien, wo es richtig heftig zuging – eine ganz kleine, unscheinbare Frau –, und sie erzählte, daß man manchmal bloß so ein leises ›Plopp‹ in der Ferne gehört hat, und das war dann ein Gewehr, und dann manchmal neben sich so einen dumpfen Schlag, und das war dann das Geschoß. Nichts Dramatisches. Zu schnell, um drüber nachzudenken. So was hätte ich nicht ausgehalten. Könnte ich nicht. Ich wollte mich bloß um Kinder kümmern. Dafür sorgen, daß neue Menschen nachwachsen. Und hoffen, daß sie nie jemanden erschießen wollen.«

Ich wollte noch einen Tee machen, aber ich konnte mich nicht aus seiner Aufmerksamkeit befreien und kam nicht aus meinem Stuhl hoch.

»Das Zurückkommen … man ist vor allem froh wegzukommen. Ich vermisse die Leute. Klar vermisse ich die Leute, aber schließlich komme ich jetzt nach Hause. Ich habe meine Mutter von irgendwo angerufen, irgendwo bei Hannover, glaube ich, kann das sein? Irgendwann haben wir uns mit dem Transporter verfahren, und eigentlich wäre ich bei so was ausgerastet, aber es war mir ganz egal, war allen egal, wir sind einfach weitergefahren, haben geschlafen, Lieder gesungen. Ich kann jetzt in fünf Sprachen schmutzige oder unglaublich traurige Lieder singen: Ich sollte noch ein paar von hier lernen, bevor ich wieder runterfahre, wirft sonst ein schlechtes Licht auf uns.«

Irgend etwas stolperte in seiner Erinnerung, ich sah es durch seine Augen fallen. Seine Lippen öffneten sich leicht, und er rieb sich mit den Fingerknöcheln über die Stirn, während er die Augen schloß. Er hatte sich inzwischen daran gewöhnt, intime Momente in Gesellschaft anderer zu erleben, deshalb gönnte er sich eine längere Pause, bevor er wieder anfing.

»Jedenfalls habe ich Ma angerufen und ihr gesagt, daß ich ungefähr Weihnachten zurückkomme, und ich war froh darüber. Und da drüben sieht es einfach herrlich aus … Europa ist so … gut, es gibt ein paar schlimme Ecken, aber … wenn man dann die Nordsee wieder überquert hat: weißt du, wie schlimm dieses Land aussieht? Und riecht? Bei dem, was wir eigentlich darstellen wollen? Für was wir uns halten? Du glaubst gar nicht, was für beschissene kleine Almosen wir da hinschicken, wo es wirklich gebraucht wird. Okay, manchmal klappt zwar was, aber wie oft auch nicht, Scheiße. Die glauben alle, wir sind verrückt. Das ist gar nicht persönlich gemeint, sie haben einfach Mitleid mit uns – sie mögen Schotten gern, aber wir tun ihnen leid. Und sie haben so ihre Ansichten … über Großbritannien … ziemlich interessant. Glaubst du, das Empire war auch so? Was meinst du? Sind wir schon immer irgendwo hingezogen und haben alles in die Scheiße geritten? Ist das unser Daseinszweck?

Sie halten uns jedenfalls mindestens für verrückt. Das kann man sich hier gar nicht vorstellen. Absolut nicht. O Gott.«

»Was? Was ist los?«

Er legte die Arme um den Kopf und gähnte ausgiebig, und ein oder zwei Sekunden dachte ich, er wolle mir vielleicht eine besonders krasse Wahrheit mitteilen, die er unterwegs aufgesammelt hatte. Aber es war alles in Ordnung, er wollte nur ins Bett, war plötzlich todmüde. Wie ein Kind.

»Macht es dir nichts aus?«

»Nein, kein bißchen.«

»Wo soll ich schlafen?«

»In deinem Zimmer, ist keiner drin.«

»Ach ja, tut mir leid. Ich dachte, das mit Martin würde klappen, aber dann hat er was anderes gefunden, näher bei seiner Arbeit. Aber ihr habt auch wen anders gefunden, oder?«

»Ja, haben wir. Einen anderen Martin, aber der ist nicht da.«

»Ob er was dagegen hätte, wenn ich mich bei ihm hinhaue? Morgen früh fahre ich zu meiner Mutter. Ich brauchte bloß eine kleine Pause, bevor ich sie besuche. Und nächste Woche fahre ich wieder runter.«

»So schnell?«

»Ist mir eigentlich lieber so.« Er wankte zur Tür und zog sich im Gehen das Sweatshirt aus.

»Willst du nicht deine Wäsche in die Maschine werfen, solange du hier bist? Ist wahrscheinlich bis morgen mittag trocken.«

»Nee. Dafür hat man doch Mütter. Einen anderen Martin, hm? Raffiniert.« Er schloß die Tür, nachdem er mir noch einen Blick zugeworfen hatte, der mich annehmen ließ, daß Arthur und er in ihrer Korrespondenz ausführlichere Vermutungen ausgetauscht hatten, als ich gedacht hatte.

Pete hielt Wort und verschwand kurz nach Mittag, nachdem er den halben Vormittag damit verbracht hatte, sich indisches Essen ins Haus zu bestellen. Als er aufwachte, hatte er plötzlich starken Drang nach einem traditionellen Glasgower Chicken Tikka Masala verspürt, doch das Resultat seiner Bemühungen war enttäuschend.

»Ich habe schon angefangen, von Curry zu träumen. Aber egal. Bis später. Und schöne Grüße an Art. Ach, und an Liz natürlich auch.«

»Natürlich. Brauchst du noch was für die Fahrt?«

Er schwang seinen Rucksack auf den Rücken, ging kurz in die Knie und sah mich verwirrt an. »Nein, was sollte ich brauchen?«

»Keine Ahnung, Pete. Wenn du so fragst, fällt mir auch nichts ein. Melde dich mal.«

»Mm hm.« Er konzentrierte sich schon auf die Fahrt, was beim Trampen die beste Strategie ist. Vielleicht war er sogar schon weiter und sah sich schon wieder im Krankenhaus bei den stillen Kindern und der plattgetrampelten Erde im Hof, wo sie die Verrückten sauberspritzten.

Ich ging wieder in die Küche und schaute nach, wie viele Dosen Suppe wir hatten.

Jetzt muß ich Ihnen etwas erzählen. Früher, als Kind, war ich manchmal traurig, wenn ich Zeit hatte, einfach dazusitzen und zu weinen. Und irgendwann im heißen Sich-gehen-Lassen kam ich an einen Punkt, an dem das Weinen weiterging, obwohl die Traurigkeit aufgehört hatte. Ich hörte meine eigenen unglücklichen Geräusche, tat mir selbst leid und weinte wieder mit. Ich konnte mich willentlich hineinsteigern, mein Tun war ganz unabhängig vom Gefühl, und es dann wieder abebben lassen.

In klareren Augenblicken dachte ich darüber nach, wie deprimierend die ganze Situation einem unbeteiligten Betrachter wohl erscheinen mochte, wie sinnlos das Ganze wirken mußte, wenn niemandem etwas anzusehen war, niemand betroffen schien. Eigentlich passierte hier gar nichts. Ich wollte so traurig werden, daß sich damit etwas anfangen ließ. Ich stellte mir vor, daß mich jemand hören und zu Hilfe eilen könnte, oder – in eher abgehobener Stimmung – daß mein Elend Spuren im Haus hinterließe oder in der Zeit, daß dieser Abschnitt meines Lebens wie ein trauriger Geist zurückbliebe. Wahrscheinlich war ich ein schreckliches und langweiliges Kind.

Ich erwähne das, weil ich nur einmal auf der anderen Seite einer solchen Situation war. Nur ein einziges Mal stand ich vor einer geschlossenen Tür und hörte die Schmerzenslaute eines anderen Menschen, und ich zögerte und zögerte und zögerte, bis die Kraft, mit der meine Hand sich auf den Türknauf senkte und um ihn schloß, mich beinahe ins Schwanken brachte. Ich dachte, ich würde umfallen. Ich sollte Anteil nehmen, da war eine kaum entfernte Stimme, die vor sich hin schluchzte, weil sie sich nicht vorstellen konnte, daß Hilfe kommen würde.

Es war der 27. Januar, die Grenze des noch ziemlich neuen Jahres schon deutlich überschritten. Alles einsteigen ins Jahr 1994. Die Nation hatte gerade erfahren, daß die Urheberin der neuen moralischen Grundsätze ihrer Regierung eine aus der Mode gekommene – und nie gewählte – Autorin von Liebesromanen war. Das klang von vorn bis hinten unglaubwürdig, denn ein Happy-End war weit und breit nicht in Sicht.

Das Wetter war stürmisch, und der wechselhafte Himmel, an dem der Tagesmond wie ein Wasserzeichen hing, versprach einen Kälteeinbruch.

Es wurde Zeit, nach Hause zu gehen. Steve war in den Sender zurückgekehrt, und zwischen uns herrschte zivilisiert frostiges Benehmen, aber bei dieser Schicht waren wir uns gar nicht begegnet. Ich hatte das Gefühl, daß er mir aus dem Weg zu gehen versuchte, und ich war nicht beleidigt, sondern erleichtert. Alles blieb ruhig.

Ich ging nach Hause und freute mich auf eine Kanne Tee, einen Toast, wenn noch Brot da war, und eine Runde Schlaf.

Wann merkte ich, daß im Haus etwas anders war?

Ich weiß es nicht genau. Ich würde sagen, als ich die Eingangstür öffnete, wehte mir ein veränderter Geruch aus dem Flur entgegen. Ich weiß noch, daß ich ein leichtes Kribbeln an den Armen und auf dem Rücken spürte. Mir schoß der Gedanke durch den Kopf, daß Einbrecher dagewesen sein könnten, aber es waren keine Spuren zu bemerken. Es war überhaupt nichts zu bemerken, bis ich mich nicht mehr bewegte und mein Atem sich beruhigte. Dann hörte ich von oben Geräusche.

Die Badezimmertür war verschlossen. Sie gab auf Druck nicht nach, und die Geräusche hörten nicht auf.

»Arthur? Bist du das?«

Keine Veränderung.

»Liz?«

Es konnte nicht Liz sein, es war das Weinen eines Mannes, die Laute eines weinenden Mannes.

»Arthur?« Ich klopfte an die Tür. Schweigen. »Arthur? Du bist nicht Arthur, oder. Bitte, bist du das? Wenn du reden kannst – bist du es? Oder nicht? Martin? Nein ... Savinien? Ich habe es nicht vergessen. Was ist los? Bitte. BIST DU DAS?«

Ich weiß noch genau, was an dieser Stelle passiert ist, denn es schien alles so ungeheuer langsam zu geschehen, daß es leicht zu behalten war. Aber manche der Ereignisse sind in falscher Reihenfolge, manche ganz klar, manche verwischt, und das läßt mich vermuten, daß ich sehr schnell zuviel Anteil nahm, zu sehr Teil der Ereignisse wurde, als daß ich mir oder dem anderen Beteiligten noch hätte helfen können. Und das, obwohl ich so gern helfen wollte, das können Sie mir glauben. Es hatte noch nicht viel gegeben, was ich je mehr gewollt hätte.

Jemand kam leise zur Tür und schob den Riegel zurück. Ich hörte ihn zurücktreten und dann stehenbleiben, und ich konnte nicht – ich konnte gar nichts. Ich konnte nichts tun.

Irgendwann muß ich in eine Art angespannte Starre verfallen sein, denn der Zug des Türknaufs an meiner Hand ließ mich bis ins Rückgrat erzittern, und wahrscheinlich gab ich auch einen Laut von mir.

»Jennifer?«

»Ja. Ja? Was ist –«

»Du hältst die Tür fest. Laß bitte los.«

Ich tat wie geheißen. Natürlich erkannte ich die Stimme, kein Gedanke, daß ich mich irren könnte. Savinien war da. Ich würde ihn sehen und berühren können, seine Hand schütteln, halten, ich wußte nicht was – es war verwirrend, so viel auf einmal zu denken. Und ich wußte auch schon, daß etwas nicht stimmte. Ich hörte etwas Neues in seiner Stimme. Seine Worte klangen klein und trocken, und als er die Tür von mir wegschwang, hörte ich ein Zittern in seinen Atemzügen.

Jetzt wollte ich ihn ansehen und konnte nicht.

Was ich sehen konnte, verstand ich nicht. Ein dunkler Haufen lag mitten auf dem Fußboden, seine Kleider, nahm ich an. Die Badewanne war leer, aber mit einer dicken, trüben Schmutzschicht überzogen. Auch das Waschbecken war verschmutzt, und überall lag eine Art brauner Staub. Ich berührte ein wenig davon mit dem Fuß, als ich über die Schwelle schritt, und merkte, es war Haar. Der Fußboden war mit Haaren bedeckt.

»Komm nicht weiter. Ich würde gern von hier mit dir reden.«

»Was?«

Er hatte sich zwischen Tür und Wand eingezwängt.

»Ich hatte wirklich gehofft, daß du es sein wirst ... die erste, die nach Hause kommt. Aber ich habe die Zeit falsch eingeschätzt. Du bist zu früh.«

»Nein, das ist okay. Das macht nichts. Ich bin da, keiner sonst. Sag mal, stimmt irgendwas nicht? Brauchst du was?«

»Ich hätte schon früher am Ende ... fertig sein wollen. Ich wollte sauber sein ... damit ...«

Seine Worte zerbrachen, und ich drückte gegen das Holz der Tür.

»Nein!« Das Wort prallte in den harten Raum, und ich zuckte zurück.

»Schon in Ordnung. Ich werde nicht ... ich werde gar nichts. Ich bin bloß hier. Spürst du mich? Ich bin hier. Spürst du es? Das ist alles, ich wollte bloß, daß du weißt, wo ich bin.« Eine kurze Pause, dann wurde der Druck meiner Schulter erwidert. Zwischen uns lagen vielleicht fünf Zentimeter Kiefernholz.

»Danke.«

»Schön, und jetzt weiß ich auch, wo du bist. Das war alles. Wir kommen gut voran. Wo bist du gewesen? Du warst lange weg.«

Das Sprechen fiel mir schwerer. Ich mußte öfter als gewöhnlich schlucken und blinzeln.

»Ich ... das ist jetzt nicht wichtig. Ich war nie weit weg. Ah. Nein, ich war nie so schrecklich weit weg. Ich konnte nicht ... manchmal dachte ich, ich würde dich sehen, ich hätte dich gesehen ... Oh.« Ich hörte ihn ausatmen und sich bewegen. »Jennifer, ich habe das deutliche Gefühl, zwei Leben verschwendet zu haben. Jetzt sind zwei Leben weg.«

Ich drückte fester. »Nein. Nein, ich bin ganz sicher –«

»Hilf mir!«

Ich hörte, wie er offenbar die Hand hob, um den Rest seines Satzes zu unterdrücken.

»Hilf mir einfach, es tut mir leid, hilf mir. Bitte.«

»Dann sag mir doch, sag mir, was ich tun kann. Was ist los?!«

»Ich muß wieder gehen. Ich hätte nicht kommen dürfen.«

»Nein. Hier wird alles gut. Bestimmt.«

Eine Weile wollte uns beiden nichts mehr zu sagen einfallen. Dann.

»Hast du?« Ich konnte ihn kaum hören.

»Wa–?«

»Hast du?«

»Ich, ah, … ich, ja.« Ich versuchte, das Richtige zu sagen, ich strengte mich sehr an, aber ich wußte nicht, was er meinte.

»Hast du? An mich gedacht.«

»Ja.«

»Und ich an dich.«

Ich hörte, wie er das sagte, und ich bemerkte keine Veränderung in mir – meine Kehle war frei, meine Augen ganz normal. Ich fühlte mich wie immer, aber ich weinte, ich weinte hemmungslos. Ich schaute auf die plötzlich unscharf gewordene Tür und heulte gegen meinen Willen – nein, nicht einmal gegen –, ohne eigenen Willen. Es überfiel mich einfach – Tränen, ein nasses Gesicht, eine laufende Nase und schließlich Atemnot.

»Jennifer? Jennifer?«

»Mm.«

»Bist du … wie geht es dir?«

»Gut. Es geht mir gut.«

Ich drückte mein Gesicht seitlich gegen die Tür, und dann bewegten wir uns nicht mehr, lehnten aneinander, das Haus über und unter uns ein großes Schweigen.

Ganz allmählich preßte ich mich kräftiger gegen das Holz, ließ die Füße nach außen gleiten. Die Anstrengung, die mir diese Lageveränderung bereitete, kündigte ein, wie ich meinte, unbedeutendes Betrugsmanöver an. Eine notwendige Täuschung.

Ich erhöhte den Druck.

Ich trat zurück.

Er stürzte ohne einen Laut direkt nach vorn, sein Arm flog in die Höhe, während die Tür an mir vorbei ins Schloß fiel. Ich taumelte, als etwas an meinen Knöchel schlug, hielt mich aber am Waschbecken fest. Ich sah ihn zuerst im Spiegel überm Waschbecken.

»O Gott. Das tut mir leid.«

Er lag ganz still, mit abgewandtem Gesicht.

»Tut mir leid. Das tut mir so leid.«

Obwohl er sich in Handtücher gewickelt hatte, war deutlich zu sehen, daß er beträchtlich an Gewicht verloren hatte. Seine Arme und Beine waren bleich und mit alten und neuen blauen Flecken und Wunden übersät, seine Füße geschwollen und wund.

Ich wollte ihn nicht so haben. Ich wollte ihn so, wie ich ihn in Erinnerung hatte, sicher wieder daheim. Ich wollte ihn im großen und ganzen zufrieden, nur mit Blessuren, die sich durch ein oder zwei ordentliche Mahlzeiten beheben ließen.

Als ich ihn so da liegen sah, wurde ich grundlos wütend, und Übelkeit stieg in mir auf. Aber ich spürte keinen Schmerz. Den spürte ich erst, als ich seinen Kopf sah. Den hatte er vollständig rasiert. Kopfhaut und Gesicht waren grau und bluteten. Ich lehnte mich gegen das Waschbecken und sah mein verschwommenes Gesicht, das den Spiegel beschlagen ließ und das Spiegelbild eines gestürzten Mannes teilweise verdeckte. Ich wollte durch den Spiegel treten und ihn holen.

Er rollte sich zusammen, als ich näher kam, und ich kniete mich neben ihn, damit ich leise zu ihm sprechen konnte, und weil er sehr wie eine Gestalt aussah, über die sich immer andere Menschen drohend beugten, ein typisches Zeitungsfoto der Unterdrückung. Ich wollte nicht auf ihn herabsehen.

»Warum hast du das getan? Was ist los? Du siehst nicht besonders gut aus. Im Rasieren warst du noch nie besonders gut.« Ich versuchte ein wenig zu lachen, aber das Resultat schien unvorhersehbar, also hörte ich wieder auf. »Komm, ich bringe dich auf dein Zimmer. Ich habe es für dich freigehalten. Komm jetzt, hier kannst du nicht bleiben.«

»Du hast mich reingelegt.«

»Ich weiß, das tut mir sehr leid. Hast du dir wehgetan, als du gestürzt bist?«

»Du hast mich reingelegt!«

»J–«

Erstaunlich schnell hatte er sich herumgerollt und mir die Beine weggezogen. Ich landete ungeschickt und verrenkte mir die Schulter. Als ich versuchte, wegzurutschen und mich aufzurichten, spürte ich Saviniens Knie auf meinen Kehlkopf drücken.

»Huuarh ffh?«

Mit der freien Hand fuchtelte ich sinnlos herum, bis sie am Handgelenk gepackt und festgehalten wurde. Sein Griff war kalt und rutschig. Das Atmen wurde schwerer. Als er zu schreien anfing, roch sein Mund dumpf, süßlich und nach Tod. Derselbe honigschwere Geruch stieg aus dem Kleiderhaufen auf dem Fußboden auf.

»Du hast mich reingelegt! Ich habe dir vertraut! Du Fotze! Fotze! Fotze. Oh, oh …«

Seine Lippen zogen sich zusammen, er ließ meine Hand los, glitt von mir herunter und kauerte neben meinem Kopf. Ich muß zugeben, daß ich so schnell wie möglich auf den Beinen war und nun selbst zu schreien begann. Ich war wütend.

»Was machst du eigentlich für eine Scheiße? Ich versuche bloß, dir zu helfen! Bist du nicht ganz dicht? Versuch das nicht noch mal, sonst fliegst du raus, vor die Tür. Mir ganz egal, wer du bist. Scheiße. Scheiße! Du Idiot! Du verdammter, dämlicher Idiot.«

Er zitterte und starrte mich an.

»Aaach Sch… laß das. Ich müßte so gucken! Fang bloß nicht so an! Ich werde dir nicht mehr zu nahe kommen, okay, du kannst einfach da sitzen und … ich kann dir nicht helfen. Ich kann nicht. Hör auf! Hör einfach auf!«

Eigentlich war es Angst, ich war gar nicht wütend, ich verspürte bloß nachträgliche Angst. Also schrie ich weiter, und sein Gesicht löste sich in Schluchzen auf, und dann hörte ich auf zu schreien, weil ich bloß noch hustete, und das nützte gar nichts, außer daß er ein bißchen ruhiger wurde, und schließlich setzte ich mich hin und stupste ihn irgendwie an, und er reagierte nicht, und dann griff ich nach seiner Hand, und er schlug meine weg, ich versuchte es noch mal, er schlug mich wieder weg, so ging es noch ein paar Mal, und dann hielten wir uns an den Händen. Wir hielten uns eine ganze Zeit an den Händen.

»Es tut mir leid. Normalerweise schreie ich nicht.«

»Nein. Ich muß mich entschuldigen.«

»Ganz genau.«

»Ich hätte nie ... Ich habe so etwas noch nie einer Frau getan. Ich ... ich schäme mich sehr.«

»Na gut, dann tu es nie wieder.«

»Das werde ich versuchen.«

»Das ist keine sehr befriedigende Antwort.«

»Ich fühle mich auch nicht sehr befriedigend. Ich ... ich bin ... ich wäre wirklich gern sauber. Ich habe mich endlos gewaschen. Ich habe deine kleine Bürste benutzt und so viel Wasser genommen, so heiß ich es ertragen konnte, aber es hat nichts genützt. Ich spüre, daß ich nicht sauber bin.«

»Ich weiß, ich weiß.« Ich wußte es nicht, aber es schien eine passende Antwort. »Das kriegen wir schon hin. Aber du erfrierst doch. Ich hole dir was zum Anziehen.«

»Nein.«

»Doch. Hier kannst du nicht bleiben, du zitterst, und du – du kannst hier nicht ewig sitzen bleiben. Stimmt's? Ich lege ein paar Sachen auf Peters Bett, und dann räume ich hier auf. Okay?«

»Verbrenn meine Sachen.«

»Oh.«

»Verbrenn sie.«

»Ja, ist gut, ich kümmere mich um alles, keine Sorge. Ich gehe jetzt in Petes Zimmer, ja? Und dann können wir uns unterhalten. Okay?«

»Ja. Aber Jennifer?«

»Mm hm?«

»Bleib nicht so lange weg.«

»Gut. Gut, werde ich nicht.«

»Eh!«

»Was! Was ist los?«

»Mmm. Ich muß gähnen.«

Ich nahm an, er wollte damit umschreiben, daß er gleich auf das Linoleum kotzen würde. Warum nicht dem unmöglichen Betragen noch die Krone aufsetzen? Er war doch immer sehr gründlich, also hätte er mich auch richtig gründlich verärgern können. Er hatte schon vorsichtig angedeutet, daß irgend etwas auf ihm herumkrabbelte, was das Verbrennen seiner Kleidung erforderte, und ich mußte jetzt also zur Drogerie laufen und das Nötige besorgen und dabei die Verkäuferin anlächeln, als handele es sich um ein Problem, das mich nicht beträfe.

Nichts ist je so einfach, wie man glaubt, vor allem nicht, nach Hause zu kommen.

Doch mit Gähnen meinte er tatsächlich Gähnen. Und wie. Er schloß die Augen, und ich sah, wie ein krampfhaftes Gähnen von seinen Füßen emporstieg, sich durch die Muskeln seines Körpers arbeitete, bis es in seinen Hals kletterte und seinen Mund riesig weit aufsperrte. Speichel begann aus seinen Mundwinkeln zu tropfen. Ein zweieinhalbminütiges Gähnen – so etwas hatte ich noch nie gesehen. Als es vorbei war, lächelte er unter Tränen und wischte sich mit dem Handrücken den Mund ab. Ich beugte mich vor und warf einen Schatten auf ihn, und auf seiner Haut bemerkte ich ein schwaches Glimmen, bevor die Feuchtigkeit trocknete. Manches hatte sich nicht verändert.

»Hah. Ich weiß nicht, warum ich immer so gähnen muß. Es ist sehr angenehm, aber beim Gehen etwas unpraktisch.«

»Mhm, sicher. Ich gehe jetzt. Solange ich weg bin, tu nichts, was ich nicht auch könnte.«

»Ja.«

In jener Nacht ging ich mit einer alten Pudelmütze zu Bett und mit dem wunderbar effektiven Gestank des Entlausungsmittels in der Nase. Wahrscheinlich war diese Vorsichtsmaßnahme überflüssig, aber nachdem ich das Badezimmer desinfiziert und Saviniens abgelegte Kleider mit dem Fuß in einen Müllbeutel geschoben hatte, verspürte ich das Bedürfnis nach chemischem Rückhalt.

Arthur und Liz kamen in den Genuß eines fleckenlos sauberen Badezimmers, ohne sich mit verstörenden Informationen belasten zu müssen. So jedenfalls rechtfertigte ich mein Verhalten vor mir selbst. Ich erzählte ihnen, »Martin« sei nach Hause gekommen, und wurde mit einem leicht abschätzigen Blick (Liz) und einem interessierten Lächeln (Arthur) bedacht.

Soweit ich weiß, schliefen wir alle gut.

Am Morgen nach dieser Nacht war die Hölle bereits im Begriff loszubrechen.

»Hey Arthur.«

»Hey Jennifer. Glücklich?«

»Was?« Art setzte ein besonders stumpfsinniges Lächeln auf, das leicht ansteckend wirkte. »Na ja, chhrrff, schön zu wissen, wo er steckt. Denke ich.«

»Mm hm.«

»Und das war die erste von zehn Fragen. Weiter bitte.«

»Du willst doch, daß ich dir einen Gefallen tue.«

»Ja, bitte, Art.«

»Ich habe meinen freien Tag, endlich weg von Mehl, Schweiß und Tränen in der Welt der flachen Teigwaren, und du willst, daß ich etwas tue.«

»Ja, genau.«

»Auch wenn ich womöglich vor Erschöpfung kurz vor dem Zusammenbruch stehe und beim kleinsten Anlaß um mich schlagen könnte.«

»Richtig.«

»Schieß los.«

»Hm, na ja, eigentlich gar nichts Besonderes, ich möchte nur, daß du ein bißchen drauf hörst, wie es Martin geht.«

»Könnte ich nicht seinen richtigen Namen erfahren? Wenn ich schon nach ihm hören soll. Und mir ein Haus mit ihm teile. Ich meine, Martin heißt er doch nicht, wie soll ich ihn also nennen – es wäre doch am höflichsten, seinen richtigen Namen zu nehmen.«

»Savinien.« Brave Mädchen sollten die Wahrheit sagen. Irgendwann.

»So hab ich's gern, ein anständiger schottischer Name. Savinien?«

»Ja.«

»Sauvignon – das ist doch eine Weinsorte. Französisch. Ein Mann mit einem alkoholischen Namen – sag nichts, seine Mutter hatte Angst vor Korkenziehern. Er hat gar keinen Akzent.«

»Er redet verdammt komisch.«

»Na, wer will schon Erklärungen, ich nicht. Und du hast recht, er redet verdammt komisch. Kauf ich dir alles ab – bin ganz zufrieden.«

»Ich sage dir alles, was ich weiß.«

»Nein, ich glaube, du hältst immer noch mit was hinterm Berg, aber keine Sorge, ich passe auf ihn auf. Wo ist er hin?«

»Oben.«

»Nein, ich meine, wo ist er die ganze Zeit gewesen? Wenn er oben gewesen wäre, hätte ich ihn bemerkt, ich gehe auch manchmal nach oben.«

»Keine Ahnung.«

»Aha.«

»Ich habe wirklich keine Ahnung. Aber so wie er aussieht, war es kein Ferienclub.«

»Okay.«

»Er hat mir noch nichts erzählt – du erfährst es, sobald ich es rausfinde.«

»Okay.«

»Ich, ähm, ich bin froh, daß du da bist. Ich weiß deine Hilfe zu schätzen.«

»Mm hm.«

Und damit ging ich zur Arbeit.

Bei der Arbeit? Nichts Besonderes. Außer daß ich auf einem Gang mit Steve zusammenstieß. Das heißt, wir stießen nicht zusammen, ich verlangsamte meinen Schritt, bevor ich irgendwie bedrohlich wirken konnte. Ich lächelte, und er nickte und lächelte nicht. Konnte ich ihm nicht verübeln. Er sah ein bißchen blaß aus. Das war alles, was ich bei seinem Anblick dachte – daß er nicht sehr gesund aussah. Komisch, daß man nicht immer weiß, was man in einem Menschen gesehen hat, und manchmal löst es sich einfach in Luft auf, und man ist auch nicht schlauer, bloß verwirrt, wenn man den Menschen ohne den glänzenden Lack sieht, mit dem Hoffnung und guter Wille ihn früher überzogen haben.

Ich bin immer mehr davon überzeugt, daß es bei meinen Eltern auch so gewesen sein muß. Sie sind sich gegenseitig in die Falle gegangen und haben ihre ursprüngliche Beziehung wieder und wieder und wieder durch eine neue ersetzt, jedesmal wieder miteinander, immer auf der Suche nach etwas, das sie nicht genau benennen konnten, aber gerne zu fassen bekommen hätten. Jedenfalls haben sie sich so gegenseitig sicher an die Kette gelegt. Ich hätte sie gern danach gefragt, aber nun ist es zu spät. Ich weiß sowieso, wie das Gespräch liefe. Ich würde »Warum?« fragen, und sie würden antworten »Warum was?« oder »Warum nicht?« oder »Wissen wir auch nicht.«

Steve rundete sein Nicken mit einer Grimasse ab, die nichts als gute alte Abscheu ausdrückte, und die nächsten paar Schritte fühlte ich mich wie ein abartig gewalttätiger Wurm, doch das Gefühl war nicht von Dauer. Schuldgefühle kann ich nie besonders lange wachhalten, wenn sie eine wirkliche Ursache haben.

Auf dem Heimweg besorgte ich in einem Laden für Militärkleidung ein paar warme und passende Sachen für Savinien, mit denen er über die Runden kommen würde.

Arthur öffnete mir sehr wütend die Tür, und ich wußte nicht wieso.

»Du hast mir nichts davon erzählt.«

»Wovon?«

»Ach, hör doch auf mit dem Scheiß. Das weißt du ganz genau. Wovon kommt er runter?« Ich stellte meine Einkaufstüte ab. »Was hat er genommen?«

»Er hat … er ist …« Ich kam mir ungeheuer dumm und langsam vor.

»Er ist auf Entzug, also, was hat er genommen?«

»Aber er hat doch keine … ich habe nichts gesehen. Nein, er ist einfach manchmal so.«

»Jetzt hör mal zu, ich bin so gut wie sicher, daß er nichts gespritzt hat, wofür wir schon mal sehr dankbar sein können. Weißt du eigentlich, was du hier angeschleppt hast?«

»Meinen Freund.«

»Verdammte Scheiße. Also wirklich … du hast es nicht gewußt?« Er suchte in meinen Augen nach etwas, was nicht da war.

»Ich habe nichts gewußt. Bevor er abgehauen ist, hat er keine Drogen genommen. Das hätte ich gemerkt.«

»Bist du sicher?«

»Ja, ja, bin ich. Ich verstehe das nicht … bist du … könnte es nicht was anderes sein?«

»Hör mal.«

Es war nichts zu hören.

»Was meinst du? Ich höre nichts.«

»Genau. Jetzt ist es still, weil er schläft. Seit einer Stunde. Nach meinen bisherigen Erfahrungen wird er noch eine Stunde schlafen und dann aufwachen. Dann schreit er ein bißchen und schwitzt – und er schwitzt richtig, literweise, und dann verbrennt er innerlich und trocknet aus, und dann schwitzt er wieder – und dann versteckt er sich in einer Zimmerecke, bevor er anfängt zu kotzen, ich habe ihm Wasser zu trinken gegeben, damit er überhaupt etwas auskotzen kann. Für mich hört sich das ganz nach Entzug an. Und abgesehen davon macht er auch gar keinen Hehl daraus – er bettelt mich an, er bettelt wirklich um irgend etwas, das seinen Zustand ändert. Aber ich habe nichts.

Er hat Schmerzen. Es macht keinen Spaß, jemanden zu sehen, der solche Schmerzen leidet. Weißt du wirklich nicht, wo er gewesen ist?«

Arthur versuchte, leise zu sprechen, seine Worte waren eine Art ebenmäßiges Zischen, und er hielt mich an den Schultern fest.

»Du hast keinen Schimmer?«

»Nein.«

»Dann muß ich dich um einen Gefallen bitten.«

»Wir können ihn nicht rausschmeißen. Ich meine, vielleicht würden sie ihn ja im Krankenhaus aufnehmen, könnten –«

Arthurs Gesicht fing an zu schreien, doch er unterdrückte es und zog mich so dicht an sich, daß er mir ins Ohr knurren konnte. »Was! ... was glaubst du eigentlich, mit wem du redest? Natürlich können wir ihn nicht auf die Straße setzen. Es geht ihm ziemlich schlecht, aber er muß noch nicht ins Krankenhaus, um Himmels willen. Es macht mir nichts aus, mich um ihn zu kümmern, er war ... er ist ein netter Kerl. Wir kriegen das schon hin, wir schaffen das. Wahrscheinlich. Ich glaube jedenfalls, daß es nicht schlimmer wird.«

Ich flüsterte »Okay«, und wir traten wieder auseinander.

»Gut, gut. Ich wollte dich bitten, Petes Zimmer zu durchsuchen.«

»Warum?«

»Weil dein Freund da was versteckt hat. Oder es jedenfalls glaubt. Er hat ein paarmal nach was gesucht, wenn ich reinkam, und dann aufgehört. Und dann hat er das Zimmer ziemlich auseinandergenommen. Er wußte, daß ich da war, aber das hat ihn nicht gestört. Ich glaube, er hat was mitgebracht und kann es jetzt nicht mehr finden. Wenn wir wüßten, was es ist ...«

»Was? Wenn wir wüßten ...«

»Dann wüßten wir es. Ich weiß auch nicht. Was glaubst du denn – ich habe das auch erst einmal im Leben erlebt – okay?–, einen Typen, der auf Entzug von Pillen und Alkohol war. In meiner letzten Wohnung. Ich bin auch kein Experte, verdammt.«

»Und was ist passiert?«

»Hab ich doch gesagt, er sucht irgendwas.«

»Mit dem anderen Typen.«

»Ach so, er hat angefangen zu halluzinieren und dann Krämpfe gekriegt. Man hat ihn ins Krankenhaus gebracht.«

»Hat er es überstanden?«

»Eine psychiatrische Klinik. Ich weiß nicht, wie er es überstanden hat, ich bin abgehauen, bevor ich Näheres erfahren habe. So was macht mir nämlich keinen Spaß. Aber der war sowieso verrückt, ein durchgeknalltes Arschloch, trank schon seit Jahren – das war was anderes.«

»Woher weißt du das?«

»Ich weiß es nicht. Ich nehme es einfach an. Wenn wir so weitermachen und verhindern, daß Martin, oder wer auch immer, zu schwach wird oder Dummheiten macht. Es scheint nicht schlimmer zu werden. Er scheint sich eher zu beruhigen.«

»Wo hat er gesucht?«

»Hm?«

»Savinien, wo hat er gesucht, als du ihn ertappt hast?«

»Oh, im Kamin – irgendwo im Kamin. Hör zu, ich brauche jetzt ein bißchen Normalität, ja? Laß uns einen Tee machen und ein Sandwich essen, bevor es wieder losgeht. Glaub mir, wir werden es brauchen. Was hast du in der Tasche?«

»Nichts Besonderes.«

»Gut, dann können wir drüber reden. Was hast du in der Tasche?«

Und so wurden wir Saviniens Wärter. Es dauerte ein Weilchen, aber bald konnten wir seine Gedanken vorhersehen und seine Taten überwachen. Er konnte jedoch überraschend hinterhältig sein. Oft half auch das Wissen nicht weiter, daß wir auf seiner Seite waren, denn er lebte nicht mehr in einer Welt, in der das glaubhaft schien. Wenn er log, zeigten wir soviel Geduld, wie wir konnten, und versuchten, uns an den Mann hinter den Lügen zu erinnern, der wollte, daß wir ihm auf die Schliche kommen. Manchmal sagte er auch die Wahrheit, und das war noch schlimmer.

Das erste Mal, daß Arthur plötzlich mit Savinien halb auf dem Arm an der Treppe erschien, sah ich weg. Aus dem Bad klang das Echo von Erbrechen und trockenem Würgen. Ich hörte Arthur sprechen und ein dünnes, schwankendes Geräusch antworten.

Manchmal stieß Savinien einen dichten Schwall von Flüchen in einer mir unverständlichen Sprache aus. Und manchmal schrie er etwas Obszönes in klarem Englisch, Schmerz in den Augen, beleidigte Gefühle, die nirgendwo hinkonnten.

Meine Pflichten begannen mit der Durchsuchung des Kamins – ich drückte gegen die umgebenden Kacheln, ich streckte den Arm aus und tastete im Schornstein herum.

Da.

Etwas Weiches und Glattes war zwischen den Mauersteinen und dem Metall der Luftklappe festgeklemmt. Es war ein durchsichtiger Plastikbeutel, der genau achtundzwanzig zweifarbige Kapseln enthielt.

»Atties.«

»Wie bitte?«

»Ativan – die rosa Brille zum Schlucken. Tranquilizer mit Lorazepam. Jetzt weiß ich, wonach er gefragt hat – nach seinen Atties. Ich dachte, ich hätte mich verhört. Könnte schlimmer sein. Könnte ein ganzes Ende schlimmer sein. Wenn das alles war.«

»Alles, was ich gefunden habe. Er ist von Glücklichmachern abhängig?«

»Gar nicht so ungewöhnlich.«

»Nein, sicher nicht … meine Mutter mochte ihr Librium auch sehr gern – ist nie in Urlaub gefahren, ohne einen Notvorrat anzulegen. Ich schätze, das war … ungewöhnlich. Aber ich hatte …

ich weiß auch nicht, was ich erwartet habe. Wie ist er da rangekommen?«

»Frag ihn.«

»Danke. Warum fragst du ihn nicht?«

«Weil du es besser kannst als ich. Ruhig, gelassen, gesammelt.«

»Wie Altpapier.«

»Auf dich wird er hören. Es wird schon gutgehen.«

»In Ordnung. Soll ich die Pillen mitnehmen?«

»Nimm eine mit. Die anderen spüle ich ins Klo, wo sie hingehören, und dann wollen wir hoffen, daß er nur ein Versteck hatte.«

Art klopfte mir auf die Schulter, und ich ging nach oben. Draußen war es schon seit einigen Stunden dunkel, und die Abstände zwischen dem Erbrechen wurden länger.

»Bist du wach?«

Er lag eingerollt auf der Seite, Gesicht zur Tür. Ich sah, daß seine Augen offen waren.

»Was dagegen, wenn ich reinkomme?«

Er schloß lange die Augen. Ich trat nahe genug heran, um zu sehen, daß das ganze Bett zitterte. Mit zitternden Händen zog er die Decke bis an den Hals. Ich sah, wie sein System abstürzte, und ich wußte nicht, ob es eine Sicherungskopie gab …

»Kannst du sprechen?«

»Ja.« Beide Buchstaben entrangen sich seiner Kehle mit stotterndem Atem.

»Du mußt uns sagen, wo du die Pillen herhast.«

»Nein.«

»Das ist nicht sehr hilfreich.«

»Nicht jetzt.«

»Wir haben dein Versteck gefunden.« Auf seinem Gesicht breitete sich ein unschuldiger Glanz der Erleichterung aus. Manchmal schien er jünger und ruhiger zu werden.

Ich schüttelte den Kopf. »Nein, du verstehst mich falsch.« Seine Augen umwölkten sich wieder, eine glanzlose Flamme brannte hinter ihnen.

»Wenn wir sie dir geben, müßtest du das alles danach noch einmal durchmachen. So kannst du es zu Ende bringen und wieder gesund werden – du wirst schon wieder. Komm schon, du schaffst das, das Schlimmste hast du schon überstanden. Das weißt du doch, oder? Arthur und ich helfen dir da durch. Das verspreche ich.«

Er drehte sich um und sagte nichts mehr.

In der Nacht wurden Arthur und ich von dumpfem, unregelmäßigem Klopfen geweckt.

Savinien war in einer Zimmerecke dicht beim Fenster zusammengesackt. Ab und zu drehte er den Kopf und schlug ihn gegen die hinter ihm liegende Wand. Die Ärmel seines Pyjamas waren rußgeschwärzt – er mußte wieder den Kamin abgesucht haben, in der Hoffnung, daß seine Not schon alles richten würde. Wenn er sie nur stark genug begehrte, konnten wir seine Pillen nicht genommen und er mußte sich den Diebstahl eingebildet haben.

»Ich habe Schmerzen.«

Wir nahmen ihn in die Mitte und gingen mit ihm, blieben stehen, wenn er gähnen mußte oder von einem Krampf heimgesucht wurde.

Und am Morgen rief ich Liz' derzeitigen Freund/Begleiter an und riet ihm, ihr vorzuschlagen, daß sie etwa eine Woche bei ihm bleiben solle – die Pest im Haus, besser wegbleiben, Arthur schickt die besten Grüße, so was in der Art.

Damit hatten wir sieben Tage Schichtarbeit vor uns: abwechselnd schlafen, uns bei der Arbeit krank melden und unseren domestizierten Verrückten bewachen.

Savinien hatte Angst im Dunkeln. Bisweilen erschreckte ihn die Ausdehnung seines Zimmers, und Arthur oder ich mußten mit ihm sprechen, während er an der Wand kauerte, die Matratze dicht um sich herumgezogen.

Am Mittwoch schien er ruhiger zu werden. Arthur und ich waren wachsam. Savinien schaffte es allein über den Flur. Er hielt das Kinn zu hoch und benahm sich wie ein Seiltänzer, aber wir waren guter Hoffnung.

Zum ersten Mal seit langer Zeit hatte ich Appetit.

Drei oder vier Stunden später erschien er mit dem Inhalt der Hausapotheke im Arm in der Küche. Daran hatten wir nicht gedacht. Es war nicht viel darin, was ihm schaden konnte, aber trotzdem hatten wir nicht daran gedacht. Unsere Achtlosigkeit ließ Schweißtropfen auf meiner Oberlippe wachsen.

Er ließ die Fläschchen und Packungen auf den Tisch und richtete sich auf. Ich dachte, er wolle etwas sagen, aber ein Gähnen unterbrach ihn, das in einem Würgen endete.

»Entschuldige bitte.«

»Mach dir darum keine Gedanken.«

»Nimm mir die weg, sonst werde ich danach suchen. Ich … ich bin nicht mehr mein eigener Herr. Ich habe immer von Ehre gesprochen, mit der wir geboren werden. Ich habe meine weggegeben.«

Am nächsten Tag ging es ihm wieder schlecht, er rief, daß etwas unter seiner Haut krieche, und kratzte sich. Sein Schweiß leuchtete schwach und kränklich.

Der Freitag war ruhiger. Er träumte von Gift, das war alles.

Samstag lachte er über etwas, woran sich später keiner von uns erinnern konnte, doch was es auch war, es war ganz real und lustig genug, um darüber zu lachen. Wir bemühten uns alle zu lachen, sehr laut und deutlich sogar. Die Stoppeln auf Saviniens Kopf wurden dichter, die Farbe seiner Haut wurde gleichmäßiger, nicht mehr entweder aschfahl oder rot. In seiner abgelegten Armeekleidung sah er ein wenig wie ein Rekrut aus, allerdings unbedarfter und zögerlicher.

Körperlich ging es Savinien also besser. Wir hoben unsere selbstauferlegte Quarantäne auf, und Liz kam nach Hause, verschwand jedoch fast sofort wieder in dem Auto, dessen laufenden Motor wir vorm Haus gehört hatten, nachdem sie eine Tasche mit Kleidung abgestellt und eine neue gefüllt hatte. Sie führte ein interessantes Leben voller Hingabe.

Unsere Tage verliefen weitgehend wie bisher, nur daß Arthur mehr unverkaufte Konditoreiware mit nach Hause brachte, als wir normalerweise ertragen konnten, um Saviniens ganz neuen, beinahe zwanghaften Hunger nach Süßigkeiten zu befriedigen.

Doch wir konnten nicht ignorieren, daß etwas auf uns lastete. Eine andere Dunkelheit war im Anzug, mehr wußten wir nicht – noch mußte man nicht danach greifen oder Vermutungen anstellen, denn sie kam ohnehin auf uns zu.

Ein
Dichter
Unausweichlicher
Gedanke
Fiel
Hart
Taub
Und
Bitter
Herab
Schnitt
Durch
Das Denken
Und
Zog
Es
Hinunter.

Nachdem er heimgekommen war, für seine Gesundung gekämpft, gebetet und in Krämpfen geschrien hatte, sah ich nun, wie Savinien sein Überleben bereute. Er enthielt sich des Essens, schlief zu jeder Tages- und Nachtzeit, sprach nicht mehr. Weil Arthur und ich so viel Zeit mit ihm verbracht hatten, weil wir für ihn – wenn auch eher alltägliche – Opfer gebracht hatten, fühlten wir uns jetzt zurückgestoßen. Ich nahm es wahrscheinlich weniger gelassen als Arthur, aber wir hatten beide den Eindruck, daß jemand unser Kind geworden war und sich dann gegen uns gewandt hatte, nicht erwachsen geworden, sondern uns entwachsen war. Ich machte mir Gedanken, ob wir wohl schlechte Eltern gewesen waren.

Es waren seltsame Tage. Jenseits unserer vier Wände, in anderen mehr oder weniger gut beleumundeten Adressen, betrieben schwitzende, politisch ganz und gar nicht korrekte Menschen moralische Abrüstung. Die Wirklichkeit lief in einer Weise Amok, welche die Fiktion erblassen ließ. Meine Nachrichtentexte klangen bald wie Meldungen aus einem Berliner Nachtclub in den Zwanzigern; offensichtlich ließen wir – die Öffentlichkeit – uns zu leicht aufs Kreuz legen: Die Parlamentarier waren von verfassungswidrigen zu schlicht sittenwidrigen Handlungen übergegangen. Eigentlich hatten wir ohnehin schon immer vermutet, daß genau dies hinter den hohen, verschlossenen Türen vorging. Kein Wunder, daß unsere Regierung anderweitig oft fahrig wirkte – jetzt merkten wir, daß es einen Grund gab für Grausamkeit und Willkür, bisweilen sogar Wahnsinn. Wer sich dumm und dämlich vögelt, hat keine Zeit mehr fürs Wahlvolk. Perversionen können ziemlich anstrengend werden – ich weiß, wovon ich rede.

Wer zu solch erschöpfenden und ausgefallenen Fitneßübungen keine Gelegenheit hatte, dem wurden reichlich alternative Unterhaltungen geboten. Während sich mein Planet und mein Heimatland täglich weiter der unaufhaltsamen Auflösung entgegendrehten, wurde mit unerhörter Großzügigkeit Freiluftsport aus zweiter Hand präsentiert. Tag und Nacht wurde die gebannte Öffentlichkeit mit Rennen, Raufereien und Rekordversuchen berieselt.

In jenem speziellen Monat quoll Norwegen von Männern und Frauen über, die in olympischer Manier über dieses und jenes hinauf- und hinabglitten. Ihr Einfallsreichtum in bezug auf gefrorenes Wasser war geradezu deprimierend. Doch durch all das weiße Schlittern schimmerte eine schreckliche Verletzlichkeit wie Blut unter der Oberfläche. Mit anderen Worten: Ich wartete darauf, sie stürzen zu sehen. Vor allem beim Eiskunstlauf.

Fast einen ganzen Sonntagnachmittag saß ich hypnotisiert vor den Eiskunstläufern in unerotisch glitzernden, geschmacklosen Kostümen, die sich nur durch wundersame sportliche Leistungen entschuldigen ließen, dabei rutschten sie größtenteils bloß auf gefrorenem Wasser hin und her. Doch es war wunderbar schrecklich, wenn sie stürzten. Ihre Anmut, ihr Training, ihre gesamte Fassung verschwand in einem zerrissenen Augenblick, wenn sie ausrutschten und fielen wie jeder andere Mensch auch, denn Eis ist nun mal rutschig. Ich wartete auf ihre Stürze und auf die Anstrengung, das Gleichgewicht wiederzuerlangen, das Lächeln einer Synchronschwimmerin wieder aufzusetzen und sinnlos mit den Armen zu wedeln. Ich wurde immer nervöser, mir wurde fast schlecht um ihretwillen, als striche ich mit dem Daumen über den schmalen Grat zwischen gerechtfertigtem Wagemut und kompletter Lächerlichkeit. An jenem Nachmittag sahen sie zu sehr nach dem wirklichen Leben aus.

Savinien ging an der Tür vorbei, während ein russisches Paar mit zuviel Chiffon und einer stampfenden Bewegungsfolge kämpfte, die Geschlechtsverkehr zu simulieren schien. Ich weiß nicht, was an ihm mich beunruhigte, ich sah ihn schließlich nur einen Augenblick. Vielleicht hatte ich gelernt, die Neigung sich bewegender Körper zu interpretieren. Er kam mir jedenfalls gar nicht in Ordnung vor.

»Hey.«

Er war in der Küche angelangt, stand vor der Spüle, das Gesicht dem Licht des Fensters zugewandt.

»Hey, alles in Ordnung? Ähm, hör mal, es ist ja nichts dagegen zu sagen, daß du dich wie ein Oberkommandierender der NATO kleidest, Uniformen aller Länder und so, aber vielleicht würdest du dir gern selbst was aussuchen? Wenn du möchtest ... könnte doch interessant sein. Mal was anderes.«

Er bewegte sich kein bißchen. Ich glaube, er atmete nicht einmal.

»Wenn ich dich störe, gehe ich.«

Ein Tropfen löste sich vom Hahn und zerplatzte.

»Störe ich dich?«

Er drehte sich abrupt um.

»Scheiße. Scheiße, ach du Scheiße. Wieso?«

»Ach ich weiß nicht. Ich habe einfach ...« Er hob abwehrend die Hände, die blutrot leuchteten.

Tatsächlich hatte er nichts Lebenswichtiges durchschnitten. In seiner Wut und Frustration hatte er einfach mit beiden Händen die Klinge des Tranchiermessers gepackt. Und zugedrückt. Doch in dem Moment begriff ich das nicht und sah nur eine Menge Blut.

»Du ... du verdammter ... oh Gott ... du dämlicher Scheißkerl!«

Ich war wütend. Ich ging auf ihn zu, packte ihn an den Schultern und schüttelte ihn sinnlos, während seine Arme zur Seite zuckten und das Blut auf meinen Rücken zu tropfen begann. Ein warmer Spritzer in meinem Genick brachte mich wieder zu Bewußtsein. Ich stellte mich auf die Zehenspitzen und drückte meine Stirn an seine, griff seinen Schädel mit beiden Händen, spürte die heiße Haut unter dem nachwachsenden Haar.

Ich wartete, bis er die Augen öffnete.

»Jetzt machen wir dich erst mal sauber, und dann erzählst du mir, was passiert ist, weil mir die Geduld ausgeht, und ich fürchte, wenn ich nicht weiß, was dir zugestoßen ist, wirst du weiter solche Dummheiten machen, bis du das Richtige triffst. Das ist völlig lächerlich, und ich werde es nicht zulassen.«

Savinien zwinkerte.

»Und glaub nicht, daß du die Mühe nicht wert bist. Wenn irgendwer das glauben darf, dann ich. Zieh das nicht mal in Erwägung.«

Ich spürte, wie er sich an mir bewegte. Wenn man jemandem zu nahe ist, so wie hier, wird einem sehr bewußt, daß er lebendig ist. Ständig pulsiert etwas, spannt sich, Muskeln verschieben sich, Atem fließt.

Dicht beieinander schauten wir geradeaus, schlossen die Augen, schauten, und wir beide waren alles, was wir sehen konnten. Ich lockerte meinen Griff.

»Jennifer?«

»Ja.«

»Weißt du was … ich fühle mich gut.«

»Wie meinst du das?«

»Ich meine, daß ich mich rundum gut fühle. Meine Hände schmerzen noch nicht. Bald werden sie wehtun, aber noch sind sie nur kalt.«

Einen Augenblick schüttelte er den Kopf, als wolle er einen losen Gedanken zurechtruckeln. »Jetzt werde ich wieder gesund werden. Ja, ich bin ganz sicher. Es wird mir wieder gutgehen.«

»Denk nicht, daß mich das nicht freut. Es freut mich. Aber war diese ganze Vorstellung dafür nötig? Ach du liebe Güte, komm bloß her, du tropfst ja alles voll.«

Die Schnitte waren nicht sehr tief. Die Notfallaufnahme des Krankenhauses schien übertrieben, und die Arzthelferin meines Hausarztes war nicht gerade entgegenkommend, als ich anrief, also versuchten wir selbst unser Bestes. Seltsamerweise verspürte ich erst leichte Übelkeit, als die Wunden gereinigt und die Verbände angelegt waren, als sein Schmerz nachließ.

»Ich kann nicht garantieren, daß ich das richtig mache. Aber halt still.«

»Mir scheint es mehr als angemessen.«

»Das will ich hoffen. Wahrscheinlich wird deine Lebenslinie hinterher doppelt so lang sein.«

»Das wäre mir recht.«

Ich versuchte ihn sanft und leicht zu behandeln, wich zurück, wenn er zusammenzuckte. Wir arbeiteten uns um seinen Schmerz herum, und wir lächelten und lächelten und lächelten.

Warum nicht? Er glaubte, er würde jetzt gesund werden, und das reichte uns beiden. Wir wußten, wie wir uns fühlten. Von Augenblick zu Augenblick verstanden wir den Druck des Verbandes auf unserer Haut, die leichte Temperatur unseres Blutes, die Farbe unserer Gedanken. Wir waren einfach, wie wir waren.

Ich möchte Ihnen die Vorteile demonstrieren, die sich einem bieten, wenn man eine lange Zeit ein bißchen tot gewesen ist: Ich war jetzt in der Lage, auf – ja was? – Freude, Glück, Wohlbefinden zu stoßen, als hätte es sie vor mir nie gegeben.

Bisher habe ich in meinem Leben erst einmal so etwas wie Freude gesehen. Eine Reihe kleinerer Sendungen hatte mich in den Norden geführt. Ich hatte schon fast die äußersten Ausläufer meines Landes erreicht, eine seltsame, wilde Inselwelt, die auf den immer enger geschnürten Breitengraden trieb, welche sich in Richtung Eis und Pol krümmen.

Ich sprach, um mir mein Abendessen zu verdienen, und an jedem Schönwettertag, den ich freihatte, wanderte ich so schnell und weit ich konnte. Auf den Inseln ließ es sich gut wandern. Schließlich trugen mich meine Füße in eine offene Bucht, wo die Krümmung der Erde anstieg zu den Tiefen des Atlantiks. Ich kletterte hinab zum Ende des Sandstrandes, und der ganze bucklige Ozean hob den Himmel empor – eine blaugrüne Unmöglichkeit.

Und im Geiste wurde ich weggespült. Weiß umbrandete meine Füße, schlug brüllend an die Klippen, bleichte und salzte den pausenlosen, betäubenden Wind und trug mich hinaus wie ein Segel. Ich wußte um meine richtige Größe, was für ein Nichts ich im einfachen Takt der Wellen, der meilenweiten, jahrelangen Wellen wäre. Land würde wachsen und zerbrechen, sich auftürmen und verwittern, und ich wäre ich selbst, jenseits der Bewegung von Erde und Zeit.

Niemand sollte in die Kirche gehen – man müßte sie alle an die Küste schaffen, das würde ihnen guttun.

Nachdem ich eine Spur Glück mit Savinien ausgetauscht hatte, gingen wir zu seinem Zimmer hinauf und redeten, denn es war Zeit, daß wir beide erfuhren, wo er gewesen war und was er getan hatte. Nichts, was er sagte, konnte uns schaden, wir hatten uns unbezwingbar gemacht.

Savinien saß auf dem Bett, und ich zog mir einen Stuhl heran, um ihn anzusehen. Er nahm sich die Hand vor den Mund, um zu husten, und seine Bewegung fächelte die Luft vor meinem Gesicht. Ich nickte.

»Jetzt wird es wirklich Zeit. Wenn wir noch länger warten, kann keiner von uns beiden mehr etwas sagen. Wir würden einfrieren. Ich bin überzeugt, daß du schon Schlimmeres vor dir hattest.«

»Ich habe keine Angst. Du machst mir wirklich Mut, weißt du das, Jennifer? Du ermutigst mich.«

»Danke. Ich selbst habe allerdings nicht so sehr viel Mut.«

»Vielleicht habe ich mir schon zu viel geborgt.«

»Ich glaube nicht, daß das so funktioniert.«

»Ich werde ihn dir zurückgeben.« Er streckte die Hand aus, und ich reichte ihm meine. Er nahm sie mit leichtem Griff. »Damit du Bescheid weißt, dies hat mir meine Mutter beigebracht. Ich glaube, es ist womöglich das einzige, was sie mir beigebracht hat. Espérance, so hieß sie – Hoffnung –, und die brauchte sie auch. Mein Vater war nicht der beste Ehemann, und sie mußte ihr Leben mit ihm verbringen. Ich verbrachte nur sehr wenig Zeit mit ihm, und das war schon mehr als genug. Meine Mutter gab mir wenigstens das Gefühl, ihr Sohn zu sein. Sie ließ ihren Blick auf mir ruhen, und sofort wußte ich, wer ich war, ob ich Freude oder Enttäuschung bereitet hatte. Vater hingegen war die Art Mann, den man … heftig beleidigen wollte, oder bestehlen, verstehst du?«

»Ich glaube schon.«

»Ich habe ihn tatsächlich schwer beleidigt und bestohlen … ah … aber er gab einem das Gefühl, er sei selbst schuld daran.«

Saviniens Hand schloß sich fester um meine. Durch den Verband spürte ich einen weichen, kräftigen Druck.

»Ich weiß. Manche Menschen bringen das fertig. Ich weiß.«

»Eh, doch wir haben etwas anderes vor … ich wollte … ich glaube, ich wollte mir nur selbst Mut machen. Also … wie mich meine Mutter gelehrt hat … um Mut zu geben, Lebenskraft, muß ich, mit deiner Erlaubnis …

Habe ich deine Erlaubnis?«

»Oh … ja. Ja, hast du.«

»Gut. Das ist gut.« Dann schloß er die Augen, neigte den Kopf und küßte meine Handfläche. »Nun ist es nötig, daß du die Hand schließt. Dann kann es nicht entkommen.«

Ich zog meine Hand zurück. »Ich erinnere mich, daß du das schon einmal getan hast … es ist sehr … ich weiß nicht … albern? Aber nett albern. Weißt du, was ich mit albern meine?«

Ein großes Lächeln, ein riesiges Lächeln, wo hinter den Augen noch mehr wartete. »O ja … aber das macht keinen Unterschied. Die Geste zählt. Die Geste steht für sich selbst. Immer. Und, ach ja, ich muß zugeben, daß diese Geste schon bei zahlreichen Personen Wirkung gezeigt hat, und bei zahlreichen Gelegenheiten. Ich gestehe, daß ich wissen wollte, ob sie immer noch wirkt. Das hatte nichts mit dir persönlich zu tun. Ich will dir nicht zu nahe treten.«

»Davon bin ich überzeugt. Ich denke, ich werde meine Faust jetzt wieder öffnen, und dann können wir anfangen.«

»Natürlich.«

Kurzes Schweigen.

»Ja, jetzt werde ich mit dir sprechen. Aber du mußt entschuldigen –«

Er schwang die Beine langsam aufs Bett und legte sich hin, erlaubte sich eine kleine Gewichtsverlagerung, einen Seufzer. »Weißt du, ich spüre eine solche Müdigkeit. Sie ist wie ein Tier, das auf mich wartet, aber mach dir keine Sorgen.« Er neigte den Kopf leicht in meine Richtung. »Ich werde mir alle Mühe geben, zu sprechen und nicht zu schlafen. Du bist in all diesem … all diesem mit mir … sehr geduldig geblieben. Denk daran, daß meine Geschichte sehr häßlich werden wird, aber das soll dich bitte nicht bekümmern. All das ist jetzt vorüber, verstehst du das?«

»Ja.«

»Ich werde nicht dorthin zurückkehren.« Er zuckte leicht zusammen. »Weißt du, schon von Kindesbeinen an habe ich mir vorgestellt, daß ich wunderbare Reisen unternehmen würde, und im Geiste habe ich das auch getan. Ich ließ tatsächlich all die Gesichter, all die Blicke und Zusammenstöße auf der Straße hinter mir, mein ganzes Selbst. Ich stieß mich von der Erde ab und hob mich täglich, täglich, täglich von ihr hinweg, und ich sah das Paradies. Ich versichere dir, ich aß und trank im Paradies.«

Er schürzte die Lippen und ließ eine Hand aufs Bett fallen. »Die Reisen, die mein Körper unternehmen konnte, waren dagegen immer etwas enttäuschend.« Er schüttelte sacht den Kopf. »Hmm. Ich hatte so viele Jahre Zeit, mich zu ändern, viel mehr, als ein Mensch (ein nicht gar so guter Mensch) erwarten darf, und so wenig an mir ist je anders geworden. Nun habe ich eine weitere schlechte Reise unternommen, und ich habe sie nicht einmal mit guten Träumen begleitet. Ich bin ein Narr.«

»Nein.«

»Doch, natürlich. Ich habe schon einmal im Sterben gelegen, auf dem Totenbett, und allen, die es hören wollten, erzählt, daß ich alles verschwendet hätte. Jetzt sind es zwei Leben, und in beiden zusammen kein Funken Verstand.«

»Was ist geschehen, als du weg warst?«

Savinien streckte sich und richtete sich langsam auf. Ich sah, daß sich sein Körper wie ein zusammenhängendes lebendiges Wesen bewegte, den einmal um seine Lippen spielenden Schatten eines Schmerzes, wie sein Kinn sich in flüssiger Bewegung reckte und dann zur Ruhe bettete. Seine Hände legten sich in der Nähe seiner Taille übereinander, hoben und senkten sich mit seinem Atem.

Savinien hatte recht, seine Geschichte war häßlich. Besonders der Schmerz überraschte mich. Manches Leid finde ich zwar auf intellektueller Ebene grauenhaft, aber Fremden gestehe ich es täglich zu. Doch ich möchte nicht, daß meine Freunde bestimmte Worte, Sätze, Erinnerungen kennen.

Ich sage das nicht, um mich als besonders großartige oder auch nur standhafte Freundin zu beschreiben. Ich zeige Ihnen nur eine meiner frühesten und empfindlichsten Verteidigungslinien – ich bin nicht für die Pflege von Freundschaften geschaffen, denn Freundschaft ist eine Quelle des Schmerzes. Heute weiß ich, daß Schmerz ansteckend ist, oder genauer gesagt, übertragbar – er braucht eine gewisse Nähe, einen Kontakt, um sich einzunisten. Wenn mir jemand etwas bedeutet, wenn ich Gefühle entwickle, wenn ich liebe, dann kann das Leben mich jederzeit mitten ins Herz boxen. Mit einer simplen Bewegung, einer tiefgehenden Berührung liege ich offen da wie ein ausgenommener Fisch. Im großen und ganzen wäre es mir lieber, das würde nicht geschehen.

»Aber ich bin sicher, daß ich niemanden umgebracht habe. Niemand ist ums Leben gekommen, oder wenn, dann hatte ich keinen Anteil daran. Oder wenn doch, dann tut es mir jedenfalls sehr leid. Aber ich glaube, seit ich dich verlassen habe, habe ich nicht ein einziges Leben genommen.«

Ich schloß die Augen und konzentrierte mich auf die Form des Stuhls unter mir. Etwas sank durch mein Denken und öffnete sich über unvorstellbar gähnenden Tiefen. »Savinien, ich verstehe nicht, was du mir sagen willst, könntest du mir das bitte erklären? Könntest du mir das von Anfang an erklären.«

»Ich glaube nicht, daß ich jemanden umgebracht habe. Ich glaube es nicht, und ans Töten würde ich mich erinnern. Ich weiß, wie sich das anfühlt. Ich kenne den Todesblick. Das habe ich dir erzählt.« Er hielt einen Augenblick inne. »Du solltest mich nicht in deinem Haus dulden. Mir ist klar, daß du glaubst, mich zu kennen, aber du kennst mich nicht. Ein Mann meiner Art, von innen so unrein ... ich dürfte in deinem Haus nicht willkommen sein.«

»Ich fürchte, dafür ist es zu spät. Du bist schon willkommen, und das kannst du auch nicht mehr rückgängig machen, was du auch tust. Verstehst du?«

Er lachte trocken auf, was ich ignorierte.

»Du könntest doch ganz vorn anfangen, dann wüßte ich auch, wovon du redest. Aber egal, was du sagst, das ändert nichts zwischen uns, du bist hier willkommen. Ganz egal. Das meine ich ernst.«

Und dann fing er ganz langsam und deutlich an zu sprechen, schaute dabei meist geradeaus, als wären die Worte vor seinem Gesicht in die Luft geschrieben, wenn auch sehr klein, so daß er konzentriert darauf starren mußte.

Zunächst erzählte er mir, wo er gewesen war, was mich traurig stimmte, denn in den ganzen verlorenen Wochen war er lächerlich nahe gewesen. Ich weiß nicht warum, aber die Vorstellung einer so winzigen und doch totalen Trennung machte mir plötzlich bewußt, wie dumm unser beider Alleinsein gewesen war. Der Trost unserer gegenwärtigen Lage schien höchst fragil.

»Ja, die ganze Zeit. Ich war beinahe noch hier. Einfach gesagt, konnte ich nicht ganz weggehen. Eh ... doch, einmal brachten sie mich woanders hin, woran ich jetzt nicht denken mag ... mit einem ... ich mußte dort etwas für sie tun, und Gott möge mir vergeben, und ihnen ebenso. Doch abgesehen von all dem«, um seine Lippen zuckte kurz ein Lächeln, »war ich nie weiter als eine Stunde Fußmarsch von hier entfernt. Oft viel weniger. Glaub mir, es gab Nächte, da stellte ich mir diesen kurzen Fußmarsch vor. Darauf hoffen oder daran glauben konnte ich nicht, doch es war ein schöner Traum. Wenn der Mond am Himmel stand ... du weißt doch, wie nahe der Mond manchmal scheinen kann ... dann schaute ich ihn an, hob die Hand, étou ... bedeckte sein Leuchten und ließ ihn wieder scheinen und bedeckte ihn wieder, und in dem Moment schien es ganz und gar nicht angemessen, daß ich so etwas Schönes sehen und doch nie berühren konnte. Ich bin einer Sache nah genug, sie zu kennen und zu begehren, und doch habe ich nicht die Macht, mich zu bewegen, um bei ihr zu sein. Wenn ich ein Beispiel anführen darf, ich habe einen

Mann in meinen Armen gehalten, meinen Körper auf ihn gelegt, um das Leben wieder in seinen Leib zu pressen, um es darin zu halten, nachdem ein Geschoß es herausgelassen hatte, und das war gänzlich zwecklos. Einen Augenblick zuvor noch war er des Lebens voll, und im nächsten Moment gänzlich leer. Das ist das gleiche.«

Er drehte sich plötzlich zu mir, mit offenem Gesicht, die Augen von tiefer Farbe. »Ich schrieb seiner Frau. Das ist wenigstens etwas, was man tun kann, oder? Wenn das Leben den Autor verwirrt und alle Möglichkeiten verbirgt, kann er immer noch schreiben.«

Er legte die Hände an den Kopf. »Jennifer, ich wollte dies schreiben, und nicht selbst zugleich mit meinen Worten anwesend sein, aber ich kann nicht mehr schreiben. Ich kann keine Zeichen mehr zu Papier bringen. Die Sprache … ich versage … und ich kann mich nicht besser konzentrieren als ein wütender Schuljunge. Und das kann ich mit Fug und Recht behaupten, denn ich war selbst einer. Damals lernte ich, jetzt verlerne ich. Ich vergesse nur noch. Jede Nacht füllt Gott meine Gedanken mit Welten, die ausgedrückt werden wollen, doch ich kann sie niemandem beschreiben, für niemanden aufzeichnen, und ich weiß genau, weil es meine Welten sind, vergehen sie so schnell, wie sie geboren wurden.«

Ich sah, wie er sich am Ohr kratzte, die Achseln zuckte und ins Nirgendwo hinter meinem Kopf lächelte. »Mein Zustand ist nicht gerade ideal. Ich wünschte, du könntest mich in bester Verfassung sehen, wirklich.« Dann ein langer, weicher Blick in meine Augen. »Doch jetzt bitte ich dich, mir zu erlauben, dir zu schreiben.«

»Es tut mir leid, ich verstehe dich wieder nicht.«

»Das ist meine Schuld. Ich bitte dich, meine Abwesenheit zu gestatten. Einfach, einfach, ganz einfach, nichts Kompliziertes. Schließ die Augen, und ich will meine schließen, nicht um dir fern zu sein, sondern noch näher. Mit deiner Erlaubnis möchte ich dich zu meiner Leserin machen, und dann kann nichts mehr zwischen uns liegen, nichts kann deinen Geist hindern, in meinen zu dringen. Diese Worte sind für immer. Jetzt sprechen unsere Leben direkt zueinander, sie haben uns beiseitegeschoben.«

»Also gut, dann bin ich also hier. Ich höre.«

»Sssch. Deine Augen.«

»Sind geschlossen.«

»Und nun auch meine. Am Tag, als ich fortging, um, ja, am Anfang anzufangen … ich stand in deinem Park und du gingst weg in dein eigenes Leben, und ich blieb, wo ich war. Mir war sehr deutlich, daß ich nie ein Teil dieser Welt oder deiner Wirklichkeit werden könnte. Du hattest mir erzählt, das Herz deiner Stadt läge in Richtung Osten, und ich hätte es nicht ertragen, in einer eurer Städte zu sein, in eurer Zeit, darauf war ich nicht vorbereitet, also ging ich nach Westen. Ich rannte nach Westen.«

Dieses Mal hörte ich, wie sich seine Kehle beim Sprechen entspannte. Er vergaß sich selbst und wurde zu seiner Geschichte.

»Es war alles sehr seltsam. Eure Autos, wie könnt ihr so etwas erlauben? Sie bewegen Menschen, aber sie richten noch viel mehr an, sie verbreiten solchen Schrecken. Einmal war ich mitten unter ihnen, und ich sah das Gesicht eines Fahrers, der mit seinem Steuerrad im Dunkeln eingesperrt war, und er unternahm keine Reise, er hatte vor, zu töten.

Und das war seine Sache, ging mich nichts an, aber es war doch eine passende Einführung in die Sitten dieses Landes. Mir kam der Gedanke, daß ich sicherer wäre, wenn ich in die Berge hinaufkletterte, und so tat ich es, ich fand einen wunderbaren Pfad, der zwischen großen Häusern aus roten Ziegelsteinen und grauen Baracken einherlief, oberhalb der Autostraße, und in zerstörtes Gelände führte. Ich weiß, wie man in zerstörtem Gelände leben kann. Es ist nicht meine bevorzugte Lebensweise, aber ich kann es.«

Er war auf die alte Bahnstrecke gestoßen. Vor einigen Jahren war sie asphaltiert und in einen Radweg umgewandelt worden, der nun, wenn auch mäandernd, bis zum Loch Lomond führte. So weit war Savinien allerdings nicht gekommen. Er wußte nicht, daß unsere Landschaft nicht nur aus zerstörtem Gelände bestand, hatte also nicht gehofft, wirklich aufs Land zu gelangen, würde er weitergehen.

Ich glaube, er hatte auch beschlossen, an einem Ort zu bleiben, wo er sich Nahrung beschaffen konnte. Vielleicht hatte er Abfalleimer geplündert, vielleicht sogar in den Taubenschlägen am

Weg geräubert, obwohl er nie etwas dergleichen erwähnte. Zeitweise hatte er zweifelsohne von Kleinwild gelebt, das er in Fallen fing. Oder auch nicht.

»Er kam direkt in meine Hand, ich rief ihn, und er kam.«

»Natürlich. Das tun Hunde. Das weißt du doch.«

»Theoretisch weiß ich es. Vater liebte seine Hunde viel mehr als ich – nein –, viel mehr als mich. Nein, auch viel mehr als ich. Wäre der Hund in Begleitung gewesen, hätte ich mich selbstverständlich zurückgehalten, aber er war ein Streuner. Ein Verlorener, wie ich.«

»Du hast einen Hund gegessen.«

»Ich habe auch schon einmal einen Affen am Spieß gegrillt und verzehrt. Wenn ich mich recht erinnere, lag die Schuld bei seinem Herrn, aber den konnte ich schlecht essen. Nichtsdestoweniger war auch der Affe selbst, wenn auch ein kleines Tier, so doch ein großes Ärgernis. Sie ähnelten sich sehr, der Affe und sein Herr. Man könnte auch sagen, daß sie sich in mancherlei Hinsicht sehr nahe standen … eine Frage der Anziehung …«

»Schon gut … ich glaube, ich kann es mir denken.«

»Der Affe schmeckte gut. Doch der Hund schmeckte besser. Und ich aß ihn aus echtem Hungerbedürfnis, nicht nur aus böser Laune, was ein wichtiger Unterschied ist … Nein.«

Er schwieg, ich hörte eine leichte Bewegung und wollte zu ihm hinsehen, doch ich tat es nicht. Ich hielt Wort und die Augen geschlossen. Er hustete einige Male und fuhr dann in leiserem, trockenem Ton fort, dem Ton der Niederlage.

»Nein. Ich weiß genau, was mit dem Hund geschehen ist, ich habe dir gerade eine große Lüge aufgetischt. Möglicherweise hatte ich einen guten Grund dafür. Du mußt wissen, als ich auf den Hund traf, da wußte ich endlich in meinem Herzen, daß ich alles tun würde, was meine Angst und meine Not mir eingaben. Als ich das Fleisch des Hundes hinunterschluckte, verschlang ich auch meine Würde und meinen eigenen, eigentlichen Willen. Ich verschlang alles, was mein Leben zu einem Leben gemacht hatte.

Es wird keine bessere Gelegenheit mehr kommen, die Wahrheit zu sagen. Glaube ich. Äh … stell dir also eine freie Fläche vor, fernab aller Lichter. Ein Weg führt quer hinüber, und dort steht ein Turm voller Tauben, aber es ist tiefe Nacht, daher kann ich sie nicht sehen. Der Boden ist oft feucht, ich habe hier schon im Schlamm gelegen. Ich habe hier schon gekämpft, und ich habe gespürt, wie ein Mann unter meinem Griff um sich trat wie ein Gehängter, der in der Schlinge baumelt, als ich seinen Kopf ins Wasser hielt. Jetzt ist der gleiche Glanz unter unseren Füßen zu sehen, und das Eis knackt im Dunkeln, ein tiefer Himmel über uns. Ich habe das Gefühl, zwischen zwei Nächten zu stehen, und ich wünsche allein zu sein, um es zu begreifen, aber ich bin nicht allein.

Es sind Männer bei mir. Sie haben mich gefunden und sind zu mir gekommen, immer wieder, und ich tue, was sie mir sagen. Und das nicht, weil sie meine Herren sind, ich habe noch nie einen Herrn gehabt. Sondern weil sie mir geben, was ich brauche, weil sie mir Schlaf und Seelenfrieden bringen.

Verstehst du, eine Weile hatte ich mich an den Frieden gewöhnt, den der Wein einem schenken kann, bis er mich langsam und dumm und krank werden ließ. In meinen ersten Jahren in Paris, in jenem anderen Leben, war der Wein mein ständiger Begleiter, schnitt mir schmale Streifen aus der Seele, entdeckte meine Geheimnisse und machte ihnen schöne Versprechungen, sickerte durch die Wände meiner Träume. Ich träumte mich beinah zu Tode. Als ich erwachte, schwor ich mir, daß ich von nun an eher Arsen als Alkohol trinken wolle, und ich habe mein Wort gehalten. Einige meiner Träume kehrten im wirklichen Leben wieder, doch es fehlte ihnen an Vollkommenheit. Meine Schriften waren durchgehend besser und erfüllter als mein Leben. Die Männer von der Müllhalde gaben mir vollkommene Träume in kleinen Portionen zu schlucken, und ich liebte sie.«

Seine Worte stolperten oder stockten nicht, sie wurden nur manchmal am Ende eines Gedankenganges etwas leiser, und er sprach jedes einzelne mit brüchigem Willen aus. Ganz leise und ganz zart war unter seinem Atem der Klang seines Schmerzes zu hören. Ich bemerkte es, weil ich zuhören kann und weil es mich selbst schmerzte.

»In jener Nacht haben die Männer und ich ein Feuer angezündet. Wir umkreisen es wie die Tiere, zu denen wir ja geworden sind. Von früheren Erfahrungen weiß ich, daß ich zum Kämpfen hier bin. Ich kämpfe für die Sache eines anderen Mannes, verteidige seine Ehre, wie ich es so oft getan habe. Wenn ich allein und siegreich zurückbleibe, wird mein Freund James mir Medizin geben, um die Krankheit zu kurieren, welche die letzte Medizin hinterlassen hat.

Und sie sagen mir ... James sagt mir mit seiner schönen Stimme, daß der Fremde, der nicht mehr stehen kann und deshalb jetzt im Schlamm sitzt, sein Feind ist. Der Feind meines Freundes ist mein Feind. Aber heute nacht soll ich den Fremden nicht mehr verletzen, denn James und seine Inquisition haben ihm schon genug Schaden zugefügt. Heute soll ich meine Waffenkunst gegen den Sekundanten des Fremden beweisen. Gegen seinen Hund.

Ich kämpfte mit dem Hund. Sie gaben mir ein Schwert, und ich kämpfte mit dem Hund. Es war ein starker und tapferer Hund ... pres ... beinahe so groß und so schwer wie ein Mann ... kein unwürdiger Gegner. Wir waren zwei Geschöpfe unserer Herren, Leibeigene, die zum Kampf und zur Einschüchterung gehalten wurden.

Doch schließlich ... Schließlich war ich wütend, und weil mir die Kraft fehlte, mit ihnen zu kämpfen, und weil ich keine Würde mehr hatte, versprach ich ihnen, den Hund zu töten und zu essen. Ich würde ihn überm Feuer braten und ihnen das Fell hinwerfen. Ich hielt Wort. Das habe ich immer noch, bis zum Ende, mein Wort, auch noch, als sie lachten.

Ich kann dir nicht sagen, wie bekannt es mir vorkam, wenn sie lachten. Ich bin an den Kreis der Ignoranz gewöhnt, den eine lachende Menge bildet, die näher rückt, als du ertragen kannst, aber immer noch außerhalb deiner Reichweite, und sie gaffen und sie lachen. Ich hätte gern ein Leben, in dem niemand über mich lacht, in dem Respekt mich wie mein Schatten begleitet, so daß ich ihn als selbstverständlich betrachten kann. Eh? Werde ich das erleben? Wäre das nicht gerecht? Eine gerechte und hübsche Sache?

Das Fleisch des Hundes ... seine Wärme ... sein Blut ... mir wurde übel. Sein Klagelaut, als ich ihm den Bauch aufschlitzte, raubte mir den Appetit. Er wartete ganz ruhig auf mich, als seine Kraft ihn verlassen hatte. Ich kam, um ihn zu töten, und er sah mich aus so verwunderten Augen an. Er konnte seinen Schmerz nicht begreifen, und auch nicht, warum er für seinen beherzten Kampf so schlecht entlohnt wurde. Als ich neben seiner Schulter kniete, gab ich ihm Hoffnung. Er versuchte, sich mir voller Vertrauen zu nähern, wimmerte leise, versuchte wieder, sich zu bewegen, und dann schnitt ich durch seine Kehle in sein Rückgrat.

Die Männer klatschten mir Beifall, und ich sah, wie sich das Licht des Feuers überall um mich herum im Blut spiegelte.«

Ich hörte, wie er sich über den Kopf rieb und seinen Atem beruhigte.

»Ich muß mich entschuldigen. Glaub mir, niemand kann angewiderter sein als ich selbst. Pfff… ich will dir erzählen, wie ich lebte, bevor die Männer kamen. Ich will meine Gedanken reinigen.

Als ich in die zerstörte Gegend kam, baute ich mir einen Unterschlupf, doch der wurde immer wieder zerstört. Manchmal wurden sie schon kaputtgeschlagen oder niedergebrannt, kaum daß ich den Rücken gekehrt hatte. In einer Nacht kamen einige der Männer, um mich zusammen mit dem Dach über meinem Kopf zu verbrennen. Ich glaube, das war kein Traum. Ich bin sicher, daß ich eines Morgens vom Regen geweckt wurde, ohne jeden Schutz. Ich hätte mich nie ohne Unterschlupf schlafen gelegt, hätte es nicht gekonnt. Aber verstehe mich nicht falsch, dieses wechselhafte Leben war nicht sehr hart. Ich wollte mir gar kein dauerhaftes Heim schaffen. Ich glaubte, ein festerer Wohnsitz würde nur unwillkommene Neugier wecken. Ich wollte ein unabhängiges Leben führen. Das Unmögliche. Frei von falschen Komplikationen. Aber es hat mich nie gefreut, von der Jagd zurückzukehren und meine kleine Zahl von Besitztümern in immer kleineren Teilen überall verstreut zu finden, obwohl ich meine Schlafstatt so gut versteckt hatte. Und die Feuer ließen mich schließlich ganz verzweifeln.«

Bei Tageslicht hatte Savinien mit einem unbegreiflichen Strom von Joggern und Radfahrern zu kämpfen. Es kam ihm vor, als würden sie für einen Auftritt proben, sie strahlten das Versprechen leichter Unterhaltung aus, wirkten sogar wie phantastische Erscheinungen, Halluzinationen.

»Ich redete mir ein, daß der schmale Weg gewiß die Route einer ganzen Kompanie von Boten sein müßte, oder einer riesigen Artistentruppe, die darauf mit ihren Fahrgeräten übte. Denn von Fahrrädern hattest du mir nichts erzählt, Jennifer.« Es war seltsam, plötzlich meinen Namen zu hören, an mich selbst erinnert zu werden. »Was sollte ich davon halten, offensichtlich ist das keine vernünftige Fortbewegungsart, also nahm ich an, daß ich den Proben einer Zirkustruppe zusah.

Nun ja, inzwischen war mein Äußeres immer unansehnlicher geworden, sonst hätte ich sicher einen der vermutlichen Akrobaten angesprochen. Jongleure und Radschläger habe ich immer gemocht. Als Junge habe ich mir selbst einiges auf diesem Gebiet beigebracht. Das war eine Willensfrage. Denn auch ohne ungewöhnliches Verhalten versammelte schon mein Gesicht allein eine schaulustige Menge, wie du dir denken kannst. Man könnte sagen, daß ich nicht der Schönste unter den Männern bin. Und ich war auch kein hübsches Kind.« Er räusperte sich. »Ich weiß es. Es ist die Wahrheit.

Aus welchem Grund auch immer hat der Schöpfer des Universums mir ein neues Leben, aber kein neues Gesicht vergönnt. Nun ja, ich bin an mich gewöhnt, das ist nicht schlimm, und es ist nicht so leicht, mich zu verletzen, aber als Kind begann ich, Purzelbäume zu schlagen, allen möglichen Unsinn zu reden und Grimassen zu schneiden. Ich wollte es ihnen zeigen, den Lachern und den Schaulustigen. Ich wollte ihnen sagen: ›Seht her, ich will, daß ihr mich anstarrt. Ich bringe euch zum Lachen und Hinschauen. Mein Wille ist stärker als eurer.‹ Possenreißer, Schauspieler und Straßenkünstler: Ich glaube, deshalb fühle ich mich ihnen nahe. Und was ist ein Duellant, egal welchen Standes, wenn nicht ein Straßenkünstler? Jennifer?«

»Ja?«

»Gut, du bist noch da.«

»Natürlich.«

»Es macht dir nichts aus? Ich muß das erzählen.«

»Ich weiß. Ich verstehe.« Und ich verstand wirklich vollkommen. Ich wollte, daß mein Freund fühlte, daß ich bei ihm war, ich wollte ihn beruhigen, also sprach ich die Worte, so klar ich konnte. Savinien redete schneller und in leichterem Ton weiter. Vielleicht glaubte er, ich sei aufgewühlt.

»Man könnte irrtümlich annehmen, daß ich meine Existenz

langsam in den Griff bekam, als die Kälte zupackte. Die richtige Kälte, das Eis, erinnerst du dich? Der Weg war bald so gut wie verlassen. Männer kamen, um ihre Tauben zu füttern und zu pflegen, ich sah ihnen zu, dann nahmen sie ihre Leitern und verschwanden wieder. Wenn der Abend sich zur Nacht neigte, ging ich hinunter zum Fluß und sah die Lichter, die vom gegenüberliegenden Ufer reflektiert wurden. Eure Welt ist so voll, es gibt so wenig Raum für die Abgeschiedenheit echten Dunkels.

Und dann kamen die Feuerstrahlen und die ziehenden Schatten, ein Brüllen über den Wolken, und diese Dinge waren mir erklärt worden (du hattest sie mir erklärt – diese Dinge sind Flieg... Flugzeuge), doch im Herzen kannte ich sie nicht. Ich fühlte mich niedergedrückt von den zahllosen Einwohnern deines Landes, die immer in Bewegung sind, lärmen und kreischen, und dabei trieb ich zugleich völlig haltlos dahin und fürchtete mich vor meiner eigenen Stille.

Weit im Osten wurde eine große Scheune aus Metall gebaut und des Nachts von einem Mann bewacht. Er saß an seinem Feuer und paßte auf, und ich wollte nur er sein, meine Hände über die Flammen halten, ein wenig trinken und essen, durch mein eisernes Bauwerk wandern, bis ich am Morgen in mein Heim zurückkehrte.«

Ich hörte, wie seine Gedanken stockten. Er schluckte ein paar Mal. Ich griff blind nach seiner Hand und verfehlte sie.

»Aber jetzt ist es doch gut.«

»Nein. Nein, eigentlich ist es nicht gut.«

»Nein.«

»Und dennoch meistern wir unser Leben, ist es nicht so?«

»Das ist jedenfalls die Theorie.«

»Gott hat eine eigenartige Vorstellung vom freien Willen.«

Ich hörte, wie er sein Gewicht auf dem Bett verlagerte. »Ich entschuldige mich. Ich bin zu müde, um angenehme Gesellschaft zu sein. Würde es dir etwas ausmachen, wenn ich schlafe? Ich zeige mich der Erholung gern dankbar, wenn sie mich beehrt.«

»Sicher, sicher, schlaf nur. Bitte.« Ich öffnete die Augen und stellte fest, daß ich direkt in sein Gesicht schaute. Wir blinzelten beide ein wenig beim Versuch, uns an unsere Farben und ans Licht zu gewöhnen. Seit dem Beginn unseres Gesprächs hatte das Gewicht der Worte ihn sichtbar erschöpft. Sein Blick war stumpf, feucht, ein wenig rosa.

»Ich verschwinde gleich und lasse dich entspannen ... du wirkst tatsächlich ...« Doch ich konnte nicht beschreiben, wie er wirkte – anders, als ich es mir wünschte, oder zerbrechlich, oder wie ein verwundetes Tier, oder beinahe erschreckend. Keine dieser Formulierungen konnte ich aussprechen. »Ich gehe. Danke, daß du mir, na ja, daß du das erzählst hast. Ich habe nicht geahnt, daß es so ... daß es dir so gehen würde. Du weißt schon.«

»Ich glaube ja. Aber wenn es dir nichts ausmacht, wäre es mir lieber, wenn du nicht weggingest. Ich werde nur kurz schlafen, und vielleicht könntest du hierbleiben. Du möchtest doch, daß ich mich entspanne, und ein anderer Mensch im Zimmer würde sehr dazu beitragen, glaube ich.«

»Wenn es dir hilft.« Ich hatte noch gar keine Anstalten gemacht, aufzustehen und das Zimmer zu verlassen. Noch nicht die kleinste Bewegung.

»Du würdest mir in der Tat helfen, ja. Danke.«

»Du mußt mir nicht danken, ich wäre sowieso nur woanders hingegangen, um mich wieder zu setzen. Sitzen kann ich genausogut hier.«

»Ich kann dir trotzdem danken. Wenn ich dich zu lange aufhalte, kannst du mich wecken. Ich sollte schließlich besser nachts schlafen, und mein Vorrat an Erholung scheint nicht unendlich zu sein. Ich sollte ihn nicht vergeuden.«

»Nein.«

»Noch einmal: Danke.«

»Na gut, dann schlaf jetzt, kümmere dich nicht um mich.« Kümmere dich nicht darum, daß ich hier sitze und dir beim Einschlafen zusehe, wie du dich dem Schlaf ergibst, bis dein Gesicht sich glättet und weicher wird und dein Körper zu einer vollständigen Bewegung unterhalb deiner Gedanken wird. Kümmere dich nicht darum, daß ich hier warte, während du dich auf die Seite drehst und in die richtige Lage bringst, während deine Arme sich um deine Schultern legen, als wäre dir kalt oder als träumtest du oder als träumtest du von der Kälte.

Als du krank warst, sah ich dich oft bewußtlos, das heißt, fern von dir selbst. Wenn du schläfst, bist du nur fern von mir, und ich spüre, daß du eigentlich noch sehr nah bist. Damals nahm ich deine heißen, säuerlich riechenden Laken wahr, berührte deine Haut, und es war nichts, es hatte keine Bedeutung. Ich hatte es mit einer Krankheit zu tun, die dir ähnlich sah, nicht mit dir. Dies ist etwas anderes.

Der Himmel hinter dem Fenster wird violett und versinkt in der Dämmerung, und ich höre den Puls deines Atems, ein sanfter, bekannter, persönlicher Takt, den ich jetzt immer erkennen werde. Ich spüre, wie deine Geschwindigkeit den Rhythmus meiner Lunge bestimmt, und ich höre, wie wir einander zur Begleitung werden.

Kümmere dich nicht darum, daß das Zimmer um uns schrumpft, daß die Luft zwischen uns dichter wird. Das beunruhigt mich, sollte dich aber niemals kümmern. Ich weiß, daß ich mich jetzt keinen Millimeter mehr bewegen kann, damit ich dich nicht störe. Damit ich dich nicht berühre. Ich glaube, wenn ich mich auch nur ein bißchen bewege, werde ich dich berühren, und davor habe ich Angst.

Und natürlich sollten auch Sie sich nicht um mich kümmern. Manchmal denke ich eben zuviel, das ist alles, auch wenn Denken mir meistens nicht gerade gut bekommt.

Aber im Augenblick läßt sich das Denken nicht vermeiden. Ich schreibe ein Buch – darüber muß ich ab und zu nachdenken. Ich muß sogar über diesen violetten Abend nachdenken, darüber, wie ich ihn ansah. Wenn es einen anderen Weg gibt, so kenne ich ihn nicht. Es wäre einfacher, oder jedenfalls anders, wenn es nur um Fiktion ginge, wenn ich mir das alles ausdächte, aber das tue ich nicht. Ich setze mich hin und reibe absichtlich kräftig über das Schmirgelpapier und die Reißzwecken, die meine Gedanken eigentlich schon aufgeweicht, umschifft, abgeschliffen hatten. Ich öffne absichtlich alte Wunden. Vielleicht wäre es weniger anstrengend, wenn ich es schon früher getan hätte, vielleicht auch nicht. Ich kann nur konstatieren, daß mir mein Gedächtnis schon mehrmals im Hinterhalt aufgelauert hat, und ich bin überzeugt, daß es schon auf die nächste Gelegenheit wartet. Ab und zu schaut der Schmerz herein und spült die Wurzelkanäle der Erinnerung mit einer Lösung durch, die nach Wundbrand und Karbolseife schmeckt. Ich vermute, ich zahle die Strafe für die anmaßende Annahme, daß irgend jemand außer mir selbst an der Geschichte, die ich zu erzählen habe, Interesse finden könnte. Ausgleichende Gerechtigkeit.

Aber die wirkliche Anmaßung liegt ja ganz woanders und ist viel ernster. Wissen Sie, ich möchte den Lauf der Zeit umkehren oder zumindest aufhalten. Ich stelle mich gegen die Naturgesetze, und das ist ebenso sinnlos wie der Versuch, einen Wasserfall festzunageln. Dumm und vielleicht sogar gefährlich. Und doch will ich in Minuten und Stunden leben, die vergangen sind, und auf die weniger befriedigende Gegenwart verzichten. Beim Schreiben kann ich das tun, aber wie zu erwarten, entdecke ich dabei auch den unvermeidlichen Preis. Am Ende einer Seite, eines Kapitels, eines Arbeitstages muß ich aufhören. Ich muß zurückkehren. Gerade wenn ich müde werde, wenn ich den Ereignissen gegenüber besonders empfindlich und empfänglich geworden bin, muß ich zurückkehren und alles hinter mir lassen.

Manchmal fragen Freunde mich, was ich denn so treibe, wo ich gesteckt habe. Was ich ihnen auch erzähle, es ist Unsinn. Meistens lüge ich höflich und schließe mit einem Lächeln. In Wahrheit verbringe ich den größten Teil meiner Tage nirgendwo mit niemandem. Ich sitze allein in einem Zimmer und bin von Ereignissen umgeben, die nicht mehr geschehen können.

Bevor ich übermäßig morbide werde, kann ich dazu anmerken, daß es sich um ein verbreitetes Problem handelt. Soweit ich sehen kann, haben die Bewohner meines Heimatlandes sich seit Generationen in immer leidenschaftlicher ausgemalte Versionen ihrer Vergangenheit gestürzt und diese Beschäftigung dadurch ausgeglichen, daß sie sich immer weniger aktiv mit dem Hier und Jetzt beschäftigten oder sich auch nur dafür interessierten. Erst jüngst hingegen war die gesamte Insel, von der meine Heimat einen Teil bildet, ausnahmslos vom Versprechen einer hinreißend leuchtenden Zukunft besessen. Einen winzigen Moment lang, beim Übergang von Vergangenheit zu Zukunft, waren die Menschen im Gleichgewicht, Hunderttausende offener Geister, die sich mit den Möglichkeiten des jeweils heutigen Tages beschäftigten. Ich glaube, es waren sogar ein paar Jahre, in denen jeder einzelne Bürger zumindest versuchen konnte, sich über das Wie und Wo seines Daseins klarzuwerden.

Vielleicht verkläre ich jetzt meine eigene Vergangenheit, aber es hat den Anschein, daß früher einmal sogar einflußreiche Individuen (Männer wie Frauen) von einer gewissen Unschuld, von Anstand und sogar Hoffnung beseelt waren. Andere, als ganz normal zu bezeichnende Menschen, betrachteten sich als einflußreich und waren es auch beinahe. Ich habe den Eindruck, daß die Menschen vor vierzig, sogar noch vor dreißig Jahren mit dem Ziel arbeiteten, etwas füreinander zu tun. Das war womöglich nur der Schockwirkung zweier grauenhafter Kriege hintereinander zuzuschreiben. Oder vielleicht idealisiere ich eine Zeit, die ich selbst nicht kannte und die in meiner Wahrnehmung aus zart getönten Tatsachen besteht, aus weichen Mützen, ernsten und ehrlichen Stimmen und bequemen graubraunen Regenmänteln, die sonntagnachmittags ungehindert über unberührte grüne Wiesen wanderten.

Lassen wir mal die Bilder von denselben Mützen und offenen, besonnenen Gesichtern beiseite, die der Errichtung des Zündturmes für die erste Wasserstoffbombe zuschauten. Dieselben unschuldigen Augen, die nicht anders konnten als den Ball aus Feuer und Krebs über der Wüste erblühen zu sehen, der den Sand zu smaragdgrünem Glas verschmolz. Nur ernste Ehrlichkeit und besonnene Unschuld konnten so etwas erfinden, Lüge und Bosheit wären dafür nicht schlau genug gewesen.

Als ich aufwuchs, spürte ich, daß mein Denken von der Epoche geformt wurde, in der diese Eigenschaften uns verließen. Es klingt vielleicht ein bißchen hart, aber ich hatte das Gefühl, im aufkommenden Zeitalter der dummen Lügen geboren zu sein.

In meiner Kindheit verbrachte ich einen überschaubaren Teil meiner ansonsten freien Zeit vor dem Fernseher, als er noch eine relative Neuigkeit war, nur zeitweise Programm zeigte und einfarbig leuchtete. Unser Regionalsender strahlte ungerührt stundenlang das Testbild mit dem diagonalen Kreuz der schottischen Flagge aus, unterlegt von der Dudelsackweise *A Hundred Pipers*, und vielleicht rührte daher meine Überzeugung, in einem Land zu leben, das zwar zu Großbritannien gehörte, aber sich vom Rest desselben unterschied. Für mich ist das viel selbstverständlicher, als es für meine Eltern war. Das mag positiv sein, wenn auch von zweifelhaftem Nutzen. Zwischen den Testbildern sah ich *The Man From U.N.C.L.E.*, wo keiner der Erschossenen je blutete und niemand sich über sie aufregte. Außerdem sah ich den Vietnamkrieg, wo sehr viele Menschen unerträglich bluteten und nur der Journalist John Pilger sich darüber aufzuregen schien. Das schien mir genauso vernünftig wie das Verhalten meiner Eltern, die jeden Stromausfall für ihre lüsternen Zwecke ausnutzten. Es gab eine Menge Stromausfälle. Ich erinnere mich an die Geräusche und Kerzen im Dunkeln, an das Zucken und Schaukeln der Schatten. Ich weiß noch, daß ich begriff: Die Welt war voller unerklärlicher Unbilden, über die sich niemand je aufregen würde. Sobald Kinder das Erwachsenenalter erreichten, würden auch sie geisteskrank werden.

Ich wußte Bescheid über *Die Bombe* und *Die Streiks* und *Den Atommüll.* Ich wußte Bescheid über den Studenten am Ende der Straße, dessen Kopf bei einem Autounfall abgetrennt wurde, und über die Frau, die sich erschossen hatte, weil ihr Labrador gestorben war, und einen ganzen sonnigen Tag lang wartete ich selbst darauf zu sterben und war merkwürdig überrascht, als mein Tod nicht eintrat. Ich hatte an meinen Fingern geleckt und vergessen, daß die Grashalme, die sie kurz vorher berührt hatten, mit Unkrautvernichtungsmittel gespritzt worden waren, und dann war es mir natürlich wieder eingefallen. Doch ich trug nichts davon als einen bitteren Geschmack auf der Zunge. Ich bin überzeugt, daß in meinen ersten Jahren auch wundervolle Dinge passierten, aber ich kann mich offenbar nur sehr verschwommen an sie erinnern.

Um weitere Nachrichten aus der Wirklichkeit zu erhalten, ging ich ins Kino. Ich glaube, das ist inzwischen eine genetisch verankerte Reaktion auf Streß und Entbehrungen. Ganze Nationen haben jedenfalls erstaunliche Notlagen überlebt und sich dabei fast ausschließlich von Lichtspieltheatern aufmuntern lassen. Also suchte auch ich den fröhlichen Gefährten auf, der uns in Wirtschaftskrise und Bombenkrieg zur Seite gestanden hatte.

Und dort lernte ich, daß ich mich niemals Flugzeugen, Booten, Aufzügen, Raumschiffen, Zügen, U-Booten, Autos oder Bussen anvertrauen sollte. All diese Fortbewegungsmittel steuerten unvermeidlich auf grauenhafte Unfälle mit zahlreichen Opfern, Todesfällen und Angstzuständen zu. Dasselbe ließ sich von jeder besonders friedlichen und freundlichen Klein- oder Großstadt, von Wolkenkratzern, Appartements, Feriensiedlungen, Gärten, Wäldern, Straßen, Stränden, Meeren, Dachböden, Kellern und Nationaldenkmälern sagen. Automobile, Vögel, Welpen, Fische und Bauchrednerpuppen konnten sich grundlos gegen ihre Eigentümer wenden, in einem Wirbelwind aus Federn, Fell und Flossen, aus Nylonhemden, knitterfreien Hosen und peinlichen Strickjacken.

Nirgendwo gab es Sicherheit. Große Gruppen von Familienmitgliedern, Freunden oder auch einander völlig Fremden wurden nur versammelt, um nach und nach den Händen eines Wahnsinnigen oder einer Epidemie zum Opfer zu fallen oder im leuchtenden Leid eines spektakulären Flammenmeeres unterzugehen. Die natürliche Folge von Ruhe und Sicherheit war die Katastrophe – sie ereignete sich ständig und überall.

Noch heute kann ich mich keinem Massentransportmittel anvertrauen, ohne sofort die Fluchtmöglichkeiten zu bedenken. Könnte ich die Zugfenster zerschlagen, bevor das eisige Wasser mich umschloß? Könnte ich die Stewardeß niederschlagen, die zwischen mir und dem nächsten Notausgang stand? Könnte ich um mein Leben kämpfen?

Meine Atembeherrschung ist außerordentlich, da ich sie jahrelang mit dem Ziel trainiert habe, es längere Zeit unter Wasser oder in giftigen Dampfwolken aushalten zu können. Wenn ich eine Treppe hinaufsteige, überlege ich, daß ein willkürlicher Akt der Brandstiftung sie in nutzlos glühende Trümmer oder in eine furchteinflößende Leiter aus verbogenem, kochend heißem Metall verwandelt, die meine einzige, wenn auch dünne Chance auf Weiterleben darstellt.

Und jedes der Leinwanddesaster fand seine Bestätigung in der Wirklichkeit. (Abgesehen von den fliegenden Piranhas, doch ich hatte bereits entdeckt, daß in praktisch jedem Land südlich von Frankreich viel gräßlichere Dinge lauerten.) Flugzeuge stürzten ab, ganz Jonestown schluckte Gift, Zugtüren öffneten sich freundlicherweise in scharfen Kurven, Mörder mordeten, öffentliche Dienste und geheime Armeen begingen fast stündlich obszöne Grausamkeiten, Menschen starben, Menschen starben, Menschen starben. Sogar im Kino. Ein Schuljahr lang wurde ich von einem älteren, leicht gestörten Physiklehrer unterrichtet, der als kleiner Junge einer furchtbaren Katastrophe im örtlichen Kinosaal entronnen war. Unvernünftige Jugendliche hatten bei einer Matinee am Samstagmorgen fälschlich, aber überzeugend Feueralarm geschlagen und damit eine Panik hervorgerufen, bei der zig Kinder zu Tode gequetscht wurden. Singende Cowboys galoppierten über schwarzweißen Sand, während sich die Notausgänge mit Leichen füllten und mit den nackten Geräuschen von Schmerz und Furcht – Ereignisse, die man im Film fast nie wahrheitsgetreu wiedergegeben sah, die für die Realität kleiner Jungen zu groß, zu dunkel und zu unwahrscheinlich waren.

Manchmal gingen Savinien und ich ohne Grund spazieren. Als der Frühling schlechte Laune bekam, gingen wir oft hinaus, nur um es ihm zu zeigen. Der Himmel wechselte innerhalb einer Stunde von Schnee zu Sonne zu Regen zu Hagel und wieder zurück, und wir redeten und schlenderten Straßen auf und ab, durch die ein hartnäckiger Wind peitschte, bis sie einen ganz eigenen stürmischen Charme entwickelten.

Savinien versuchte, jedem Schatten zurückkehrender Depressionen davonzumarschieren, und bisweilen war er ermüdend versessen auf die Erforschung seiner neuen Zeit und Welt. Er arbeitete einen methodischen Fragenkatalog ab und gab sich meist selbst die Antworten. Er konnte allerdings keine vernünftige Erklärung für die Kleidung finden, die ich und die anderen Fußgänger bevorzugten. Er blickte auf unsere Arbeitsschuhe mit Stahlkappen und unsere wasserdichten Springerstiefel, unsere Kuriertaschen und Fliegerjacken, unsere doppelt genähten und genieteten Jeans und unsere Armeehosen in Tarnfarben. Er betrachtete unsere Welt aus Leder und Metall, aus Leinwand und Gurten. Nachdem auch ich eine Weile nachgedacht hatte, konnte ich ihm verraten, daß wir uns eigentlich nicht direkt im Kriegszustand befänden und daß man in meiner Stadt auch nicht unbedingt zum offenen Straßenkampf neigte. Wir kleideten uns einfach alle mit Blick auf die Katastrophen, die zweifellos kommen mußten. Wir waren erwachsen und hatten unsere Lektionen gelernt. Wenn die Gebäude einstürzten und die Feuer ausbrachen und die Normalität unter unseren Füßen zersplitterte, wären wir zumindest sicher, daß wir versucht hatten, uns zu schützen.

»Meinst du das tatsächlich ernst?«

»Ich glaube schon. So ernst wie alles, was ich sage.«

»Manchmal glaube ich wahrhaftig, daß die Menschheit sich entwickelt hat. Hier herrscht eine Sauberkeit und Zivilisation, die mich einfach nur froh macht.«

Wir spazierten durch einen stillen, frischen Abend. Ich konnte nach vorn schauen und hören, wie unsere Schritte uns beschatteten, wie ihr Rhythmus überlappte, sich annäherte und dann zu einem wurde. Außerdem konnte ich seine Stimme hören.

»Doch dann schaue ich darunter … ich kann nicht begreifen, wie zufrieden ihr alle mit eurer Verzweiflung seid, bis ich mich erinnere … bis ich mich erinnere, daß nichts sich hier von meinen alten Kriegen unterscheidet. Immer noch schlagen Hinrichtungen und Hunger und Wahnsinn in euren Straßen zu. Ganz einfach ausgedrückt, seid ihr bloß privater geworden, besonders in euren Gedanken.« Er deutete mit dem Kopf auf einen seltsam, aber ordentlich gekleideten Mann, der zwischen zwei vollen Plastiktüten balancierte, einen länglichen Urinfleck, dunkel und frisch, auf der verblichenen Jeans.

»Sein Gesicht ist das eines Betrunkenen. Es hat die Form und die Scham, die Farbe und die Augen, den Geruch und den Schweiß des betrunkenen Gesichts. Ich kenne es. Ich kannte es vor dreihundert Jahren in einem anderen Land. Nichts hat sich wirklich verändert. Jennifer, ich erinnere mich an die falschen Teile meines Lebens.«

»So geht es mir wahrscheinlich auch.«

»Ich denke an die Zeit, als wir durch die Dörfer zogen ... davon habe ich letzte Nacht geträumt ... ich sah mich mit meiner Armee, mit meinen Kadetten, wir zogen hinauf nach Arras (zur Belagerung), und die Frauen ergriffen die Flucht. Sie rannten einfach weg, schrien in einer Sprache, die ich kaum verstehen konnte, und die Kinder weinten, bloß weil wir gekommen waren. Dabei sollten wir auf ihrer Seite sein. Wir waren ihre Landsleute, und doch erwarteten sie jederzeit schreckliche Dinge von uns. Aber du verstehst sicher, daß wir nur Menschen, junge Männer waren, und nicht immer schrecklich. Wir waren wechselhaft. Manchmal gaben wir den Leuten Hoffnung, bis sie den nächsten jungen Männern begegneten, die vielleicht weniger harmlos waren und alles Mögliche taten.«

»Hast du schreckliche Dinge getan?«

Beinahe lachte er. »Ich? Nein. Ich war bloß das ›Ungeheuer an Tapferkeit‹. Ich hatte eine Vereinbarung mit Gott getroffen. Ich tötete jeden, der die Absicht hatte, mich zu töten. Ansonsten schrieb ich Gedichte.«

»Gedichte.«

»O ja. Ich kann mich bemerkenswert ... ich konnte mich bemerkenswert gut konzentrieren, weil es zu meinem Besten war. Wenn ich mein Denken über den Lärm, den Schmerz, den Hunger und die Tatsache, daß ich ein kleiner Teil eines Krieges war, erheben konnte, dann konnte ich schreiben. Schreiben war nach Hause gehen. Nein, für mich selbst mein eigenes Zuhause zu sein.«

»Das ist jedenfalls eine Methode.«

»Und man tut es heute noch. Man macht davon Bilder, zur

Unterhaltung in euren Heimen. Mein Paris, meine Heimat schaute sich auch gern das Häßliche an, wenn es ihm gefiel, und es gab zahlreiche malerische Gelegenheiten dazu. Ich begann, mir den Teufel als der Menschheit äußerst freundlich gesinnt vorzustellen – ein mißverstandener Edelmann –, weil er uns mit so viel Material zum Verbrennen oder Foltern unter freiem Himmel versorgte. Der König und sein Kardinal waren ebenfalls äußerst großzügig mit dem Blut ihrer Untertanen. Wir erhoben uns, eine Art kleines Experiment, und versuchten es mit einer Revolte, mit der Fronde. Und wie endete es? Wie feierten wir unseren Sieg über Mazarin? (Das war dieser Italiener, der unseren kleinen König, unsere Regierung, einfach alles ruiniert hatte.) Natürlich tränkten wir die Straßen mit Blut. Natürlich.«

»Du regst dich zu sehr auf.«

»Ich wüßte nur gern ...«

»Ist gut.«

»Ich wüßte einfach gern, warum wir immer diesen Weg wählen? Warum gibt es keinen besseren Weg? Stell dir vor, ich sehe einen Gascogner, einen guten Kerl von hervorragendem Geist, der versucht, in einen Wald zu rennen. Das gelingt ihm jedoch nicht, weil er nur ein Bein hat. Er versucht zu laufen, und er vermag nicht zu begreifen, daß sein Bein unterm Knie abgeschossen wurde. Dieser Mann funktioniert nicht mehr richtig, und wir alle schauen ihm an diesem Morgen ungerührt zu. Er ist nicht mehr unser Freund, er ist jetzt etwas Interessantes.«

»Das glaube ich nicht.«

»Ich war dabei.«

Er ging mir einen Schritt voraus und rieb sich den Nacken, die Schultern hochgezogen.

»Hast du versucht zu schreiben?« Als er nicht antwortete, dachte ich, er habe mich nicht gehört. »Hast du versucht zu schreiben?«

»Versucht? Nein, versucht habe ich es nicht. Versagt habe ich. Ich habe beim Schreiben versagt.«

»Es wird zurückkommen.«

»Warum? Warum sollte es? Ich bin gemacht, wie ich gemacht bin. Ich kann nicht aus meiner Haut. Ich bin ohne Grund hier, und ich bin nutzlos. Erlaube mir, das so zu sagen. Dies sind schwarze Gedanken, und wenn ich sie ausspreche, dann wollen sie vielleicht irgendwann von mir weichen.«

»Wie du meinst.«

Die Hauptstraße führte uns schweigend heim, und wenn Savinien vorübergehend denken mochte, er sei nutzlos, so fühlte ich dasselbe dauerhafter. Ich wollte so gern von Nutzen sein. Savinien brauchte bloß morgens in die Küche zu kommen, sich zu strecken und an den Rippen zu kratzen, schon machte er mich glücklich. Es bedurfte keiner Gedanken oder Anstrengungen seinerseits. Ein Teil seines Wesens machte mich einfach nur froh, daß er war, wie er war, daß er mich froh machte, daß er war, wie er war, ad infinitum. Ich jedoch konnte anscheinend bei ihm nichts dergleichen bewirken.

Und das bringt mich wieder zu jenem violetten Abend.

Ich hörte auf, Savinien zu betrachten, als er aufwachte.

»Wie lange?«

»Fast eine Stunde.«

»Du hättest mich nicht so lange schlafen lassen sollen. Ich muß sehr langweilig gewesen sein.«

»Nein.«

»Dir muß doch aber sehr langweilig gewesen sein.«

»Ich habe nachgedacht. Hab es gar nicht bemerkt. Möchtest du gerne mit rauskommen?«

»Das letzte Mal ist schon eine Weile her.«

»Ich weiß, aber wir werden es langsam angehen.«

Es ergab sich, daß Arthur mitkam. Das hätte mir nichts ausmachen sollen. Es war alles immer noch recht heikel, Savinien ging zum ersten Mal wieder hinaus – da konnte alles Mögliche passieren. Es war besser, daß wir zu zweit dabei waren. Es war ganz richtig.

Schon, aber es gefiel mir nicht. Ich wollte ihm weiter allein zuhören, von niemandem sonst gestört. Ich wollte keine Veränderung, und das war eigenartig, denn unser gegenwärtiger Status quo war noch ziemlich frisch – aber ich fühlte mich wohl damit. Anstatt den gefährlichen Egoismus darin zu entdecken oder ein anderes Gefühl, dem Herzen und der Wahrheit näher – denn das war es, das war es, das war es –, hielt ich es bloß für vernünftig, unsere gewonnene Intimität nicht aufzubrechen. Schließlich hatte die ihn gesünder werden lassen, ihn zum Sprechen gebracht, über seine Abwesenheit und über das, was er getan hatte.

Aber es ergab sich eben, daß Arthur mitkam.

»Wie geht's dir denn? Wird es dir noch nicht zuviel? Sag Bescheid, wenn du zurückmöchtest.«

»Vielen Dank, Arthur. Ich habe einen von euch auf jeder Seite, das ist gut. Die Luft ist gut.«

»Das ist toll, wirklich toll. Du machst Fortschritte.«

Arthur tätschelte ihn auf dem Rücken und lächelte. Das wollte ich tun. »Bist du noch ein bißchen down?«

»Ich weiß nicht...«

»Niedergeschlagen.«

»Ach, es ging mir schon schlimmer. Mehrmals und an verschiedenen Orten. Wenn ich etwas zu tun finden könnte, würde das wahrscheinlich vorbeigehen.«

»Das kenne ich. Aber wenn es dir schon besser geht, wer weiß, hm? Sieh es mal positiv, du könntest auch Bäcker sein.«

»Ist das ein schottisches Sprichwort – Du könntest auch Bäkker sein?«

»Nein, sollte es aber. Ich meine, wer schaut schon in die Backstube und sagt ›Kompliment an den Meister‹? Hm? Niemand. Man kann sich des Eindrucks nicht erwehren, daß die Leute undankbar sind.«

»Ah. Ich muß sagen, als ich vor langer Zeit Stücke geschrieben habe, da war es ganz ähnlich. Der Autor erfährt nur, wenn das Stück schlecht ist. Oder wenn die Schauspieler schlecht sind, denn das muß natürlich am Stück liegen. Ich weiß, daß es auf dem weiten Erdenrund Menschen gibt, die selbst ihren eigenen Namen in baren Unsinn verwandeln, indem sie ihn aussprechen. Aber nein, dafür ist natürlich der Autor verantwortlich.« Ich merkte, daß er bloß Konversation betrieb, es interessierte ihn eigentlich nicht. »Wenn ich gekonnt hätte, hätte ich selbst gespielt.«

»Warum hast du nicht?«

»Entschuldigung?«

»Warum hast du nicht?«

»Ich glaube, mein Gesicht ist ein wenig zu sehr mein eigenes, um ein anderes zu werden. Und meine öffentlichen Auftritte lagen auf einem anderen Gebiet.«

»Ach so. Na dann. Ist aber schade.«

»Nein. Ich war nur ein klein wenig enttäuscht, und schließlich habe ich doch meinen Platz gefunden.« Ich spürte, wie er mich am Arm streifte, meine Hand fand und drückte. »Es gibt so vieles, was ein Mensch werden kann, ich bin immer überraschter, daß die Leute überhaupt wissen, was sie wollen. Und doch wissen wir es wirklich, wir müssen es nur herausfinden.« Ich drückte ebenfalls, und er zog sich sanft zurück.

»Lustig, daß du von Theaterstücken erzählst …«

»Wie bitte, Arthur?«

Er machte bloß Konversation. Das konnte ich hören – klingelingeling.

»Theaterstücke. Gerade eben war jemand im Fernsehen, der Theaterstücke geschrieben hat.«

Klingelingeling.

»Aber darum ging es gar nicht. Der Mann lag im Sterben.«

Übers Sterben wollte ich nichts hören. Nicht in diesem Moment. War nicht gut für Savinien.

»Ja, er lag im Sterben. Krebs. Noch ein paar Wochen zu leben, und er … er saß einfach da und, ich weiß nicht … doch, ich weiß es, er hat die Wahrheit gesagt. Ich hatte ganz vergessen, daß man das machen kann, noch dazu im Fernsehen, laut die Wahrheit sagen. Es waren eigentlich nur er und die Wahrheit. Und er starb. Man hatte das Gefühl, daß er einem etwas gab. Versteht ihr? Ich mußte rausgehen und einen Tee trinken, drüber nachdenken.«

»Wer war es denn?«

»Hm, ich habe den Anfang verpaßt, und dann habe ich euch gehört, und … ich weiß nicht. Aber er schien gut zu sein. Gut.«

Savinien zupfte an unseren Armen. »Dieser Mann war Schriftsteller?«

»Ja.«

»Und er hat die Wahrheit gesagt?«

»Ja.«

»Dann war er ein guter Mann. Dafür sind Schriftsteller da.«

Wir holperten schweigend weiter. Arm in Arm geht es nie so glatt, wie es in den Filmen aussieht. Dann hatte Arthur eine Idee.

»Okay. Jetzt paßt auf. Ich werde euch jetzt zu dem einzigen

Ort führen, der mir am ganzen Bäckereiwesen gefällt. Liegt auf dem Weg.«

Zehn Minuten später gingen wir langsam über einen dunklen Parkplatz, bis Savinien etwas nervös wurde und ich stehenblieb.

»Arthur, wo gehen wir hin?«

»Wir sind schon da.«

Er deutete auf das hohe, leuchtende Gebäude direkt vor uns. Daraus trug der Wind durch unsere Atemfahnen einen gedämpften mechanischen Rhythmus zu uns.

»Das ist die Mehlfabrik, wo sie das Mehl durch die Siebe schütteln.«

Wir schauten uns die Mehlfabrik an. Tatsächlich sahen wir durch die schmalen, hell erleuchteten Fenster hohe graue Maschinen, die sich sacht schüttelten. Wir schauten dem Schütteln zu.

»Arthur?«

»Ja?«

»Wenn das keine allzu komische Frage ist, warum starren wir eine Mehlfabrik an?«

»Weil ich unserem …«

»Savinien.«

»Ja, genau, weil ich Savinien den besten Teil meiner Arbeit zeigen wollte.«

Savinien schaute die Schüttelsiebe an und erzitterte leicht, als Arthur ihn an den Schultern packte und durch die weißen Wolken rief, die zwischen uns und dem Licht der Fabrik trieben.

»Wißt ihr, ich hatte keine Ahnung, daß die hier steht, und dann habe ich sie eines Morgens auf dem Weg zur Arbeit entdeckt. Es war noch ziemlich früh und Winter, also noch ganz dunkel, wie jetzt, und die Fabrik leuchtete und wiegte sich wie jetzt. Und Savinien: Ich hasse meinen Job. Es gibt nichts, was ich an der Bäckerei mag, und eines Tages werde ich mich aus dem Staub machen, bevor ich verrückt werde, und tun, was ich will. Ich werde mich verändern.«

»Es tut mir leid, das zu hören, Arthur.«

Arthur klopfte auf die Schultern, die er immer noch wie ein Lenkrad gepackt hielt. »Das muß dir nicht leid tun. Es ist nicht mehr so schlimm. Weil ich diese Fabrik gefunden habe. Ich ging näher heran und schaute hinein und dachte an all das Mehl da drinnen. Ich stellte mir die ganzen gefüllten Brötchen vor, mit oder ohne Rosinen, mit Sirup oder mit Kartoffeln, und das süße Brot und die Pfannkuchen, die man damit backen könnte. Ich stellte mir sämtliche Mahlzeiten vor, an die ich Hand legen würde – sogar meine beiden Hände. Ich stellte mir die winzigen Hautpartikel vor, die sich selbst von meinen sauber geschrubbten Händen lösen würden, wenn ich den Teig knetete, und daß Hunderte, wenn nicht gar Tausende von Menschen einen ganz kleinen Teil von mir essen würden, jahrelang. Ich war sehr deprimiert.«

»Das kann ich mir denken, Arthur.«

»Das ist gut. Denn jetzt schaute ich mir die Schüttelsiebe an. Da. Das Schütteln. Und dann wurde plötzlich etwas besser.«

»Und wie kam das, Arthur?«

»Weil ich im Geiste die ganzen Männer und Frauen in der Fabrik vor mir sah, die im Takt der Schüttelsiebe arbeiteten. Ich sah sie vor mir, wie sie nach ihrer Schicht aus dem Eingangstor wackelten wie eine Sambatruppe. Verstehst du?«

Er schüttelte Saviniens Körper sanft hin und her, ließ seine Füße ein wenig auf und ab gleiten, beugte sich vor und zurück, vor und zurück. DA-da-da-da, DA-da-da-da, DA-da-da-da, DA-da-da-da. Ich schaute zu, wie Arthur die Arme hob, sie seitwärts ausstreckte und schüttelte. Er drehte sich auf den Hacken und lächelte durch eine Wolke gefrorenen Gelächters.

»Versteht ihr? Das wäre erst ein Job. Was für ein Job. DA-da-da-da, DA-da-da-da. Da müßte man doch schon wahnsinnig sein, wenn man ihn annimmt. Jeden verdammten Tag DA-da-da-da, DA-da-da-da, von morgens bis abends.«

Savinien war ganz still geworden, aber er schaute sehr aufmerksam und genau hin.

»Das bringt mich zum Lachen. Und wenn ich bis zum Hals in den beschissenen Scones stecke, kann ich darüber lachen, ich laufe mich im Mehl warm, streue ein bißchen auf den Fußboden und rutsche los.«

Arthur drehte inzwischen weite Runden über den Parkplatz, probierte immer raffiniertere Schritte, wich rückwärts Schlaglöchern aus, und Savinien folgte ihm langsam und geradlinig. Schließlich hob er die Hände, als wollte er sie am Feuer wärmen oder sich vielleicht auch ergeben.

»Arthur, du mußt jetzt aufhören, ich kann das nicht.«

»Wenn du es mal versuchen würdest, kämst du schnell dahinter.«

»Nein.«

»Doch, na los. Du kannst es bestimmt.«

»Nein.«

Und Savinien stürzte sich mit einem perfekt getimten Satz auf Arthur. Präzise und erschreckend schnell hatte er ihn erwischt und hielt ihn fest. Arthur stolperte, fiel nach hinten und riß sie beide unbeholfen purzelnd um.

»Waao –«

»Entschuldige bitte.«

»Was soll denn –«

»Ich bin dir zutiefst dankbar für das, was du hier getan hast, und ich entschuldige mich dafür, daß ich dir Einhalt geboten habe, aber ich mußte es tun. Ich konnte es nicht mehr mit ansehen. Ich bin sicher, das verstehst du.«

»Laß mich aufstehen.«

»Selbstverständlich.«

Sie zogen sich aneinander hoch und standen sich gegenüber. Ich fand, Arthur sah wütend aus, doch als er Savinien anschaute, entspannte sich sein Körper plötzlich. Sie bewegten sich gleichzeitig, berührten sich kurz am Arm, umarmten sich mit etwas steifem Klopfen auf den Rücken und lösten sich wieder voneinander, kamen auf mich zu. Savinien hustete und nickte in meine Richtung. Sein Gesicht lag im Dunkeln.

Etwas von praktischem Nutzen war vollbracht worden. Arthur hatte eine Art von Kontakt hergestellt, die ich nicht ganz begriff. Er hatte etwas geschafft, was ich nicht hinbekam, und ein ganz klein wenig haßte ich ihn dafür.

Dann gingen wir nach Hause.

Am nächsten Morgen erzählte Liz mir etwas Nettes.

»Ich ziehe aus.«

»Hm?«

Savinien stand draußen im Garten, und ich hatte ihn durchs Küchenfenster beobachtet. Liz überraschte mich durch ihre bloße Anwesenheit. Aber das tat sie immer.

»Ich ziehe aus.«

»Haben wir etwas Falsches gesagt?«

»Nein. Ich ziehe zu Sandy.«

»Ach so … das ist schön. Ist er nicht …«

»Letzte Woche wurde die Scheidung ausgesprochen.«

»Ah.«

»Schön, daß es dich so mitnimmt, daß ich verschwinde. Ich werde dich auch vermissen.«

»Nein, nein. Tut mir leid. Ich habe letzte Nacht nicht besonders gut geschlafen. Ich, äh, dem Haus wird ohne dich etwas fehlen.«

»Ja, sicher.«

»Nein, ehrlich. Du mußt auf alle Fälle mal zu Besuch kommen.«

»Werde ich. Dann bringe ich Sandy mit.«

»Ja, wäre schön, ihn kennenzulernen. Paß auf, wir sollten mal alle zusammen ausgehen und essen oder so was, so richtig …«

»Feiern?«

»Ja, wir müssen doch dich und Sandy feiern. Wie findest du das?«

»Gut.«

Und wie fand ich das? Ich dachte bloß, daß jetzt ein Zimmer frei wäre. Ich dachte, selbst wenn Pete nach Hause käme, wäre noch ein Zimmer frei, und ich wußte, wer es kriegen könnte. Ich dachte, die Zeit würde vergehen, die Hausgemeinschaft würde sich einrichten, und wer weiß, vielleicht würden wir uns auf eine Art aneinander gewöhnen, die ich ganz erfreulich fände. Ich dachte an eine Art, die vor allem mir entgegenkäme.

Ich ging hinaus und über den Rasen zu Savinien. So einfache Dinge wurden seltsam unbehaglich. Wenn ich neben ihm ging, nahm ich auf einmal meine Füße zu deutlich wahr, die wiederum zu schwer wurden. Ich bekam plötzlich Angst, ich könnte stolpern oder gar stürzen.

»Jetzt ist der Frühling wirklich da, Jennifer. Jetzt weiß ich sicher, daß er bleiben wird. Und der Garten weiß es auch.«

»Du könntest recht haben, aber laß dich nicht ... ich meine, man kann doch auch glücklich sein, wenn es regnet.« In letzter Zeit war seine Laune direkt an das Klima gekoppelt. Ich wollte nicht, daß er sich einer weiteren Enttäuschung aussetzte.

»Komm her und sieh. Dort drüben. Heute morgen habe ich etwas entdeckt.«

Damit ich ihm problemloser folgen konnte, nahm er meine Hand. Sein Griff war warm und trocken, von gesundem Druck.

»Da.«

Eine der Blumen des letzten Jahres hatte sich wieder eingesamt, wie es ursprünglich einmal vorgesehen war, und bildete nun winzige Blütenblätter aus, kräftig leuchtendes Blau um ein Herz aus Orange.

»Ich weiß nicht, was für welche das sind.«

Er hatte meine Hand noch immer nicht losgelassen, obwohl er mich nicht mehr führte. Ich änderte meine Fingerhaltung ein wenig, aber keiner von uns ließ los.

»Es sind jedenfalls schöne. Lebendig sind sie.« Ich spürte, wie seine Finger sich bewegten. »Jennifer, ich muß dir etwas Wichtiges mitteilen.«

»Hhem, ach ja?«

»Ja.«

»Dann mal los.«

»Ihr habt einen schrecklichen Garten. Ich werde ihn umgraben und besser machen. Ich möchte ihn nicht länger in diesem Zustand sehen.«

»Das ist gut.«

»Ich muß mich beschäftigen. Ich kann keine Worte mehr wachsen lassen.«

»Das wirst du wieder, ganz sicher.«

»Darauf kann ich nicht warten. Ich bin zu dem Entschluß gekommen, daß ich mich verändern werde. Ich werde etwas Neues schaffen, was ich gut kann. Ich bin ein Schriftsteller, der nicht schreiben kann. Das kann ich akzeptieren. Ich werde nicht schreiben. Ich bin ein Kämpfer, der nicht mehr kämpfen wird. Mir fehlt das Herz dafür. Ich kann mir keine Reputation schaffen, ich muß keinen Platz für mich erringen, und niemand wird mich verpflichten. Darüber bin ich hinaus. Ich werde bei den Blumen sein und sie wachsen lassen.«

»Ich bin froh. Wirklich. Es hört sich vielleicht nicht so überzeugend an, aber ich freue mich sehr für dich.«

»Zeig es mir.«

»Das tue ich doch, ich lächele. Siehst du, ich bin froh.«

»Nein. Zeig es mir so, daß ich es merke.«

»Wenn mir einfällt, wie ich es dir zeigen kann, werde ich es tun.«

»Dir fällt doch sonst sehr viel ein. Warum ist das so schwer?«

Ich griff nach seiner freien Hand, aber er zog sie weg. Selbst um bloß sein Handgelenk zu berühren, hätte ich den Abstand zwischen uns ohne sein Zutun schließen müssen. Und das konnte ich nicht.

»Es ist eben schwierig, das ist alles.«

»Ich verstehe.«

Warum sagen Menschen das immer genau dann, wenn sie nichts verstehen.

»Ich verstehe. Du bist sehr freundlich zu mir. Und dafür bin ich sehr dankbar.«

»Ich bin nicht freundlich.«

»Doch. Du bist ungeheuer freundlich, und das weiß ich zu schätzen. Du hast schon viel mehr für mich getan, als ich erwarten konnte.«

In seinem Gesicht erlosch etwas. Er zog sich in die Höflichkeit zurück, seine Haltung wurde formeller, bis ich den Mann vor mir sah, der er einmal gewesen sein mußte, wie er eine Zurückweisung in vorgeschriebener Fasson entgegennahm. Er neigte den Kopf und zeigte mir seinen weichen Schädel, den nackten Hals, und ich wußte, er würde meine Hand küssen, und ich fühlte ihn meine Hand küssen, hielt still unter dem langen, wütenden Hauch seines Atems.

Als er die Augen hob, blitzte etwas Lebendiges in ihnen auf, dann verschatteten sie sich wieder.

»Ich glaube, Arthur beobachtet uns vom Küchenfenster. Es wäre unangenehm, wenn er falsche Schlüsse ziehen würde.«

Es fiel mir unbegreiflich schwer, mich umzudrehen und wegzugehen.

Also schrieb ich ihm einen Brief. Nicht gerade logisch – er würde ihn nicht lesen können –, andererseits konnte ich ihn auch nicht abschicken. Damit war unsere Lage ausgeglichen.

Ich stelle fest, daß ich mich nicht mehr erinnern kann, wie ich ihn formuliert habe, obwohl er mich fast eine Woche beschäftigte. Bevor ich mich schlafen legte, zu schlafen versuchte, schrieb ich im Kopf Briefe, dann auf Papier, und dann zerriß ich sie wieder. Keiner war so, wie ich es wollte.

Heute ist meine Situation ganz anders, aber einige Dinge haben sich nicht geändert. In der letzten Woche bin ich entweder jede Nacht von demselben kurzen Traum heimgesucht worden, der sich ständig wiederholte, oder ich habe gar nicht geschlafen. Und wenn ich Savinien heute einen Brief schriebe, die Worte vor mir auf dem Blatt sähe, würde ich wahrscheinlich das meiste wiedererkennen, was ich damals zu sagen hatte.

Aber ich will heute mit ihm sprechen. Ich will ihm heute einen Brief schreiben. Nun ja, das ist mein Problem. Denken Sie sich das folgende als den Brief, den ich damals geschrieben hätte, dann erfüllt es seinen Zweck in der Geschichte und für Sie vollkommen.

Gestatten Sie mir eine Seite.

Ich muß nicht sagen, an wen ich dies schreibe – wir wissen es schon. Wir sind wir, Écuyer de Cyrano. Wir sind wir. Ich bin mehr ich selbst als früher, auch wenn ich nie darum gebeten habe, weil ich immer noch du und ich bin. Ich weiß noch, wie das geht.

Die nackten Worte lauten: Ich liebe Dich.

Ich vermisse Dich.

Ich liebe Dich und ich vermisse Dich. Diese beiden Verben hängen so eng zusammen, daß ich sie nicht einzeln fühlen kann. Aber wenn ich überhaupt etwas fühlen muß, warum dann dies?

Du bist der Mensch, der mich die leeren Räume und die leeren Zimmer spüren läßt. Du bist der einzige Mensch, der so viel Macht über mein Leben hat. Glaubst Du, das gefällt mir? Ich will nicht vervollständigt werden, nicht geöffnet werden, nicht befreit werden oder ein in irgendeiner Weise reicheres Leben führen, als ich es tue. Ich will nicht, ich will nicht, ich will nicht, und dann will ich doch. Deine Schuld. Du weißt, daß ich Dich unablässig vermisse. Ständig.

Ich wünsche mir Frieden auf der Welt. Ich wünsche mir Glück. Ich wünsche mir, Deinen Mund zu berühren. Ich wünsche mir, daß das Universum sich genau so dreht und bewegt, wie es muß, und ich wünsche mir, daß ich mich nicht mehr ohne Dich hinlegen muß.

Es ist etwas in mir, das mich in letzter Zeit völlig willkürlich zum Weinen bringt, als sei ich sehr alt oder sehr jung oder sehr dumm, und die Tage vergehen – ich fürchte, ich muß so bleiben, oder wenn ich es schaffe, mich zu ändern, werde ich einfach aufhören zu leben. Ich wäre in dieser Hinsicht sehr gern optimistischer.

»Nimm ein Stück für Onkel Arthur.«

Arthur hatte Biskuittorte gebacken, was ungewöhnlich war, denn zu Hause buk er nicht gern.

»Tut mir leid, aber ich habe eigentlich keinen –«

»Ist mir scheißegal, ob du eigentlich keinen hast, ich backe nicht aus sportlichem Ehrgeiz Biskuittorte. Ich versuche, ein wenig häusliche Gemütlichkeit in unsere Wohngemeinschaft zu bringen.«

»Warum?«

»Warum? Machst du Witze? Liz ist kurz davor, für immer zu verschwinden, Soundso –«

»Savinien.«

»Pflügt entweder den Rasen um oder schläft –«

»Und ich bin eine depressive Zicke?«

»Und du arbeitest wieder zuviel. Du wirst noch krank. Nimm ein Stück Torte. Echte, selbstgeschlagene Sahne.«

»Und echte Marmelade?«

»Ja, hat meine Mutter gemacht.«

»Ich fühle mich geehrt.«

»Du hast es gar nicht verdient. Habt ihr euch gestritten? Und frag bloß nicht ›Wer wir?‹ Du weißt genau, wen ich meine.«

»Ich weiß nicht.«

»Könntet ihr euch dann vielleicht mal gegenseitig fragen?

Wenn ich noch eine Woche hier auf Schloß Dracula verbringen muß, freue ich mich womöglich noch auf meine Arbeit.«

»Ist gut.«

»Versprochen?«

»Ja. Ich verspreche es. Was auch immer.«

»Und wie schmeckt die Biskuittorte?«

»Tut mir leid, darauf habe ich jetzt gar nicht geachtet, wahrscheinlich ganz gut.«

»Du ekelhafte Ziege.«

»Sie ist phantastisch. Das war ein Witz. Eine großartige Biskuittorte, ehrlich. Zwölf von zehn möglichen Punkten.«

»Zu spät. Ich werde mich in die Waschmaschine setzen, wahrscheinlich bleibe ich eine Weile drin.«

»Könntest du ein paar von meinen Blusen mit reinnehmen?«

»Das wird dir noch leid tun.«

Er hatte ja recht. Ich mußte etwas unternehmen. Von allen anderen Unannehmlichkeiten abgesehen wußte ich, daß Einsamkeit nicht gut für Saviniens Gesundheit war. Er sah viel müder aus, als er von der Gartenarbeit sein dürfte.

Vor unserem Haus befand sich eine sandige Fläche, auf der Liz' Begleiter manchmal ihre Autos abstellten. Da von uns keiner einen Wagen besaß, hatten wir keinerlei Verwendung dafür. Savinien hatte das Stück Erde in den letzten zwei Tagen gründlich umgegraben und in so etwas wie Mutterboden verwandelt, wobei er eine stattliche Menge Glas und Papier und einen flachen Haufen Backsteine und Betonklötze zutage gefördert hatte. Wir sollten einen von Grund auf neuen Garten kriegen.

Ich saß auf der Vordertreppe und sah ihm zu, wie er mit dem Spaten ein Muster in die ebene Erde stach. Der scharfe, mineralische Geruch frisch umgegrabener Erde hing in der Luft. Ab und zu richtete er sich auf und trat zurück, um die Symmetrie seiner Anstrengungen zu beurteilen. Jedes Mal wandte er mir absichtlich den Rücken zu, hielt inne, schnaufte und arbeitete weiter.

Das Muster wand und schlängelte sich durch das Viereck, das er abgesteckt hatte, er hielt den Blick auf den Boden gesenkt und bewegte sich langsam in Richtung Haus und auf mich zu. Der Wind dämpfte oder verstärkte das Klingen seines Spatens und die Melodie, die er summte, etwas Hohes und Verschnörkeltes, was ich ihn schon früher hatte singen hören.

Ich begann mich zu fragen, ob er mich wirklich immer noch ignorierte oder ob er nicht tatsächlich in seiner Arbeit versunken war, in das Gedicht, das er in die Erde schrieb. Seine Bewegung rollte von den Schultern zur Taille hinab, in seinen Schenkeln folgte jeder Entspannung die sich plötzlich rundende Anstrengung. Ich wußte vom bloßen Hinsehen, wie er sich fühlte. Ich wußte, daß ich es wußte, aber ich sah trotzdem weiter hin.

Er grub um und machte einen Schritt und machte einen Schritt und grub um, rieb sein Gesicht am Unterarm entlang, seufzte, ständig mit dem ganzen Körper in Bewegung. Hätte ich gekonnt, wäre ich aufgestanden und gegangen, aber dadurch hätte ich nur verlieren können. Die Regeln, nach denen wir spielten, waren mir kaum vertraut, aber ich begriff doch: Wenn ich ging, dann war es das, Schluß, nichts mehr von dem, was wir werden konnten. Und ich wollte doch, daß wir würden, was wir werden könnten.

Doch wenn ich sitzenblieb und er mich weiter ignorierte, hatte er doch auch gewonnen, oder? Und ich hätte noch eindeutiger verloren, weil ich wollte, daß wir beide gewannen. Wir befanden uns in einem jener winzigen Augenblicke, wo die Zeit immer zähflüssiger wird und innehält, bis das getan ist, was getan werden muß, aber man muß sich trotzdem beeilen, um den Moment nicht zu verpassen. Keine zweite Chance, neues Spiel, neues Glück.

Ich dachte daran, mich zu räuspern, aber ich ließ es bleiben. Ich wollte ohnehin nichts sagen. Ich wollte nur aufstehen und ein Stück gehen.

Ich stellte mich ans Ende seines Musters – wenn er mich weiter ignorieren wollte, würde er durch meine Füße hindurch graben müssen. Und tatsächlich beschrieb er eine Kurve, die etwa einen halben Meter hinter mir enden sollte. Beinahe in der Haltung eines Golfspielers beim Putten verringerte er den Abstand zwischen uns. Ich bemerkte, wie braun die Arbeit an der frischen Luft ihn hatte werden lassen, nur das blasse Dreieck unter seinem aufgeknöpften Hemd zeigte, wie er früher ausgesehen hatte.

Er stach den Spaten ein letztes Mal in die dünne Krume. Jetzt war kein Platz mehr. Er hielt inne, richtete sich auf, starrte zum Haus empor, zeigte mir sein grimmiges Profil.

Wir warteten, wir dachten nach. Oder schoben theoretische Möglichkeiten in den Lücken hin und her, welche die Abwesenheit passender Gedanken hinterlassen hatte.

Er hob den Spaten und rammte ihn in die Erde, so daß er uns ohne Stütze gegenüberstehen konnte. Während ich mir überlegte, ob diese Geste wütend oder einfach nur gewaltsam gewesen war, merkte ich, daß sein Arm mich beim Herabsinken berührt hatte. Die Frage nach Absicht oder Zufall wurde schnell irrelevant, als sich sein Ellbogen hob und mich langsam in die Rippen stupste. Er stupste mich wieder und wieder und wieder. Dann folgte die Schulter, die sich herüberlehnte, bis sich sein ganzer Arm, seine ganze Seite an mich lehnte. Er ließ den Kopf herübersinken, die Stirn dicht an meiner Wange. Ich stellte einen Fuß nach hinten, um sein Gewicht abzufedern, und dazu seinen Geist und den Willen, der dahinterstand.

Er fühlte sich – wenn das irgendeinen Sinn ergibt – beredt an. Er atmete mich wortlos an und war deutlich ein müder Mann, ein Aufgeben, eine unwiderstehliche Entscheidung, ein Bedürfnis, eine schreckliche Geduld und ein Schmerz, und ein Körper, der für immer genau an den meinen paßte, Hüfte unter Hüfte.

Ich hatte das sehr klare und angenehme Gefühl, ausgegossen zu werden.

»Würdest du mich entschuldigen und mich arbeiten lassen.«

Ich glaube, er flüsterte. Ich erinnere mich an die leisen, heißen, geflüsterten Worte.

»Nein.«

»Würdest du bitte weggehen, bitte.«

»Wenn ich weggehe, fällst du um.«

»Das macht mir nichts aus.«

»Aber mir.«

»Du weißt nicht, was das bedeutet.«

»Du auch nicht.«

»Du verstehst nicht.«

»Ich weiß. Du auch nicht.«

»Ich weiß.«

»Aber es wird gut werden.«

»Ich glaube nicht.«

»Das ist mir egal.«

Im Wohnzimmer lehnte ich mich an ihn, gespannt wie ein Draht, und sein Hals bog sich unter meiner Hand und ließ mich unter sein Hemd gleiten, zu den kleinen Knöcheln seiner Wirbel, zu der trockenen, intimen Wärme seines Rückens.

Ich wollte es ihm vorher sagen.

»Ich bin ein schlechter Mensch.«

»Nicht schlechter als ich.«

»Doch, schlimmer.«

»Sag das nicht.«

»Aber es stimmt.«

»Du hast ›gefährliche Leidenschaften‹ – willst du das sagen? Die hatte ich auch des öfteren. Meine Liebe war zu wahllos. Henri hat mich gewarnt, ich solle zurückhaltender sein, aber wir waren nur Menschen, Liebe war nur Liebe. Ich sagte ihm immer, daß ich lieber einen originellen Gedanken aufschreiben würde, als gewöhnliche Erfahrungen machen.«

»Nein, ich –«

»Sssch. Ich habe mir ja auch selbst nicht geglaubt. Ich wollte immer mehr von den Missetaten als von den schriftlichen Beweisen.«

Ich nehme an, die meisten Küsse sind gleich – für den Betrachter unansehnlich, für die Beteiligten eine verwirrende Notwendigkeit. Ich werde Sie nicht bitten, uns zuzuschauen.

»Laß nie zu, daß ich dir weh tue, Savinien. Nicht mal, wenn ich dich darum bitte.«

»Aha.« Er lächelte in mich hinein. »Nein, das werde ich nicht zulassen. Aber du auch nicht.«

Und für geraume Zeit blieben wir im Wohnzimmer des großen Hauses und gingen völlig darin auf, es herauszufinden.

Arthur wußte Bescheid. Bei solchen Gelegenheiten fühlt man sich zum Lügen verpflichtet, obwohl man sich ebenso verpflichtet fühlt, sehr schlecht zu lügen und sich erwischen zu lassen. Arthur wußte sowieso Bescheid.

Nun taten wir also, was alle schon vor einem Monat vermutet hatten, vielleicht sogar noch früher. Niemand war angemessen erfreut oder überrascht. Die allgemeine Reaktion war Gelassenheit.

Ich für meinen Teil entdeckte, daß ich zuviel lächelte und mein Gang ein wenig elastisch wurde. Und natürlich verspürte ich das starke Bedürfnis, eine Ehrenrunde zu laufen und ein wenig zu jubeln, irgendwie zu feiern. Das beinahe einzige, was mich davon abhielt, eine zurückhaltende Anzeige in die Lokalzeitung zu setzen, war ein plötzliche, unpassende Zärtlichkeit und das Wissen, daß mein Privatleben so wie der Geschmack meines Mundes nicht mehr nur mich selbst etwas anging.

»Endlich glücklich?« Arthur lud vorsichtig flache Apfelpastetenstücke aus einem Karton in den Kühlschrank. Fast glaubte ich, er redete mit dem Gebäck.

»Hm?«

»Alles wieder normal? Oder sogar einen Schritt weiter? Ich meine, wird jetzt wieder gegessen? Und geredet? Diese langweilige Geselligkeit? Trautes Heim?«

»Ich schätze schon.«

»Gut.« Er schloß die Kühlschranktür und zerknüllte den Karton zu einer erstaunlich kleinen Kugel, bevor er ihn wegwarf. »Deshalb habe ich Kuchen mitgebracht.«

»Es macht dir doch nichts aus?«

»Ich bringe doch immer Kuchen mit. Ich backe sie, da darf ich sie auch essen.«

»Es macht dir doch nichts aus, daß wir wieder gesellig werden?«

»Warum sollte es mir etwas ausmachen, wenn Leute gesellig sind?«

»Ich weiß nicht. Schien mir nicht ganz ausgeschlossen.«

Arthur ließ Wasser in die Spüle rauschen und griff den Abwasch an. Ich hatte ihn offenbar beleidigt.

»Arthur?«

»Ja?«

»Wenn dir selbst nach Geselligkeit ist –«

»Ich bin heute ein bißchen müde. Tut mir leid. Wenn du was vorhattest. Tut mir leid.«

»Nichts Besonderes. Ich wollte bloß mal um den Block schlendern, vielleicht was trinken gehen.«

»Ins Kino gehen?«

»Vielleicht.«

»Nein, ich bin zu fertig. Frag doch Soundso.«

»Würde ich ja, aber womöglich kommt er noch nicht so gut mit Menschenmassen zurecht. Er ist doch noch nie richtig *aus* gewesen, weißt du? Ich meine, ich weiß nicht, vielleicht wäre es auch gut, aber ich bin nicht ganz sicher.«

»Ihr könntet euch doch was Ruhiges suchen – ist doch mitten in der Woche. Das sollte doch kein Problem sein.«

»Nein, stimmt, das müßte gehen. Vielleicht kommst du nächstes Mal mit.«

Und dann erinnerte ich mich – wenn man einen solchen besonderen Freund findet, verliert man als erstes alle anderen Freunde.

Wie Arthur gesagt hatte, hätte es keine Probleme geben sollen – ein ruhiger Abend mitten in der Woche, es hätte gutgehen müssen.

»Der Mann da drüben hat wirklich sehr viel Glück.«

»Hm?«

Wir saßen in der Ecke eines Pubs, in dem man auch Kaffee trinken konnte und dessen Einrichtungsdesign um das Motiv der Instabilität kreiste. Die Stühle und Tische waren aus dickem Draht geflochten – nicht so albern dünn wie billige Kleiderbügel, aber auch nicht viel tragfähiger. Der Gastraum war zu einem Viertel voller Studenten, die still Cappuccinos schlürften und angespannt hin und her schwankten. Ich konnte es ihnen nachfühlen.

»Er weiß vielleicht, daß ich häßlich bin, aber er weiß nicht, daß er nicht laufen kann.«

»Wovon redest du?«

»Ich könnte es ihm klarmachen.«

»Hör mal zu, dies ist keiner von den Orten, an die du dich gewöhnt hast. Wo auch immer. Kein Mensch starrt dich an.«

»Doch, er.«

»Ja, natürlich *er*, weil du ihn seit einer halben Stunde anknurrst. Das ist völlig unnötig. Herrgott, du benimmst dich wie ein Schläger. Wenn du ein Edelmann bist, dann verhalte dich auch wie einer.«

»Tut mir leid.« Dann wiederholte er es, und es klang ehrlich gemeint. »Es tut mir leid. Ich bin schon lange nicht mehr an einem solchen Ort gewesen. Sehr lange. In meiner Erinnerung war es immer unklug, sich zu entspannen.«

»Niemand will dich verletzen. Hier wollen alle bloß sitzen und etwas trinken und dann nach Hause gehen. Das ist eine ganz ruhige Bar hier.«

»Mit einer Waffe wäre mir wohler.«

»Mit einer Waffe?«

»Mit einer Waffe.«

»Meine Güte, heute trägt doch keiner mehr Waffen ... jedenfalls nicht offensichtlich. So läuft das hier nicht. Ab und zu kriegt jemand einen Fausthieb ab, das ist alles. Ist eine ruhige Gegend. Du leidest an Verfolgungswahn, das ist alles, bist ein bißchen schreckhaft.«

»Hier drin ist niemand, mit dem ich es nicht aufnehmen könnte. Weißt du das?«

»Ich fasse es nicht.«

»Nein, nein. Ich habe keinerlei derartige Absichten. Aber so ein Mensch bin ich, ich zeige dir nur, was für ein Mensch ich bin. Ich weiß, daß niemand hier schneller ist als ich. Hier ist niemand, den ich nicht aufhalten könnte. Und zwar endgültig. Ich würde gern auch etwas anderes sehen, wenn ich auf mein Leben blicke, aber ich kann nicht vergessen, was ich weiß. Bei jeder Vorstellung treffe ich auf einen lebendigen Körper und alle seine Möglichkeiten zu sterben, diese beiden Dinge gehören zusammen wie Wasser und ein Glas.«

»Weißt, wie du mich töten würdest?«

»Du mißverstehst –«

»Nein, nein. Du bedrohst mich nicht, und ich fühle mich auch nicht bedroht. Ich wollte es bloß wissen. Wie? Wie würdest du es anstellen?«

»Ich ... nein. Es gibt einige Menschen, bei denen der Tod für mich nicht in Betracht kommt. Du bist einer dieser Menschen.«

»Das ist schön.«

»Ich wünschte, es wäre schön. Wenn du so leichtsinnig umherspazierst, wenn du mit zurückgelegtem Kopf dasitzt, mit ungeschützter Kehle an die Decke starrst ... einmal hast du auf der Seite gelegen, und dein Arm hat nichts als dein Gesicht bedeckt, und jedes Mal, jedes Mal wollte ich dich verteidigen. Du brauchst eine Abwehr.«

»Savinien, ich kann vor Abwehr kaum laufen. Kein Mensch kommt mir zu nahe.«

»Das stimmt nicht.«

»Doch. Du kannst mich bedrohen, mich anschreien, mir komisch kommen, es bedeutet mir nichts.«

»Warum sollte ich das tun?«

»Nicht du persönlich – mehr so allgemein.«

»Das ist ein lächerlicher Aspekt eurer Sprache – daß ein so wichtiges Wort so unterschiedlich benutzt werden kann. Wie leicht kann man damit jemanden beleidigen.«

»Nein, in unserer Sprache ist es einfacher, jemanden mit Absicht zu beleidigen, es aber gut zu verstecken. Das allgemeine Du braucht nichts persönlich zu nehmen. So sind wir eben. Ich allerdings nicht. Ich würde dich lieber schlagen, als bloß darüber reden.«

»Das hast du schon erzählt.«

»Im Ernst. Ich kann mich gut verteidigen, in jeder Hinsicht. Das war ernst gemeint. In meinem letzten Schuljahr – ich erkläre dir, was ich meine – kam eine Nachricht aus dem Sekretariat, und ich wurde aus dem Klassenzimmer gerufen. Als ich das Gesicht des Direktors sah, wußte ich, was passiert war, aber er ließ mich erst mal Platz nehmen und servierte mir Tee und tätschelte mir den Kopf und erzählte mir schließlich – nachdem ich einen Keks gegessen hatte –, daß es einen schrecklichen Unfall gegeben habe. Das Auto meiner Eltern war verunglückt. Leichtsinnige Fahrweise auf freier Strecke, wahrscheinlich haben sie nicht aufgepaßt. Mein Vater war tot, meine Mutter im Koma. Und wie habe ich mich gefühlt? Was habe ich gefühlt?«

»Ich weiß nicht.«

»Natürlich weißt du es nicht, denn du bist normal. Ich war zufrieden. Ruhig. Leicht verärgert, weil ich jetzt meine Mutter besuchen mußte, bis sie starb, aber im großen und ganzen ruhig. Ich machte für den Direktor ein trauriges Gesicht und ging zurück ins Klassenzimmer. Chemie – der Stickstoffkreislauf. Meine Mutter starb am selben Abend, und meine Verärgerung wich. Ich weiß noch, wie ich ein paar Monate später ein Foto von ihnen ansah – es hätte ebensogut eine Zeichnung, eine Buchillustration sein können. Ich habe mich sehr bemüht, nie wieder an sie zu denken.«

»Du warst ein Waisenkind?«

»Das war kein Problem. Ich lebte eine Zeitlang bei meinen Großeltern, wurde achtzehn, bekam die Versicherungssumme, die mir zustand, zog woanders hin. Das war's. Das war's für mein ganzes Leben. Mehr ist nicht.«

»Das stimmt nicht.«

»Wie auch immer – du bist gewarnt.«

Er nickte ganz leicht und lächelte in sich hinein.

»Ich glaube, wir sind beide gewarnt und scheren uns nicht darum.«

Wir schafften noch einen Tee, bis der Musikpegel in der Bar auf ein Niveau angestiegen war, das eine Unterhaltung unmöglich machte. Draußen wartete ein milder Abend auf uns, rosa Streifen am Himmel ließen die Häuserwände leuchten.

Bevor wir auf dem Heimweg den Fußballplatz mit roter Asche passierten, bemerkten wir eine kleine Ansammlung von Menschen neben einem Tabakladen. Drei Frauen standen stumm an einer dunklen Kneipentür. Es dauerte eine Weile, bis ich den Rettungswagen erkannte und dahinter einen jungen Mann, der mit in der Luft angewinkelten Knien auf der Straße lag. Männer mit reflektierenden Anzügen legten die Trage neben dem jungen Mann zurecht, der eine dunkle Jacke mit einem leuchtend roten Lederkragen trug.

Savinien ging rasch an der kleinen Menge vorüber, wandte den Kopf nicht zur Seite.

»Das ist also ein ruhiges Viertel? Hm?«

»Ja?«

»Ruhe finde ich bewundernswert und oft sehr nützlich. Wie du gesehen hast, hat jemand ganz ruhig die Kehle dieses Mannes geöffnet.«

»Nein, habe ich – ach so. Dann war das Blut.«

»Manchmal wünsche ich mir, ich könnte hierhergehören, und dann passiert etwas, was mich bereuen läßt, daß es schon so ist.«

In dieser Nacht legten wir uns getrennt in unseren Zimmern schlafen. Obwohl wir uns natürlich im Laufe der Nacht taktvoll gegenseitig hätten aufsuchen können. Obwohl es uns überhaupt freistand, ganz offen zusammenzusein, blieben wir getrennt. Der Grund war keine Mißstimmung, nur eine seltsame Müdigkeit. Ich glaube, heute bereue ich diese Entscheidung, weil sie eine Art Verschwendung bedeutete, aber damals schien es, unsere Zeit miteinander dehne sich so unendlich, daß wir bedächtig und freigiebig damit umgehen könnten. Darüber bin ich froh, ich bin froh, daß ich uns bedächtig und freigiebig in Erinnerung habe.

Ein Beispiel.

»Es ist zuviel.«

An diesen Ausschnitt denke ich manchmal ganz gern.

»Es ist zuviel.«

Savinien steht in den vollendeten Umrissen unseres neuen Vordergartens. Er sammelt langsam Geld für die Pflanzen und für die Haushaltskasse, indem er die Gärten anderer Leute umgräbt, was ihm vor allem durch seine Arbeit in unserem eigenen möglich wurde, der inzwischen eine einzige prunkvolle Werbung für seine Fertigkeiten mit dem Spaten abgibt. Schmale, gleichmäßig verlegte Backsteinpfade schlängeln sich symmetrisch zu beiden Seiten von seinen Füßen weg, und dazwischen wartet die von Steinen befreite Erde darauf, zu grünen.

»Zuviel.«

»Was ist los?«

Er hat die Arme um den Brustkorb geschlungen, und seine Augen leuchten besonders hell. Er lächelt mich friedlich an.

»Der Vogel.«

»Wo?«

»Genau hier bei uns, hör doch.«

Ein wenig Konzentration macht barocke Triller hörbar. Jemand übt sein bestes Abendlied.

Savinien reibt sich die Augen und streckt dann eine Hand seitlich aus. Ich finde es kein bißchen beleidigend, daß er annimmt, ich würde zu ihm gehen, um sie zu halten, und ich enttäusche seine Erwartung nicht.

»Wirklich sehr schön, aber Vögel sollen doch auch singen, darum heißen sie Singvögel.«

»Ich weiß. Es ist alles zu gut.«

»Hm?«

»Daß es dieses Lied auf der Welt gibt und all die anderen Lieder. Es sind viel mehr, als sie für ihre Zwecke benötigen, und es steckt zu viel Freude darin.« Er dreht sich sehr ernst zu mir um. »Jetzt möchte ich meinen Garten pflanzen. Anfangen.«

»Warum auch nicht? Hast du genug Geld für Blumen und alles?«

»Wenn du und Arthur weiterhin nichts sonst von mir annehmen wollt –«

»Ja, das lehnen wir kategorisch ab, das ist gegessen. Denk dran, daß wir dir als unserem offiziellen Gärtner auch nichts bezahlen.«

»Dann habe ich genug, jedenfalls für einen sehr vielversprechenden Anfang.«

»Am besten bekommt man alles in dem Geschäft hinter dem Hügel.«

»Habe ich schon gesehen. Ich habe mir alles angeschaut, was ich nehmen würde.«

»Und?«

»Ich kann nicht.«

»Warum nicht?«

»Es würde zu schön werden.«

»Ach, du bist doch ein Blödmann.«

»Wie bitte?«

»Pflanz uns einen Garten. Einen Paradiesgarten für unsere Dreisamkeit – na los. Aber die fließenden Brunnen kannst du vergessen, die Araber hätten sie auch vergessen, wenn sie im tropfnassen Lanarkshire hätten leben müssen. Pflanz los.«

»Das werde ich tun.«

Bald schon wird die lange Dämmerung einsetzen, die von beiden Enden unseres Horizontes mit immer härterem Blau herandrängt. Weil Arthur oben ist und das Folk-Programm aus dem Radio aufnimmt, werden wir bald ins Wohnzimmer gehen. Dort werden wir vergessen, wachsam zu sein, auf Arthurs Bewegungen zu lauschen, oder auf Liz' letzte, allerletzte Rückkehr. Wir werden niemand anders mehr sein müssen als wir.

Bei offenen Vorhängen und nicht abgeschlossener Tür werden wir einander geduldig den Hof machen, bis auf die blanke Haut. Wir werden uns auf dem Sofa aneinanderklammern und umeinandergleiten wie die Fische, auf dem Sofa, an dem wir danach nicht mehr vorübergehen können, ohne neugierig hinzuschauen. Wir werden wieder hier sein, gleich wenn wir hereinkommen, wenn wir gerade heimkommen, heimwärts ziehen, wieder ein Zuhause finden. Nichts ist wie wir, nichts ist besser, nicht mal annähernd so gut. Und jemand setzt einen kalten Meißel an mein Herz, und es ist mir egal.

Doch was war mit der Welt, was mit meiner Arbeit?

Sie liefen eigentlich weiter wie bisher. Oder vielmehr wurde beides immer schlimmer, aber es kümmerte mich immer weniger. Ich begann mich zu fragen, ob zufriedene Menschen nützliche Glieder der Gesellschaft sein konnten. Anscheinend war ich, nachdem ich in einer Hinsicht zufrieden war, auch in vielen anderen Belangen leicht zufriedenzustellen. Außerdem hatte ich mit all meiner vorherigen Unzufriedenheit auch nie etwas angefangen. Vielleicht war dies der eine bewegungslose Moment an der Spitze der Kurve, und schon in kurzer Zeit würde sich mein Verhalten grundlegend ändern.

Ich hatte angefangen, für Sehbehinderte Liebesromane auf Band zu sprechen. Das war ebenso verstörend wie trostreich. Einerseits watete ich ständig durch einen lauwarmen Sumpf dünner, stark parfümierter Gefühle, wurde ständig an meine emotionalen Defizite erinnert und ständig durch die rauschenden Episoden meiner eigenen jüngsten Vergangenheit abgelenkt, die in mir vor allem den Wunsch weckten, nach Hause zu gehen und sie gleich noch einmal zu durchleben. Andererseits verging die Zeit mit wundervoller, beruhigender Klarheit, wenn sie nur mit mir und einer Menge Silben in einen schalldichten Raum gesperrt war. Ich durfte ein lebender Blasebalg sein, der Luft einsog und formte und der Fiktion einhauchte, durfte ein Mund ohne Gehirn sein.

Das Nachrichtenfließband war jedoch ein ganz anderer Fall. Meine Manuskripte lasen sich immer mehr wie Drehbücher einer dämonischen Klamotte, und Steven hatte beschlossen, offen gegen mich zu arbeiten. Das war kein Problem, bloß lästig. Während meiner Nachtschichten schlich er sich in die Kabine und beobachtete mich in Begleitung einer Frau namens Sonja, glaube ich.

Sie verschlangen sich mit den Augen und fummelten aneinander herum, sehr langweilig und aufgesetzt, vielleicht fickten sie sogar. Ich hatte keine Lust, herauszufinden, ob tatsächlich eine Penetration stattfand. Dafür hätte ich ihnen viel zuviel Aufmerksamkeit widmen müssen. Ich fragte mich bloß, was andere Leute dazu brachte, in meiner Gegenwart sexuelle Handlungen vorzunehmen. Ich konnte mich nicht entscheiden, ob ich auch bei meinen Eltern solches Verhalten angeregt hatte oder ob sie etwas getan hatten, was mich verändert hatte. Im Grunde war es egal.

Und das finde ich immer noch wunderbar. Im Grunde war es egal. Ich machte meine Arbeit, und dann ging ich nach Hause, um zu lieben. Meine Liebe ließ viele andere Fragen unwichtig werden. Ich öffnete zu Hause die Eingangstür und trat in die Liebe ein. Wenn ich halb durch den Flur war, hing sie mir schon in den Haaren wie Rauch.

Also war Steven nicht das Problem im Sender. Nein. Mein Problem lag im Unterton.

So nannten sie es.

»Sie scheinen einen Unterton zu entwickeln, Jennifer.«

Einen Unterton.

So wie sie es formulierten, lag ein Unterton irgendwo zwischen einer leichten Erkältung und einem polnischen Akzent. Eine unnötige Stimmfärbung, ein Hauch von negativem Kommentar.

Negativer Kommentar. Ich weiß gar nicht, wo der herkommen sollte.

Helfen Sie mir. Sehen Sie selbst: ausgewählte Höhepunkte der Ereignisse von Ende Mai und Anfang Juni 1994.

Unser Premierminister möchte die Mittel- und Obdachlosen dafür bestrafen, daß sie obdachlos sind – und noch dazu schmuddelig und ungepflegt. Die nicht zu erwartenden Bußgeldeinnahmen werden zum Bau von Gefängnissen verwandt, in denen man die Obdachlosen einsperrt, die keine Bußgelder bezahlen können.

Weiß nicht, was daran verkehrt sein soll.

Ein Gesetz zum Schutz behinderter Menschen wird vom Parlament verworfen, während die meisten Befürworter beim Begräbnis des Oppositionsführers weilen.

Die öffentlichen Stellungnahmen zeigen, daß nur ein toter Oppositionsführer auch ein guter Oppositionsführer sein kann.

Das konnte ich ohne mit der Wimper zu zucken herunterlesen – flach wie ein Billardtisch, glatter als alle Kugeln darauf.

Dann kommen wir zu den allgemeineren Punkten. Zum Beispiel duldet meine Regierung weiterhin freundlich lächelnd die Herstellung und den Export von Handfesseln und Landminen. Meine Regierung duldet weiterhin freundlich lächelnd die Herstellung zahlreicher weiterer hochentwickelter Waffen und den Export an Streitkräfte, die systematischen Völkermord betreiben. Meine Regierung duldet weiterhin freundlich lächelnd die Herstellung und den Export von Hodenquetschern, Elektroschockgeräten und anderen Folterinstrumenten, die in meinem Land derzeit verboten sind.

Klingt doch gut, oder?

Ein Serienmörder, der kleine Mädchen gequält hat, wird endlich verhaftet. Er sieht aus wie andere Menschen auch. Fehlende Mittel für die polizeiliche Datenverarbeitung haben seine Festnahme um Jahrzehnte verzögert.

Eine Nazi-Liga von Ehrenmännern vergeht sich in allen Teilen Europas, die sich gerade nicht im Krieg befinden, fröhlich an der Geschichte.

Ein weiterer prominenter Parlamentarier unseres Landes, stellt sich heraus, vergeht sich in vielen Teilen Europas, die sich gerade nicht im Krieg befinden, fröhlich an verschiedenen Frauen.

Und über dem Himmel der Normandie erblühen kaffeebraune Fallschirme. Und die Politiker – zum Glück arbeite ich im Radio und kann es nicht sehen – steigen aus Autos und Hubschraubern und schreiten lächelnd die Reihen der für ihre Zwekke ausgenutzten Helden ab, im Wissen, daß wir nur ihr Lächeln und Winken zu sehen bekommen, keine unangemessenen Reaktionen, keine Erinnerungen daran, wofür gekämpft wurde, keine Erinnerungen an das unartige Nachkriegs-Wahlergebnis, keine Erinnerung daran, was wir mit dem Frieden gewinnen wollten.

Sag es laut und sag es stolz, jetzt endlich bin ich überzeugt, daß nur meine Epoche – die Zeit, an die ich gewöhnt bin und in der ich mich zu Hause fühle – die Macht hat, jeden Glauben irrelevant, sentimental, banal erscheinen zu lassen. Einen ganzen Monat sehe ich nichts als Menschen, die zu sterben bereit waren, weil sie dachten, es würde der guten Sache dienen, weil es eine traurige Notwendigkeit war, und in mir rührt sich nichts als Langeweile. Mir wird nichts über diese Menschen erzählt, das mir helfen könnte, sie bewundernswert, liebevoll, menschlich, außerordentlich zu finden.

Und ich weiß, daß wir den Krieg gewonnen haben, daß wir nicht erobert wurden, daß wir nicht auf unseren eigenen Straßen niedergeschossen, umzingelt, ausgebombt wurden. Anscheinend hat uns niemand gezwungen, diese umkämpften Güter aufzugeben, diese seltsamen altmodischen Kleinigkeiten, die heute höchstens noch den wiedergeborenen Nazis am Herzen liegen und sonst spurlos verschwunden sind. Die Freiheit, den Anstand, die Fairneß, öffentliche Sicherheit, Gleichheit, Chancengerechtigkeit, den Frieden – sie sind uns so langsam abhanden gekommen, daß wir kaum noch erkennen können, wann sie zu versickern begannen.

Und wir wollen auch nicht vergessen, daß die große, weite, friedliche Welt stirbt, daß die Unschuld, die jeden Tag geboren wird, buchstäblich im Mutterleib vergiftet wird. Früher freute ich mich klammheimlich darüber, daß ich angesichts meiner relativ jungen Jahre erwarten konnte, jede Regierung – außer einer völlig verrückten – zu überleben. Doch inzwischen weiß ich, daß ich damit leben muß, was Achtlosigkeit, Planungen und Theorien, denen ich nie zugestimmt habe, mit meiner Luft, meinem Wasser, meiner Erde, meiner Nahrung angestellt haben.

Tut mir leid, daß ich darauf herumreite, aber ich merkte eben, daß es mir etwas ausmachte. Hier lebten Menschen, die ich liebte und die mir etwas bedeuteten. Außerhalb meines Studios waren Menschen, die einander etwas bedeuteten, und sie steckten bis zum Hals in der Scheiße. Ich mußte es sagen.

Ich konnte nicht anders.

Ich mußte es sagen. Wenn man mich oft genug vor ein eingeschaltetes Mikrofon setzt. Wenn man mich oft genug in ein Studio läßt. Wenn man mir oft genug seitenweise Elend und Müll zu verlesen gibt. Dann muß die Wahrscheinlichkeit ihren Lauf nehmen, und eines Tages muß ich einfach sagen, was ich denke. Scheiß auf alles andere, ich muß es sagen.

Nein.

Das war ein Witz.

Kein Wort habe ich gesagt. Nur gedacht. Mein Unterton war der einzige mir mögliche Protest. Ich ging ins Studio, im Mund den Geschmack von Asche, und wenn ich wieder hinausging, war der Geschmack noch schlimmer geworden. Das war die einzige Veränderung. Als im Juni die Europawahl anstand, konnte ich mich nicht mal zum Wählen aufraffen.

Und jetzt ist der vierte Tag im Juni. Kein schlechtes Wetter, und überall auf der Straße vor unserem Haus mischten sich die Leute, die verschiedene Autoteile reparierten, mit den Leuten, die verschiedene Motorradteile reparierten. Der Bürgersteig leuchtete fröhlich von der schwachen Sonne und dem blanken Metall. Es hätte möglich sein sollen, dort grenzenlos zufrieden zu sein. Abgesehen von all den schlimmen Dingen in der Welt und all den schlimmen Dingen in meinem Kopf ging es uns gut.

Uns. Das heißt Savinien und mir.

Wir.

Auf Wiedersehen Ich, Willkommen Wir – denken Sie bitte daran, daß Sie jetzt zwei Frontlinien gegen die feindlichen Handlungen der Welt zu verteidigen haben und sich jederzeit entsprechend verhalten müssen; dies ist eine Warnung in aller Freundschaft.

Sogar unsere Träume begannen übereinzustimmen. Zumindest einer unserer Träume, und obwohl das eigentlich eine ganz liebenswerte Idee ist, war die Realität doch anders. Am vierten Juni wachte ich sehr früh auf und wußte, daß ich Angst hatte.

Weil wir in diesem Haus immer noch nicht beieinander schliefen, mußte ich über den Flur zu Savinien gehen. Er saß schon aufrecht im Bett, schwach leuchtend im dämmerigen Zimmer, etwas verblüfft hinter seinem Lächeln.

»Ahm … Pardon …«

»Was ist los?«

»Äh, ich … habe vergessen, wie man spricht, das ist alles. Ich bin nicht sehr schnell beim Aufwachen. Hast du … was machst du hier?«

»Es klingt vielleicht ein bißchen albern, aber es ist so. Ich hatte einen komischen Traum.«

»Welcher Art?« Und wenn ich es mir jetzt überlege, dann sagte er das irgendwie besorgt, wachsam.

»Von der seltsamen Art.« Ich setzte mich auf die Bettkante, er rückte ein wenig zur Seite und dann ein wenig zurück. »Ich habe den Himmel gesehen, einen Himmel … ganz blau, hoch und heiß.

Ich weiß nicht, wieso ich wußte, daß es heiß war, aber so war es eben.«

»Was noch?« Er wußte, was ich sagen würde. An dieser Stelle erriet ich es, aber ich glaube, er hatte es schon seit Wochen gewußt, vielleicht sogar seit Monaten.

»Eigentlich nichts.«

»Hast du keine Bäume gesehen?«

»Ja, doch, das war das andere. Ich muß auf dem Rücken gelegen und nach oben geschaut haben, weil ich die Spitzen dieser langen, dünnen Bäume sehen konnte, drei oder vier. Waren das vielleicht Pappeln? Es kam mir beinahe vor, als würde ich ein Bild sehen, ein heißes Bild.«

»Aha.«

»Das Alberne ist, es fühlte sich an wie du. Nicht als ob du da wärst, sondern als ob du es träumtest.«

»Das ist ganz natürlich, weil ich es auch geträumt habe. Ich habe diesen Ort auch gesehen.«

»Du bist dort gewesen?«

»Nur im Schlaf, ich bin gerade daraus erwacht, von einem Himmel mit Bäumen. Dich habe ich dort nicht gesehen.«

»Vielleicht sollten wir wieder hingehen.«

»Was meinst du?«

»Ich meine, ich bin hier, und es ist noch sehr früh, und ich könnte noch ein bißchen Schlaf gebrauchen. Wie wäre es, wenn du rüberrückst. Vielleicht können wir so zusammen hingehen.«

»Sollen wir?«

»Wenn wir müde sind, sollten wir schlafen, ja. So will es die Natur.«

Er schüttelte nur den Kopf und hielt mir sein Bett auf, und ich rutschte zu seiner Wärme, zu seiner Müdigkeit, zu seinem Arm.

Nach einer Weile spürte ich, wie er sich entspannte, seufzte.

»Jennifer?« Ich wußte nicht, ob ich ihn gehört oder mir seine Stimme vorgestellt hatte, ich konnte nicht antworten. »Jennifer?« Ich glitt noch ein oder zwei Stufen tiefer, weg vom Verstehen, begann mich zu verlieren. »Sag, als du die Bäume gesehen hast, hat sich das wie der Tod angefühlt?«

Er wachte auf und ging, ohne daß ich es merkte.

Kurze Zeit später trank ich meinen Frühstückskaffee, als Savinien am Küchenfenster vorbeirannte und klappernd die Haustür aufriß.

»Komm und sieh dir das an.«

Es war nicht allzu schlimm. Der Schock ließ die Wirklichkeit zunächst unheilbar wirken, doch es brauchte nur logisches Denken, um sie aufs normale Maß zu reduzieren. Aber es war trotzdem ein ziemliches Chaos.

»Ich weiß, wer das getan hat.«

Jemand war durch den neuen Vordergarten getrampelt, hatte Pflanzen ausgerissen, Backsteine ausgegraben und auf die Straße geworfen. Ich sah, daß die Täter in Eile und nicht sehr gründlich gewesen waren, doch der Schaden war nicht zu leugnen.

»Ich weiß es.« Savinien griff sich einen Backstein und warf ihn auf die Straße, trat einen anderen beiseite. »Ich bin sehr dumm gewesen. Ich habe einfach angenommen, weil ich mich wie jemand anders fühlte, würde ich auch wie jemand anders aussehen.«

»Was meinst du damit?«

»An einem der Tage, als ich meine Pflanzen nach Hause trug, war ich sehr glücklich und langsam. Um meine Stimmung zu halten, ja sie noch zu verstärken, habe ich einen Umweg durch den Park gemacht und den langen Heimweg genommen. Und dort glaubte ich, einen Mann gesehen zu haben, ich glaube er heißt Charlie, und wenn es Charlie war, dann ist er ein Freund von James. Einer der Männer, die ich vor einiger Zeit kannte. Ich habe sie hergebracht.«

»Wann, glaubst du, hast du ihn gesehen?«

»Vor ein paar Wochen.«

»Aber das ergibt doch keinen Sinn. Dann hätten sie doch schon früher was angestellt.«

»James ist mir ähnlich, er wartet gern und wählt selbst den Moment des Handelns.«

»Das kann jeder gewesen sein, irgendwelche Jugendlichen, eifersüchtige Nachbarn, ein torkelnder Besoffener. Ich meine, wenn sie wirklich gewollt hätten, hätten sie auch mehr Schaden anrichten können.«

Er lachte leise und lehnte sich dann vorwärts, so daß ich auf ihn zugehen und seinen Fall auffangen mußte. Mir war nicht ganz klar gewesen, wie sehr ihn das Ganze verletzt haben mußte.

»Es kommt schon wieder in Ordnung.« Er schüttelte an meiner Schulter den Kopf.

»Wir kriegen das alles in den Griff.«

»Nein.«

»Es ist gar nicht so schlimm.«

»Ich tue das für dich. Für euch. Ich tue es für das Haus.«

»Und du kannst es wieder tun. Bitte.«

Er hob den Kopf und entzog mir eine Hand, um sich über das Gesicht zu reiben, den Schmerz neu zu verteilen. »Das ist doch lächerlich. Ein paar Pflanzen. Das ist doch nichts.«

»Genau. Warum sollten wir uns wegen nichts Sorgen machen.«

»Sie müssen es gar nicht gewesen sein. James.«

»Und wenn er es war, dann tun wir, was wir tun müssen. Es gibt Gesetze.«

»Ich dürfte euch keinen Ärger machen. Ihr wart immer nur gut zu mir. Ich sollte euch Gutes tun. Das ist meine Absicht.«

Die Straße, die sich vor uns entrollte, füllte und leerte sich mit unschuldigen Aktivitäten, doch als ich sie auf dem Weg zur Arbeit entlangging, fragte ich mich, ob diese Leute gehört hatten, wie unser Garten zerstört wurde, oder etwas gesehen hatten, was sie für sich behielten. Ich sah die kleinen Mädchen, die mit ihrem Plastikwagen an der Ecke hockten und mit kleinen Steinen ihre Gedanken nachbauten, und versuchte mir vorzustellen, daß sie es getan hätten, oder ihre älteren Brüder. Ich wollte, daß unsere Straße unschuldig blieb, aber ich wollte mir auch nicht vorstellen, daß ein Fremder uns bedrohte. Ich hoffte, daß uns nur eine willkürliche Bewegung der Großstadt gestreift hatte, als hätte sie im Schlaf gezuckt. Nichts Persönliches.

Der Mond war kaum noch zu sehen, als ich zurückkam, nur noch ein Lichtspalt, der durch Wolken brach und verwischte, dann zu einer scharfen Linie in der Schwärze schrumpfte. Ich war müde. Steve hatte mich geärgert, und dann war noch am Ende meiner Schicht eine Frau im Kostüm ins Studio gekommen und hatte vorgeschlagen, daß ich vielleicht ein oder zwei Wochen

Pause machen solle, es sei schließlich schon sehr lange her, daß ich das letzte Mal Urlaub genommen hätte. Sie schien auf professionelle Weise sehr besorgt und fragte mich, ob ich mich ihr in irgendeiner Hinsicht mitteilen wolle. Sie murmelte beruhigende Sätze, das Leben sei das, was uns zustieße, während wir andere Pläne machten, und daß ich das Kind in mir entdecken solle und daß Spielen heilsam sei. Ich gewann den Eindruck, daß Steve etwas von meinen Seefahrtsphantasien ausgeplaudert haben könnte, aber vielleicht ging es auch nur um das Problem mit meinem Unterton.

Das Komische war, daß diese Frau eine so schlechte Aussprache hatte, daß ich ihr beinahe geraten hätte, die Hilfe eines Logopäden in Anspruch zu nehmen. Wenn man schließlich hauptberuflich damit beschäftigt ist, hilflose Opfer mit hirnlosem Psychogeschwätz zuzuschütten, dann sollte man wenigstens sichergehen, daß diese mindestens jedes dritte Wort verstehen können. Ich sagte ihr, daß ich mir ihre Vorschläge sicher durch den Kopf gehen lassen würde, und sie warnte mich vor den Gefahren nicht ausgelebter Wut. Vermutlich hatte sie keine Vorstellung, wie gefährlich sie persönlich meine ausgelebte Wut finden würde.

Als ich den Weg zu unserer Eingangstür hinaufschritt, roch ich die Erde, die sich im Garten beruhigte, und sah undeutlich, daß Savinien in meiner Abwesenheit wieder Ordnung hergestellt hatte. Ich war froh, daß er das fertiggebracht hatte. Vielleicht konnte ich zu ihm hineinschauen, wenn er noch wach war, oder vielleicht konnte ich einfach noch eine Tasse Tee trinken und dann ins Bett gehen. Das wäre nett gewesen. Ich hatte keine großen Ansprüche mehr an den Rest des Tages – nur das Bedürfnis nach etwas Kleinem, Nettem. Nettes Wort, nett.

»Er ist so ein Arschloch.«

»Also –«

»Ein absolutes Arschloch. Und ich habe ihm geglaubt.«

»Du konntest doch nicht … ich meine, als ich ihn kennengelernt habe –«

Liz fing wieder an zu weinen, während Arthur ins Stocken geriet und Savinien hinter ihnen auf und ab ging und an seinen Haaren zupfte, die inzwischen wieder lang genug waren, um daran zu zupfen, allerdings sichtlich grauer als bei seiner Ankunft. Sie erfüllten das Wohnzimmer mit sichtbarem Kummer. Ich konnte mir denken, was passiert war.

Als ich hereinkam, starrte Liz zu mir hoch, als hätte sie jemand anderen erwartet.

»Es geht um Sandy.«

»Hhna. Ich, es tut mir leid.« Ich schaute mitfühlend.

»Nein, du verstehst das nicht.«

Ich schaute weniger mitfühlend. »Na ja, es … so etwas …«

Arthur drückte Liz heftig und erklärte über ihren Kopf hinweg: »Er war nicht geschieden. Ich glaube sogar, er war gar nicht verheiratet.« Liz schluchzte. »Ziemliche Scheiße alles.«

»Ich bin Scheiße.«

»Nein, bist du nicht.«

Ich konnte Arthurs Worte nur wiederholen. »Nein, bist du nicht. Er war ein Arschloch, ein sehr überzeugendes Arschloch.«

»Ich bin bloß, ich bin zurückgekommen und habe meine Strickjacke gesucht, die blaue, und die hat er noch. Er hat sogar meine Scheißstrickjacke.«

»Dann werde ich sie zurückholen.« Savinien war stehengeblieben.

»Was?«

»Ich werde sie zurückholen. Ich werde dir zurückholen, was du willst. Ich werde dir eine ehrliche Entschuldigung holen.«

»Savinien.«

»Ich dachte, er heißt –«

»Das ist eine lange Geschichte, Liz. Savinien, man kann nicht einfach von Leuten, die man gar nicht kennt, Entschuldigungen erzwingen.«

»Doch, kann ich.«

»Okay, du kannst das, aber du kannst es nicht tun. Ich meine, das hilft doch nicht weiter. So machen wir das nicht.«

»Hör mal, von mir aus kann er hingehen und das Arschloch umbringen.«

»Das kann ich tun, wenn du es wirklich willst.«

»Ernsthaft?«

»Nein, das meint er nicht ernst. Arthur, erklär ihm bitte, wie Männer heutzutage miteinander umgehen. Zivilisierte Männer.«

»Jennifer, ich bin ein zivilisierter Mann. Ich biete dem Haushalt meine Hilfe an. Wenn es um die Ehre geht, gibt es doch eine natürliche Gerechtigkeit, der Genüge getan werden muß. Glaubst du, das würde ich versäumen?«

»Nein, also, ich wollte nicht sagen, daß du unzivilisiert bist. Ich meine, ich mache dir keine Vorwürfe. Ich bin bloß ...« unfähig, mich auszudrücken, und schweige deshalb. Und das hätte ich besser auch den Rest des Abends getan.

Schließlich erwachten Arthurs Gedanken, und er versuchte, mir beizuspringen. »Natürlich könnten wir beide zu ihm gehen und ihn in die Mangel nehmen oder so –«

»Arthur!«

»Könnten wir, sage ich, könnten wir, aber das hätte gar keinen Zweck, denn das Unglück ist schon geschehen, und letztlich würden wir bloß beide verhaftet. Er würde gewinnen.«

»Dafür würden wir verhaftet?«

»Ja.«

»Ja, würdet ihr.«

»Selbst unter diesen Umständen?«

»Ja.«

»Und wie soll man dann die Menschen daran hindern, einfach genau das zu tun, was sie wollen?«

»Wir müssen einfach hoffen, daß sie es nicht tun.«

Savinien saß uns gegenüber und sprach in den Raum, wobei er mich ansah. »Ihr seid schutzlos, und eure Welt bricht entzwei. Ganz ehrlich, ich glaube, eure Welt ist in zwei Hälften zerfallen. Es gibt solche Grausamkeit und Dunkelheit, und dann wiederum solch lächerliche Offenheit.« Er bemühte sich sehr, auf seine Weise ruhig und vernünftig zu bleiben, mich zu verstehen, und ich wollte ihm eine gute Antwort geben, doch dann hörte ich meine Stimme ausbrechen, etwas Herablassendes sagen, bevor ich es verhindern konnte.

»Nein, Savinien. Wir sind nicht offen, nicht schutzlos, wir sind bloß apathisch – es ist uns eigentlich ziemlich egal.«

»Scheiße, dir vielleicht.« Liz stürzte an mir vorbei, und Arthur machte Anstalten, ihr zu folgen.

»Tut mir leid, Art.«

»Jetzt ist wirklich nicht der richtige Moment für eine eurer bescheuerten Diskussionen. Dieser kleine Scheißer hat ihr Geld eingesackt, sie total hinters Licht geführt und sich dann verpißt. Sie weiß nicht mal wohin, also ist das ganze Gerede von Strafaktionen rein theoretisch.«

»Es tut mir leid.«

»Das will ich hoffen.«

»Ich hatte einen komischen Tag.«

»Hatten wir alle.«

»Ach so – ist bei dir ein Einradfahrer in die Backstube geradelt und hat dir geraten, Urlaub zu nehmen, wenn du deinen Job behalten willst? Passiert so was in der knallharten, hochtechnisierten Welt des beschissenen Backens?«

»Herzlichen Glückwunsch, jetzt hast du jeden hier im Raum angepißt.« Arthur wandte sich ab und starrte an Savinien vorbei.

Ich beschloß, es sei besser, zu verschwinden. »Ich werde mal mit Liz reden.«

»Aber kränke sie nicht.«

»Ich werde sie nicht kränken, Arthur, warum sollte ich das tun? Normalerweise kränke ich niemanden.«

Savinien rief vom Fenster. »Arthur, vielleicht würdest du gern herkommen und mit mir den Garten anschauen. Ich würde dir gern eine Frage dazu stellen.«

Ich ging, bevor Arthur antworten konnte.

Liz saß gegenüber in ihrem Zimmer.

»Es tut mir leid.«

»Mm hm.«

»Wirklich.«

»Mm hm.«

Ich setzte mich so hin, daß sie mich sehen konnte, wenn sie den Kopf heben wollte. »Ich bin ein Trottel. Das weißt du doch. Das ist keine Absicht. Das heißt nicht, daß ich dir nicht helfen will.« Sie blieb, wo sie war, saß auf dem leergeräumten Fußboden, den Rücken an das abgezogene Bett gelehnt. Die Wut war verflogen, und sie starrte jetzt eher in die Verzweiflung hinab, das konnte ich schmecken. »Ich weiß nicht, ob Arthur das erzählt hat, wir haben das Zimmer gar nicht inseriert.«

»Habt euch schon gedacht, daß ich es wieder brauchen könnte?«

»Nein. Wir haben uns gewünscht, daß du mit Sandy glücklich wirst.« Falscher Satz, falscher Satz, falscher Satz. Ich ließ mich vorsichtig neben ihr auf den Boden herab, während sie schluchzte.

»Ach Gott, es ist so ein Schlamassel. Ich muß meine Sachen von dort wieder herschaffen, und er hat die Miete dort nie bezahlt, darum muß ich mich also auch kümmern, und ich … ich will nicht.«

»Du mußt nicht.«

»Doch, muß ich.«

»Aber nicht jetzt. Wir werden dir helfen. Es kommt schon in Ordnung.« Ihr Ausatmen zeigte, daß sie nicht meiner Meinung war. »Sei nicht traurig. Ich kann es nicht ertragen, wenn Menschen traurig sind.«

»Natürlich bin ich traurig, verdammt.«

»Ich weiß, aber das wird vergehen, und … alles wird anders, so wird es sein … das ist doch nur logisch. Es wird vergehen.«

Plötzlich drehte sie sich zu mir und weinte an meiner Brust, klammerte sich an meine Arme. Ich wollte mich nicht bewegen, um nicht den Eindruck zu erwecken, daß es mir unangenehm sei, doch nach einer Weile fühlte ich mich sehr gefesselt. Eine meiner Hände war eingeschlafen.

Ich versuchte, an etwas anderes zu denken. Wie ich mich bei Arthur entschuldigen könnte, wie ich mich bei Savinien entschuldigen könnte, wieviel mehr Zeit ich im Leben hätte, wenn ich mich nicht andauernd entschuldigen müßte. Manchmal fragte ich mich, ob die frühere seemännische Grausamkeit nicht nur eine kleine Ablenkung von viel dauerhafterer Grausamkeit gewesen war – die man immer hinter sich herzieht, wenn man daran gewöhnt ist, ständig ruhig und ungerührt zu bleiben.

»Danke.« Sie machte sich los und ließ das Blut gewaltsam wieder in meinen Arm schießen.

»Hm?«

»Danke. Daß du da bist.«

Ich konnte nicht leugnen, daß ich dagewesen war. Auch wenn meine Gedanken und Gefühle völlig unangemessen gewesen waren, mein Körper war dagewesen. »Schon in Ordnung. Tut mir leid, daß ich dich gekränkt habe.«

»Hast du nicht, eigentlich nicht. Er hat mich gekränkt.«

»Scheiß auf ihn.«

»Ja genau, Scheiß auf ihn. Würde ich natürlich nie tun.«

»Auf keinen Fall. Möchtest du einen von Arthurs Kuchen oder sonst was?«

»Nein.«

»Eine Tasse Tee?«

»Nein, danke. Aber mach dir ruhig selber welchen. Ich komme schon klar. Na los.«

Ich versuchte zu gehen, aber meine Beine waren einfach zu steif, um loszurennen. Sie schaute mich freundlich an, um mir für meine Sorge zu danken. Ich machte also den Eindruck, daß ich sie ungern allein lassen wollte, daß ich angemessen besorgt war. Das war gut. Ich bin immer in der Lage, aus Versehen das Richtige zu tun.

Und sie verziehen mir alle.

Liz, Arthur, Savinien, sie alle kamen überein, daß meine soziale Inkompetenz sie nur leicht gekränkt hatte, und daß sie diese Kränkung sofort vergessen hatten. Welche Kränkung? Sie wußten es nicht mehr, sie hatten es vergessen.

Ich für meinen Teil war bereit, von meinen Mitbewohnern höchst positiv beeindruckt zu sein. Arthur nahm mich fröhlich in den Arm, bevor er ins Bett ging, und ließ mich mit einem vielsagenden Nicken in Richtung Wohnzimmertür stehen, die ich sodann öffnete.

»Hallo.«

Savinien saß auf dem Sofa – auf unserem Sofa – und badete im stummen Unterwasserlicht des Fernsehers. So sah er immer am liebsten fern: Er freute sich an der beweglichen Lichtquelle und brachte jedes mögliche Geräusch zum Schweigen.

»Ich sagte Hallo.«

Ich blieb stehen und sah die Schatten über seine Schultern und Haare wandern.

»Wenn du nicht mit mir sprechen willst, in Ordnung. Ich wußte, eines Tages würde ich dich verärgern – das gelingt mir bei allen Menschen, wenn sie es lange genug aushalten.«

Mir war kalt. Das wollte ich nicht.

»Komm her.« Er klang gar nicht verärgert, nur ein bißchen trocken.

»Ah. Okay.« Ich setzte mich knapp außer Reichweite neben ihn und sah zu, wie die verblichenen Farben der Spätnachrichten einander über meine Hände jagten.

»Wie könntest du mich noch kränken?«

»Ich weiß ni–«

»Wie würdest du mich noch mit Worten verletzen, was würdest du sagen?«

»Das kann ich nicht … wie könnte ich?«

»Du könntest mir freundlicherweise gestatten, meine Verteidigung vorzubereiten.«

»Gegen mich brauchst du keine Verteidigung. Das verspreche ich.«

»Was würdest du sagen?«

Ich stellte fest, daß er mich seine Hand nehmen ließ, als ich danach griff.

»Was würdest du sagen?«

»Daß du klein bist.«

»Ich bin klein. Früher war das nicht so, aber heute bin ich im Vergleich ein eher klein gewachsener Mann. Da sagst du nur die Wahrheit, das verletzt mich nicht.«

Ich wollte ihn fragen, was er wohl meinte, wie oft ich schon die Wahrheit gesagt hatte und davongekommen war, ohne jemandem Schaden zuzufügen.

»Ich bin klein. Und?«

»Na ja, du bist manchmal verrückt.«

»Ja. Und?«

»Dein Kinn ist vielleicht ein bißchen klein.«

»Ja.«

»Deine Nase jedoch ganz und gar nicht.«

»Ja.«

»Du bist sehr schön. Sag ja.«

»Ja.«

»Und ich liebe dich. Sag ja.«

»Ja.«

»Ich liebe dich.«

»Ja.«

»Ich liebe dich.«

»Ich liebe dich.«

Mehr als dreißig Jahre hatte ich gelebt, um diesen Abend zu erleben, dieses Zimmer, diese Hand, die immer so fest und gespannt war, und so geschickt bei den Dingen, die ich gerne fühlte. Fünfunddreißig Jahre schlafen und warten, verrammelte Monate, bis ich einen Satz bilden und fühlen und meinen konnte, der gegenwärtige Liebe ausdrückte. Ich glaube, es war das Warten wert.

Er schmiegte sich an mich und flüsterte etwas – daß wir nie wieder getrennt sein sollten, so etwas in der Art, während meine Gedanken in andere Richtungen desertierten, in die Berührung seiner Wärme durch sein Hemd, in den staubigen Geruch des Sonnenlichts, der noch vom Tag an seiner Haut hing, in den Geschmack seiner Kehle.

Ich erinnere mich, daß wir zusammensaßen, bis wir den Rand des Schlafes streiften, und uns die ganze Zeit von ganzem Herzen immer neue unmögliche Dinge versprachen. Wir gebrauchten Worte wie nie und für immer, als seien sie Schlösser, Geheimnisse, an die wir nur glauben mußten, um die Welt in Handschellen zu legen.

»Heute habe ich dir etwas geschrieben.«

»Hm.« Ich drehte meinen Kopf näher an sein Kinn, dann wurde mir klar, was er gesagt hatte. »Du hast geschrieben?«

»Sssch. Ja. Es ist zurückgekommen.«

»Das ist ja wunderbar.«

»Vielleicht, ich weiß es nicht. Darf ich es dir geben?«

»Natürlich, natürlich.« Mir war noch nie etwas von einem Schriftsteller geschrieben worden, erst recht nicht von meinem Schriftsteller. Ich war noch nie Teil eines Werkes gewesen, dieses höflichst verschlossenen Bereiches eines künstlerischen Geistes.

Er griff neben sich und holte ein gefaltetes Blatt Papier hervor. Er schrieb wieder, war zu seinen alten Gewohnheiten zurückgekehrt, zu seinem alten Ich, vielleicht sogar noch weiter. Ich war auf eine Art glücklich für ihn, wie ich es vielleicht nicht gewesen wäre, wenn er nicht, zumindest einen Augenblick lang, über mich geschrieben hätte. Ich mußte mich nicht einsam fühlen, wenn er sich in sein Schreiben zurückzog, denn auch ich würde dort sein.

»Hier.«

»Ich danke dir. Wirklich. Dafür, daß du an mich gedacht hast.«

»Danke, daß du mich liest.«

Ich habe das Blatt noch, das ich damals in der Hand hielt und ins kühle Licht der Fernsehsendung drehte, um besser sehen zu können.

Jennifer,

Y a-t'il sur toy un atome de chair, qui ne soit coupable de ma mort? Parce que je t'aime trop. Je me meurs depuis que je vous ay veuë, je brusle, je tremble, mon poux est déréglé: c'est donc la fièvre? Hélas! c'est ne l'est point. C'est la Mort. C'est l'amour. Brusler d'amour, cette flame si douce, personne n'en est jamais mort.

Und weiter versuchte ich gar nicht erst zu lesen, denn mein Blick sprang von einer Zeile zur anderen, um seine Worte oder seine Aussage zu verstehen. Ich spürte, wie er sich neben mir bewegte, hoffnungsvoll und unsicher.

»Ich kann das nicht … könntest du … das ist.«

»Was ist, Jennifer? Habe ich dich beleidigt?«

»Natürlich nicht. Natürlich nicht, das könntest du gar nicht. Es tut mir leid, aber ich … das ist in einer Sprache, die ich nicht verstehe.«

»Ach, aber –« Er drückte sich an meine Schulter und überflog seine Zeilen. »Das ist … das ist doch sehr klar … ich erkenne die Bedeutung ohne Mühe … So. Ich schreibe nun also in meiner richtigen Sprache. Warum? Warum jetzt?«

»Das weiß ich nicht, Liebster. Sag mir, was du schreibst. Damit ich es weiß.«

»Äh, gut. Ich sage, daß ich dich liebe.«

»Das ist alles, was du mit so vielen Worten sagst?«

»Du weißt, das ist schwerer auszusprechen als zu schreiben.«

»Nicht, wenn man es wirklich meint.«

Er lachte kurz und drehte sich so, daß er auf dem Sofa lag und sein Kopf und seine Schultern auf meinen Beinen und meinem Bauch ruhten. »Nun bin ich also hier, wie mein Brief. Ich frage, ob es ein Atom deines Fleisches gibt, an dem ich nicht sterben könnte, weil ich dich so sehr liebe. Ich sterbe, seit ich dich zum ersten Mal sah, ich brenne, ich zittere, meine … hm, vielleicht könnte ich sagen, meine Haut ist nicht mehr in meiner Gewalt. Fieber? Ganz und gar nicht. Dies ist der Tod. Dies ist die Liebe. In Liebe verbrennen, einer Flamme so süß, daß niemand je davon stirbt.

Ich sage, daß du in meinen Adern kochst und ein vollkommenes Abbild deiner Seele in mein Herz brennst. Ich sage alles mögliche. Ich … wenn ich in meiner Sprache von der Liebe rede, spreche ich auch vom Tod, weil die beiden Worte so ähnlich klingen – La Mort, L'amour – doch damit meine ich nichts. Außer Liebe.«

Er war ein schlechter Lügner. Ich wußte, welche Liebe er meinte, die Liebe, die Dunkelheit mit einschließt, und das Schicksal, allein weiterzulieben.

Den Rest des Briefes werde ich Ihnen nicht verraten, weil er hier ist und mir gehört. Wenn ich das Papier nicht zu oft berühre, dann wird immer, wenn ich es hervorhole und erwärme, so hoffe ich, ein Hauch von seinem Geruch daraus emporsteigen.

An jenem Abend trösteten wir einander, ohne daß wir uns gegenseitig darum bitten mußten. Unsere Gedanken und Seelen wußten auch so, was zu tun war, und wir schauten aus ihnen heraus und waren gemeinsam tapfer und schläfrig, so heftig und so sehr und so sanft wir konnten.

Am Morgen war unser Garten wieder zerstört. Arthur ging mit mir hinaus, und ich sah Savinien in einer ungeordneten, samstäglichen Ansammlung von Nachbarn, die ihre Köpfe schüttelten oder schimpften oder noch einmal auf die verstreuten Stauden, die fehlenden Backsteine, die zerwühlte Erde starrten, um zu prüfen, ob es wirklich so schlimm war, wie sie es in Erinnerung hatten.

Ich ging zur Arbeit, während Arthur immer noch mit ernster Miene auf dem Bürgersteig stand und mit einer Gruppe flüchtig bekannter Gesichter sprach. Liz saß mit Savinien in der Küche. Ich fand es nett von ihr, daß sie bei ihm blieb, besonders, wo sie doch selbst noch ziemlich durcheinander war, aber gleichzeitig wollte ich, daß sie ihre verdammten Finger von ihm ließ. Reine Eifersucht, das wußte ich, also lächelte ich besonders breit, tätschelte ihren Kopf, küßte ihn auf die Wange und ging.

Das Haus, in das ich zurückkehrte, stand selbst in der späten, langen Sommerdämmerung noch einer bemerkenswerten Zahl freiwilliger Helfer offen. Ein ganzer Strom von Damen, für die Savinien gegärtnert hatte, hatte Pflanzen, Gebäck, Ratschläge vorbeigebracht. Arthurs Bäckerburschen waren herbeigerufen worden, zwei von ihnen saßen immer noch draußen auf den Stufen und tranken Bier. Die gesetzten Herren der Rockergang vom Ende der Straße gingen direkt vor mir hinein, in den Händen Plastiktüten mit Liguster, Dosenbier und nicht gerade billigem Weißwein. Der Garten sah zwar noch leicht verwundet, aber wiederhergestellt aus, und war nun offensichtlich das Produkt verschiedener kreativer Geister innerhalb eines größeren Planes.

»Wo ist Savinien?« Liz stand in der Küche und säbelte vier Brotlaibe klein.

»Weiß ich nicht. Hab ihn schon eine ganze Zeit nicht mehr gesehen. Möchtest du einen Becher Wein?«

Einen Augenblick fragte ich mich, ob sie oder Arthur womöglich mit Glühwein experimentiert hatten, aber dann merkte ich, daß sie selbst kalten Rotwein aus einer Teetasse trank, und daß uns einfach die Gläser ausgegangen waren. Unser Haushalt war nicht auf die unverhoffte Bewirtung größerer Gesellschaften eingerichtet.

»Nein danke.«

»Mach dir keine Sorgen, es geht ihm gut. Es geht uns allen gut. Es war ein wunderbarer Tag für uns alle. Ich habe noch nie erlebt, daß so viele Menschen so nett sind. Mrs. Jenkins oder wie sie heißt von nebenan hat uns drei Ladungen selbstgebackene Scones gebracht.«

»Mrs. Jenkins von nebenan? Die spricht doch nicht mal mit uns.«

»Mit dir hat sie nicht gesprochen.«

»Von mir aus.«

»Jetzt spricht sie jedenfalls mit allen. Ich glaube, wir erinnern sie an den Krieg.«

»So lange sie glücklich ist.«

Oben hatte Arthur offenbar seine Lautsprecher ans Fenster gerückt. Elvis Costello begann über unseren Köpfen nach hinten in den alten Garten zu flehen und zu prahlen. Auf beiden Seiten des Hauses brach unkoordinierter Jubel aus.

»Ich komme gar nicht drüber weg. Alle waren so gut zu uns. Sie haben den ganzen Tag geschuftet, um alles wieder in Ordnung zu bringen.«

»Und jetzt feiert ihr alle eine Party.«

»Und schauen uns dann das Spiel an.«

»Spiel?«

»WM-Finale – weißt du, wo sie am Ende des Spiels immer alle dieses häßliche goldene Ding küssen.«

»Ach ja, natürlich, hatte ich ganz vergessen.«

»Was dagegen?«

»O nein. Nein. Ich, äh, schön, daß du so glücklich aussiehst.«

»Ich bin glücklich.«

»Ich auch.«

Und das stimmte. Ich hatte meinem Vorgesetzten gerade erzählt, daß ich tatsächlich Urlaub nehmen wollte, vielen Dank für die Anregung, und der Garten war wiederhergestellt, und anscheinend hatten wir mehr Freunde, als wir uns träumen ließen. Die meisten kannte ich selbst nicht besonders gut, aber das war zu erwarten. Für mich war es mehr als genug, daß das Haus Freunde hatte und ich in dem Haus wohnte.

Und wenn mir unsere Lage verwundbar schien, wenn mir die zunehmende Dunkelheit Sorgen machte, während ich mir überlegte, ob die, die unseren Garten – Saviniens Garten – angegriffen hatten, noch Schlimmeres vorhatten, so brauchte ich davon jedenfalls nicht gleich zu reden und damit die Atmosphäre zu vergiften.

»Er ist hier.« Savinien stand im dunklen Vorderzimmer neben dem Fenster. »Er ist hier.«

»Wer?«

»Der Mann, der dies getan oder veranlaßt hat.«

»Jetzt kann er jedenfalls nichts tun. So voll war das Haus noch nie. Hast du ihn gesehen? Ist er wirklich hier?«

»Glaubst du, ich bilde es mir ein?«

»Nein. Ich war bloß nicht sicher, ob du es nur vermutest oder ob du ihn tatsächlich gesehen hast.«

»Natürlich hat er sich gezeigt. Und ich auch.«

Das klang, als würde er Ballettfiguren beschreiben, einer alten Kür, die wieder aufgenommen wurde. »Er versteht mich und ich ihn. Ich hatte gedacht, wir könnten voneinander lassen. Doch meist ist das unmöglich.«

»Ist dieser Mann James?«

»Ja. Natürlich.«

Er sprach aus einer tiefen Ruhe, die ich an ihm nicht kannte, während seine Konzentration auf das Fenster gerichtet war, seinen Atem und seine Bewegungen beschleunigte.

»Warum rufen wir nicht die Polizei?«

»Dies ist nichts für eure Polizei.«

»Ich werde sie rufen.«

»Das wirst du nicht.« Er trat vor mich hin, bevor ich wußte, wie mir geschah. Er wirkte seltsam aufgeladen, seine Augen blickten hart, offen, distanziert. Seine Schläue eilte seiner Intelligenz voraus, sein Denken, sein Wille, sein Gefühl wurden zu Muskeln.

In wenigen Minuten würde er nur noch gefährlich sein. »Du hättest ihnen nichts zu sagen, und die Geschichte zwischen uns würde nicht gelöst, sie würde weitergehen.« Er zeigte ein unverhofftes, leeres Lächeln. »Ich werde dich schützen.«

»Ich kann dich nicht davon abhalten.«

»Nein, kannst du nicht.«

»Was wirst du tun?«

»Ach, ich weiß nicht. Dein Held sein und für dich sterben.«

»Wag das nicht.«

»Ich werde so handeln, wie ich muß, und dann wird es vorbei sein. Dann werden wir beide allein sein.« Er schmiegte sein Gesicht an meines und ließ seine Lippen auf meine treffen, und so trennten wir uns damit, daß ich ihn zu tief schmeckte, um nicht mehr zu wollen. Als ich tat, was ich tun mußte, und mich von ihm löste, spürte ich in jeder Faser meines Körpers und meines Denkens Schmerz.

»Komm wieder.«

»Ich verspreche es.«

»Das will ich hoffen.«

»Ich werde zurückkommen.«

Jemand hatte Kerzen mitgebracht, und während die Dunkelheit mit einer dünnen Wolkendecke heraufzog, um uns warm zu halten, flammten kleine Lichter an den Wänden und auf dem Pflaster und rund um den Rasen auf. Im Haus sprang der Fernseher an und Opernarien strömten heraus. Schon bald würden Millionen Menschen gleichzeitig Italiens Fußballmannschaft und Brasiliens Fußballmannschaft dabei zuschauen, wie sie eine ausgesprochen einfallslose Partie – immerhin – Fußball gegeneinander spielten. Aber zunächst gab es Oper.

Ich sah, wie Savinien geschmeidig über den Rasen schritt und wieder hineinging. Ich hatte gar nicht gesehen, wie er herausgekommen war. Ich wußte nichts mehr über ihn, außer daß er bald etwas tun würde. Bald würde etwas Böses geschehen. Das Böse würde in mein Leben treten, direkt an mir vorbei, und ich würde es nicht sehen.

Im Wohnzimmer drängten sich Grüppchen und Paare und einzelne Figuren auf den verfügbaren Plätzen, um Pavarotti auf

Französisch singen zu sehen, mit wie üblich verwundert aufgerissenen Augen, als wäre er jedes Mal erstaunt über die Töne, die aus seiner Kehle drangen.

»Wie lange dauert das?«

»Keine Ahnung. Halbe Stunde vielleicht. Stunde.«

»Scheiße. Und alles Italiener. Total parteiisch.«

»Er da ist Spanier.«

»Ja, aber den kennt ja keiner. Ist das Richard Attenborough?«

»Was?«

»Der da mit dem Bart, der Oboe spielt.«

»Sieht so aus.«

Arthur vernichtete im Flur eine Pizza.

»Art, hast du Savinien gesehen?«

»Nein, tut mir leid.«

»Aber er ist doch gerade hier reingekommen.«

»Nein, er ist rausgegangen, Luft schnappen.«

»Da weißt du mehr als ich. Tut mir leid. Klingt das nicht wunderbar? Das Singen?«

»Ja, sicher.«

»Und das hört man überall auf der Welt. Der ganze Planet wartet und hört einem Mann beim Singen zu.«

»Ja, toll.«

Savinien war nicht oben. Ich hatte das deutliche Gefühl, daß ich ihm immer ein oder zwei Minuten hinterher war.

»Hey Jen! Komm rein und schau dir die Überreste von Gene Kelly an.«

Ich saß auf den Stufen, während irgendwo in Amerika gebrechliche Berühmtheiten von vorsichtigen jungen Damen in teuren Kleidern auf die Bühne geführt wurden, um zu winken und freundlichen Applaus entgegenzunehmen, während ihre Erkennungsmelodien in den Abend geröhrt wurden. Die Singstimmen konnten jede Melodie, die leichter als Offenbach daherkam, zerreißen und in schiere Leidenschaft und Wahnsinn verwandeln. *»We like to be in America«* klang wie die unmittelbare Botschaft eines geisteskranken Gottes.

Vor mir ließ die halb offene Eingangstür einen dunklen Luftzug hereinwehen. Ich ging hinaus.

Jenseits unseres Hauses war die Nacht absolut still, die Fenster, die vom Fernsehlicht blau erhellt wurden, bildeten ein regelmäßiges Muster, und ein fast schmerzhafter Chor schlängelte und wand und vervielfachte sich, bis unsere Straße am unteren Ende von einer anderen gekreuzt wurde und verschwand. Von Savinien war keine Spur zu sehen oder zu hören.

Ich versuchte, nicht gedankenlos loszugehen. Sie würden Abgeschiedenheit benötigen. Wenn sie jetzt beieinander waren. Wenn sie jetzt zusammen waren, Savinien und sein Mann, dann hätten sie sich einen Ort ausgesucht, wo sie sich ungestört, wie Liebende, begegnen konnten. Ein freier Platz, ein schlecht beleuchteter, nicht einzusehender Ort.

Niemand war jetzt draußen, sie zu stören. Sie konnten sich in der Dunkelheit vor aller Augen verstecken. Frei. Ich war immer sicherer, daß ich sie im Park finden würde. Wenn nicht etwas passiert war, das seinen Instinkt alarmierte, hätte er den Park als sein Feld gewählt. Ich begann, bergauf zum hinteren Tor zu laufen, das Blut pochte mir bereits im Schädel und verdrängte die Gedanken.

Doch langsam gehen war besser. Ich durfte nicht ablenken. Ich durfte nicht gesehen werden. Ich durfte keinen Lärm machen. Auch wenn ich begriff, daß ich nur dann sicher war, wenn mein Geliebter endgültig die Oberhand behielt. Auch wenn ich sicher war, daß ich dieses *endgültig* wollte und es geschehen sehen wollte. Auch wenn ich fühlte und fühlte und fühlte, bis die Gefühle sich in meinem Kopf aufrollten und verwirrten. Dennoch mußte ich Ruhe bewahren.

Durch die Luft über meinem Kopf wurden Bilder übermittelt, Arien wurden abwechselnd ausgestoßen, die Sänger umarmten sich und liefen, schwitzten und beteten zwischen nachgebildeten Säulen, Palmen und von Regenbogen überwölbten Wasserfällen. Wenn sie ans Pult sprangen, schnappten sie sich ein Stückchen Frieden vor dem nächsten Angriff.

Die kleine Gasse, die im Park endete, lag schwarz zwischen dichten Hecken und Bäumen, und es fiel mir schwer, die Entfernung zum Zaun einzuschätzen. Ich lauschte. Ich blieb stehen. Ich trat näher, näher, näher. Ich lauschte wieder.

Gedämpfte Schritte im Gras. Schwingende Bewegungen, leise, sanfte Nachtgeräusche. Ich wußte, was sie bedeuteten. Es hatte begonnen.

Im Park gab es nur die beiden Männer. Wie die Tenöre, siedend vor Musik, die auf den Zehenspitzen standen, schwitzten und klammerten, die in der Eile der Rollenwechsel und der Worte, welche wie Flammen um sie tobten, kaum das Gleichgewicht halten konnten, so waren auch diese beiden Männer das geworden, was sie werden wollten. So sang Domingo *»Vesti la Giubba«* und weinte so ehrlich und unversöhnlich, als wäre er völlig unbeobachtet. So ließen Savinien und sein Gegner feuchte, metallische Hitze zwischen sich aufsteigen, um alles auszulöschen außer dem Willen, dem Tod und dem Leben. Sie waren weder edel noch erlösend noch hätte ich sie jemals sehen sollen.

Sie bewegten sich aus dem tiefen Schatten heraus und wieder hinein, und alles kreiste um den Zugriff ihrer Aufmerksamkeit. Im grauen Licht zwischen den Bäumen zeigten sie ihre Vorfreude in dem gedankenlosen halben Lächeln, das ich auf tausend Fotos, Gemälden, Nachrichtenbildern gesehen hatte. Sie lächelten das Lächeln aller Lügner: »Ich kenne ein Geheimnis, das du nicht kennst.« Denn sie waren Lügner. Ihr Geheimnis ist nur der Tod, und den kennt jeder.

Echte Duelle sind theatralisch, aber nicht wie das Theater uns glauben machen will. Dort, wo Drama nicht von Mysterium und Religion zu unterscheiden ist, treffen lebende Körper aufeinander. Sie sind schneller und schrecklicher als das Begreifen, jeder Moment abgelöst vom Sinn, doch in der Summe der vollendeten Handlungen liegt eine Art Spektakel. Ein Kampf folgt seinem Lauf, vom Anfang zum Ende, wie eine tödliche Krankheit oder eine Beerdigung, man kann ihn nicht aufhalten.

Und all das schreibe ich, um Ihnen nicht sagen zu müssen, wie gut Savinien war. Oh, der andere – James – wußte auch, was er tat, aber er wußte nicht genug. Nach einer Weile merkte ich, daß er Linkshänder war, daß das Metall immer an unerwarteter Stelle aufblitzte. Um seine rechte Hand hatte er etwas gewickelt – ich konnte nicht erkennen, was. Er bewegte sich gut, mit langen Beinen und peitschenden Armen, mager und mit einer Waffe ausgestattet, die nach einem Kavalleriesäbel aussah und von deren handgewetzter Klinge bleiches Licht perlte. Doch ich wußte, er würde es nicht schaffen. Saure, zähe Freude brannte in meiner Kehle. Ich wußte, er würde es nicht schaffen.

Savinien hatte sein Hemd ausgezogen und ließ es von seiner Linken baumeln; in der Rechten hielt er etwas Glanzloses, Solides, ein Stück Metallrohr. Er war nicht gut ausgerüstet, praktisch nicht bewaffnet, doch sobald er ins Sichtfeld glitt, sah ich, daß er nur an den Tod dachte, und wie er ihn bringen könnte. Seine Bewegungen waren schnell und sparsam, nicht ohne Anmut, und er wußte genau, was er tun mußte.

Er wußte, wann er mit dem Hemd antäuschen mußte, damit es zur Ablenkung aufleuchtete.

Er wußte, wann er einen Streich abfangen mußte, bevor er traf, und wann er einem Schlag ausweichen und mit dem Rohrende aufs Gelenk des zuschlagenden Arms zielen mußte.

Er wußte kühlen Kopf zu bewahren, denn die einzig nützliche Wut ist kühl wie feuchter Ton.

Er wußte, wie er die Rippen des Gegners treffen konnte, wenn sich dessen Klinge hob.

Er wußte, der Säbel war zum Töten gemacht, aber zu Fuß schwer zu beherrschen.

Er wußte, wie er über die Augen schlagen mußte, um mit Blut aus einer Stirnwunde zu blenden.

Er wußte Unterarm und Finger zu treffen.

Er wußte das Muster aus Schweiß und Speichel und ein wenig Blut zu ignorieren, das leuchtend über seine Haut floß.

Er wußte, wie er seinen Gegner mit dem Hemd ins Stolpern bringen und ihn im Fallen an der Kehle treffen konnte.

Er wußte, wie er einen Körper mit Ellbogen und Knien auf den Rücken werfen konnte.

Er wußte, wie er das Rohr krumm schlagen konnte, indem er es auf Beine, Kopf und Rücken niedersausen ließ.

Daß seine Waffe ihm kein sauberes Töten gestattete, schien ihn zu enttäuschen. Ich hörte meine Stimme rufen, als er noch einmal auf die Hand trat, die immer noch den Säbel hielt, und nach dem Werkzeug griff, mit dem er seine Arbeit vollenden konnte.

Sein Kopf fuhr herum, und der Körper, der unter ihm lag, zuckte hoch. Ein Durcheinander von Bewegungen war zu sehen, bevor Savinien nach hinten fiel und sein Gegner sich mühsam aufrichtete. Savinien schien verwirrt, sogar leicht betäubt, während die andere Gestalt auf den Zaun zustolperte. Er schaute ins Dunkel, in die Richtung, aus der er die Stimme vernommen zu haben glaubte, und ich fürchtete fast, daß er jetzt auf mich losgehen würde. Statt dessen drehte er langsam den Kopf, hielt Ausschau nach der dunklen Gestalt hinter ihm und versuchte weiter wegzulaufen.

Savinien stand da und wartete. Sein Gegner taumelte gegen das Gitter, brach zusammen, versuchte sich aufzurichten, fiel hin. Savinien stand da und wartete. Ein weiterer Versuch, den Zaun zu übersteigen, mißlang und endete mit einem Sturz, wobei sich ein Knöchel unglücklich zwischen zwei Stangen klemmte. Savinien schlenderte bergab in Richtung Zaun.

Ich konnte nichts sagen. Meine Beine hatten sich unter mir verkrampft und waren taub und steif, als ich mich aufrichtete und mich zum hinteren Eingang bewegte. Vielleicht wollte ich, daß Savinien mich dort sah, daß er begriff, er konnte seinen Mann nicht töten, solange ich zusah. Doch er ging weiter, die Arme lokker, den Kopf gerade, langsam den Hügel hinunter, weg von mir. Ich glaubte, gleich einen Mord mit ansehen zu müssen und wußte nicht, was ich tun sollte.

Und etwas in mir wollte, daß der Mann sein Ende fand. Wollte unseren Sieg vollkommen sehen.

Savinien blieb beim Gitter stehen, und ich hörte den Mann ein dünnes Geräusch und dann eine Art Quieken von sich geben, bevor er emporgehoben, geschoben und schließlich über den Zaun geschubst wurde. Als der Körper aufgekommen war, bewegte er sich zunächst eine Weile nicht mehr, aber dann begann er, sich wieder mühselig aufzurichten, schaffte ein paar Schritte.

Savinien ging eine Weile neben ihm her, überwachte offenbar seine Schritte, und nur die dünnen Metallstangen trennten sie. Nach einer Weile trat er ins Dunkel der Bäume auf dem Hügel ein, wo ich ihn nicht mehr sehen konnte.

Ich lehnte die Stirn gegen das Schmiedeeisen des Eingangstors und war froh, daß es hart und kalt war. Ich spürte plötzlich das Bedürfnis, mich zu übergeben und zu gehen, nach Hause zu gehen.

Als ich hinauf zu Bett ging, wurde das Haus gerade für die Nacht verdunkelt. Ich erinnere mich, daß es vielleicht ein oder zwei Uhr morgens war und die letzten Besucher sich verabschiedet hatten. Türen und Fenster schlossen sich.

»Hast du ihn gefunden?« Arthur hielt mich an der Treppe an.

»Hm?«

»Savinien.« Er neigte den Kopf, runzelte leicht die Stirn. »Geht es dir gut?«

»Ja, sehe ich nicht so aus?«

»Eigentlich nicht.«

»Na, dann geht es mir vielleicht nicht gut, ich weiß nicht.«

»Ich glaube nicht, daß er dir aus dem Weg gehen wollte – als du nach ihm gesucht hast –, es ist nur die Sache mit dem Garten, das hat ihn ziemlich mitgenommen, das ist alles. Weißt du?«

»Ich weiß.«

»Er war eine Weile hinten, aber jetzt ist er oben.«

»Oben.«

Ich sah Arthur an; sein Hemd mit dem weichen Kragen, seine verständigen Augen; und ich fragte mich, ob ich tatsächlich vom Park und dem dortigen Geschehen bis in dieses Haus gegangen sein konnte, in dem ich normalerweise mit diesem vernünftigen, normalen Mann lebte. Ich fand es einleuchtender, daß mehr als nur ein kurzer Spaziergang zwischen solchen Welten liegen müsse.

»Ja, oben. Ich glaube nicht, daß er schon schläft. Aber ich weiß nicht. Geht mich nichts an. Nacht. Ach übrigens, Brasilien hat gewonnen. Elfmeterschießen.«

»Hm? Ja, tut mir leid, Arthur. Es ist irgendwie schon zu spät zum Denken.«

»Ach, da ist ja noch eine Kerze an. Darum muß ich mich kümmern. Gute Nacht.«

»Okay.«

Auch ohne hinzusehen wußte ich, daß Saviniens Tür offenstehen würde, wenn ich den Treppenabsatz erreichte. Er wartete auf mich, das Haar noch strubbelig und dunkel vom Waschen, die

Haut noch frisch gerötet. Er trug ein frisches Sweatshirt und eine deutsche Bundeswehrhose, schien derselbe zu sein wie immer, der Mann, den ich liebte und in Erinnerung hatte, intelligent, zärtlich, human.

Im Zentrum seines Auges war wieder ein Licht zu sehen, nicht mehr nur Leere, und ich wollte ihn fragen, ob er in irgendeiner Weise verletzt sei, wollte froh sein, daß er da war, wütend, daß er sich in Gefahr gebracht hatte, angewidert von seiner Tat, nervös und ängstlich besorgt um die Haut unter seiner Kleidung.

»Ich bin der Mann, der ich immer war.«

Ich glaube, ich war etwas zu verwirrt, ihm zuzuhören. Ich glaube, er mußte seinen Satz wiederholen, bevor ich ihn verstand.

»Ich bin der Mann, der ich immer war.«

»Du hättest ihn getötet.«

»Ich kann nicht vergessen, was ich gelernt habe. Doch wenn ich ihn hätte töten wollen, hätte ich es getan.« Er fuhr sich mit der Hand durchs Haar und verzog leicht das Gesicht. Als er die Hand sinken ließ, war ein Finger blutverschmiert. »Hah. Was muß ich … ich habe das Gefühl, ich habe richtig gehandelt. Jennifer. Bitte. Komm her.«

»Ich glaube, ich kann nicht.«

»So können wir nicht reden. Ich habe nichts zu sagen, was ich über den Flur schreien möchte.«

Bei diesen Dingen bin ich sehr unsicher, was zwischen Menschen vorgeht, auch heute noch, aber ich war ganz sicher, wenn ich in sein Zimmer ging, würde ich den Anschein erwecken, es sei alles in Ordnung zwischen uns, und ich wußte nicht, ob es in Ordnung sein sollte. Doch ich wußte auch, mich erschreckte an ihm nur, was ich von mir selbst wiedererkannte, wir mußten beide ein Ende davon packen und es dann wegwerfen. Es gab Momente, in denen wir uns nicht vor uns selbst retten konnten.

»Du hast gesagt, du würdest so etwas nie wieder tun.«

»Komm her.«

»Nein.«

»Dann werde ich es dir nicht erzählen. Dann werde ich nicht reden. Diese Worte will ich nicht flüstern, und ich will sie nicht sagen, wenn wir nicht allein sind, verstehst du? Jennifer, verstehst du?«

Und ich verstand, ich verstand besser, als ich in Worte fassen konnte, besser, als ich es Ihnen erklären kann.

»Komm her.«

»Nein, komm du her.«

Wir standen locker beieinander, hielten uns im Arm, versuchten unseren Atem zu kontrollieren. Ich hörte, wie Arthur leise vorbei und ins Bett ging, vielleicht erleichtert, uns wieder so eindeutig zusammen zu sehen, vielleicht auch nicht, in jenem Moment war es egal.

»Und jetzt.« Ich saß auf der Bettkante und probierte meine Stimme aus; sie klang fest, entspannt und leise. Savinien ließ sich auf seinem Stuhl nieder, seine Muskeln wurden langsam steif.

»Und jetzt erzähl. Was wolltest du mir sagen?«

»Du hättest es nicht sehen müssen, nicht sehen sollen.«

»Warum, weil du gesagt hast, du würdest es nie wieder tun?«

»Das war nicht ›wieder‹, das war ... ein Mensch, den ich liebe, sollte das nicht sehen. Glaubst du, ich hätte nie Männer töten sehen und einem den Tod und dem anderen das Leben gewünscht ... aus Liebe? Der Tod sollte nie aus Liebe kommen. Ich glaube nicht, daß er aus Liebe kommen muß. Nicht mehr.«

»Warum hast du es getan?«

»Er hätte mich nicht in Ruhe gelassen. Du und das Haus, ihr wärt immer in Gefahr gewesen.« Das kam zu schnell, zu leicht, und ich wartete auf die Wahrheit. »Nun ja, und ich war wütend. Wie kannst ... wenn du es nie erlebt hast – in Gegenwart dieses Mannes war ich machtlos. Wie ein Kind, wie ein Nichts im Körper eines Kindes. Er hat mir Dinge angetan, die niemand zuvor getan hat. Ich ging vor ihm auf die Knie für das, was er mir geben konnte, für die Atties, das Ecstasy, für die Tränen und das Fliegen. Ich gab ihm meine Seele. Ohne seine Seele kann ein Mensch nicht leben.

Heute nacht habe ich etwas getan, was ich nie vorher getan habe, denn ich habe noch nie für meine Seele kämpfen müssen, höchstens manchmal für meine Würde. Jetzt hat mein Leben begonnen – ich bin frei, es dir zu schenken. Damit du mich verstehst, will ich dir sagen, daß mein Herz jetzt rein ist und daß ich dich jetzt in meine Seele lassen kann. *Meine* Seele. Ich kann zum ersten Mal mit dir persönlich allein sein, weil ich erst jetzt wieder eine Person bin.«

Welche Worte wir außerdem wählten, werde ich hier nicht niederschreiben – kleine tröstende Bemerkungen, Bestätigungen der Zufriedenheit. Ich erforschte seine Prellungen und Schnitte, den frischen Verband an seinem Arm. Wir hatten längst alle Maßstäbe und Regeln hinter uns gelassen, die mir bekannt vorkamen, und daher fand ich es nur vernünftig und natürlich, Saviniens Wesen aufzuknöpfen, zu lösen, zu entdecken, und mir seine Persönlichkeit auszuborgen.

Zwischen der geschlossenen Tür und dem zugezogenen Fenstervorhang stand ich in der dünnen Luft und wartete auf den Funken der Berührung durch andere Haut. Bisher waren wir im Licht oder Halbdunkel geblieben, doch jetzt fühlten wir uns auch im Dunkel sicher.

Und glauben Sie mir, er strahlte. Wirklich. Unser Bett war das hellste der Welt. Ich weiß noch, wie schnell sein Feuer auf mich überging und wir beide brannten und glänzten zwischen statisch leuchtenden Laken. Wir waren hell, hell genug zum Lesen und Schreiben. Wir waren überhaupt genug.

Es versteht sich von selbst, daß wir problemlos in den Schlaf glitten, nichts als animalische Müdigkeit in den Knochen. Es war wunderschön.

Bis wir beide gemeinsam einen Traum von grünen Baumwipfeln träumten, die in einem makellosen, schreiend blauen Himmel hingen.

In den nächsten Tagen durchkämmte ich sorgfältig die Zeitungen und meine Nachrichtenmanuskripte. Eine Handvoll Männer war in die Notfallambulanzen und Krankenhäuser der Stadt eingeliefert worden, aber keiner von ihnen hieß Jim oder James. Ich wartete, daß der Arm der Gerechtigkeit auf uns niederfuhr, aber der rührte sich nicht.

Savinien versicherte mir, er habe beide Waffen in einen Behälter geworfen, den ich als den Müllcontainer hinter der Bingohalle identifizierte. Er war mit zugeknöpftem Mantel über dem blutbefleckten Hemd durch den von Kerzen beleuchteten Garten gegangen. Das Hemd hatte ich später in der Maschine gewaschen und in der letzten Mülltüte mit Partyresten versteckt. Diese Maßnahmen hätten nicht ausreichen dürfen, um uns zu schützen, aber sie genügten. Wahrscheinlich waren sogar sie unnötig. Keiner der Beteiligten im Park hatte die Absicht, erwischt zu werden. Es war durchaus möglich, daß wir ungeschoren davonkamen.

Nur ein oder zwei Wochen später diskutierte ich über die Ermordung eines kolumbianischen Fußballers. Er war kurz nach seiner Rückkehr von zwölf Kugeln niedergestreckt worden, nachdem sein Eigentor die Hoffnungen seiner Nationalmannschaft bei der Weltmeisterschaft zunichte gemacht hatte. Es hieß, sein Mörder habe ihn vor der Tat darauf hingewiesen.

Eine ziemlich gute Freundin von Steve, an ihren Namen kann ich mich nicht erinnern, stellte fest, genau das könne man von einem Dritte-Welt-Land erwarten, dessen zerstörte Wirtschaft von fremden Mächten beherrscht und von Drogenmißbrauch und Korruption bis in höchste Kreise untergraben werde. Ihre einzige Hoffnung sei ihre Fußballmannschaft gewesen, da könne es nicht verwundern, daß ihr Abschneiden eine Frage von Leben und Tod geworden sei.

Mit anderen Worten, genau wie bei uns. Keine der Mannschaften unseres Inselreiches nahm an der WM teil, und das war womöglich auch besser so. Selbst meine kleine Stadt nahm ihre Fußballspiele viel zu ernst, und auch jenseits der Spiele fehlte es an nichts, damit ein Duellant sich wie zu Hause fühlen konnte.

Mein Duellant tappte durch den Garten, schlief an den Nachmittagen, schrieb gelegentlich in antiquiertem und nicht etwa exzentrischem Französisch, wie ich später herausfand. Jeder Kampfgeist schien aus ihm gewichen. Das Stocken seiner Schritte, das ich den Nachwirkungen des Parks zugeschrieben hatte, wurde dauerhaft. Doch egal, wann meine Schicht zu Ende war, er war immer wach und lebendig und für mich da. Ich gewöhnte mich daran, keine Nacht mehr in meinem eigenen Bett zu verbringen.

»Du mußt nicht meinetwegen wach bleiben. Nicht, wenn ich so spät komme.«

Er streichelte meinen Bauch. »Ich möchte lieber nichts verpassen.«

»Aber dann wirst du so müde.« Seine Hand hielt an. »Oder nicht?«

Er drehte sich weg, auf den Rücken. »Nein.«

»Was ist dann los?«

»Eh, ich kann es nicht genau sagen. Siehst du die Bäume?«

»Was meinst du?«

»Siehst du im Schlaf die Bäume?«

»Ich glaube schon. Ja. Ich sehe sie.«

»Wie oft?«

»Das ist doch egal.«

»Wie oft?«

»Inzwischen jede Nacht. Und du?«

»Jede Nacht. Ich glaube, ich werde davon krank.«

Ich sagte ihm: »Niemand wird von Träumen krank. So was gibt es nicht, nicht mal bei dir.« Aber es klang kein bißchen überzeugend, nicht mal für mich.

Wir umarmten einander unbeholfen, zu fest, als tobe ein Gewitter vor unserem Fenster. Damit wir nicht schlafen mußten, erzählte er mir von seinem Vater, vom Haus seines Bruders, von seinem Bruder, von dem Vormittag, als er auf dem Schoß seiner Amme im Hof saß und eine Wolke das Sonnenlicht völlig abschnitt. Er hatte geweint, weil er nicht begriff, woher die plötzliche Kälte kam.

Natürlich schliefen wir am Ende doch, wir konnten uns nicht davon befreien. Ich erinnere mich, daß ich wünschte, er könne bei mir sein, wenn wir schon identische Träume träumten. Ich glaube, die Angst entstand zur Hälfte aus der Tatsache, daß wir ganz allein sahen, was wir sahen, und hingingen, wo wir hingingen.

Und so trug mein Bewußtsein mich fort aus seinen Armen, weg von unseren übereinanderliegenden Knien, und stellte mich auf aschfahlen Lehm oberhalb eines am Hang gebauten Städtchens. Auf dem bewaldeten Hügel gegenüber drehte sich eine Windmühle. Die Luft zitterte vor Hitze, strudelte und strömte wie Flüssigkeit. Ich klammerte mich an die Angst vor dem Absturz, während mein Denken hinunterwirbelte zwischen die schmalen Dächer, vorbei an einem dunklen Haus, über einen Garten und eine kleine, gedrungene Kirche, und dann wieder hoch in die Luft ins weiße Nichts. Das Weiß färbte sich zu Blau und sonnenbeschienenen Wipfeln; die Ecke einer häßlichen terracottafarbenen Mauer.

Es hatte keinen Sinn, darüber zu reden, als wir aufwachten. Uns beiden saß der Schock in den Knochen, wieder in unsere Körper zurückgekehrt zu sein, und die fiebernde Kälte der Reise.

Der Juli hatte sich gerade mit dünnem, warmen Regen eingeführt, als Savinien in die Küche geschlurft kam und sagte, was ich mir schon gedacht hatte.

»Ich weiß, wo es ist.« Er warf eine Handvoll winziger Unkräuter in den Mülleimer und wusch sich die feuchte Erde von den Fingern. »Ich weiß, wo es ist.«

»Das ist doch gut. Oder?«

»Bitte entschuldige, aber ich muß dich fragen –«

»Was?«

Er wandte sich wieder ab, beugte sich über die Spüle und ließ das Wasser laufen. Als ich aufstand, um ihm näher zu kommen, winkte er mich weg. »Nein.« Das Wasser lief klar und kraftvoll, und ich wartete. Er hielt die gewölbten Hände unter den Wasserstrahl und kühlte sein Gesicht.

»Ich bin immer noch hier.«

»Ah, das weiß ich. Ich«, er drehte das Wasser ab und versuchte mich anzulächeln, »vertändele nur die Zeit, bis ich dir sage, was ich dir sagen muß.«

»Das ist schon in Ordnung.«

»Das hoffe ich sehr. Denn jetzt muß ich meinem Traum begegnen.«

Ich wollte nicht wütend auf ihn sein, aber ich war es. »Na dann. Wenn du mußt.« Er hatte alles überlebt und ließ sich jetzt von seiner Phantasie zermalmen. Oder von meiner Phantasie. Ich wollte einfach nicht, daß er geht. Ein kaltes, gleitendes Gefühl überfiel mich. Ich wollte nicht, daß er geht.

Aber streng dich an, schau in sein Gesicht und sieh, wie sehr du ihm jetzt schon wehtust, wo es ihm schon nicht gutgeht und du gar nicht begreifst, was los ist. Schau ihn an. Er wollte etwas von dir, was du ihm nicht gegeben hast. Bring es in Ordnung. Sag es ihm.

»Es tut mir leid, ich habe Angst. Ich weiß nicht, was ich tun soll.«

»Was du tun sollst – du sollst mich nicht allein lassen.«

»Das würde ich nicht.«

»Das hast du eben, dein Herz hat es getan.«

»Aber du willst mich verlassen, was soll ich da –«

»Komm mit mir. Ich kann ohne dich nicht dorthin gehen. Ich würde es nicht tun.«

»Das würde ich auch nicht wollen. O Gott, bin ich ein Idiot. Ich sage nie, was ich meine – kann ich nicht, habe ich noch nie gekonnt –, ich fühle nicht das Richtige. Irgendwie bin ich nicht richtig verkabelt, da stimmt was nicht, oder es fehlt was. Manchmal will ich jemand anders sein. Du weckst in mir den Wunsch, jemand anders zu sein.«

»Kommst du mit mir?«

»Ja, wie könnte ich nicht. Ja. Ja. Siehst du, ich sage nie das Richtige.«

»Doch, du sagst es. Du sagst es zwar in seltsamen Momenten und in der falschen Reihenfolge und mit komischen Worten, aber du sagst es. Ich mag das. Du bist immer überraschend.«

»Ich bin, wie ich bin.«

»Ja. Und das Beste, was ich habe.«

»Sag mir, wo wir hin müssen.«

»Nach Hause.«

Fliegen ist eine eigenartige Sache. In den fetteren Jahren pendelte ich fast wöchentlich zwischen Glasgow und London, um die Werbespots für eine schottische Marke sprudelnden Leitungswassers mit meiner Stimme zu unterlegen. Ich konnte auf Befehl genau so schottisch klingen, wie sie es wollten. Und noch dazu feucht und mit Kohlensäure versetzt – ich nehme an, das wollten sie auch.

Was sie auch wollten, ich konnte es offenbar bieten, denn ich schnallte mich ziemlich lange brav jede Woche für den etwa einstündigen Hüpfer zwischen den beiden Städten an. Diese Flüge lagen immer knapp jenseits meiner Vorstellungskraft, unsere optimale Flughöhe und Geschwindigkeit war mehr als surreal, doch es ließ sich nicht leugnen, daß ich an einem Ort ins Flugzeug kletterte und an einem anderen landete.

»Als ich klein war, hatten wir zu Hause wundervolle Wolken. Im Herbst schaute ich sie vom Oberdeck des Busses an, der mich von der Schule nach Hause brachte, und sie ließen ein ganz neues Land entstehen. Es war so wie jetzt, nur von unten – breite Buchten und weite Ebenen und Berge –, alles sauber und ruhig und besser, als nach Hause zu kommen. Verstehst du?«

Weil ich alles gut für ihn machen wollte, fragte ich ihn, ob er bis London fliegen wolle. Nicht der direkteste Weg, aber wenn er überhaupt fliegen wollte, würde es diese Strecke sein müssen. Er war so glücklich, daß ich ihn küssen mußte, glücklich wie ein kleiner Junge. Ich kaufte ihm ein Kinderbuch über Flugzeuge, weil ich eigentlich keine Ahnung hatte, wie sie tatsächlich funktionieren oder wie ich es ihm erklären sollte. In der Nacht vor unserer Abreise lasen wir das Buch zusammen und waren so aufgeregt, daß wir nur kurz ein wenig einnickten.

In meinen Augen hatte er noch nie so gut ausgesehen wie an dem Morgen, als wir das Haus verließen. Er verabschiedete sich sowohl von Liz als auch von Arthur mit einem Kuß und ging dann ohne einen Blick zurück an seinem Garten vorbei auf die Straße. Ich folgte ihm. Er war besser in Form als je zuvor, er würde nach Hause zurückkehren, und er würde fliegen.

»Dies ist Gott näher als eine Kirche.«

»Ich versuche, nicht so zu denken, aber ich finde auch. Ich frage mich manchmal, ob er uns hier raufholt, damit er nicht so lange braucht, uns zurückzurufen.«

»Und wie oft hast du das schon gemacht?«

»Weiß ich nicht mehr.«

»Ha.« Er griff meine Hand und drückte sie; ich bemerkte, daß wir beide ein wenig schwitzten. »Du weißt nicht mehr, wie oft. Guter Gott, dies ist der Beweis für die Schöpfung. Das ist kein Gestrichel am Rande des Blickwinkels, kein Stück Kulisse. Das ist Liebe zum Detail, hier ist ein Meister am Werk, auch wenn wir es nie zu sehen bekommen, einfach nur aus Freude am Schaffen. Guter Gott.«

Er starrte den ganzen Flug aus seinem Fenster, selbst als sie uns die Krankenhausportionen paßgenau geformten Essens mit paßgenau geformtem Besteck brachten. Zwischen den Bissen erzählte er mir, wie er sich als Junge vorgestellt hatte, in hoch aufragenden Wolkengaleonen zu segeln, vielleicht meine Buchten auszuloten, die Ebenen und Berge zu benennen, die ich nie erreicht hatte. Wir ließen den Scheitelpunkt unserer Reise hinter uns und gingen in den Sinkflug, wobei meine Nebenhöhlen schmerzten und pochten. Ich glaube, auf keinem Flug war ich so wenig nervös, weil ich seinetwegen nicht nervös sein wollte.

Als wir auf London hinunterschwenkten, stellte der Himmel all unsere Vorstellungen in den Schatten und übertraf sich selbst. Brodelnde weiße Türme ragten in unmöglichem Winkel unbewegt aus unseren Flügeln, fächerten sich auf ins Nichts, öffneten sich zu gähnenden Schluchten, schlossen sich zu Gletschern aus Stille, Luft und Licht. Es war genau die Show, die ich mir gewünscht hätte – eine Lektion in Ehrfurcht.

Savinien redete, nein, schrie den ganzen Weg durch die Hauptstadt, während wir mit der U-Bahn von South Kensington nach Victoria ratterten. Über uns brannte die glühend heiße Sonne durch die ausgedünnte Ozonschicht der oberen Atmosphäre, um in tieferen Schichten Ozon und andere photochemische Leckereien freizusetzen. Kindern, älteren und kranken Menschen wurde geraten, das Haus nicht zu verlassen und das Atmen, nehme ich an, weitgehend zu vermeiden. An meinem letzten Nachrichtentag vor dem Urlaub hatte es eine Einspielung gegeben, in der eine zögernde Umweltschützerin, die ihren Atem anscheinend nicht unter Kontrolle hatte, eine hoffnungslose Bitte nach besseren öffentlichen Verkehrsmitteln und weniger Kraftfahrzeugen zu Gehör brachte. Vielleicht hatte sie Asthma.

Die Busetappe verlief ohne Probleme. Uns war natürlich zu heiß, und wir hatten leichte Verspätung, aber wir schafften es. Jetzt mußten wir nur noch in ein Luftkissenboot und wieder heraussteigen, und schon waren wir in Frankreich. Das war alles, was ich noch bewerkstelligen mußte.

Es gibt Möglichkeiten, mit diesem Problem umzugehen, von denen ich gehört oder gelesen hatte, und wir sind ohnehin alle Europäer, also sollte es gar kein Thema sein, ist es aber – man brauchte einen Paß, um das Land zu verlassen, und Savinien hatte keinen. Ich wünschte, ich könnte behaupten, daß ich mir für dieses Problem eine Lösung ausgedacht hatte, die unter allen Umständen wasserdicht war: hatte ich aber nicht. Ich verließ mich auf drei Dinge und hoffte, das Beste daraus zu machen.

Mein eigener Paß war in Ordnung.

Ich hatte Arthur einen zweiten ordnungsgemäßen Paß gestohlen und in dessen Namen auch Saviniens Fahrkarte gekauft. Das brachte Arthur ohne sein Wissen in große Gefahr, weshalb ich auch beschlossen hatte, daß er es nie erfahren sollte.

Als letzter Faktor sprach für mich, daß ich auf einer unerhört arroganten und rassistischen Insel lebte. Wer sie verläßt, wird viel flüchtiger untersucht als die unglücklichen Seelen, die unsere gesegneten Gestade betreten wollen, und diejenigen von weißer Hautfarbe werden womöglich gänzlich ignoriert, während die anderen das ganz und gar nicht erwarten dürfen, und wer im Besitz eines der alten blauen britischen Pässe ist, wird im allgemeinen als der glücklichste, weißeste und unschuldigste Reisende des Planeten betrachtet.

Das war alles. Ich hoffte und bangte und betete, daß die Paßkontrolle ebenso oberflächlich sein würde, wie ich es in anderen Häfen erlebt hatte. Herr im Himmel, ich hatte mir doch ausgemalt, daß manchmal schon ein Blick auf den Umschlag des Dokuments genügte, oder eine flüchtig aufgeschlagene erste Seite. Wenn sie bis zum Foto kamen, hatten wir keine Chance.

Ich beobachtete ihn, als er sich mit dem Großteil der Passagiere vorwärtsdrängte. Wir dachten uns, ein bißchen Gedränge am Zoll könne nicht schaden. Er hielt sich gut, wirkte nicht nervös oder fehl am Platz, nur einsam und viel kleiner als die Familientraube um ihn herum. Ich hatte mir nichts zurechtgelegt, was ich sagen könnte, wenn es schiefging. Nichts, was ich tun könnte, wenn sie ihn abführten.

Er hielt den Kopf hoch erhoben, in einem Winkel, der sein scharfes Profil am ehesten verkürzte. Ich fragte mich, wie viel Kommentare und schamlose Blicke es wohl brauchte, bevor ein Mensch diese Haltung so vollkommen verinnerlichen konnte.

Lächeln.

Ticket.

Bordkarte.

Paß von außen.

Paß von innen.

Ein kurzes Aufleuchten der nächsten Seite. Sie haben den gleichen Haarschnitt, ein ähnlich geformtes Gesicht.

Lächeln.

Ja, Gott. Ja, Gott. Ja, Gott. Ja. Ich werde alles tun, was du willst, alles aufgeben, was du willst, es ist mir egal, ich liebe dich, und das kleine Jesuskind auch.

Das Luftkissenboot hüpfte fürchterlich zwischen Schwaden permanenter Regenbogen, und es war uns scheißegal. Der Zug von Calais hatte zwei Stunden Verspätung, und es war uns scheißegal. Irgendwann konnte ich sogar das ungewohnt saubere und geräumige Bahnabteil genießen, und Savinien – der atmete vor allem. Er atmete Frankreich ein und aus, blickte hinauf durch die französische Luft, hielt die Arme in die französische Sonne und lauschte und lauschte und lauschte französischem Vogelgesang, Schritten, Worten. Als wir aus dem Gare du Nord hinaus in den staubigen, süßlichen Duft von Paris und einem abendlich aufgeheizten Bürgersteig traten, ließ er seine geborgte Reisetasche fallen und umarmte mich.

»Danke.«

»Es wird ganz anders sein, vielleicht enttäuschend. Dreihundert Jahre.«

»Aber es schmeckt genauso. Und ich kann hören, ich kann richtig hören. Ich hatte nicht die geringste Ahnung, wie taub ich war. Jetzt fange ich wieder an zu hören – ja, es klingt anders, ja, es klingt fremd, aber die Worte sind so nah an denen, die mein Herz benutzen würde. Ich bin zu Hause angekommen. Ich danke dir.«

Fußgänger schoben sich sacht um uns herum, während er mich an den Schultern packte und versuchte, nicht laut zu rufen. »Ich danke dir so sehr. O Gott, ich danke dir.«

»Das brauchst du nicht, es war deine Idee.«

»Aber wie konnte ich nur so viel von mir selbst vergessen? Wie habe ich das angestellt, was glaubst du? Ich wußte nicht, daß ich hierhergehöre.«

»Deine letzten Monate waren ziemlich ereignisreich. Vielleicht war der Traum dafür gedacht. Fühlst du dich denn besser? Wirklich besser?«

»Sehe ich geheilt aus?«

»Du leuchtest beinahe, so geheilt siehst du aus. Aber wie fühlst du dich?«

»Neu. Neu wie ein Neugeborener. Ich habe das Gefühl – ohne deinem Land zu nahe treten zu wollen –, ich bin ins Paradies gelangt.«

Mehrere Mofas knatterten mit gar nicht engelhaftem Lärm vorbei. »Ist wirklich schön, mal was anderes. Wahrscheinlich wäre alles besser als bei uns. Tut gut, mal rauszukommen.«

»Indem du mich hierhergebracht hast, hast du mir etwas gegeben, dessen Fehlen ich immer gespürt habe, auch wenn ich nicht wußte, was es war. Es gab einen leeren Raum in meinem Geist, oder vielleicht eher in meiner Seele, und jetzt ist er nicht mehr da. Wenn ich dir nicht begegnet wäre ... Äh, aber hier ist es gut. So gut, daß es mich bis in die Knochen schmerzt.«

»Laß es langsam angehen. Wir haben noch tagelang Zeit, begeistert zu sein, und wir sind noch gar nicht ganz da – wir müssen noch das Hotel finden. Meinst du, du könntest einem Taxifahrer erklären, wo wir hinwollen? Ich verlasse mich nämlich auf dich – ich kenne keine Einheimischen, und du bist jedenfalls so was Ähnliches.«

»In diesem Fall bin ich wohl, so glaube ich, der älteste lebende Pariser, und als solcher heiße ich dich in meiner Stadt willkommen. Absolut. Absolut. Und wo finden wir einen solchen Fahrer?«

Natürlich war ich glücklich, daß er glücklich war. Wir schwankten in einem Taxi mit dunkelroten Fellpolstern durch Paris, während Savinien den älteren algerischen Fahrer fröhlich anschrie, und ich konnte nicht anders als froh sein. Ich nehme an, wenn ich entdeckt hätte, daß er überirdisch gut Klavier spielen oder bildhauern konnte, hätte ich mich ähnlich gefühlt. Ein weiterer Teil seines Wesens hatte sich geöffnet, es mußte also noch mehr für mich da sein.

Die Einschränkung war allerdings, daß er französisch sprach – seltsames Französisch, aber Französisch. Er war mehr als alles andere Franzose. Er sprach und dachte und hörte schon in Melodien und Sätzen, die ich nicht verstand. Ich überlegte, ob ich ihm wohl als Ausländerin erschien. Schon ein paar Stunden in Frankreich hatten offensichtlich eine heilsamere Wirkung als alles, was ich bewerkstelligen konnte, und wer wußte schon, was noch alles passieren mochte.

Der Taxifahrer schwankte mit uns an herzzerreißend schönen Fassaden vorüber, und die Sonne senkte sich und loderte auf verschiedenen goldenen Statuen, und Savinien stellte eine Frage nach der anderen und drückte meine Hand und zeigte und rief und rieb sich buchstäblich ungläubig die Augen, und ich erkannte, daß ich eifersüchtig war. Ich wurde von einer ganz spontanen und ziemlich ausgedehnten Eifersuchtsattacke überfallen, die sich gegen eine ganze Nation richtete, gegen ihre Sprache und ihre Geschichte. Wenn es nicht so schmerzhaft gewesen wäre, hätte ich gelacht.

Keine Urlaubsfotos, das verspreche ich. Jedenfalls nicht allzu viele. Ich habe tatsächlich Tagebuch geschrieben, weil es mir wichtig schien, aber daraus werde ich hier nichts zitieren. Viele der Einträge sind für jeden anderen Leser als mich selbst ohnehin unsinnig. Ich glaube, am ehesten möchte ich eins sagen: Wenn ich das kleine Buch heute aufschlage, erinnere ich mich, wie mein Leben leicht und flüssig unter einer erstaunlich gnädigen Sonne dahinschritt. Ich wanderte mit Savinien durch eine doppelte Stadt, lauschte auf die Vergangenheit unter der Gegenwart, und ab und zu sah ich sie durchschimmern. Zu jener Zeit waren wir beide, denke ich, dem schieren Wunder von Saviniens Existenz am nächsten.

Um ein einfaches Beispiel zu geben: Eines Morgens beobachtete ich, wie sich das Licht über dem Fluß klärte, jenseits des Platzes, der heute Place René Viviani heißt, hinter der Kirche Saint Julien-le-Pauvre. Zwei Männer beschnitten Lavendelsträucher und setzten Wolken ihres Duftes frei, die überall um uns herum wehten, Tauben wanderten auf und ab, Frauen wuschen Obst am Trinkwasserbrunnen. Links von mir stand Savinien, die Hände bequem in den Taschen, das Gesicht der Sonne zugewandt, ein einziges breites Lächeln. Rechts von mir stand ein Baum, eine Robinie, so genannt nach und gepflanzt vom Botaniker Jean Robin – ein dicker, fast versteinerter Stumpf, der sich auf hölzerne Stützpfeiler lehnte und mit Beton stabilisiert worden war. Die Robinie war 1601 gepflanzt worden, achtzehn Jahre vor Saviniens Geburt.

Achtzehn. Darüber dachten wir nach, während Wasser auf die Rasenflächen gesprengt wurde, das Licht aufsaugte, Formen und Schatten in die Luft zeichnete.

An manchen Tagen berührten wir einander sehr oft, überzeugten uns, daß wir noch da waren, fest in unserer Haut steckten. Savinien gewöhnte sich außerdem an, sich in jedes potentielle Foto hineinzustehlen. Die theoretischen Grundlagen von Kameras und Filmen waren ihm schon vertraut, und er hatte selbst eine weitere Theorie entwickelt.

»Sag mal, was treibst du da eigentlich?«

»Moy? Ähm. Ich bin im Dienste der Geschichte und der Kunst tätig.«

»Toi. Du schleichst dich ein.«

»Nein, nein. Sie wollen ein Bild von diesem Gebäude machen, ein furchtbar häßliches Bauwerk, das nach einem bürgerlichen Trottel benannt ist, der ganz sicher durch den Hintereingang gezeugt wurde, denn als Mann war er nichts als ein Haufen Dung mit einem Mund.«

»Sag doch das nächste Mal einfach, was du denkst.«

»Das war ja noch äußerst vornehm ausgedrückt.«

»Schön, schön. Davon haben die Herrschaften sehr wahrscheinlich keine Ahnung.«

»Natürlich nicht, sie mußten seine Gegenwart nie ertragen. Und da ich sie nicht mit solchen Einzelheiten ermüden will, bin ich schon zufrieden, wenn ich in ihrer Fotografie auftauche und so den ehrenwerten Teil der Pariser Geschichte repräsentiere.«

Damals fand ich sein neues Hobby etwas peinlich, aber heute denke ich gern an die Dias und Videos und Schnappschüsse in den Häusern aller Völker, die alle eine kleine, unmögliche Zugabe enthalten, die uneigennützig im Hintergrund lächelt.

Um die Wahrheit zu sagen, ich wünschte, ich hätte all diese Bilder hier. Ich selbst habe nie welche gemacht, und ohne sie bleibt mir fast nichts. Sie müssen wissen, wenn ich das hier fertig geschrieben habe, wird nur noch so wenig von ihm da sein, daß ich mir gar nicht vorstellen kann, was ich tun soll. Fast ein Jahr lang war mein Leben in der Gegenwart verdoppelt. Ich kann Ihnen genau sagen, wie sich das anfühlt – alle Empfindungen sind natürlich, konzentriert, stark, völlig normal, und ich will nichts von ihnen wissen. Wenn das normal ist, möchte ich lieber etwas anderes. Wie kann das sein, daß ein oder zwei elektrische Zukkungen im Gewebe, das meinen Schädel ausfüllt, schlimmer sein können als ein Hieb, schlimmer als eine Krankheit, schlimmer als jede Furcht, die ich mir ausmalen kann. Die Bewegungen meines eigenen Körpers, die Zimmer meines eigenen Hauses, meine schönsten Erinnerungen bringen nichts als Schmerz. Ich will Amnesie.

Will ich natürlich nicht. Nach nur wenigen Wochen stellte ich fest, daß ich kein klares Bild seines Gesichts mehr im Geist festhalten konnte – offenbar ein verbreitetes Phänomen unter Hinterbliebenen. Nicht einmal in Gedanken schaffe ich es, ihn zurückzuholen. Doch gegen meinen Willen, in sinnlosen, unfreundlichen Augenblicken, schneidet die sinnliche Erinnerung an ihn – an seine Berührung, seinen Geruch, seinen Geschmack – heißer als Feuer in mein Denken. Er fährt durch mich hindurch, Atom für Atom, doch er bleibt nie da.

Ich werde nicht darauf herumreiten – das hätte keinen Zweck. Als wir nach Paris kamen, wußte ich nur so viel über unsere gemeinsame Zukunft, daß ich gedankenlos glücklich sein konnte, das heißt, ohne das Bedürfnis nach festen oder dauerhaften Gründen. Vielleicht lauerte in meinem Hinterkopf schon die dunkle Vorstellung, daß Savinien womöglich in Frankreich bleiben wollte – daß es womöglich äußerst schwierig für ihn werden würde, Frankreich wieder zu verlassen –, aber ich war von dem Gefühl erfüllt, daß wir jede auftauchende Klippe überwinden würden, wie wir es bisher getan hatten.

In unserer ersten Nacht, am 20. Juli, lagen wir unbedeckt beieinander, im drängenden, schwankenden Licht unseres kleinen Zimmers. Das offene Fenster ließ heiße Luft und Lärm herein. Savinien war zunächst enttäuscht gewesen, daß zwischen seiner Vorstellung von einem Hotel und der modernen Entsprechung ein enormer Qualitätsabstieg lag, war aber in gleichem Maße erfreut, wenn nicht gar auf perverse Weise noch zufriedener, daß unser Quartier in einer schmalen, wüsten Gasse lag, die von der Rue Saint-Jacques abzweigte. Die winzige Fahrbahn war mit schreiend bunten Lebensmittelständen und Geschäften gesäumt, in denen Amulette und alchemistische Bücher verkauft wurden. Dunkles Wasser floß übers glänzende Kopfsteinpflaster in einen offenen Abflußkanal in der Mitte, in dem Kohlblätter schwammen.

»Das ist noch besser. Es ist so gut. Im Sommer hat Paris immer wie ein verwesender Hund gestunken und wie ein sterbender Hund gejault. Ich könnte dich von hier zu meinem Haus führen. Ich werde es aber nicht tun, weil ich lieber nicht wissen möchte, ob es verschwunden ist.«

In der Beziehung war er sehr tapfer – was die fehlenden Bauwerke anging. Er konnte sich stundenlang seinen Weg durch verzweigte Seitenstraßen bahnen, nur um am Ende festzustellen, daß – zum Beispiel – das Haus seiner Eltern irgendwo nahe einem unterirdischen Einkaufszentrum und dem fetten Klotz des Centre Pompidou untergegangen war.

»Eh! Sie haben wahrscheinlich nicht damit gerechnet, daß ich zurückkomme und nachsehe.«

Ich glaube, die Gebäude machten ihm tatsächlich nichts aus – seine Rückkehr bot ihm andere Genugtuung. Ich hörte schon am Morgen des 21. davon. Er hatte mich nach unserer ersten Nacht in einem Doppelbett ausschlafen lassen, und wir waren trotz der Hitze so froh, einander zu sehen, daß wir uns kaum zu berühren brauchten. Natürlich berührten wir uns trotzdem. Natürlich.

»Ich bin noch da.« Er war außer Atem, vollständig bekleidet, und küßte mich in einem Zimmer, das ich erst nach Sekunden wiedererkannte. »Ich bin noch da.«

»Mhm? Das ist gut.«

»Gut? Das ist mehr wert als ... ich hätte nie erwartet ... das ist. Ah, ich kann dir zeigen, wie gut das ist.«

Ich erinnere mich an das albern unangenehme Gefühl seiner Knöpfe auf meiner Haut, und daß sein Haar nach Morgen roch.

»Es geht dir also immer noch besser.«

»Und ich bin hier.«

»Das kann ich bestätigen – du bist ganz sicher hier.«

»Aber jetzt kannst du sehen, wie sehr ...«

Ich glaube, es war typisches Schriftstellerverhalten, vielleicht auch ein bißchen Macho – es ist jetzt auch gleichgültig –, jedenfalls wurde ich unter einem kichernden, drängenden, triumphierenden Autor wach.

Er war nämlich vor mir aufgewacht und in den Buchladen an der Straßenecke gegangen. Der hatte wahrscheinlich gerade erst geöffnet. Savinien erklärte, er suche nach irgendwelchen Hinweisen auf Savinien de Cyrano de Bergerac.

»Der Echte? Nicht das Theaterstück? Theaterstücke führen wir nicht.«

»Der Echte.«

Und es gab ihn offenbar, in respektvollen Hinweisen in alchemistischen Nachschlagewerken, und in den Katalogen der lieferbaren Bücher. Er hatte gewußt, daß le Bret sich darum kümmern würde, er hatte gewußt, daß sein Werk veröffentlicht werden würde, aber jetzt wieder am Leben zu sein und es zu sehen. Nach all den Jahren. Immer noch da.

»Das ist doch nett.«

»Nett! Ein Wort ohne jede Bedeutung. Dies ist ein beinah ebenso großes Wunder wie ich selbst.«

»Ich schätze schon. Ich habe mir immer gedacht, daß du ein guter Schriftsteller gewesen bist.«

»Danke.«

»Das war einfach zu sagen.«

»Ich wünschte, sie wären auch hier, das zu sehen.«

»Wer?«

»Meine Freunde – Henri le Bret, sein Bruder, Roy de Prades, sogar d'Assoucy, der Lump. Sie waren die Besten. Und Pierre, Pierre Gassendi, der beste Lehrer und klügste Philosoph von ganz Frankreich – vergiß Descartes, der sich in seinen eigenen Gedärmen einschloß und das Universum wie einen großen Furz neu erfand –, Pierre ist tot wie die anderen. Wäre er hier, könnte ich ihm sagen, daß er recht hatte: ›Es gibt Räume, unermeßlich, ohne Ursprung, ohne Ende, in denen Gott diese Welt erschaffen und in die er sie gesetzt hat.‹ Ich habe diese Räume gesehen, ich habe Jahrhunderte in ihnen verbracht, und jetzt habe ich bewiesen, daß es jenseits der Materie etwas gibt. Nein, da würde er mich korrigieren. Ich habe es nicht bewiesen – ich bin selbst der Beweis, daß es jenseits der Materie etwas gibt. Es gibt eine Seele. Er war sicher, daß es eine Seele gibt. Und damit muß er mich in dieser Stadt so sehr überzeugt haben, daß ich selbst eine haben mußte. Ich habe eine unsterbliche Seele.

Ach Gott, wie ich sie alle vermisse.«

»Das war ja wohl zu erwarten, wenn du dahin zurückkehrst, wo du sie gekannt hast. Sie haben also immer noch deine Bücher. Das ist wunderbar. Ich bin stolz auf dich.«

»Ich bin auch ziemlich stolz auf mich.«

Wir kuschelten uns aneinander, um keine weitere Traurigkeit hereinsickern zu lassen, und mir fiel eine weitere gute Nachricht ein. »Savinien?«

»Ja.«

»Hast du letzte Nacht den Traum gehabt?«

»Ach so, nein, habe ich nicht. Und du?«

»Kein Stück.«

»Es war ganz richtig, hierherzukommen. Das wird mich gesund machen. Jetzt kann ich den Rest meiner hundert Jahre ausleben.«

»Das hoffe ich.«

»Aber du mußt die hundert Jahre mit mir verbringen. Ich möchte nicht allein sein. Sie waren meine besten Freunde, aber du bist meine beste Liebe.«

Auf Komplimente verstand er sich – der beste Satz zur richtigen, passenden Zeit.

Und der Traum blieb weg. Drei Tage lang aßen und tranken und spazierten wir, als wären wir beide heimgekehrt. Wenn ich zu Beginn von der Fremdheit der Stadt schnell müde wurde und Gefahr lief, einen Sonnenstich zu bekommen, hieß das bloß, daß wir uns am Nachmittag zur Ile Saint-Louis aufmachen konnten, wo Savinien inzwischen den Kniff beherrschte, über die Autos hinwegzusehen und so der Zeit ein Schnippchen zu schlagen. Ich legte die Füße auf eine Bank und lehnte mich an ihn, um ein wenig zu schlafen, während die Häuser, die er noch als Hotels kannte, hinter ihren geschlossenen Sommerläden darauf warteten, daß ihre Besitzer und deren alter oder neuer Reichtum von den Landsitzen zurückkehrten. Wie es immer gewesen war. Er ließ seinen Arm auf mir ruhen, und die Seine rollte dahin, um sich jenseits des Hecks der schmalen Insel wieder zu vereinigen, und die Bäume und ihre Schatten schoben sich langsam um die Sonne.

Der Schlaf war unser Freund, wir konnten uns überall hineinfallen lassen und wußten, daß der andere noch da sein würde, wenn wir wieder auftauchten und das Unmögliche noch an uns hinunterlief, wir es aus dem Haar schüttelten wie lauwarmes Wasser.

Ich habe herauszufinden versucht, ob wir etwas falsch machten, ob ich einen Hinweis übersah. Aber das einzige, was sich wirklich veränderte, war der Mond – er begann seinen üblichen monatlichen Weg von einem dicken, hellen Auge zu einem schattigen Fleck. Er nahm ab. Über diesen Ausdruck hatte ich mir vorher nie Gedanken gemacht – abnehmen, weniger werden, sich verdunkeln.

»Ich beobachte. Ich war in der Legion, dort haben wir es gelernt. Sieh, ohne gesehen zu werden.«

Der Hotelier, Monsieur Sablons, begrüßte uns inzwischen mit kleinen Ansprachen über Themen seines früheren Lebens.

»Ich sehe den Feind, aber er sieht mich nicht.«

»Aha, gut, so ist es ja wohl gedacht.«

Savinien lächelte gütig und nickte in Richtung unseres Schlüssels, doch den würden wir auf keinen Fall so schnell bekommen.

»Sie glaubt, ich weiß nicht, was sie tut, aber ich weiß es, ganz ohne Zweifel.«

Wenn sie nicht da war, verbreitete Monsieur Sablons pausenlos schlimmste Unterstellungen über Madame Sablons, eine kleine grauhaarige Dame, die ehrlich gesagt viel zu schlecht gelaunt wirkte, um sich auf glühende Leidenschaften einzulassen. Obwohl sie tatsächlich ständig übermüdet schien. Man konnte natürlich nie wissen.

»Man kann natürlich nie wissen.«

»Aber ich weiß es. Ganz entschieden.«

»Könnten wir unseren Schlüssel haben?«

»Ja, meinen Sie, wir könnten unseren Schlüssel bekommen. Wir würden gern nach oben gehen.«

Monsieur Sablons nickte. »Würde ich auch gern. Würde ich auch gern.«

Wir wußten nicht genau, was er damit meinte, aber gleich darauf stand er auf, rückte seinen Bauch und seinen Gürtel zurecht und holte unseren Schlüssel vom Haken. Er lächelte uns geringschätzig zu. Was wir auch anstellen mochten, er wußte, es würde verblassen.

»Mein Gott, auf diese Szene jeden Abend könnte ich verzichten.« Wir hatten uns an den düsteren Aufstieg in den zweiten Stock gemacht – braune Textiltapete, dann blaue.

»Mm.«

»Meinst du, wir könnten ihn irgendwie ablenken? Vielleicht eins seiner Beine in Brand stecken.«

»Mm.«

»Was meinst du?«

Savinien, der mir ein paar Stufen voraus war, stolperte zurück und lehnte sich an die Wand.

»Hey, vorsichtig. Ich möchte nicht, daß davon was kaputtgeht.« Er lehnte immer noch an der Wand. »Alles in Ordnung? Der verdammte Idiot da unten hat uns zu lange stehen lassen.«

»Ja. Ich möchte lieber nicht stehen.«

»Möchtest du dich hier ausruhen, wir sind auch schon fast beim Zimmer.«

»Im Zimmer.«

Er erholte sich schnell – eine Flasche Coke aus der Minibar, einen Moment auf dem Bett liegen, schon kehrte die Farbe in sein Gesicht zurück.

»Wie geht es dir jetzt?«

»Perfekt.«

»Das sehe ich. Wie fühlst du dich?«

»Perfekt – richtig gut und tapfer.«

»Du hast mich ganz schön erschreckt.«

»Die Anpassung an diese Stadt kostet mich womöglich doch mehr Kraft, als ich gedacht habe. Morgen werden wir es etwas langsamer angehen lassen.«

»Natürlich. Wir könnten es auch jetzt langsam angehen lassen.«

»O ja, gut. Langsam mag ich.«

»Ich auch.«

Und vielleicht war es das – vielleicht waren wir einfach zu langsam, und das Ende unserer Geschichte holte uns ein. Im Moment, bevor ich gänzlich in den Schlaf sank, schmeckte ich unsere Zukunft, roch die ausdruckslosen Straßen, die alle zu den scharfen, hängenden Schatten unter den Erinnerungsbäumen führten. Bäume und Himmel, Bäume und Himmel, Bäume und Himmel. Bis wir in den Morgen entkommen konnten, hatten wir jeden wolkenlos blauen Augenblick und jedes einzelne Blatt geträumt.

»Der Bastard. Was für ein Bastard!«

»Sssch.«

»Henri, das tust du mir an, nach allem, was wir einander waren. Und dann das. Hnah, hnah.« Savinien durchforschte sein Vokabular nach angemessenen Invektiven. Ich überzeugte ihn, sich mit mir zu entfernen, während er in der Luft unsichtbare Hälse umdrehte. Als wir unten zwischen den kühlen und relativ schalldichten Bücherregalen angekommen waren, konnte ich es wagen, ihn zu beruhigen.

»Was ist los?«

»Oupfff, gar nicht viel. Eine kleine Winzigkeit. Bloß, daß mein bester Freund tatsächlich meine Werke herausgegeben hat. Dafür bin ich ihm dankbar, aber er hat ... solche Angst, was korrekt und was nicht korrekt sein, wen ich beleidigen könnte. Er hat es geändert. Er hat es geändert.«

»Das tut mir leid, ich dachte, es wäre gut, hierherzukommen.«

Denn die Idee schien vernünftig. Wenn wir in die Bibliothèque Nationale vordringen konnten – in seine eigene Nationalbibliothek – und dort seine Arbeit fanden, konnte ihn das nur erfreuen. Ich konnte mir nichts Besseres vorstellen, um seine Lebensgeister zu wecken. Eine halbe Stunde Anstehen und Verhandeln, Erklären und wieder Anstehen verschaffte uns schließlich zwei Leseausweise, und dann lungerten wir in einem Flur herum wie Bittsteller bei Hofe – seine Metapher –, bevor wir in den Grande Salle vorgelassen wurden.

Wir waren beide ein wenig nervös, als wir in dem Raum saßen, der wie ein riesenhafter vergoldeter Ballsaal mit Bücherregalen wirkte, und auf unsere bestellten Bände warteten. Es machte mir auch Sorge, daß dies wahrscheinlich der einzige Ort in Frankreich war, wo man Savinien wiedererkennen könnte. Ich hätte ihn niemandem erklären können.

Savinien murmelte die ganze Zeit düster vor sich hin – das leichte Amüsement, mit dem jede Erwähnung seiner Werke quittiert wurde, hatte ihm nicht gefallen.

»Müssen wir hierbleiben? Kommt mir vor wie ein Massengrab für Schriftsteller. Gold und Marmor und Büsten Verstorbener.«

»Es dauert bestimmt nicht lange.«

»Wie eine Gruft.«

Ein hochgewachsener, braungebrannter Körper in einem sehr unakademisch knappen Kleid schwebte vorüber.

»Sie sah nicht gerade trauernd aus.«

»Schwarzes Kleid.«

»Aber nicht unbedingt ein Beerdigungsschnitt.«

»Aber schwarz, schwarz ist für Beerdigungen. Und ihre Beine trauern ganz bestimmt, das sieht man.« Sein Lächeln verschwand plötzlich. »O Gott, ich will es nicht herausfinden, ich will sie nicht sehen. Können wir nicht einfach gehen?«

»Nach all der Mühe?«

Und dann kamen die kleinen, abgestoßenen Bände. Einige Augenblicke lang vermochte keiner von uns beiden sie zu berühren.

»Na los.«

»Ich kann nicht.«

»Es sind deine.«

»Guter Gott, das weiß ich. Guter, gütiger Gott, ich weiß. Meine Worte, meine Bücher.« Jede aufgeschlagene Seite ließ den scharfen, kalten Duft der Zeit aufsteigen. »Meine Bücher.«

Aber es dauerte nicht lange, bis er auf die erste Änderung stieß. Seine Freude versank spurlos in einem permanenten Zischeln.

»Hör dir das an. Ich bin hier in dieser Geschichte, ich falle Hunderte von Meilen auf die Erde, oder vielmehr auf die Oberfläche des Mondes, und nur ein glücklicher Zusammenprall mit dem Baum des Lebens rettet mich. Ich bin ins Paradies gefallen, meine Seele verläßt meinen Körper und wird dann beinahe sofort in ihn zurückgerufen. Der Wahnsinnige läßt mich sagen … was, was … ich kann es mir nicht mal merken. Ach ja, das nächste, woran ich mich erinnere – ich liege unter einem Baum. Irgendein Baum, nichts Besonderes, keine Erklärung, warum ich nicht ganz und gar tot bin, keinerlei Phantasie … nicht mal ein guter Satz. Was hat er sich dabei gedacht?«

»Ich bin sicher, er hat es nur gut gemeint.«

»Wenn sie meine Manuskripte hier haben. Sie haben doch gesagt, sie hätten sie, oder?«

»Weiß ich nicht mehr. Ich verstehe nur jedes zwanzigste Wort.«

»Würden sie meine Manuskripte lesen, wüßten sie, daß dies nicht von mir ist.«

»Ja.«

»Dann wüßten sie es.«

»Das stimmt. Komm jetzt.«

»Nein, das kann ich nicht ertragen.«

»Na komm. Auch wenn wir nur gehen wollen, müssen wir wieder da lang.«

»Lumpen. Gesindel. Wer hat ihn dazu gebracht? Wer hat ihn dazu gezwungen?«

Aber er ging noch einmal zurück und stieß schließlich auf einen anderen Teil von le Brets Schriften.

»Mein Gott.«

»Bitte, man wird uns rauswerfen.«

»Er hat mein Leben aufgeschrieben, fast alles. Er ...«

Und er las die kurze Schilderung seines Lebens und seines Todes. Ich hielt seine Hand, während er lächelte und nickte und die Augen schloß und am Ende sehr sanft auf etwas schaute, was ich nicht sehen konnte. »Gott bewahre ihn, Gott bewahre ihn. Ein Edelmann von vortrefflichem Geist. Ein überaus liebevoller Freund. Können wir jetzt gehen, ich glaube, ich muß hinaus.«

Immer wieder schritt er im Kreis um den kleinen Innenhof hinter der Bibliothek, und ich saß dabei. Ich konnte nichts tun. Wir hätten nie dorthin gehen sollen, nie nach Frankreich übersetzen, und doch konnten wir nichts anderes tun. Ich starrte die Spatzen und den gelben Kies und den gelben Staub an, und vielleicht versuchte ich auch zu beten, aber ich weiß, daß mir nichts einfiel, worum ich hätte bitten können. Er setzte sich neben mich und berührte mich am Arm.

»Hallo. Wie fühlst du dich?«

»Ich weiß nicht, Jennifer, ich weiß nicht. Heute hat mich Henri daran erinnert, daß ich tot bin, und letzte Nacht habe ich dasselbe gesehen wie du, und ich verstehe. Du verstehst es auch.«

Ich log. »Nein.«

»Ich muß dorthin.«

Er sagte »Ich«, nicht »Wir«. »Ich möchte mitkommen.«

»Das würde mich sehr freuen. Ich bin sicher, wir werden zusammen hingehen, und dann kommt dies zu einem Ende, und wir können weitersehen.«

Er log auch.

Wir hielten einander in der Nachmittagssonne, und wir logen. Ich lächelte ihn an, und er lächelte zurück, und wir versuchten, über unsere Zukunft zu reden, die wir nicht hatten, und hielten uns dann noch fester, damit wir uns nicht in die Gesichter schauen mußten, als wir weinten. Wir schluchzten und waren nur noch hoffnungslos und verletzt.

Ich glaube, was wir fühlten, fühlten wir so tief wir konnten, und doch hatte es keinerlei Wirkung. Als die schlimmsten Krämpfe vorbeigingen, waren wir beide immer noch da, immer noch am Leben, als seien wir gerade Opfer eines sinnlosen Scherzes geworden. In Wahrheit würden wir weitergehen müssen bis zum Ende, ohne Abkürzungen.

Die nächsten Tage waren friedlich, wir redeten viel, erstaunlicherweise vor allem über unsere Kindheit. Savinien konnte am Ende nicht mehr weit gehen, der kleinste Anstieg verursachte ihm Atemnot und Schwindel, also genossen wir die Viertel der Stadt, die wir noch gründlich erkunden konnten – wir hatten Zeit, sie uns richtig anzuschauen. Seine Schwäche beeinträchtigte sein Denken in keiner Weise, obwohl seine Stimme leiser und seine Aussprache bewußt deutlicher wurde.

Jetzt möchte ich Ihnen alles erzählen, was wir je getan haben, in Schottland oder in Frankreich, in allen Einzelheiten bis zurück zum Anfang, um alles festzuhalten. Doch er würde das nicht wollen. Er war viel tapferer als ich.

Ich hoffe nur, wenn ich auch sonst nicht viel hinbekommen habe, daß ich dies richtig aufschreibe.

In der Nacht des 27. Juli weckte Savinien mich auf, und wir liebten uns schweigend und schlicht, mit einer schrecklichen Zärtlichkeit, die ich nicht begriff.

»Jennifer.« Er sprach meinen Namen sorgfältiger aus als irgend jemand sonst – das liebte ich an ihm.

»Ja.«

»Morgen.«

»Nein.«

»Hör mir bitte zu, morgen muß ich gehen. An jenen Ort. Ich hoffe, du kannst mich begleiten, denn ich glaube, ich werde Angst haben.«

»Aber wir haben doch noch Zeit, es sind noch fünf Tage, bis wir –«

»Es muß morgen sein. Wirst du mit mir kommen?«

»Wie könnte ich nicht. Aber laß mich auch mit dir zurückkehren.«

»Laß mich kein Versprechen geben, das ich nicht halten kann. Du weißt, daß ich tun muß, worum du mich bittest.«

»Laß mich dich bitten, nicht zu gehen.«

»Jennifer, Jennifer, Jennifer.« Sorgfältiger als sonst irgend jemand jemals.

Am Donnerstag, dem 28. Juli 1994, erkundigte Savinien de Cyrano sich am Bahnhof und nahm dann den Zug in eine kleine Stadt in der Nähe von Argenteuil mit Namen Sannois.

Die Fahrt dauerte eine halbe Stunde und führte durch gepflegte Vororte, vorbei an kleinen Villen und einem Tierheim. Die Luftfeuchtigkeit ließ unsere Kleider unangenehm am Körper kleben und uns alle paar Minuten die Gesichter abwischen. Obwohl wir das Abteil die meiste Zeit für uns hatten, fiel uns nicht viel zu sagen ein. Worte purzelten nervös über unsere Lippen und stockten grundlos wieder.

»Weißt du, in meiner Zeit hier gab es einen Priester mit Namen Schwein, Cochon. Ein Atheist griff ihn einmal während der Weihe der Hostie an – er wollte, daß Gott ihn auf der Stelle niederstreckte, dann hätte er nicht mehr zweifeln müssen. Statt dessen streckte ihn der König ganz langsam in Paris nieder, und Cochon der Priester las weiter seine Messen, jetzt aber hinter einem Eisengitter. Cochon – Schwein war ein sehr freundlicher Mann. Ich war auch ein ganz schlimmer Atheist, aber er war immer freundlich ...«

Als Savinien sein Taschentuch aus der Tasche zog, merkte er, daß seine Hände zitterten, und er lachte kurz auf.

Der Bahnhof war deutlich ausgeschildert, blaß und ordentlich. Kurz bevor sich die Waggontür öffnete, überfiel mich Panik, und ich griff nach ihm. Er drückte meine Schulter und sagte: »Ich weiß.«

»Ich liebe dich.«

»Das weiß ich.« Die Türen glitten auf und ließen einen heftigen Hitzestoß herein. »Ich liebe dich auch.« Noch ein abgebrochenes Lachen, »Ach Gott, ich wäre lieber nicht hier«, und wir stiegen aus.

Er kannte den Weg. Doch er ging wie ein Mann, der bei jedem Schritt mit einem Stolperdraht rechnet.

Die Hauptstraße war ruhig, gar nicht unattraktiv. Wir wandten uns nordwärts, schritten durch einige angenehme Gassen, bis wir in ein Gebiet gesichtsloser moderner Wohnblocks kamen. Savinien fing an zu laufen.

Er hielt vor einem niedrigen grauen Wohnblock an und begann, zwischen unregelmäßigen Atemzügen zu kichern. Er hörte mich heraneilen, drehte sich um und rief.

»Es ist gut, es ist nicht hier. Alles in Ordnung. Jennifer, wir sind in Sicherheit.«

»Was soll das heißen. Ich meine, das ist ja wunderbar. Aber was meinst du damit?«

»Das Haus, Nummer fünf. Ach, ich liebe dieses häßliche Gebäude, es ist die wundervollste groteske Scheußlichkeit der Welt.«

»Sag es mir.«

»Hier bin ich gestorben. Rue du Puits Mi-ville fünf, aber hier bin ich nicht gestorben, denn von hier ist nichts mehr da. Ich habe von Sannois geträumt, wie es früher war, und jetzt ist es anders, und ich bin anders. Ich bin in Sicherheit. Ich kann wieder atmen, hörst du, ich kann wieder atmen. Verstehst du? Kannst du das verstehen? Du bist eine wunderschöne Frau. Habe ich dir das je gesagt?«

»Ich, ich kann mich nicht erinnern. Bist du sicher?«

»Dies ist die Straße. Wo ist das Haus? Es ist nicht da. Wo sind seine Überreste? Nicht da. Pouff! Alles weg.«

»Mein Gott. O Gott, ich danke dir. Danke, Gott. Komm her.«

»Ich bin ganz erhitzt und naß.«

»Komm her.«

»Ich bin doch da.«

Wir gingen auf die schattige Straßenseite und überlegten, ob es wohl in der Nähe ein Geschäft gäbe. Die Sonne schien so hell, und wir waren so durstig, wenn wir bloß eine Flasche Wasser hätten kaufen können, wäre uns schon geholfen gewesen.

»Wir könnten ja zum Bahnhof zurückgehen, da gibt es vielleicht was.«

»Nein.«

»Oder womöglich gibt es auch was hier in der Nähe.«

»Nein.«

Als ich ausatmete, schaute ich auf parkende Autos und Garagen, ein paar Büsche. Als ich einatmete, war ich seinem Blick nach oben gefolgt.

Schmale grüne Baumwipfel. Brennend blauer Himmel.

»Nein.« Er trat schon über eine gepflanzte Abgrenzung und stolperte. Ein simpler Bordstein brachte ihn zu Fall, und im Sturz wehrte er mit den Armen eine Bedrohung ab, die ich nicht sehen konnte. Als er aufzustehen versuchte, war ich zur Stelle, um ihn zu halten und zu spüren, wie verzweifelt er sich an meine Arme klammerte.

»Was ist los? Du mußt nicht dahin gehen. Niemand kann dich zwingen. Was ist denn los. Bitte sag mir, was los ist.« Sein Atem ging flach und schnell, verursachte mir Übelkeit, sein Gewicht schwankte wild hin und her.

Ich sah ihn vergeblich um Worte ringen. »Afinque … je … lieber Gott, ich habe Angst. Ich bin im Garten.«

»Nein.«

»Ich kann ihn sehen … ich sehe das Jetzt und dich, aber ich sehe auch den Garten, der hier angelegt ist. Du bist nur noch schwach, du verschwindest.«

»Fühl mich.«

Als ich seine Hände berührte, waren sie kalt.

»Ich fühle nichts. Halt mich sehr fest.« Sein Kopf zuckte hoch, als ich mich an ihn preßte. »Führe mich.«

»Dann komm weg hier.«

»Führe mich dorthin.«

»Das kann ich nicht!«

Er ging los und zog mich mit. »Bitte.«

»Ich kann nicht; du wirst sterben.«

»Ich bin tot. Bitte, bitte. Gütiger Gott, ich habe solche Schmerzen.«

Und dann ging ich mit ihm, führte ihn auf einen Weg, den er nicht mehr begriff. Seine Füße traten flach auf den Boden, hatten eine andere Höhe erwartet, und ich hielt den Arm um seine Taille und sah ihn nicht an, weil ich mich fürchtete. Ich wollte nicht wissen, zu was er wurde. Meine letzte Erinnerung an ihn sollte keine Totenmaske sein.

Und ich wollte nicht mit ihm sterben, mit ihm gehen. Ich konnte es nicht, ich versuchte es, aber das konnte ich nicht wollen, und deshalb erschreckte er mich.

Die Bäume warteten über einer kleinen leeren Straße auf uns. Wir gingen weiter bis zu einer mit Backsteinen gepflasterten Fläche, die gekrümmt unter der Sonne ächzte.

Savinien wurde ein wenig langsamer, zog mich zurück, und

ohne nachzudenken wandte ich mich seinem Gesicht zu, das blaß war und sich leerte. Er mußte die Hand heben und damit beim Sprechen sein Kinn stützen. Sein Atem roch zu süßlich.

»Ich. Danke. Dir.«

»Bitte tu es nicht.«

»Dies ist das Richtige. Am Ende. Hat Gott. Immer recht. Leb wohl.«

»Leb wohl. Liebster.«

»Ja, ja.«

Er streifte meine Wange mit kalten, harten Lippen, und ich wandte mich ab.

Als er mich schubste, begriff ich nicht gleich, was geschah. Ich fiel auf die Seite, verrenkte mir den Nacken, rollte mich ab und sah es.

Ich sah, wie er sich auf den Hacken wiegte, taumelte und dann sacht nach vorn fiel. Wie Wasser, das sich teilt, nahmen die Steine ihn auf, und nichts war mehr.

Und ich glaube, ich hörte ein Geräusch wie ein leises Ausatmen, aber vielleicht irre ich mich auch.

Ich stand auf.

Zwischen zwei Wohnblöcken zitterten die hohen Bäume von einem winzigen Windstoß. Flächen, Bäume, ein schäbiges öffentliches Pissoir, eine gedrungene graue Kirche und verstreute Kleider auf dem Backsteinpflaster. Seine Kleider, noch warm, erfüllt von seinem lebendigen Geruch. Ich faltete sie, wickelte sie um seine Schuhe und folgte den Schildern zurück zum Bahnhof. Es schien am bequemsten, das Bündel beim Gehen fest an Brust und Bauch zu drücken. Ich überquerte die betonierte Piazza vor dem komplizierten und häßlichen öffentlichen Gebäude, welches die Stadt Sannois Centre Cyrano de Bergerac zu nennen beschlossen hat.

Sie erinnern sich an ihn, wo er gestorben ist. Dafür mochte ich sie.

»Er mußte ohne mich weiter.«

»Das ist normal.«

»Nein, er mußte ohne mich weiter.«

Der Hotelier verstand mich nicht, und nach einer Weile verspürte ich auch nicht mehr das Bedürfnis, ihn verstehen zu lassen.

An den nächsten Tagen gewöhnte ich mich an die Verständnislosigkeit, selbst mein Englisch wurde stockend. Aber ich verlief mich nie. Ich merkte, daß ich die Wege nehmen konnte, die ich mit meinem lieben Freund gegangen war, mit meinem Liebsten. Ich erwartete nur ein ganz klein wenig, daß er zurückkommen würde und dann wüßte, wo er mich treffen könnte.

Bis der Morgen kam, an dem ich Paris verlassen mußte, glaubte ich, ich sei so traurig, wie ich es ertragen konnte. Ich verließ mich auf einen Hauch jener Ruhe, zu der ich zurückkehren zu können glaubte, doch dann schlossen sich die Zugtüren, und der Zug setzte sich in Bewegung, und ich zerbrach.

Ich reiste mit zwei Taschen nach Hause, eine davon war nicht meine.

»Jesus liebt die trüben Tassen,
Und die Langweiler, die blassen,
Trauerklöße liebt er sowieso,
So auch mich – also bin ich froh.
Ja, Jesus liebt mich,
Ja, ja, Jesus liebt mich,
Ja, Jesus liebt mich,
Das ist alles, was ich weiß.«

Arthur tat sehr gut – der solide, verläßliche Arthur. Er sang und klapperte durchs Haus und war lebendig und fröhlich. Ich wußte, daß nicht nur ich Savinien vermißte. Wenn oben eine Tür sich bewegte, eine Diele knarrte, hielten wir alle inne, bevor uns endgültig wieder einfiel, daß wir niemand anderen mehr erwarteten.

Ich hatte Saviniens Tasche oben in meinem Zimmer. Ich konnte – kann – nicht anders, als sie behalten. Es dauerte ungefähr einen Monat, bis ich sie öffnen konnte und seine Aufzeichnungen fand, die er in Paris verfaßt hatte.

Einer von Liz' Freunden übersetzte sie mir. Ich werde Sie nicht mit dem vollen Umfang langweilen, aber diese Passage, die nicht das Ende bildet, aber im letzten Teil steht, lese ich immer noch ziemlich oft.

Ich habe gesehen, wie der große Himmel über meiner Stadt seinen Regen abschüttelte und sich zu Rosa und frischem Blau erhellte. Ganz ruhig und gelassen formt und schließt er sich über uns wie die riesige Küste eines erfundenen Meeres. Nun, da wir die Sonne verlieren, verläßt uns auch unsere Hülle und verblaßt. Müßte ich hinausgehen, würde ich unter der Farbe meines Todes erzittern, unter dem infernalischen Blau eines unendlichen Aufstiegs.

Jennifer, glaube mir, ich würde hier an diesem Tag mit dir bleiben und niemals weiter vorwärtsschreiten. Damit du weißt, selbst wenn ich fort bin und du mich nicht sehen kannst, selbst wenn ich in die dunkle und frostige Existenz des Todes zurückgeworfen wurde, daß ich dich bei mir tragen werde. Und wenn ich für immer in

Gottes Schatten bleibe und nie sein Licht berühren darf, so trage ich doch dein Licht bei mir. Keine Qual wird mich schmerzen, kein Dämon wird mir nahe kommen, denn so weit, wie die Ewigkeit der Hölle reicht, brauche ich dich mit der ganzen Kraft meiner Seele.

Du warst mein Paradies auf Erden, und das war mir genug, ich hoffe auf keinen Himmel mehr. Liebe mich und lebe ohne mich, um des Mannes willen, der dich am meisten geliebt hat.

Savinien de Cyrano, Écuyer, Sieur de Bergerac.

Sie haben natürlich zu Beginn dieses Buches von der Ruhe gelesen, die ich verloren habe. Manchmal ist eine Lüge der beste Anfang. Aber ich hoffe, daß Sie jetzt meine Entschuldigung dafür akzeptieren.

Was habe ich statt der Ruhe. Eine Stimme. Ich erinnere mich an jede Einzelheit der Stimme eines Mannes, kein Detail davon verblaßt.

Arthur kam heute zu mir und fragte mich, wie es hiermit vorangeht. Ich sagte ihm, es sei fast vorbei.

»Ehrlich? Was wirst du dann tun?«

»Was, hinterher?«

»Mm hm. Wird bestimmt komisch, wenn du nicht mehr bei jeder Gelegenheit verschwindest.«

»Ich nehme an, ich werde wieder anfangen zu leben. Ich weiß nicht.«

»Was meinst du, wirst du es vermissen? Oder froh sein, daß es vorbei ist?«

»Beides.«

»Na ja, wenn du Gesellschaft brauchst, ich bin vielleicht später wieder hier.«

Jetzt kann ich Arthur aus meinem Schlafzimmerfenster sehen. Er hüpft neben seinem Fahrrad, dann in den Sattel und ist weg. Jetzt ist also niemand mehr hier als ich und Sie und das hier.

Ich werde es vermissen, und ich werde Savinien vermissen, und ich werde froh sein.

© Paul Dodds

A. L. KENNEDY, geboren 1965 im schottischen Dundee, gehört zu den meistbeachteten Autorinnen in Großbritannien und wurde mit mehreren Preisen ausgezeichnet. Sie lebt als Autorin, Filmemacherin und Dramatikerin in Glasgow und meldet sich mit Beiträgen im Guardian auch politisch zu Wort.

DANKSAGUNGEN

Die Vorarbeiten für diesen Roman wurden in erheblichem Maße durch freundliche Mithilfe von M. Philippe Guillemin von der Ambassade de France (London), den Mitarbeitern der Bibliothèque Nationale Française und der Bibliothèque Municipale Sannois, den Mitarbeitern des Centre Cyrano de Bergerac in Sannois, M. und Mme. Foucher Bernard, Catherine Le Roy und Patricia Le Roy unterstützt.

Außerdem muß ich meinen Freunden von der American Church in Paris danken, die mich während der Entstehung dieses Buches unterstützt haben. Vielen Dank an Joe und Karl für ihre Hilfe und zeitweilige Unterkunft in der Hauptstadt. Dank für Rat und Ermutigung schulde ich Barbara, Brindsley, Bob, Chris, Craig, Deirdre, Genevieve, Julia, Molly, Prentis, Ros, Sharon, Terry, Tony, Yasmeen und vielen anderen Menschen in Redcliffe Gardens und Umgebung. Vielen Dank auch an Catriona, Denise, Jim, Jim, Joe, John, Margaret, Mike, Pat, Scott, Scotty, Steven und Stewart für ihre Geduld in Glasgow.

Für Leser, die sich für Leben und Werk Savinien de Cyrano de Bergeracs interessieren, empfehle ich das Gesamtwerk von Cyrano de Bergerac, herausgegeben von Jacques Prévot (Belin 1977). Maurice Lagaas Ausgabe der *Voyage dans la lune* (Flammarion 1970) ist mit einer hervorragenden Einleitung versehen, und auch Madame Denise Paulards Büchlein *Cyrano de Bergerac*, herausgegeben von der Association Cyrano de Bergerac und der Mairie de Sannois ist sehr informativ. Vor allem aber stellt Henri Le Brets Einleitung zu seiner 1657 erschienenen Ausgabe von *L'Autre Monde* das definitive Porträt eines bemerkenswerten Schriftstellers, eines außergewöhnlichen Mannes und eines geliebten Freundes dar.

Ich gestehe freimütig, daß dieses Buch sich Bergeracs Werken und dem außerordentlichen Geist dahinter verdankt. Ich hoffe, daß mein Roman weder den Ruf der Werke noch das Gedächtnis des Mannes dahinter beschädigt.

A. L. Kennedy im Verlag Klaus Wagenbach

Alles was du brauchst
Roman
Ein großer Entwicklungsroman – ein Buch über die Leidenschaft, mit der eine in Furchtlosigkeit aufgewachsene junge Frau das eigene Leben beginnt.
»Ein todessüchtigeres und lebensgierigeres Buch ist lange nicht geschrieben worden.« Hubert Spiegel, Frankfurter Allgemeine Zeitung
Deutsche Erstausgabe. Aus dem Englischen von Ingo Herzke
Quart*buch*. Gebunden. 576 Seiten

Ein makelloser Mann
Erzählungen
Dieser Band enthält elf Erzählungen, darunter fünf Erstveröffentlichungen, Geschichten, die ihren Reiz aus der Gefahr und der Komik der Beziehungen zwischen den Geschlechtern entfalten. Sie handeln von den Fallen der Sexualität, der Gewalt hinter der Liebe, der Farce der Verführung, der Clownerie der Selbstliebe, der Demütigung hinter der Leidenschaft.
»Die Schottin A. L. Kennedy läuft in diesem Kurzgeschichtenband zur Bestform auf.« Brigitte extra
Deutsche Erstausgabe. Aus dem Englischen von Ingo Herzke
Quart*buch*. Gebunden. 176 Seiten

Gleissendes Glück
Roman
Ein Buch über eine seltsam starke Frau, das Sex und Gewalt in ihrer ganz zeitgenössischen Janusköpfigkeit präsentiert.
Helen Brindle ist verheiratet mit ihrem Peiniger und hat ein Verhältnis mit Gott, von dem sie sich einen Liebhaber wünscht.
»Direkt und zugleich entrückt – beides wunderbar balancierend, ist A. L. Kennedy ein kleines Meisterwerk gelungen.« Bernhard Schlink
Deutsche Erstausgabe. Aus dem Englischen von Ingo Herzke
Quart*buch*. Gebunden. 192 Seiten

Stierkampf

Ein Buch über die ganz großen Erfahrungen: Ehrgeiz, Angst, Mut, Erfolg, Scheitern, Tod – und ein exzellentes Buch über den Stierkampf. A. L. Kennedy geht auf die Reise nach Spanien – und zu sich selbst. Die Begegnung mit dem Tod ist das Herzstück dieses Buchs. Warum setzen sich Menschen vor Augen eines sachkundigen Riesenpublikums der Möglichkeit eines blutigen Todes oder der Gefahr schwerster Verletzungen aus?

»Kenntnisreich, aber nicht trocken, hochelegant im Stil – jede Zeile Ausdruck von Kennedys überragender Begabung.«

Julia Kospach, Profil

Deutsche Erstausgabe. Aus dem Englischen von Ingo Herzke
Quart*buch*. Gebunden. 160 Seiten

Hat nichts zu tun mit Liebe

Erzählungen

Neun Erzählungen von Frauen und ihren existentiellen Erfahrungen: Liebe, Sehnsucht, Einsamkeit, Leidenschaft und Tod, die Angst vor Nähe und die Angst vor Gewalt und Verletzungen.
Bei einer Beerdigung treffen sie scheinbar zufällig wieder aufeinander: die Frau und der Mann, die eine zerstörerische, aber unwiderstehliche Anziehung aufeinander ausüben …
Nach einer kurzen, aber intensiven Beziehung sucht eine Frau nach angemessenem Ersatz: Die aus dem Freundeskreis vorgeschlagenen Männer erscheinen ihr langweilig, und die Schönheitsanwendungen schützen auch nicht davor, ihren Körper aus Einsamkeit verkümmern zu lassen. Da nimmt sie die Dienste eines Masseurs in Anspruch …
Eine Amerikanerin verliebt sich in einen Serienmörder, bringt mit ihm gemeinsam ihren Mann unter die Erde und schreibt einen Brief an ihre Kinder, um alles zu erklären …

»Gerade auf die kürzere Form versteht sich A. L. Kennedy meisterhaft.«

Felicitas von Lovenberg, Frankfurter Allgemeine Zeitung

Deutsche Erstausgabe. Aus dem Englischen von Ingo Herzke
WAT 463. 144 Seiten

Bücher aus unserem Programm

Alan Bennett Vater, Vater lichterloh

Zwei Kurzromane

Zwei Kurzromane von Alan Bennett, einem der witzigsten europäischen Gegenwartsschriftsteller: Zweimal schlägt der Tod zu, und schon fallen die unterschiedlichsten Menschen übereinander her und miteinander ins Bett.

»Herrlich trockener Ton, schärfstens geschliffene Dialoge und allerlei böse Pointen: Bennett amüsiert ganz in der Tradition angelsächsischer Satiriker.« Wolf Ebersberger, Nürnberger Zeitung

Deutsche Erstausgabe. Aus dem Englischen von Ingo Herzke

Quart*buch*. Gebunden. Pappband. 128 Seiten

Christophe Honoré Die Sanftheit

Roman

Steven ist elf Jahre alt, als er sich von Jérémy zu einem Verbrechen zwingen läßt. Jahre später erst versucht er darüber zu sprechen. Doch auch als alles gesagt ist, gibt es keine Erklärung. Dieses radikale Buch handelt von dem Versuch, einen traumatischen Verlust in der Kindheit zu verstehen – oder zu vergessen.

»Honoré hat ein bewundernswertes Buch geschrieben, bei allem Entsetzlichen zärtlich und hoffnungsvoll.«

Katharina Hacker, Die literarische Welt

Deutsche Erstausgabe. Aus dem Französischen von Nathalie Mälzer-Semlinger

Quart*buch*. Gebunden. Pappband. 112 Seiten

Raymond Queneau Vom Nutzen und Nachteil der Beruhigungsmittel

Miniaturen aus der Gegenwart, in denen mit zärtlichen Grobheiten und Queneaus großem Witz die Wirklichkeit zurechtgeschüttelt wird.

»Sie haben es ganz schön in sich, die Beruhigungsmittel des Raymond Queneau. Nicht alle auf einmal nehmen!«

Thomas Kling, Süddeutsche Zeitung

Deutsche Erstausgabe. Aus dem Französischen und mit einem Nachwort von Hans Thill

Quart*buch*. Gebunden. Leinen. 144 Seiten

Die englische Originalausgabe erschien 1995 unter dem Titel
So I am Glad bei Jonathan Cape in London.

Emser Straße 40/41, 10719 Berlin
Umschlaggestaltung: Birgit Thiel unter Verwendung
eines Photos von Donna Trope © United Aliens »Alien Beauty«
Gesetzt aus der Walbaum Standard von Offizin Götz Gorissen, Berlin
Druck und Bindung von Clausen & Bosse, Leck
Bucheinbandstoffe von Herzog, Beimerstetten
Printed in Germany.
ISBN 3 8031 3186 3